为我的母亲而写——生母与养母

南洋泪

四部曲

第二部 春风秋雨

昆洛 著

中国华侨出版社
·北京·

图书在版编目（CIP）数据

南洋泪：四部曲 / 昆洛著 .—北京：中国华侨出版社，2017.7
ISBN 978-7-5113-6909-3

Ⅰ . ①南… Ⅱ . ①昆… Ⅲ . ①长篇小说—中国—当代
Ⅳ . ① I247.5

中国版本图书馆 CIP 数据核字（2017）第 151960 号

南洋泪：四部曲

著　　者 / 昆　洛
责任编辑 / 桑梦娟
责任校对 / 高晓华
经　　销 / 新华书店
开　　本 / 787 毫米 ×1092 毫米　1/16　印张 / 92　字数 /1605 千字
印　　刷 / 三河市华润印刷有限公司
版　　次 / 2018 年 1 月第 1 版　2018 年 1 月第 1 次印刷
书　　号 / ISBN 978-7-5113-6909-3
定　　价 / 184.00 元

中国华侨出版社　北京市朝阳区静安里 26 号通成达大厦 3 层　邮编：100028
法律顾问：陈鹰律师事务所
编辑部：（010）64443056　　64443979
发行部：（010）64443051　　传真：（010）64439708
网　　址：www.oveaschin.com
E-mail：oveaschin@sina.com

此书献给几个世纪以来，那些苦斗于南洋的，无论是在艰难困苦、饥寒交迫之中抑或是在事业有成、腰缠万贯之时，都对故国以及侨居地怀着深沉执着、世代相承之爱的晋江人（包括活着的以及逝者的魂灵）；献给在漫长的岁月里如乳娘般哺育了一代代晋江华侨的淳厚善良的菲律宾人民。

大马哈鱼母亲

——代序

上个世纪的最后一个春天,我应哈尔滨朋友之邀,到东北边陲旅行,那时候我正酝酿着创作《南洋泪》。当我对那里的友人谈起了我将在这部作品里写到的关于我的祖母、我的母亲——我的晋江侨乡的一代代番客婶的故事之时,一位在座的赫哲族女孩竟嘤嘤啜泣了起来:"你所说的这一些,使我想起了我们乌苏里江的大马哈鱼;那条江里的大马哈鱼母亲……你应当去看看,现在正是时候,你将会看到一些催人泪下的情景,如果你愿意,我们明天就动身。"

第二天早晨,我们从海伦出发,越野吉普在当年被称为北大荒的莽原上奔驰着。此时正当暮春四月,冬眠后的黑土地已经苏醒,可大路两旁飞奔而过的树群,树梢上似乎还带着一些残雪。一望无际的大平原向我们迎面扑来,我们走了很久很久,直到落日西沉的时候,车子才停了下来。

这是一个镶嵌在地平线深处的小村落。

直到今天,我还不知道这个村落的名字。

我是在第二天上午,才知道这个村落所傍着的那条河叫乌苏里江。虽然我投宿的这个村落离乌苏里江还有一箭之遥,可那个晚上我却已感应到那条江的气息,感应到那条江潺潺流过黑土地的声音。

我们在晨曦中朝大江走去。

这是个乍晴还雨的季节,空气中带着浓浓的水汽。

平原上的河流,大都是和缓而恬静的。平静的河水从遥远的地平线上漫过暮春的晨雾,徐徐而至。雾中的江面上,甚至见不到一丝涟漪。

我随着她的脚步,在平静的河滩上走了许久许久。我们是朝着河的上游走去的。我不知道她将把我带到哪里,可是我们事先已在海伦说好了,她是要带我上乌苏里江看大马哈鱼的。

什么时候才能见到这种鱼呢?我在心里问。

"会的，会看到的！"她头也不回地说。她走在我的前头，但她显然已猜到我着急的心情。

我们终于在一处江湾里停下脚步，我看到那江湾里泊着一叶小舟。

"你会水吗？"她在跳上小船时这样问我。

"你忘记了我是南方的海边长大的吗？"

"那就好，上来吧。"

我随即也跳上船去，那一叶小舟还在激烈摇晃之中，她却已荡起了双桨，船头犁开宽阔的水面，朝江中摇了过去。

小船很快便融入了江中的雾霭里，两边的河岸渐渐隐去了。此时，船已到了江中，她便搁下手中的双桨，让船随着河水朝下游漂去。

虽然昨夜里下过一场雨，但江水却并未因此而湍急起来。

"会的，会看到的！"她再一次重复着那句话（我知道她指的是大马哈鱼母亲），同时，双眼在远近的江面上搜寻着。

"噢，有了，你看！"她突然高声地叫了起来。

随着她手指往前望去，我见到不远处的江面上，漾开几圈漩涡，那些漩涡正朝着江的对岸漂浮过去。她从容不迫地又荡起双桨，追随在那些漩涡后面。

后来，小船靠了岸，那是河的北岸。她跳了上去，把船拴在岸边礁石上，招呼我上了岸。

江面上的那些漩涡也正朝着岸边漂游过来。后来那些漩涡就停在了我们不远处的一个河湾里。

"那就是大马哈鱼！快！"她回头呼唤了我一声，便朝那个河湾飞跑过去。

我紧随在她后面，在河湾里站住了。

雨后的乌苏里江，河水并不浑浊——这是北方平原上的一条河。透过缓缓的流水，我终于看到了漩涡下的那条大马哈鱼。这是一条纺锤形的大鱼，褐色的鱼身在水中从容不迫地游弋着。

"你看，这是一条母鱼，有数十斤重呢。"赫哲族少女说。

"你听到了它在呼唤吗？"她又说。

我茫然地望着她，摇了摇头。

"可是我们生长在乌苏里江边的人，能听到它的呼唤，它是在呼唤自己的儿女哪——你瞧，它有那么多儿女！它们来了！"她刚说完这句话，河湾里突然躁动了起来。接着，水面上搅起了阵阵涟漪。于是，我看到了无数的小鱼涌向那头硕壮丰满的大马哈鱼。

"那都是它的儿女哪，你瞧，有成百上千哩！"赫哲族少女刚说完这句话，我的眼前便出现了一幕悲烈惨壮的场面：最先是紧靠着大马哈鱼母亲的那些小鱼张开嘴巴冲了过去，奋力一扭身子，从母亲身上撕咬下一口肉来，然后离开了母亲。它们刚退了下去，大马哈鱼身上的伤口还没来得及渗出血来，后面的另一群小鱼已围了上来，又朝母亲鱼身上撕咬过去……密密麻麻的小鱼们就是这样的周而复始，轮番咬啮着母亲身上的肌肉……

大马哈鱼身上终于渗出血来了……

湾外的江水缓缓地朝下游流去，而湾里的水却是平静的。过了一会儿，大马哈鱼的血在湾里漫开了，那是母亲鱼身上淌出来的血，殷红的血弥漫在平静的河湾里……

只是片刻工夫，那头大马哈鱼朝外的肉体已被她的儿女们啃光了，只剩下一副令人触目惊心的骨骼，而她的另一半身子，由于朝下搁浅在沙滩上，显然仍完好地保存着所有的肌肉。

那条母亲鱼还没有死去，她张开温情脉脉的眼睛，望着游弋在自己身旁的那一大群显然还处于饥饿中的儿女们——她的眼睛久久地张开着，甚至都没有眨动一下……

又过了一会儿，我的眼前出现了令人难以置信的一幕：那条苟延残喘的母亲鱼，用最后的生命，艰难地翻动了身子，将自己的另一半完好的躯体——那一半还保存着肌肉的生命翻了上来。我发现她微微张开的嘴在抽搐着——那是呼唤儿女们围拢起来；那是在告诉儿女们母亲身上还有肉！

我看到密密麻麻的小鱼群又朝着自己的母亲围啄过来……

我看到那条母亲鱼张开的双眼里流露出来的欣慰的光芒——那是一种神圣的，至高无上的献身后的庄严的母性光芒……

那条大马哈鱼很快地就只剩下一副骨骼了；不，更确切地讲，还有她的眼睛。她身上的所有肌肉已经荡然无存了——包括她头上的那层皮以及鱼鳃——都已荡然无存了！

然而，她显然还活着！

——她仍然睁着眼睛，从那眼睛里，我仍然看不到一丝哀怨，一丝痛苦。我只看到一种从容不迫；看到了一种义无反顾；看到了一种死得其所的满足。尽管天色阴霾，我却看到了她眼睛里的一种母性的光芒——因了看到这种光芒，我的心身激烈地战怵了一下！我久久地凝视着她的眼睛，我分明在那里面发现一层泪水——她就这样张着那蒙着泪水的眼睛，带着无限眷恋的神色，目送着自己的儿女们离去了……

……从遥远的天际传来了忧郁的雷声，这沉闷的雷声一阵阵滚动过来，滚过苍空、滚过江面，又朝遥远的天际滚动过去……

雾又浓了许多，天与地，苍空与江面一时间里更混沌了起来……

我已不能自已，我情不自禁地在这混沌的天地之间跪了下去——面对着那条母亲鱼的残骸，我在河滩上跪了下去……

我就这样跪在河滩上眼泪滂沱地恸哭起来……我为乌苏里江上这条母亲鱼而哭——它使我想起了我的母亲和我的祖母；它使我想起了在这条河的彼岸，在遥远的南国我的晋江故乡——在那片土地上生活过的一代又一代的晋江番客婶。

——哦，哦哦，那些像乌苏里江这条母亲鱼一样活过又一样死去的侨乡女人啊……

……那时候，雨已经下得很大了，乌苏里江畔四月的雨，是透骨的寒冷，我就跪在那里，闭上双眼任凭雨淋着……

不知过了多久，我才发现雨已经停了下来。

当我睁开双眼时，才发现因了这场雨，江水已经漫到我跪着的膝盖上。而河湾里的水中，已见不到一丝血渍，那副母亲鱼的残骸也已不见了踪影……

而在我的身后，那位赫哲族少女也早已浑身湿透。她的刘海贴在额前，她的眼窝里盈着两汪水。我知道那是眼泪，不是雨水——雨水是冷的，而那两汪水分明是滚烫的。

从河湾里回来，赫哲族少女留我多住几天，而我却坚辞了。我要回去，是的，我要马上回去……

此时正当暮春，而我却已步入了人生的秋天，我要赶紧写，我必须赶紧将这部书写出来。

——为了乌苏里江里的这条母亲鱼。

——为了我的母亲……
——为了我的母亲……

目录

第一卷 | 生命的呐喊

第一章 生命 003
第二章 还是生命 010
第三章 生死之间 019
第四章 别了 043
第五章 叶落归根 054
第六章 一场梦救活一个人 061
第七章 一个善良的谎言 068
第八章 "张飞"守坟 084
第九章 驻菲总领事遗孀 097
第十章 公审 113

第二卷 | 母亲河

第一章 中秋 125
第二章 相思雀 141
第三章 另一个芳子 156
第四章 木村的婚礼 180
第五章 母亲啊,母亲…… 193

第三卷 ｜ 番客姩·番婆

第一章　患难之交（上）　207

第二章　患难之交（下）　214

第三章　遥远的唐山　224

第四章　船开了……　236

第五章　乡情　240

第六章　土地　249

第七章　月娘，番婆罗茜　257

第四卷 ｜ 往事如烟

第一章　洗衣裳的女人们　267

第二章　抢水　272

第三章　出人命了！　276

第四章　劫后之劫　278

第五章　解放了！　287

第六章　归来　295

第七章　南洋媳妇（上）　301

第八章　南洋媳妇（下）　310

第九章　两个女人与二十七朵茶花　320

第十章　溜滨区委　327

第一卷

生命的呐喊

没有土地，便没有生命。
那配得上称为土地的，是母亲。
——题记

第一章　生命

/ 一 /

1947年正月，元宵节前夕，杨月珍做了一个梦：她梦见自己是一片土地，而一阵阵温暖的春雨正落在这片土地上，一颗可爱的种子浸淫在松软的土层下，正在膨胀着，它的胚芽正在勃起……

这时候，雨停了，春日柔和的阳光洒满了原野，那颗种子终于顶破了土层，在阳光下张扬起两片绿色的嫩叶——杨月珍在迷糊中发现那颗种子是从自己身上破土而出的，她能感觉到由此而来的剧痛！

终于，她完全清醒过来了——她清醒地感觉到了自己下腹部一阵阵撕心的剧痛，她显然是被痛醒的，她奇怪自己在梦中怎么变成了一片土地？

此时，沉寂的田野正笼罩着浓重的夜色，一阵阵雷声从空中翻滚而过，早春的雨在瓦片上沙沙作响。睡在隔壁房间里的朱秀娥在朦胧中听到儿媳那紧一阵、慢一阵的盖过雨声与雷声的呻吟，她大吃一惊，心中一震，所有的睡意全消失了……莫不是？她心中又惊又喜，一骨碌滚下床来，顾不上穿好衣裳，便奔进儿媳妇房中。

杨月珍在床上一会儿扭曲成一团，一会儿又浑身痉挛起来。床板在她的痛苦的翻滚中哆嗦着，而屋顶上雷声雨声却愈来愈急、愈来愈烈了。

朱秀娥连连擦断了几根火柴，终于点着了油灯。她跨到儿媳妇床前，只见杨月珍脸上挂满了黄豆般的汗珠。朱秀娥偎着儿媳妇坐了下来，轻轻地抹去了她额前的汗水。现在，她终于证实了，她多日来记挂着的那个时刻终于到来了！她慌忙解开手帕，把两片早已备下的高丽人参塞进儿媳口中：

"把它嚼了，咽下。"

见着儿媳的呻吟低沉下去，朱秀娥赶紧又泡过来一杯热腾腾的桂圆汤，一小匙一小匙地喂进儿媳口中。

而在此时，一股股微微发烫的黏液从杨月珍的下身淌了出来，漫过大腿根部，濡湿了裤衩，流到床板上。

啊，破水了！

孩子还没有降临，便把羊水流尽了，那是"干"生，女人分娩最怕的就是干生啊！作为过来人，朱秀娥知道那是会痛死人的！

雷很响，雨很大，沉默了片刻过后，杨月珍再一次撕心裂肺地呻吟起来，她在呻吟中这样呼唤着："子钟，子钟，你在哪儿啊……"

她在呼唤中这样呻吟着："来啊，来啊，子钟，你来帮帮我吧，我们的孩子就要出世了，啊，子钟，你再不回来，我恐怕挺不过去了……"她就这样呻吟着、呼唤着，将十指深深地抠进棉被中，狠命地捏紧了绞在一起，她只能这样徒劳地抗击着临产前的剧痛。

见着儿媳妇痛苦万状的模样，朱秀娥急得手足无措，她只能这样安慰着儿媳妇：

"孩子，再撑住一会儿，天就要亮了。"她听到儿媳把牙齿咬得咯咯作响，便把手帕卷了起来，塞进她口中，"痛了，咬紧它，别光咬牙，别磨坏了牙齿……"她正说着，猛感到右手食指一阵锥心的痛，眼前冒出了金星——她的食指头来不及拉出来，便被儿媳妇连同手帕一起咬住了，而且越咬越紧。她感到一阵眩晕，然而，她终于没有把手指头往回拉——她只能这样与儿媳妇分担着产前的痛苦……

……我常常悲哀于我的母亲、我的母亲的母亲……悲哀于我们侨乡女人的不幸：多少世纪以来，当侨乡的男人在享受过两性间的欢娱之后，又匆匆地离乡背井，抛妻别母去了南洋。而他们的留在唐山的女人——那些苦苦地守着一座座老屋的妻子，却要独自承受着那短暂的欢娱所带来的一切痛苦与责任——那都是为着去了南洋的男人在自己身上播下的种子能够生根发芽！

侨乡的女人！她们在结婚的初夜见红的血，以及她们在分娩时见血的红——她们就是这样地以血的付出来承受着这一切！从十月怀胎到一朝分娩，还有……

……如果把侨乡的每一个侨户都比成一棵大树，那一棵棵大树之所以能够长年翠绿，那是因为那一棵棵大树浇灌的是一代代侨乡女人的血……

屋顶上沙沙的雨声已经中止了，不是雨停了，而是那雨之大，已说不出用什么声音可以形容，而夹杂在雨声中的雷声，更是要把天地都撕裂成碎片！

这样的夜晚，上哪儿去找接生婆？

这时候，在拨得很高的灯光下，朱秀娥看到儿媳妇高高鼓起的肚子下有个物件在蠕动，她忙侧过身子，腾出另一只手，然后，眼前看到的景象让她大吃一惊，差点昏厥过去——天哪，那是一只婴儿小巧的脚板，那是一只似乎还在冒出微微热气的胎儿的脚板！

天哪，那是一只脚板，而不是一颗脑袋——天哪，难道是难产！

在我们家乡，以这样的反常姿势降生的婴儿被称为"脚踏莲花"出世——多么美好而动听！而你想过吗，当你以这样的姿势来到人间之时，你的母亲往往正在生死线上挣扎！

朱秀娥把下唇抿紧了，用上牙紧紧地咬住了它，她要先让自己镇定下来，不让自己浑身哆嗦。她的一只手连同手帕还被儿媳咬在口里，她只能用一只手忙乱地摩挲着儿媳的小腹部，她深知，如果另一只小脚板还不能及时露出来，那就……

她不敢往下想！她不敢往下想……

她的眼前一片昏黑，她的那只手仍然反复地摩挲在儿媳的小腹上，同时轻轻而又茫然地摇晃着头。

在这个时候，大地猛然战栗了一下，一阵强烈的白光从门帘外，从窗棂上涌进房内，随之，房顶上又炸过一声雷鸣……

在这雷鸣电闪中，朱秀娥的眼前一亮……

她终于看清了，那是又一只婴儿的小脚！

后来，杨月珍的呻吟声低弱了下去，接着，从她的身下响起了一声婴儿的啼哭。那清脆高亢的哭声甚至盖过了满世界的雷声雨声——一个新生的生命，带着母亲身上的滚烫的鲜血，在严寒的冬季里，哭啼着，呐喊着，降生在这个小小的红砖小院里……

就这样，"林云昭"降生在林家小院——这个名字，是早在一个月前，远在南洋的林仁和与林子钟在来信中取下来的，信中说：如果杨月珍生的是男的，就叫云昭；如果是女的，那就叫她们婆媳俩做主取个名字。

杨月珍的牙根无力地松开了——朱秀娥拉回了那团手帕，她的紧贴着手帕的右手食指早已失去了知觉，从深陷进皮肉中的齿痕里，可以看到手指骨头，而那条米黄色的手帕已被血水渍红了……

人们常说，孩子是母亲身上掉下来的肉。不，应当说，孩子是母亲身上扯下来的肉。一个女人，为了孩子的诞生，竟要承受着这种肉体被撕裂的剧痛；一个少妇，在她成为母亲的蜕变中，甚至要常常面对死亡。而在我们晋江侨乡，有多少番客婶，当她在即将成为母亲的那个神圣庄严而又痛苦万状的时刻——当她最需要那个播下这个生命种子的男人——她的丈夫在自己身旁的时候，他们却往往在遥远的南洋。她们只能以自己柔弱的生命呻吟着，呼唤着，孤独无助地承受着这种痛苦，完成这种蜕变。

……你既然嫁给了南洋的番客，你同时也就嫁给了孤独——这是命……
侨乡的女人是一片沉厚的大地，这是一片年年岁岁都在经受着犁铧耕耘的苦痛的大地；这是一片岁岁年年都在孤独地经受着种子破土之痛的大地，因了这样的苦痛，我们侨乡才有了生命的嫩绿！

/ 二 /

一个月之后，也就是林云昭满月的这一天上午，杨月珍的娘家兄弟，还有溜滨村的姑姑林仁玉，以及村邻好友们，都走进林家小院喝满月酒来了。小小的林家厅堂上一时挤满了客人。新当上祖母的朱秀娥，把林云昭抱了出来，在她当着众多客人的面，骄傲地掏出孙儿裤裆里的"小鸟"的时候，还心存余惧！她拍着孙子的小屁股蛋儿说：

"这只坏鸟儿，说来就飞来了，也不打个招呼，真把人吓得……"

是啊，回想起儿媳临盆的那一夜，朱秀娥还真是后怕呢！其实，自从杨月珍"身上有了"之后，作为婆婆的朱秀娥是一刻也不敢掉以轻心的。安胎、补胎、土方法、洋办法，她都用上了。作为过来人，她深知一个男人去了南洋的番客婶要怀上一个孩子是多么的不容易！就在儿媳妇临产的当天下午，朱秀娥还请来产科医生，医生走了后，她又叫来了村里的接生婆，洋医生和土接生婆都一口断定：至少还得两三天。没想到当天下半夜，孙子就降生了！儿媳妇怀的头胎要是有个闪失，她这个当婆婆的该怎么向远在南洋的丈夫和儿子交代？老天保佑，媳妇终于闯过了这一关，孙子平安降生了！朱秀娥心里这样想着，转过脸去，无限慈爱地凝视着身旁的杨月珍。此时，她又记起了去年那场婚事，是儿媳妇与亲家识大体、顾大局，二话不说就让杨月珍抱着公鸡进了洞房，终于将那场婚礼顺利地办了下来；后来林仁和、林子钟从海难中死里逃生，她朱秀娥心里更一直都感到这是托了儿媳妇的福。现在，杨月珍又给林家小院生下个男娃娃，林家这一桃的香火有个延续了！她朱秀娥当上祖母了！

回想起自1938年林子钟下南洋，直到抗战结束，她孤寂一人苦守独院整整8年，啊，那段岁月是怎么熬过来的！如今，这孤独的小院终于热闹起来了。想想吧，在早晨，在黄昏，在深夜里，当朱秀娥听到襁褓中的孙儿那充满活力的哭声在小院里响起的时候，她心里是一种什么样的感觉！

"那个夜晚，好吓人，风紧雷急，一颗雨砸死一个人呢，我烧开了水，将剪刀一烫，就那么把脐带铰了……这也是逼出来的，没办法的事哩……"朱秀娥为孙儿换过尿布后，将他塞进林仁玉怀里：

"来，跟姑婆亲一亲。"

林仁玉一把抱过小外侄孙，搂在怀里，埋头埋脑地在他那张点着满月胭脂红的小脸上亲了又亲：

"好阿嫂，还是你行，第一回出手，就做得干净利落，换了我，还不把小鸟根儿当脐带剪了。"说着，姑嫂俩都一齐笑了起来。朱秀娥已经好长时间没看到小姑仔的笑容，没听到小姑仔的荤腥话了。今天难得见到小姑仔这副模样，她打心里高兴！她细细端详了一会儿林仁玉，发现小姑仔的气色比过去好了许多，往日的红晕又依稀映在她的双颊上了！朱秀娥看着看着，心里暗暗舒了一口气。

这个不幸的女人，自从去年办了丈夫的"白"事之后，就像脱了水的菜叶，一下子蔫了、黄了……小姑仔的命真是苦啊！唉！越往深里想，朱秀娥越是不敢想，她禁不住又深深叹了一口气……

那一天，当亲朋好友离去之后，朱秀娥把小姑仔留了下来。她要小姑仔在娘家住几天，林仁玉想到今儿刚好婆婆的娘家有个外甥女来做客，夜里要留宿下来，婆婆那边有人照应了，她不用急着赶回去了，便留了下来。

姑嫂俩已经好久没躺在一个被窝里掏心底话了。现在，终于又有了这么一个夜晚。朱秀娥有一肚子话要对小姑仔讲，但总是不知道该怎么开口。今天总算见到小姑仔的笑容了。这憋在肚里的话是该说出来了。朱秀娥娘家只有一个兄弟朱永明，小姑仔是上下没有妯娌，就一个人当家，娘又是个闪电不见光，打雷不闻声的人了，这些话就只有由她朱秀娥来开口了：

"好阿姑，你听着，有些话，我想是该说了。"

林仁玉仿佛知道娘家兄嫂要说些什么了，便悄声答道：

"阿嫂，该说的你就说吧，我听着；不该说的，你说了也没有用，你就别说了。"

朱秀娥听到小姑仔的声音有些颤，她知道自己憋在心里的这些话是难于说出口的啊：

"小姑仔，你是过年才到40的人那，永明没了，娘又是那样子，今后的日子还长着……总该有个男人支撑门户……这日子是难啊……"

小姑仔本来是静静地躺在那里的，一听到娘家嫂子挑开了这个话头，泪水便像泉水涌了出来，接着便抱紧嫂子，抽搐着身子呜呜咽咽地哭开了：

"你叫我咋办，你叫我咋办……"

朱秀娥扳过小姑仔的脸来，缓缓地说：

"小姑仔，别光顾着流泪，我说哪，要有个妥当的男人，愿入赘倒插门的，你只要点个头，嫂子就托人去说……"

林仁玉听到朱秀娥说到这里，便止了哭，伸手掩住了她的嘴：

"嫂子，这话你就别提了，我的心早随永明去了。我至今还活着，全是为了娘……另找个男人的事，我以前没想过，以后也不会想了，到老到死，都不会去想它的……"

朱秀娥暗暗叹了一口气，她知道小姑仔说的是心里话，便不再谈论这桩事了，提起了另一桩事：

"既是如此，嫂子也不再为难你了。可还有一桩事，嫂子我，还有你哥都合计过好长时间了，这事你该听你哥你嫂的了。"

"你说吧，既然前一桩事你不为难我，这下一桩事我听你的。"

"玉啊，我弟没了，可朱家的香火不能就这样断了，我想，是该抱个男娃来喂养了，日后支撑门户，养老送终，是该有个儿啊……"

"嫂子，这事我也一直在琢磨着，但这也要有缘分啊，说不定哪一天缘分就到了。办完永明白事后的剩款，包括我哥和子钟去年回南洋时取走当盘缠的那 15 个银元，也都寄回来了，总共有 80 个银元，我一个子儿也没敢动它，就是想留着抱养个娃。"

"既存了这份心，就得抱个男娃，你那边留心着，我这里关照着，有合我们心意的，就不要放过，钱上的事，你就别挂心了，这抱养男娃的一切所费，我在给你哥的信中说过了，就由你哥与子钟来整。"

姑嫂俩躺在被窝里说着掏心底的话，终于将这桩大事定了下来。这时候，头更鸡鸣已传了过来。朱秀娥把被子往上拉了一拉，合上沉重的眼皮，和小姑仔一齐迷迷糊糊地睡去了。

第二章　还是生命

/ 一 /

一年的时间，那么快就过去了！

刚刚还是正月里家家户户忙着接神的日子，怎么一下子又到了年底，又到了送神的日子！腊月二十三日，是闽南侨乡一年一度的送神日。

这是腊月里将近年终的日子，从四更天开始，侨乡的番客婶们便都早早起了床，梳洗过后，就在自家门口点起了送神的香火。她们的丈夫或儿子去了南洋，因而比起其他地方的女人来，她们更是对各方神灵又多怀着几分依赖，几分虔诚，几分敬畏：丈夫儿子都不在身边，冥冥中的神灵便是她们心中无所不在的主心骨！刚到五更天，在泉州南门外的大小村落，家家户户的院子门都打开了，从村头到村尾，寒冷的冬风裹着香火的烟雾四处弥漫，在这弥漫的烟雾里，可以看到一个个年老或年轻的女人，将点燃的香炷高举过头，长跪在那里。她们在向即将回到天上的众神祈求什么？

在晋江入海口的南畔，此时一钩弯弯的弦月还没有退隐，冰冷的月光，还如云如烟如水如雾地流淌在溜滨村的各条村道上。

刚刚过了三更，林仁玉便已经起了床，她举着灯火走到婆婆的房间里来了。尽管长年以来，婆婆一直是这样耳背得雷打不闻声，但她还是能感觉到儿媳妇走了过来：

"玉儿，今儿该是送神日了，别忘了上庆莲寺，别忘了去宏船师父那里。"婆婆说着，已经坐了起来。上了年纪的婆婆，每个晚上只是在上半夜迷糊一觉，过了下半夜便都一直醒着。听着婆婆的唠叨，林仁玉把灯搁到桌上，回身打过来一盆热水，绞干了毛巾，把婆婆的后颈搂在小臂里，轻轻地为她洗着脸。一夜过来，婆婆凹陷下去的眼窝里流涎着的眵目糊，渗进了眼角深深浅浅的皱纹里。林仁玉一边用手指轻轻地张开了这些纹沟，一边用毛巾细细地将那里面的污垢洗净了。随后，又用梳篦沾上芦荟汁，将婆婆睡乱了的头发梳理得水光水亮，一丝不苟。

一个年逾古稀，睡得奄奄拉拉、蓬头垢面的婆婆，经过儿媳妇这么一洗理，一下子换了个人似的光洁鲜亮起来。自从婆婆耳聋眼瞎，这么多年，林仁玉没有一天忘了为婆婆洗理。自从得知永明的死讯以后，林仁玉对婆婆更加孝敬了，丈夫死了，她所有的爱只能洒在婆婆身上了！

梳洗过后，婆婆又唠叨开了："永明是3月底去了南洋吧？都8个月了，今年回来过年吗……"

婆婆的这一唠叨，叫林仁玉又泛起了一阵心酸：永明早已殁了，至今她还把个婆婆瞒得严严实实！婆婆毕竟老了，一天不如一天了，头脑昏浑了。明明是去年3月里为永明引水魂时骗婆婆说他回的南洋，婆婆却把去年的事拿到今年来记了。

"永明3月里回来……让你怀上了……至今是8月了，再有两个月……是男是女都好啊……"瞎眼的婆婆真想伸手去摸摸坐在身旁儿媳的肚腹啊！怀胎都8个月了，儿媳妇的肚腹该是滚圆滚圆的了，可她又怕触动了儿媳妇腹中的胎气，"七成八败"这个道理她懂得，8个月的胎儿是动不得啊！林仁玉听着听着，再也忍不住了，泪水一下子涌出了眼窝，顺着鼻梁溜了下来，她用手一揩，赶紧走开了。

而后，她打开院子门，把一张半高的小木板桌儿搬了出去，在上面摆下了三牲，三牲是在滚汤里氽过的一只褪了毛的公鸡，一只猪蹄肘儿，一条还带着鳞的鲈鱼——这条鱼是林仁玉半个月前在溜石湾里捞游木时抓上来的，她用盐腌着，一直舍不得下锅。然后，她烧起纸钱，双手举起燃着的香炷，在大门口跪了下来。此时，夜色还未完全退隐，天地还是迷糊一片，像往年一样，她是村街上第一个打开院门的人。

她的丈夫5年前在南洋被日本人杀害了，她的南洋路早已断了，她能祈求的就是希望相依为命的婆婆能多活几年，她还希望有个儿子，那当然只能是抱养的——她希望上天赐给她这个缘分。她在寒风中跪了许久许久，直感到双肩发麻，膝盖骨都失去了知觉。一炷香已经燃尽了，刘海上纷纷扬扬地落满了香灰。这时候，从村头到村尾，又啼起了鸡鸣，此时已近了五更。她艰难地站了起来，返回屋内，对婆婆说了一声，便虚掩了院子门，上路去了。

"天寒地冻的，早去早回啊。"婆婆在身后吩咐着，她知道儿媳这是上庆莲寺去了。

/ 二 /

每年的送神日，不管是晴是阴或是刮风下雨，林仁玉都要上庆莲寺来拜望住持和尚宏船法师，这是陈年老例了。

15岁那一年，朱永明还没有出洋时，父亲在菲律宾谢世了。朱家几辈子端的都是南洋饭，突然断了侨汇，娘儿仨一下陷入了困境。这时候，朱秀娥还没有嫁到御桥村。姐弟俩只能在农忙时四处帮人打短工以补家计。那一年农历八月，泉州南门外又到了采摘龙眼的季节，庆莲寺附近雁山上的大片龙眼熟了！

自从龙眼熟了以后，朱秀娥、朱永明两姐弟，就从早到晚每天都在龙眼林中当"龙眼客"。"龙眼客"就是为人摘龙眼的季节工，工资以所摘龙眼的重量计算。那时候，摘100斤龙眼，从摘果剔去枝叶到按果实的大小分装到果笼里，可以得到一斤大米的工钱，遇上好的东家，还管中午一餐饭。摘龙眼的季节短，为了能多挣上几斤大米，朱家姐弟俩都是每天天刚破晓就提着摘龙眼的钩剪进了龙眼林，弟弟在树梢上采果，姐姐在树下打枝、分等、装篮，到日头沉下去时，一般能挣来三四斤大米。

在闽南沿海，农历八月是摘龙眼的季节，也是台风肆虐的季节。往往一场暴烈的台风横扫过来，便把满树熟了的龙眼打个精光。就在那年八月里的一天，过午以后，天空中的云越涌越急，一阵一阵地翻卷起来。

台风就要来了！

为了赶在台风到来之前把龙眼摘下来，直到落日西沉以后，东家还守在林子里四处走着，催着树上的龙眼客摘果。风刮得很紧，果林中已是昏黑一片，朦胧中，朱秀娥猛然听到咔嚓一声，她的心一震，只见弟弟已从两丈来高的树梢上重重地坠在自己跟前！他显然是踩断了老树枝丫摔下来了！见到弟弟摔断了手臂，摔伤了腰脊，躺在地上呻吟，朱秀娥一时慌了手脚，也不知如何是好，只急得呜呜哭了起来。朱秀娥的哭声惊动了不远处庆莲寺的住持宏船和尚，他闻声赶了过来，二话不说，便带朱永明回寺施救。

朱永明断了一条胳膊，伤了脊椎，在寺中一躺几个月。经宏船和尚精心医护，竟奇迹般的没落下残疾。那一年，朱永明就是在年终送神的这个日子手脚完好地走回家的。后来，宏船和尚见着朱永明生性厚善，悟性极高，不仅将自己一手救死扶伤、医治跌打骨折的绝活传给他，还教会了他一套惩恶扬善的看家拳脚。朱永明早年丧父，经过了这场劫难之后，他一直将宏船和尚尊为父长，而且随着年龄的增长，经历的世事愈多，他不但对宏船和尚的救命之恩不能忘怀，对他的人格的敬重更是日渐加深。直到去了南洋，他仍日夜铭记着宏船和尚，每次返回唐山，放下行李，见过老母之后，便立即上庆莲寺来。成婚之后的多年来，每临送神日到来之前，他都要来函嘱咐仁玉务必进寺上香，拜望宏船师父。所以，自从仁玉嫁到了溜滨村之后，每年一到这个日子，不论是晴是阴、是风是雨，仁玉都是要早早地上庆莲寺来的。去年办了永明的丧事之后，仁玉上庆莲寺来将丈夫的死因告知宏船师父时，这位六根清净的出家人竟一时老泪纵横、泣不成声：

"作为我的俗家弟子，永明算是没有玷污了我的声名……我没白救了他，世间人，血肉之躯都固有一死，永明之死，死得其所……"朱永明虽然死去了，但他与庆莲寺与宏船法师的这段缘分，却由妻子林仁玉丝毫未减地承接起来了。

/ 三 /

这时候，晋江尽头的水面上，海天苍苍，夜色还没有褪尽，凛冽的海风迎面涌来。自入冬以来，好久没有落雨了，干燥的土路上翻卷着滚滚泥尘，从溜滨村到庆莲寺，三里地的路程，林仁玉迈开脚板，说到就到了。虽说到了送神日，庆莲寺该是个热闹的日子。但天刚破晓，又是个打狗不出门的大寒天，一路上都还没遇到来上香的善男信女，寺门外一片冷清。而在朦胧的晨曦中，林仁玉发现寺门外一只茄自袋，那只茄自袋圆滚滚的，里面装着什么？

林仁玉再仔细一看，那袋子里似乎有什么东西在蠕动！

她奔了过去。

那确实是一只很大的茄自袋！袋子口用黄麻片穿着，拢在一起，上面留着个小小的洞口！

茄自袋又蠕动了一下。

林仁玉跨过去一步，在茄自袋前蹲了下来。

她发现整个茄自袋上蒙着一层尘土，那显然是风刮过来的。她再从袋子口往下仔细一望，那里面也积着黄色的灰尘。那自然也是被风灌进去的。而在这个时候，她突然发现了黄色的尘土下一团黑色的毛发！

那团黑色的毛发动了起来。

那是一个孩子！

那是一个装在茄自袋里被母亲抛弃在天地间的幼小的生命！

那个年头，在庆莲寺外，常常会遇上被装在茄自袋里的弃儿，每个弃儿的生身母亲都有一段难言之隐，或是因为贫困养活不起，或是因为丈夫去了南洋，不该怀孕的妻子却怀上了孕……而按照泉州南门外我们侨乡古老而善良的习俗，不论是谁，一捡到这样的茄自袋，打开了它，就得收留这个茄自袋里的生命。不管是男是女，是美是丑，甚至是残疾的，也不管你家中是穷是富，有没有儿女！

林仁玉扯去了茄自袋上的麻皮，一张孩子的脸露了出来——根据我们故乡的那个习俗，从此以后，她成了茄自袋里这个孩子的母亲了！

这是缘分！

她从塞满了破衣裳的茄自袋中将这个孩子抱了出来，那显然是一个出生不久的孩子！他闭紧着双眼，是睡着了还是冻坏了？

然而，他活着！

他的头微微地动了一下，蒙在头发上的那层黄土便纷纷滚落到脸上来了，林仁玉吸了一口气，轻轻地将孩子脸上的灰尘吹去了——孩子的眼睛随着林仁玉那出自胸怀里的温暖的气流张开了，同时从他口中响起了沙哑的啼哭。他显然是哭了很久很久了，哭哑了嗓子了，只是因为被塞在茄自袋里，而天地间呼啸着的寒风更是把他的哭声淹没了！

他眨着眼皮，看定了林仁玉那张脸，同时扬起胳膊！

又一阵呼啸的风卷着黄土扑面而来，林仁玉忙将孩子在怀里拥紧了，一步跨进寺门，直往后殿走去。

一年365天。宏船法师都是一过四更就起床了。此时，他早已事佛诵经毕，见林仁玉抱了个婴孩过来，正待开口问她，林仁玉却已先把事情说了。

宏船法师一听，忙说："快抱来我看。"

林仁玉赶紧将婴儿递到师父怀中。

"十月怀胎,一朝临盆,谁家父母不疼亲生骨肉……"他边说着边把那婴儿托了起来,细细看着。只见那婴儿裹在一件宽大的夹袄里,肋间、膝间、脚踝处各系着一条红头绳。宏船师父吩咐仁玉将三条红头绳都解开后,那布袄里便露出来一个白白胖胖的小生命。

仁玉往下一望,那婴儿裆里夹着一只鸟儿!

那是一个男婴!

接着咔嗒一声,一个折得十分工整的红包落在地上。林仁玉拾了起来,打开红包一看,那里面包着一枚银角子,红纸上一行娟秀小字:"民国三十六年十一月十六日卯时"。林仁玉将银角子和红纸一起递给宏船师父。

"这纸上写的,就是这小施主的庚辰了——家中应是十分贫寒,只包了这么一角子的压岁钱。"宏船法师略停了片刻,又接着说了下去:"仁玉,这孩子也该是与你有缘,你就收养了他吧,永明既已归西,你是该抱个养子了,前些日子秀娥来寺中上香,也跟我说起此事,真是踏破铁鞋无觅处,得来全不费功夫,这可是天赐良缘!"

林仁玉听着,觉得宏船和尚说的句句正中心坎,就满心高兴地连连点头。接着,把孩子又严严实实地裹进破夹袄里,紧紧贴胸抱在怀里,就要告别法师回家去了。宏船法师素知仁玉风风火火的秉性,便笑了笑说:

"不要心急,我得烧来一锅汤水,为小施主洗净身子,你没看他满头满脸尘灰,又尿湿了一大片?"说罢,让身旁的小僧烧水去了。

过了片刻,那小僧端过来一盆热水。

仁玉和宏船法师同时将手伸进盆中,觉得水温适中,便将那孩子脱个精光,放入盆中细细地濯洗起来。林仁玉那双大手掌小心翼翼地搓揉着孩子细嫩的皮肉,当她的手触摸到孩子裆里的小鸟时,她的心跳得更快了,双手甚至哆嗦了起来——

啊,啊,朱家的香火有了后了!

啊,啊,她有了儿子了!

洗罢,宏船法师又吩咐小僧取来一件干净的旧衣服把婴儿包起来。随即,又取来两枚银元,要仁玉收下。仁玉一见连忙推却:

"师父,这银元我是万万不能收的。"她深知宏船法师面慈心善,长存一颗济世之心，所以那些由于种种原因留不下儿子的母亲，常于黎明前偷偷将亲生骨肉送到庆莲寺外，来宏船和尚这里讨条生路，对此他都是来者不拒，全部抱进寺中抚养。那些生得眉清目秀的孩子都陆续有人领养走了，那些长相浑噩甚或还有残疾的，只能留在寺中。如今，寺中已留养着十来个这样的弃儿，最大的已到了十五六岁。虽说那些热心的香客也时常布施些衣物或钱银赈济寺中弃儿，但僧多粥少，日子总过得紧巴。这宏船法师每日除了教诲小僧们事佛诵经之外，更带领他们在几亩寺产薄田中种瓜、点豆、栽菜，以补不足。每日三餐，宏船师父总与众弟子从一个锅里舀食一样的粗茶淡饭。他身上那件袈裟，更是补丁贴着补丁。看着宏船师父那张清癯瘦削的脸，林仁玉不忍收下这两个银元。

"永明已经西归而去，凡事只你一个人担着，今后多了一张吃饭的口，你的日子会更加艰难。我是心有余而力不足，这银元，乃善心施主所捐，你就代孩子一并收下，算是我与小施主结个缘吧。"宏船见林仁玉还在推却，又如此说道。仁玉听了也就不再执意推却：

"既是如此，我就收下了。师父，你为他号个名吧。"

宏船和尚听罢，便又抱过仁玉怀中的孩子，上下端详了一番开口了：

"这小施主，天庭饱满，地角方圆，右下额一个贵人痣，论相该有出头之日，但眉宇间似有些许邪气。"

听到师父如此一说，仁玉抱过孩子再一细望，果真这孩子脸如盈月，饱满浑圆，脸上果然还有一颗小小的棕色痣：

"师父，你说说吧，这孩子的邪气怎么看得出来。"

宏船和尚沉吟片刻："这只能意会，难以言传——也罢，人之初，性本善，专靠你日后调教了。"说着，便提起桌上笔墨，取过那张写着孩子庚辰的红纸，在上面工工整整地又添上"省身"两字，"仁玉施主，人贵在能时时反省自身，贤者尤其如此，我与永明结缘多年，乃忘年之交，他虽非圣贤，但满身浩荡正气，可昭天地日月，但愿这孩子日后能如永明……"

听到宏船和尚提起丈夫，仁玉兴高采烈的一张脸，猛地暗淡下来，宏船在一旁看着，禁不住也暗自深深地叹了一口气，把话打住了。

此时外殿上传来了人声，仁玉知道是送神日上香的客来了，便趁着宏船和尚转身过去的当儿，赶紧将捏在手中的两枚银元轻轻地压在桌上的经书下，告辞师父，走了出来。

/ 四 /

天已经大亮了，一轮金灿灿的朝阳悬浮在晋江入海口的水面上，这是进入腊月以来难得的一个艳阳天！

林仁玉将省身紧紧抱在怀里——那是朱家的香火；那是她的儿子；那是她的命根子！

她已经40岁了，而再过几天，她就迈进41岁的门槛了！在她已经逝去的少妇时代，她以一个女人生命的全部去挚爱着的丈夫朱永明，曾经几次从遥远的南洋回到唐山，让她怀上孕——那是她作为女人的一生中仅有的几个刻骨铭心的夜晚啊——然而，由于艰难的生活与繁重的劳动，她几次怀孕又都几次流产了。而自从1943年的春荒中患过那场浮肿病之后，她过早地断经了，至今再没有来过经期。她深知自己今生今世再也没有能力怀孕了，即使有，那又有什么用，丈夫已经死去了！去年清明节为永明引水魂时，为了不伤婆婆的心，她默认自己已怀了孕，一年半的时间过去了，年过古稀记性日衰的聋瞎婆婆时不时提起她怀孕的事——婆婆这不尽的唠叨，每一句每一字都像锥子般戳着她的心！她只能将无尽的泪水往肚里吞！

如今，她终于是母亲了！

她飞快地然而又是小心翼翼地顶风走在尘土滚滚的小道上。阳光很好，而风却是冷冽冽的，她怕寒风伤了孩子，便将他越搂越紧了。

她有了儿子了！

她要把这喜事告诉婆婆，老人家来日不长了，她不能让她带着断子绝孙的遗憾闭上双眼！一路上，她几乎是小跑着走到家门口来了，她侧过身子，一膀撞开了虚掩的大门，直奔婆婆房间而来，重重地坐到婆婆床沿上，把省身塞进她怀中，用响雷般的声音贴着她的耳朵宣告：

"娘，这是你的孙儿，这是我们朱家的香火！"

聋瞎的婆婆也不知道是听见了儿媳的声音或只是感应到了她的呼喊，她浑身哆嗦了起来，张开了空洞无牙的嘴巴，喃喃地说着：

"孙儿，孙儿！啊，仁玉，你生了，你终于……啊……是真的吗……"

"娘，真的，真的，千真万确……"

婆婆一条手臂将还带着儿媳体温的那团幼小的软乎乎的生命搂在怀中，另一条手臂颤巍巍地抚摸着孙儿那张小脸：

　　"朱家，朱……家，有后了……孙儿……孙儿……"林仁玉在一旁听着，看着，张开两条长长的有力的手臂，将儿子，将婆婆死劲地搂成了一团，过了很久很久，她突然撕心裂肺地号啕起来：

　　"永明，我们有儿子了……"

　　后来，她想起了一件事，不再哭了，便松开手臂，走回自己房间去了。而直到此时，瞎眼婆婆才想起来一件事，于是她扯下孙儿的尿布，哆嗦着手一摸：

　　"哟，是带着小鸟的……"她自言自语着，把整张脸贴在孙儿的小鸟上摩挲着，后来，竟张开了皱巴巴的一张嘴，亲着吻着孙儿裆里的啁啁鸟：

　　"永明，永明，你该回来看看了，朱……家……有……后……了……"她高兴得反复地自言自语着，后来，声音逐渐模糊了下去……

　　林仁玉回到自己房间，从床架屉上拉下箱子，把压在箱底的那把小刀掏了出来……就是去年春上从御桥村带回来的那把不锈钢匕首，那是娘家兄弟从南洋带回唐山的丈夫的遗物，她要把它出示给省身看——啊，儿子，你不是已进了朱家的门，成了朱永明的后代了吗？那么，你踏进朱家门槛的第一桩事，就是要知道朱家的血海深仇！

　　亲爱的儿子，你终究会长大的，你一定要长成你爸那样顶天立地的汉子！儿子，你必须认识这刀：这把永不生锈的匕首！

　　她提着那把匕首，风风火火地又走回婆婆的房间，只见婆婆正静静地斜靠在床壁上，双手把孙儿搂在胸前。她那空洞的嘴巴半张着，那里面的唾水流涎下来，还挂在嘴角。沉陷下去的两个眼窝里各噙着一颗浑浊的泪珠，那泪水说不清是哭出来的还是笑出来的——她那张交错着深深的纵横皱纹的脸上分明挂着微笑。

　　那是一种痉挛的微笑。

　　那笑容已经凝固了——她死了。

第三章　生死之间

/ 一 /

1947年3月上旬的一个黄昏，一位信使在茫茫的雨幕中走进马尼拉王彬街，将一封信送到"林记商号"。这个时候，店中只有林仁和在家。他拆开信封，差不多把信笺都贴到脸上了，但仍然看不清那上面的字迹，但他知道：这是唐山寄来的信！

子钟不在家，他上药店为老爸抓药去了。自从去年4月经历了那场海难之后，林仁和的身体一直没有真正恢复过来，尤其是今年过了春节之后，他更感到自己的身子一天不如一天了。最近几天，他的眼疾更是迅速恶化，原先那只长期发炎的眼睛差不多已全瞎了，而另一只眼也红肿得厉害，即使是在大白天里，他的眼前也是模糊一片，真是岁月不饶人哪！崇仁医院的医生早就劝他住院治疗了，但是他硬撑着不愿住院，他知道自己一住了院，子钟便要前去侍候，那林记商号就要关门了。这时候，正当"二战"结束不久，马尼拉光复近两年了，市场刚刚复苏，生意开始兴旺起来，林记商号要在这个时候关门歇业，那么平时那些主顾们便要走散了。所以，林仁和只能硬撑了下来。唉，撑到哪一天算哪一天吧。

终于，林子钟回来了。林仁和不等儿子舒过气来，便把那信塞了过去："唐山来信了。你快看都写了什么。"

子钟掏出信笺，飞快扫了一遍，高兴得连声说道：

"老爸，男的，月珍，生了，男的……"

"男的？"

"男的！"

"裤裆里夹着小鸟，真的？"

"真的，裤裆里夹着小鸟！"

"慢着，你把信从头到尾念一遍。"

"你听——仁和夫君并子钟吾儿：月珍贤媳已于今年正月十四凌晨顺利产下一男，遵照你们父子吩咐，取名为林云昭。家中一切平安，望免挂念，只盼你们在外多多保重，以免我及月珍倚门而望。朱秀娥书。民国三十六年二月初二。"

就这么短短的一封信，隐去了杨月珍十月怀胎的艰难，隐去了杨月珍分娩的那个令人胆战心惊、雷雨交加的夜晚。这些凶险，这些生死的折磨，婆媳俩默默地承受了下来，她们只告诉南洋的丈夫：林家生下了一个男孩！

这就够了，这就是一切！

"这么说来，云昭已过了满月了——哎，你娘怎么整整过了半个月才来信。"林仁和自言自语着。

他怎么知道，那个夜晚，朱秀娥的右手指差点被杨月珍咬断了；那只手直到半个月之后才能握住笔杆。

"子钟，下雨天，天色也不早了，看来不会再有客了，你去打瓶酒，到街口切几样卤味，今晚我们喝一盅。"

"是该喝一盅了，老爸，我这就去打酒，你等着！"说着，顾不得打伞，一头钻进门外雨幕里去了。

看着儿子走出门去了，林仁和便起身将店铺门关上了。

林子钟提了酒，买了一包卤熟的猪下水回来的时候，老爸已点上灯了。

昏暗的灯光里，林家父子对坐在小桌旁。出洋这么些年来，林家父子是只有在大年除夕的晚上，才能双双坐下来喝上一盅酒。可今晚上这酒是一定要喝的！林家添了新一代，有传宗接代的人了！

去了南洋的番客，都说人生有三大幸事：一是洞房花烛夜，二是喜得贵子时，三是含饴弄孙日。由于多年的战乱，林子钟是24岁才当上父亲的，当年在泉州南门外，这算是晚育了，而林仁和当年是不足51岁，但也已是老年得孙了。

几辈子了，林家一直是单丁过代，所以父子俩特别看重杨月珍生下的这个裤裆里夹着一只小鸟的孩子。

"来，子钟，先干三杯！"一向在酒桌上慢斟慢饮的林仁和，这个夜晚一抓起酒杯，没来得及吃菜垫底，竟连连干了三盅。

林子钟满面笑容一仰头三盅酒全干了。

"子钟，我们林家能有今天，多亏了你妈！"

"老爸，儿知道，儿知道。"

"子钟，你知道，你妈这一生过得有多难、有多苦……你阿嬷（祖母）在床上，一病几年；你长到15岁出洋……那些年，你妈的日子是怎么过来的，我想都不忍想啊……"林仁和喝着说着，说着喝着，最后竟忍不住老泪纵横了，"子钟啊，你老爸活到50多岁，不论对谁，都可以称得上问心无愧，唯独愧对你的妈，我对不起你妈啊……"

"老爸，快别这样说了，你不也一天都没有享过清福吗？你不也每一天都在操劳吗……"

"你我都是男子汉，你妈可是个妇道人家啊……子钟啊，老爸身子骨一年不如一年了，眼看着帮不上你的忙了，反倒要拖累你了，等过了这阵子，眼疾好些后，老爸想去一趟红奚礼示，把你舅的遗骨带回唐山去。五六年了，你舅一直漂流在南洋，你姑心里放心不下啊！现在，总算有了下落，该让你舅回唐山了……该魂归故土了……老爸也想回去了……唉，老了……往后南洋这摊子，就交给你了……"

"老爸，你想回唐山，就回去吧，你这身子，让妈、让月珍侍候你一阵子，你清清闲闲调养上一阵子……你就放心回去吧，南洋这边的事你就别牵挂了……"

唉，人老了，便时不时要涌上来一阵阵乡愁，这样的乡愁，一经酒精浇淋，便像烈火熊熊燃烧了！下南洋几十年了，林仁和从来没有过像这个夜晚这样强烈地思念着御桥村那座红砖小院；唉，这个3月的夜晚，唐山下雨了吗？小院里的妻、儿媳，还有过了满月的孙儿，都睡了吗……

哦，老了，老了，挡不住乡愁的煎熬了……

酒瓶见底了，夜深了……
马尼拉王彬街上，没完没了的南洋3月的雨还在下着……

/ 二 /

自从得知儿媳生了个裆里夹只小鸟的娃娃，林仁和总觉得心气特别顺畅，他吃饭饭甜，吃菜菜香，夜里睡觉踏实，常常睡着睡着，竟像孩子那样笑醒了。

到了3月下旬，林仁和的身子骨逐渐好起来了，他自己也没有想到会康复得这么快！他那只没有瞎掉的眼睛已消肿褪红。见到老爸身子骨硬朗了起来，子钟的眉结一下子解开了。这些日子里，他一直记挂着那个夜晚老爸说起来要回唐山的话，是啊，老爸辛苦操劳了一生，从来就没有过过一天安逸的日子。现在林记商号日见起色，他自己能经营下来了，他想让老爸回唐山过几年清心日子。有一天，他对老爸提起了这件事，林仁和听着听着眯起眼来，看着儿子说：

"我当真说过那些话？"

"老爸，才10多天，你就忘了？"

林仁和手一挥，咧开嘴笑了："酒话酒话，当我没说，你也别往心里记。"

林仁和何尝忘记了自己那些"酒话"，他是觉得自己终于好了起来了，不会再拖累儿子了，他的手脚还能动弹，他还能帮上儿子的忙，尤其是，林家如今有了第三代了，他更不能让子钟一人在南洋拼搏，自己拍拍屁股回唐山含饴弄孙去了。

儿子不把他的话当酒话，一直记挂着，这就够了，儿子有了这份孝心，他就更不忍心离开南洋回唐山享清福去，他得留在南洋帮儿子。身子骨刚好了起来，林仁和便闲不住了，首先，他想去一趟红奚礼示，一是把一笔货款给扶西父子送去。林记商号本来是不经营水产海货的，但认识了扶西父子之后，林家父子便在店铺里添了一个柜台，专为摆上扶西父子送来的渔货。自从朱永明被日本人杀害之后，几年来扶西父子再没有往马尼拉送货了，平日里有了货，只是就近在红奚礼示市上贱价出手了。现在，在马尼拉王彬街，又有这么两个中国人代理他们的渔货了。几次交易下来，扶西父子俩一算，同样数量、同样等色的渔货，通过林家父子的手卖出去，竟然比自己在红奚礼示出手，要高上一倍的价钱！可他们哪里知道，这高出一倍的价钱，渗透着林家父子的多少心血？每一次扶西父子把成包成袋的统货送过来后，林家父子都要连夜在灯下将这些货物分出等级，打成小包后再转卖出去，而转卖得来的钱，林家父子一个钱也不曾留下，都全部交给扶西父子了。经商言利，更何况是林家父子这样的小本经营。可是在林家父子眼里，还有比金钱更珍贵的东西，那就是情义。去年4月里的那场海难，要不是遇上扶西父子，他们早就葬身鲨腹了，而比罗为救他们，竟失去了半只脚板,这样的恩情任凭是金山银山也报答不尽的啊!扶西父子有好些日子没有上王彬街来了,林仁和知道眼下正是鱼汛大忙季节,他们一时半晌是分不出身送货来的,他着急着他们的海货一定囤下不少了,他必须上一趟红奚礼示,把他们的海货带过来。另外还有一桩事,那就是清明节就要到了,他得上永明坟上一趟,烧上一炷香,培上一抔土,压上几张冥纸。

前一段日子病病歪歪的时候,他巴望着尽快好起来,能去一趟红奚礼示,带上永明的遗骨一齐回唐山,如今身子骨儿一有了起色,他竟不忍离开南洋了!

唉,南洋啊南洋,这处哺育着你、你的儿子的温馨多情的土地;这处如奶娘的胸脯般温馨多情的土地;这处深藏着你的逝去了的青春岁月的温馨多情的土地;这处承载着你、承载着你的儿子的希望的温馨多情的土地——你能说离就离得了吗?古往今来,有哪个晋江番客,在他们手脚还能动弹的时候,会带上一笔长年辛劳攒下的"老本"回到唐山故土颐养天年?没有,没有! 他们更多的是像牛像马,拉着沉苛的重载,"拖磨"[1]到老,直到脊背弯成了弓,甚至到最后一口气——直到轰然倒在这片土地上,永远地闭上了双眼——这是一种情结,一种眷恋,一种反哺——对南洋这片恩重如山的土地的眷恋与反哺⋯⋯

现在,既然你手脚还能动弹,还不至于拖累了儿子,而且,你对菲律宾又是存着这样的一份情,于是,你决计一时回不去了。

然而,就在这个时候,林仁玉寄来了一封信,信中说:准备为朱永明做墓。要他们一定想办法,无论如何都要尽快把朱永明的骨骸移回唐山。

读过唐山妹妹寄过来的这封信,林仁和扳起手指头算了算,离清明节还有20天的时日,他沉思了片刻,对儿子说:

"看来这一趟唐山还是非走不可,而且得越快越好,(泉州)南门外那边的习俗,凡是移墓拾骨这类的事都是选在清明节这段时间里做——这一趟,还得你同老爸一起回去哩,一来把你舅的骨骸带去,二来赶在清明节回去也好上观音山祖坟去培培土,我们下南洋的人,一生难得有几次能回唐山去扫祖墓啊。"

一听到回唐山,子钟心里禁不住一阵悸动!是啊,自去年清明节后离开家乡,转眼又是一年;一年了!母亲好吗,月珍好吗?还有——儿子云昭好吗？作为远在天涯海角的番客，故乡让他怦然心动的东西太多太多了！

"老爸，那我们什么时候动身？"子钟看着老爸问，声音甚至有些颤抖了。

林仁和想了想说："这样吧，明天把店关了，我上红奚礼示去，把扶西那边的海货带过来，同时把为你舅拾骨的日子定下来，这也是要在这两天里办的了。你呢，上街去办那些要带回唐山的东西，这一次你必得买一套像模像样的西装穿回去了，不要想着买二手货。"

林子钟听罢老爸说过了这些话，转过头去望着门外的日头影儿说："老爸，天也不早了，我们这就先把店门关了，上街把该买的东西买了，省得明天误了半天的工夫。"

"那也是，这些日子来，我们菜仔店[2]总是上午的生意人气最旺。"林仁和说着，和儿子一齐把店门一关，上街去了。

太阳正在偏西，临近黄昏的王彬街逐渐热闹起来了，街道上人来人往。1947年的王彬街，是马尼拉市最繁华的社区，这一处唐人街，是历经几代旅菲华人不间断地苦心经营形成的。

它和整个马尼拉市一样，经过多次战火的摧残。这处闹市上曾经留下累累伤痕，尤其是从1942年初春到1945年秋天，将近4年的沦陷，日本侵略者对这个华人区进行了恣意的蹂躏。如今，日本人终于被赶走了，战事已经结束，战争正在远去，王彬街开始复苏了。

这里的中国人，这里的中国商店，就像冬天的原野上经历了一场大火，地面上的草叶被烧焦了，可是春天来了，春雨过后，那些被压在厚实的地层里的草根，又顽强地冒出了新芽，而且很快蔚为一片充满生机的新绿！

马尼拉光复后，王彬街上的中国人率先把这处满目疮痍的社区修复了。战后，王彬街上华人商店是最先开业的。这里是他们刨食的所在，是他们赖以养家糊口的地盘。他们没有过多的时间感伤过去，他们必须很快地抹去那场战争留在他们身上的种种创伤，他们必须更加勤快地一个子儿、一个子儿地挣他们的血汗钱，他们要过日子，留在遥远的唐山故土的父母妻儿也指望着他们的血汗钱过日子！

日头虽已偏西，可是不要忘记，从3月到4月，这个季节也是四季如夏的马尼拉夏季中的夏季，所以在这个时候，整个王彬街仍然像是一个热腾腾的蒸笼。

林子钟已走出一身汗，他脱下外衣，往自己脸上扇着风，身上只剩下

一条背心。在街旁一个水果摊前,子钟站住了:

"老爸,见到卖椰子的,我突然又饥又渴。"

"那就快削个椰子解解渴吧。"林仁和望着他说。他记了起来:为了收回几笔货款,儿子是过午才回店的,回来时只胡乱扒了一碗剩饭。

林子钟走到卖椰子的菲律宾老人跟前,掏出一张零票递了过去,用菲语说:

"朋友,削两个椰子。"

林仁和说:"子钟,你就削一个自个儿喝吧,我不渴。"

林子钟说:"老爸,也就是一个椰子嘛,你别什么都舍不得呀。"

说话间,那个老人已经挑出一个椰子来,用那根尺把长的劈刀在上面敲了敲,又摇了摇:

"这个好,熟透了,甜!"说着,三下两下劈去椰棕壳,削出小小的一个口子来,抓起一根筷子长的芦苇秆插了进去,递给林仁和,随后,又弯过腰去,削好一个椰子,递到子钟手里。

/ 三 /

父子俩吸着椰子汁,不觉已转过了几个道口,来到沙仑那街上了。

这条街上大多数是卖成衣的,有店铺也有地摊,这时太阳已经偏西,街道两旁纷纷亮出了摆夜的地摊。1947年3月,沙仑那街上的故衣摊有各色各样的二手货任你挑选,既有已穿过的旧衣裳卖,也有未曾穿过的老的新衣裳或较新的老衣裳卖。1942年马尼拉沦陷前夕,许多外国侨民纷纷落荒而去,他们把大部分日常穿戴的衣帽留了下来,如今,马尼拉光复了,这些人又陆陆续续回来了,当年留下的那些衣裳,都被贱卖到地摊上了,而那些"老"的"新"衣裳则是当年商家仓皇离去时,千方百计隐藏下来,保留到今天的,时过几年,这些新旧衣裳都过时了,有些早已发霉,但那些摆地摊的中国人自是心灵手巧,经他们逐一地洗净烫平,这些衣裳一件一件像模像样地摆了出来。

林子钟把老爸带到一个地摊上来了。

这个地摊摆的一色是西服。

一见到儿子在那地摊前蹲了下去,林仁和开口了:

"子钟，我们不是已说好了，今天你的这一套西装，无论如何也得上成衣店去买套全新的。"

子钟说："先看着吧，有合适的、中意的，何必一定要上成衣店去呢？"

那摊主看着这情景，也觉得新鲜：都是少的劝老的别在地摊上买老衣裳，今儿这两个主儿倒是反了过来，看着子钟父子俩相持不下，那摊主自然开口为林子钟帮腔了：

"是嘛，我这摊上虽说卖的都是二手货，有些是穿过的，但有些是全新的，没上过身的。你们尽可以细心挑，有合身的，称心的何必上成衣店花上两三倍的冤枉钱。"

摊主的几句话，把林仁和的心也说动了：是啊，菲律宾光复后，王彬街上各种生意都复苏了，他们那家菜仔店也日见兴隆，尽管如此，父子俩日常的花费，绝不敢丝毫松手，尤其是在吃穿上，一个子儿恨不能掰成两三个使！那摊主说得在理，只要是合身称心的衣裳，何必花上两三倍的冤枉钱上成衣店去挑，想到这里，他不再说什么了，也蹲下身子去帮着儿子挑了起来。

他们很快挑上了一件子钟合身的西装，一眼就可以认出那是一件全新的"老"衣裳。摊主要价 4 个比索，子钟一听，值！一套最下等的西装在成衣店里至少要卖 10 个比索，这不就赚下了 6 个比索了，便也不还价，要摊主包好了。见着父亲也要为自己挑一套，轮过来子钟劝他了：

"老爸，你那一套，好歹得上成衣店买去，你别尽啥也舍不得，你——"他不忍说出"老爸你都这么大岁数了，从未见过你穿上一件金贵点的衣裳"这类的话，他喉头一哽，转而说出下面的一席话，"老爸，你这次回唐山，一定要穿上一身像模像样、光光鲜鲜的西装。"林仁和听着，转过头来，与子钟的眼神交织在一起，父子俩默默相望了片刻：

"往后再说吧。"

听到老爸这样说，林子钟知道劝不动他的，便帮着又挑好一套西装，那摊主边为他们打包边说：

"你们一下买了两套，这一套就少收 5 仙吧。"

值！花一套的价钱，居然买了两套，还省了 2 比索 5 仙钱，父子俩心里同时盘算着。林子钟接过摊主递过来的包得整整齐齐的那两套西装，伸手掏钱时，他一下子呆愣在那里了！

四

他出门穿的那件口袋里揣着50比索的衣裳不见了！身上只剩下一件贴身的背心！按理，林子钟可不是个丢三落四的人，但一想到就要回唐山，就要与月珍见面了，那种欣喜的心情是难以言状的！他毕竟还是年轻啊……50比索，那可是他三个多月的工资啊！

本来天气就热，现在一丢了那件装着50比索的衣裳，父子俩一时身上更是急出了淋漓大汗。

他们终于想了起来，那衣裳是丢在卖椰子老人的架子车上了。林子钟把两套西装递还给摊主说：

"老板，这两套衣裳我们买下了，你先帮我们放着。回头我们把钱送过来。"说着，与老爸离开了地摊，匆匆忙忙回头找那卖椰子的菲律宾老人去了。

此时，太阳已经西沉，暮色正在弥漫开来，夜市即将开张，沙仑那街更加热闹了。

林仁和、林子钟父子俩急急忙忙地在熙熙攘攘的人流里穿行着。突然，林子钟觉得有一只粗糙的手掌搭在自己裸露的肩头上。他回头一看，竟然是那个卖椰子的菲律宾老人！

"中国朋友，这是你丢在椰子车上的衣裳，终于找到你们了！"那老人一边用菲律宾话说着，一边把那件衬衫递给了林子钟，同时，把另一只手紧握着的一卷纸钞也递了过去，"这是你衣袋里装着的，我怕它掉了出来，你点点看，少了没有？"林子钟接过那卷捏出汗水来的比索，共是5张，50比索，中间还卷着几仙零碎的硬币！那老人显然是找他们找苦了，浑身上下淌着汗水。林子钟抽出一张10比索的纸钞，千恩万谢要报答那位菲律宾老人：

"感谢您老人家，这一点心意，您就收下吧。"

那老人一把推了过来："你的东西，交还给你，天经地义，不用谢了。"

推来推去好一阵子，林仁和在一旁看着那老人是铁了心无论如何也不肯收下这张纸钞了，便改口说：

"好兄弟，天快黑下来了，我们都还没吃晚饭呢，大哥您肯不肯赏一回脸，我们一起吃顿饭？"

听到林仁和这一说，那老人倒是挺爽快地答应了下来：

"那就吃你们中国菜，中国菜可口！"

林子钟提议先上那个地摊把钱付了，把西装取了，免得人家着急，于是三人一齐走到那地摊上去了。林子钟取过来那两套西装，又掏出两个比索，挑着摊上最好的一件描笼大家乐土服买了下来。然后，他们找了一处中国人经营的干净明亮的大排档，围坐下来，点了一桌丰盛的菜，还要来一壶酒——这一切对林仁和、林子钟父子来说，都是破例的，父子俩，合起来算，下南洋都有几十年了，可是这么多年来，他们再忙再累，也要自己下锅做饭，决不轻易下馆子吃上一餐，更别说上那里喝酒了——那是为了省下哪怕只是一个子儿。可今晚的这一顿夜饭，是一定要这样安排的。

此时已到了掌灯时节，店老板嫌电灯昏暗，又点起了几盏电石灯。白亮亮的电石灯嗞嗞地叫着。

林子钟斟满了一杯酒，敬到菲律宾老人面前，那老人也不谦让，仰起头来一口干了。酒过喉口，话匣子便打开了：

"中国朋友，看来是准备回你们唐山见太太了吧？看你乐得连衣裳也不要了，对吧？"老人看着林子钟说着，同时放声笑起来。

菲律宾老人这不经意的一句玩笑，却让林子钟飞红了脸。是啊，老人说的何尝不是真的？他虽然刚到 24 岁，但从懂事以后，他就一直经受着生活的磨难，下了南洋之后，他更是以自己柔弱的肩膀与父亲共同承担着生活的重负。他生活的年代使他趋于早熟，他向来老成持重甚至到了与他年龄不相符的地步。所以，从小到大，在生活中他从没出过一丝差错。但他毕竟只有 24 岁，他新婚之后离家，至今已快一年了！由于新婚之夜的那一场匪劫，使他比自己的父亲更幸运了些：父亲是在度过新婚的第 14 天夜晚就离妻别母下了南洋，一去 24 年！而他与新婚妻子则厮守了 40 天。这 40 天里，他第一次感受到了女人身上的全部温存。经历这种温存越是时久，便越是难以忘怀，思念起来便越是浓烈，那是一种从灵魂到肉体的全身心的思念！以至于在下午听到父亲让他回唐山的话之后，他的心就怦怦跳了起来，一直处于难以抑制的亢奋之中——难怪他会丢三落四；难怪他会把衬衫忘在卖椰子老人的架子车上——他离开新婚的妻子快满一年了！

是的，他只有 24 岁。

——一个刚到 24 岁的年轻番客。

林子钟边为那老人夹着菜,边在明亮的灯光里细细地端详起他来,他越看越觉得这老人面善,越看越觉得这个老人在哪里见过。

林子钟就有这么一种本领:只要他在哪里认认真真地遇见过一个人,那么无论多少年过去,他都会记起这个人是在哪见过的!此刻,林子钟记起来了,眼前这个老人,在1941年12月14日,他见过!这样一想,他开口了:

"老人家,日军在南吕宋列加斯比港登陆的前一天夜里,你帮过中国人在马尼拉湾海滩上烧过一大堆——钱?"

听到林子钟这么一说,那老人显然也记起了那件往事,他抬起头来,久久地望着林子钟,疑惑地说:

"你怎么知道这件事?"

"如此说来,是你了!"林子钟一下兴奋起来,"那个晚上,我一直随在你的那辆马车上啊,我不会忘记,你那匹马是赤红色的,像燃烧的火那样!"

那老人探过身子,细细地望着林子钟好一会儿:

"那一个夜晚,我身旁是有一个中国大孩子随车装卸钱钞的,他手脚利索,难不成那大孩子就是你?可他明明是个孩子哩!"

林仁和在一旁听着,不禁笑了起来:"那已是啥年的事了,我们都老成这样了,他能还是个孩子吗?"

菲律宾老人听罢,抬起头来,掐着指头数着:"……是啊,前后都6年了……"

林子钟说:"那一夜烧完小山一样的钱钞之后,月亮都西沉了,是你的马车把我送回王彬街的——噢,你怎么不当车老板了?"

老人的脸一下子暗淡了,叹了一口气:

"前年夏天,一伙日本兵撤入深山老林的时候,把我那匹大红马抢走了……再说,我也老了,赶不动马车了……"

他们坐了很久,谈了很多话,也喝了许多酒,吃了许多菜。直到月上中天,林子钟把账结了,把刚买的那件描笼大家乐土服不容分说地塞进老人怀里,他们才各自分手了。

/ 五 /

为了不耽误店里的营生,林仁和执意自己一个人上红奚礼示去,让子钟留在店里,战后这段时间里,生意日见好了起来,这个时候,决不能关店歇业,哪怕是一时半天。

林仁和买来了上坟的供果香烛,买来了五色彩纸,自己拿着剪刀,铰出了一大沓压墓的纸钱,第二天便早早上路了。

为了早去早回,为了把扶西父子的渔货带回马尼拉,林仁和天蒙蒙亮就起来了,并且一个人包了一辆马车,怀里揣了一条面包上路了。这可是林仁和出洋几十年来第一次包车!

马车在路上飞跑着,还不到晌午,就来到了扶西的渔村了。

正是鱼汛季节,村里的人大都出海去了,椰林深处的这个渔村静悄悄的。退了潮的沙滩上,四处暴晒着渔货。

去年那场海难,多亏了扶西父子,林仁和父子才得以死里逃生,他们在扶西的竹楼上住了一个星期,又是扶西一家人的尽心照顾,他们才很快康复了,虽然快一年没有到曼鲁渔村来了,但林仁和还是一眼就认出了扶西那所悬在椰树间的竹吊楼。

他径直爬上竹梯,只见竹楼上只有罗茜一个人在。一年不见,罗茜完全长成大姑娘了,她正盘腿坐在地板上,手里握着一把剪子,她怀中的面盆里,装着刚剪下来的一堆纸片,那是些五彩缤纷的彩色纸剪就的。

罗茜当然也一下子就认出了林仁和,她把面盆搁到一旁,霍地站起来,兴高采烈地说:

"仁和,林先生,你怎么这么久才来呢?"

"平日里,有扶西先生,有比罗先生送货过去,我就不用来了。"

罗茜转眼朝仁和身后一望,说:"林先生,就你一个人来,子钟怎么没有来?"

"子钟得留在马尼拉店里招呼生意——哦,罗茜,你剪的是什么?"

"这是冥——纸,老爸说,你们唐山是这样叫的,是吗?不久就是清明节了,爸、哥交代了,让我剪上这些冥纸,清明节为永明,朱先生扫墓去。"

看到这个情景,林仁和心里一下子热腾起来:

"罗茜，这么多年了，真不知道该怎么感谢你们——今年的冥纸，我带来了，我等会儿要上坟去。"

"你去了，我们也还要去的，爸、哥说好了，清明节那天要赶回村来，我们一家人都要去永明，朱先生坟上的。"

说话间，罗茜已劈开了两个椰子，一一递给林仁和和那个车老板，之后，她便要下楼为他们做午饭去。

"罗茜，别忙着做饭，让车老板把楼上这些货搬下去装车，你去找一把铲子，我想先去永明坟上。"

"也好，仁和，林先生，你看，都囤下这么多干货了，虾米、螺干、金枪鱼，爸跟哥一直说要给你们送去，可总抽不出身子来——好吧，我们先去坟上。"

/ 六 /

林仁和走在罗茜身后，穿过那条林间小道，便到了村外的墓场了。大海退潮了，海滩上显得空旷沉寂。

海上正刮着微微的西南风，一排排细浪从遥远的海上涌了过来，轻轻地拍打着海滩，又轻轻地退回去了。正是凤凰木开花的季节，三座品字形临海排着的坟墓上，落满了火红的凤凰花瓣。

走到墓前，林仁和点燃了一大束香炷，分成三份，一一插到三座坟前上——包括那一处葬着大灰马的坟墓。然后，他虔诚地跪了下去。站在一旁的罗茜也随着林仁和跪了下去，而且也像他那样庄重地把头叩到地面上拜了三拜之后，才又跟着林仁和站起身子来。连续5年的清明节了，罗茜都跟着爸爸哥哥来这里扫墓。她知道按照中国人的习俗，在坟前插上香炷之后，就可以往坟上培土了。她刚把铁铲插进沙地里，林仁和已转过身子来了：

"罗茜，多年了，都是你们一家人来上坟，真不知道怎么感谢你们，今年我得自己来。"林仁和说着，接过罗茜手中的铁铲，一铲一铲地细心地往三座坟墓上添上了土。看着这位中国老人喘着粗气，淌着大汗，罗茜好几次想接替他，但他都没有放手。后来，他把三座坟墓都培得一般高了，又提起铲板，一一地把墓上新添的蓬松的土层拍实了，这才掏出五彩缤纷的纸钱，在坟堆上插满了。罗茜看在眼里，禁不住鼻子一酸，泪水涌了出来：她看得出这个中国老人是多么重情义！他把姐姐的坟堆，甚至姐姐那匹爱马的坟堆也拾掇得整整齐齐，而且连那匹大灰马的坟堆前也插上了一炷香，摆上了一份供果。

罗茜已17岁了，当年芭拉姐姐被日本人杀害时也十七八岁，而罗茜则刚满12岁。那时候，她已开始懂事了，朱永明是她认识的第一个中国人，她知道朱永明当年是上红奚礼示来给爸爸治病才遇上那场灾难的。而自从认识了林仁和、林子钟之后，她认定了林家父子也像朱永明先生那样，是重情重义的好人！她正淌着泪这样想着的时候，猛然听到林仁和说出下面这些话，她先是一怔，接着竟呜呜地哭开了。

林仁和说："罗茜，永明，是应当回去了……感谢你们一家人几年来照看着他的墓。"

"什么，你说什么，他要回哪儿？"罗茜差不多是用带泪的声音喊了起来，同时紧紧地拉住林仁和的双手。

"罗茜，他应当回到唐山去了。"

"不，林先生，我们不会让他走的，我们已经把他当成了自家人，我们全村人都把他当成我们村里的人了。你就是没有来，我们也会在每年4月，在你们的清明节，按照你们中国人的风俗为永明先生上坟培土的，而且，在每一年11月1日我们的亡人节，我们也还要来这里扫墓的。"

林仁和望着泪水涟涟的罗茜，脸上竟露出了为难的神色：

"可是，这是我妹妹嘱咐的。"

"林先生，你就告诉她吧，我们一家人，我们曼鲁村的人，会一年年、一代代地看顾好永明，朱先生的坟的。你让她放心好了，如果她愿意，她也可以随时到我们渔村来……林先生，你们就让永明，朱先生留在菲律宾，留在我们渔村吧……"罗茜是哭着说出这些话的，林仁和听着，心里竟也乱成一团麻，他真后悔过早地把这桩事告诉了这位菲律宾少女。过了好久好久，他才艰难地开口了：

"罗茜，感谢你们一家人；感谢你们村里人的深情厚谊。但是，罗茜，你要知道，我们中国人，我们年轻的时候，我们活着的时候，可以离乡背井、四海漂泊，但老了死了，是一定要叶落归根、魂回故土的；不管贫富贵贱，都要回到自己的摇篮血地……"

/ 七 /

从坟上回来，罗茜张罗着让林仁和与车老板吃了午饭，又打下几个椰子搁到车上，送他们上了路。

时当正午，烈日如火，大路上没有一丝风。车上装了货，比来时沉多了，大白马在闷热的公路上慢跑着，看着它身上冒出来的汗水，车老板也不忍心多挥响鞭子。

离开红奚礼示好长一段路之后，车老板把马朝坡顶上路旁的一棵大榕树下赶了过去，车一停下来，林仁和顿感四周燥热的空气都扑到身上来了。车老板卸下白马的拥脖，让它在路旁的水沟里饮了起来。接着，他劈开一颗椰子递给林仁和，自己也劈开一个咕噜噜地喝了起来。见大白马饮过了水，林仁和抬头望着天空说：

"得上路了，变天了，恐怕要来雨了。"

"是要变天了，这场雨看来会好大呢！"车老板说着，把车上的几块油布摊开了，严严实实地盖在渔货上。然后急急忙忙地套上马拥脖，招呼林仁和上了车，一挥响鞭，催着白马快跑起来。

这个季节的菲律宾，嘴上说着雨，天上的雨就跟着来了。

马车刚跑出去一段路，四面的天空里便堆起了层层乌云，那云越压越低。后来，迎面吹来的风凉了起来，并分明闻到了雨腥味！

接着，一声响雷在头上炸开了，雨便哗啦啦地落了下来。风愈来愈大，雨愈落愈凶，风夹着雨，雨夹着风，绕着马车团团旋转了起来！虽然林仁和一再把雨布往身上裹紧，但雨仍像鞭子似的抽打到脸上来。他只好将头朝车后转过去，却见车后一张油布已被风掀了起来。他刚伸出手去，那块油布已被风扯了起来，卷上空中去了。车上的海货有一角露在风雨中了。林仁和想也没想，便解下身上的油布，在马车的颠簸中，艰难地把它的4个角系在车沿上，盖住了那些露出来的渔货。然后，他挪过身子，紧紧地压在油布上。

马车在风雨中又跑了两个多小时，终于到了马尼拉。

将近黄昏的时候，雨停了。

马车在王彬街林记商号前停了下来，那几袋暴晒过的干渔货居然没有被雨水打湿，然而，从车上迈下来的林仁和却像从水中捞上来一样，浑身上下还在淌着水，尽管赤道的雨，一年到头不凉不冷，但在风雨里泡了两个小时了，林仁和的两条胳膊竟都发紫了，上下牙止不住吃吃地叩抖起来。

/ 八 /

岁月不饶人啊！

这场风雨索去了林仁和的命。

当天夜里，他就发起了高烧，迷迷糊糊地躺在床上说着胡话，整整一个夜晚，林子钟一直守在老爸床前，刚见天亮，便赶紧上医院叫来了大夫。

连续几天打针吃药后，林仁和的烧总算退下去了，可身子再没有真正好转过来，进食日减，排便更是十分艰难。林子钟是个大孝子，他见不得老爸蹲在那里，一张脸憋得一阵青、一阵白，大汗淋漓的样子。每当这种时候，不管林仁和愿不愿意，他都会用食指蘸上肥皂水，插进老爸肛门里，抠出像算盘子般干硬的粪便。

白日里，林子钟整天忙着前屋店铺的营生，夜间，关下店门后，他还要整夜整夜在后屋照料老爸，很难睡上一个安生觉。他常常在侍候老爸吃过饭后，自己端起饭碗来，吃着吃着，竟一头扑在饭碗里打起呼噜来。几天过去，他脸上明见着掉下了一层肉，沉陷下去的眼窝里蒙着浓浓的黑晕，眼白里爬满了血丝，通红通红的。见到儿子憔悴的模样，林仁和心里疼啊！

扶西一家人是在第7天才得知林仁和的病情的。

那一天，罗茜赶着马车，上王彬街送完干海货后，便赶到林记商号来了。还不到15岁那年，罗茜就已经能赶着马车从曼鲁渔村往王彬街送海货了，经过去年那场海难之后，两家人已是生死之交了，也就从那时候开始，罗茜每次送货到王彬街，都必定要上林记商号来，每一次罗茜来了，林家父子就是再忙也要下厨做上几样可口的饭菜招呼罗茜吃了，才让她回去。罗茜是个心灵手巧又十分勤快的女孩子。每次进了林家商号，不管自己多累，也要为林家父子把店铺内外打扫得一尘不染，看到有他们父子换下来的衣裳，也一定要逐一收拾过来浆洗过了，晾到阳光下。这使得林家父子总觉得过意不去，后来，每见罗茜来了，父子俩都会先把那些脏衣裳收起来，但无论他们塞在哪里，罗茜都会找出来的。

这一天，罗茜走进林记商号时，刚刚过了吃午饭的时间。那个时候，店里一般是不会有客人的。她张眼一望，看见林子钟正伏在墙角那张小桌面上。她走过去一看，林子钟竟然是一头扎在汤面上！他那半张脸贴在盘底的剩汤里正睡得香呢，而且还发出低低的鼾声来。她抬起手来，轻轻地推搡了他好久，才见他悠悠地醒过来了。他实在是太累了，昨晚整整一夜，林仁和腹部疼得死去活来，林子钟就一整夜都守在老爸床铺前，直到天明都没有合过眼。在吃午饭时，他吃着吃着，手中的碗一下子掉了下来，接着竟一头栽到汤盘里，迷迷糊糊地睡死过去了！

老爸卧床7天7夜，他7天7夜里没睡过一个囫囵觉！

现在，他朦朦胧胧地醒过来了，见到站在跟前的罗茜，他揉了揉发涩的眼睛，却把眼角边的菜汁揉进眼睛里了，那酸咸的菜汁渍进眼睛，他的睡意才消失了。罗茜见到这情景，忙抓起来一条毛巾，湿过水，帮林子钟把脸上的汤汁揩净了：

"子钟啊，你这是怎么啦？"

"也不知道怎回事，吃着吃着，就迷糊过去了。"

这个时候，店后传来了林仁和的声音：

"罗茜，是罗茜来了吗？子钟，快，快，快，张罗让罗茜吃午饭。"林仁和显然已听到了前屋传来的动静，但他已经不能爬起来为罗茜做饭了！

罗茜循着林仁和的招呼声迈进里屋，看到躺在小铺上的林仁和，才几日不见，竟枯焦得让人都认不出来了，她忙跨了过来，抓过来一只板凳在林仁和床前坐下了。

"仁和伯伯，你怎么啦，怎么不找医生看呢？"她着急地问。

"看啦，没事的——罗茜啊，你歇着，让子钟先给你斟茶喝，再让子钟为你张罗吃的去，啊，不，还是让子钟先给你打盆水来擦一擦，看你脸上的汗……"林仁和躺在床上多说了这么几句话，竟舒不过气来了。老人家见到罗茜来了，高兴啊！往日里罗茜来了，斟茶端水张罗吃的，差不多都是他一手操办的，如今他起不来了，就怕林子钟怠慢了罗茜。他没有女儿，自从认识了扶西一家人之后，他总是拿罗茜当女儿待！

其实，不等老爸吩咐，林子钟已端过来一杯凉茶了。林家父子平日里不沾烟、不沾酒，只恋着唐山出的安溪茶。当年王彬街上出售的正宗安溪乌龙茶即使是好一点的，一个比索也能买上两三斤，林家父子喝得起，不像如今一斤安溪茶叶，要几百成千，甚至上万元。罗茜上林记商号的次数多了，竟也迷上了林家父子泡出来的工夫茶。后来，她甚至觉得那茶水就是比咖啡好，只要喝上一口，满嘴溢香，而且是清香清香的，仿佛带着百花的芬芳余韵无穷！此时，她接过子钟递过来的那一大杯泡凉了的茶水，一仰头，咕隆隆地就喝干了：

"子钟哥哥，再给我一杯吧。"

罗茜喝过了茶，见子钟走出去为她张罗午饭了，便转着眼睛在林仁和的床前床后寻找起什么来。她很快就从床下拉出一个木盆来，那里面搁着几件他们父子换下来的脏衣裳，林子钟还顾不上洗呢。一见罗茜端了那些衣裳就要往外走，林仁和急了，那些衣服怎能让罗茜洗呢，昨天医生让他吃了点导泻药，那裤子玷污了哩：

"罗茜，你放着让子钟洗吧，那些衣裳……脏着呢……"

"子钟哥哥一个人忙不过来哩，仁和伯伯，你放心，再脏我也能洗干净。"她这样说着，已经端起那木盆子，往后门的水龙头走去了。

她在水龙头下漂洗着衣裳，见到了沾在林仁和裤子上的那些污秽，心里不禁一阵酸楚：哎，仁和伯伯怎么一下子就病成了这样？哎，子钟哥哥一个人又要惦着生意，又要顾着仁和伯伯，她呢，六七天才能上王彬街来送一次货，今天帮着子钟哥哥洗过了这些衣服，她就得回曼鲁去了，明天谁来帮子钟哥哥呢？后天呢……哎，子钟哥哥这日子过得可真难啊！想到这里，这个善良的马来族女孩子差点掉下眼泪。

那一天晚上回到家里，她立刻就将仁和伯伯的病情告诉爸爸和哥哥，并且对他们说，她要上王彬街去，在仁和伯伯生病的这段日子里，她无论如何得留在林记商号里，帮着子钟哥哥。

这时候，正当鱼汛时节，家里也不能没了罗茜，但一想到林家父子那边的难处，扶西、比罗父子二话没说，便把这事答应了下来。

第二天一大早，比罗走进林子里，打下要带给林家父子的几个大椰子、火龙果，回到吊楼里，见到罗茜已把几件换洗的衣裳收拾好了，便招呼她草草吃过早餐，架上马车，把妹妹送到王彬街来了。

/ 九 /

罗茜的到来，是林家父子始料不及的！

他们原先虽也知道扶西一家人善良仗义，却没想到他们会做到这个情分上！

罗茜来了，子钟不用再连日连夜地辛劳了。罗茜不仅手脚勤快，而且对林记商号的里里外外又熟悉，油盐酱醋放哪里，药搁哪儿，她都一清二楚，啥时该做啥事，她都心里有数。更重要的是，她早已把林家父子视为亲人了，她一心一意地想帮着林家父子渡过这个难关！

一个女孩家，她不仅要照顾林仁和，奉汤奉药，甚至端屎端尿，还要抽空帮着林子钟打理店里的生意。罗茜早睡惯了，所以每天店门关了，她照料好林子钟吃过晚饭，侍候好林仁和吃过药，该做的事情都做了，便早早搬过一张靠背椅，倚在墙角睡过一个囫囵觉后，匆忙打过来一盆凉水，洗一把脸将自己洗醒后，就不容分说地换下子钟，逼着他去睡一觉，自己守着仁和伯伯直到天亮。这一切，林家父子看在眼里，暖在心里，时时都觉得过意不去！

有一天半夜，林仁和醒过来了，望着守在床铺前的罗茜，他突然老泪纵横，拉过罗茜的手，终于把憋在心里好些时日的话说了出来：

"罗茜啊，你知道，子钟没有兄弟姐妹，你如果不嫌弃，我就认下你这个干女儿吧。"

罗茜听到这句话，也不推托，竟爽爽快快地点着头答应了。

第二天一大清早，林子钟走过来的时候，罗茜高高兴兴地对他说：

"子钟哥哥，你这回真的是我的哥哥了，你知道吗，仁和伯伯昨晚认我当干女儿了，你认吗？"

子钟一听，也满心惊喜："这事老爸早就说过了，就怕你不愿意呢。"

林仁和的病并没有好转，而且一天比一天沉了，他明白自己已经康复无望了，再不能这样不死不活躺着把两个年轻人都拖垮了，在病卧了27天之后，他决计不再进食，更不服药，只喝一点茶水。见着老爸这模样，林子钟直想掉泪：

"老爸，你常告诉我，人是铁饭是钢，你不能这样不吃不喝地躺着……"

林仁和说:"子钟啊,我的身子我知道,我知道自己好不了了……"

林子钟听着这话,喉头直感到哽咽,眼泪却掉不下来,心里就更憋得难受了!想到舅父已不在人世了,再没有一个长辈能帮他劝动老爸回心转意进食了,他真不知道如何是好!

/ 十 /

就在这个时候,唐山又来信了!

这时已是5月上旬了,林子钟在前屋接过信来,一望信封上娟秀小巧的字迹,他认出这是杨月珍的笔迹!他抽出信笺,打开一看,只见中间夹着一帧4寸见方的相片,上面两个女人,右边的这一个是他的母亲,左边的那一个是他的妻,妻怀里抱着那个男孩儿,当然就是云昭了。母亲与妻分坐在两边的交椅上,中间却空摆着两把交椅!子钟把信笺铺开一看,那上面是这样写的:

慈父大人尊前
子钟夫君尊前:

敬启者,寄上云昭满月所拍照片,拍照时,妈在中间留下两个位置,妈说,那两个位置,是应当给慈父大人,给子钟夫君留着的……

另一张信笺是母亲写的:

仁和夫君
子钟吾儿　如面:

云昭孙儿已过了满月了,可惜你们父子远在南洋,不能共拍团圆照。今年正月过后,余的眼睛视物日感昏花,握笔时手也抖动不止,所以日后凡所有家书,皆由月珍贤媳举笔……

林子钟看着,快步走进后屋,把信函与相片一齐递到老爸面前。林仁和哆嗦着身子让儿子扶着,斜靠在枕头上艰难地坐了起来,将那张相片贴到脸前，看了又看：

"子钟，阁楼上，那一本硬皮本子，你，拿过来。"

林子钟起身站到椅面上，将阁楼上那本硬皮本子掏了下来，递给老爸。林仁和接过本子，把夹在其中的一帧相片抽了出来，然后，把两张相片并排在一起：

"子钟，你看，这两张照片上的孩子，像不像一个模子打出来的？"

子钟探过头一看，那张夹在本子里的相片显然已经年长月久，开始发黄了，而照片上的那个孩子的脸却依然清晰，两张相片上的孩子果然长得一模一样！而且两张相片照得也是一个模式！

两张照片上的两个女人的中间都空着两个位置：

"老爸，这是谁啊？"

"还有谁，你，翻过来，看看。"

林子钟将相片翻过来一看，只见上面两行字：

"子钟儿满月留影

民国十二年二月十三日"

"老爸，都20多年了。"

"是啊，24年了，右边是，你祖母；左边是，抱你的，是你妈……"林仁和看着看着，老泪纵横了，"当时，你阿公，已在南洋，去世了，我抽不出身子……回去，你祖母，你妈，中间那两个位子，是为你阿公，为我留的……可20多年了，一直到你……结婚，我才回……你祖母，你妈，苦啊，子钟，你再不能，一离家20多年，让月珍那样苦等着……"

"老爸，你把病养好，云昭周岁的时候，我们回一趟唐山！"

"回唐山！唉……"林仁和说着，嘴角掠过一丝苦笑，"子钟，有些话，我不能，不说了，老爸恐怕……大限……已到了，好……不了了……"

"老爸，你别这样说……"

"谁愿意，说这样的……话呢？可该说的，还是要说，不说，来不及了……子钟，这店铺，说到底，是李东泉先生的，你要想法子，交还他老人家——子钟，你把账本拿过来——从1942年5月到现在，我们接手这间店铺满5年了。5年来，有了1700个大洋的利润了。这店铺，这些利润，终归是属于李东泉先生的。听说李先生早已在美国过世了，但他的儿孙还在，日后他们从美国回菲律宾了，你要一清二楚交给人家。银元都在床下埋着，你是知道的。还有，你本来每月从李先生这店里支领23个比索的工薪，我死后，里里外外只剩下你一个人，会辛苦得多，你可以每月多拿7个比索，也就是每月30个比索的工薪，所有的利润还换成银元存起来，将来一齐交给李先生他们。我们要做得清清白白，分毫不差……将来，这店铺盘交清楚后，你把你舅那店盘过来，不要盘给外人，能省下一笔中人钱[3]……那钱寄回唐山，寄给你姑，让她置些田产过日子，这是她的心愿，南洋路断了，唐山得有个根基啊——还有，你舅的骨殖，本来，是该在今年清明节，送回唐山的，不能总留在红奚礼示那边，我不行了，日后只得靠你，把他带回唐山……你姑比谁都苦啊，你姑的事，日后只有靠你了。还有，老爸今生再也不能回唐山了，老爸死了后，不要入土，就直接送到普陀寺火化了，能省下一大笔钱，（骨灰）反正是要，带回唐山的。听说，宏船法师，就要从唐山庆莲寺，到普济寺，来当住持了，我恐怕，见不着他老人家了……日后你见了他，代我问好……"

"老爸，别说这些了，你会好起来的，我要和你一起回唐山，你要活下去……"

"不，爸的这些话，再不说出来，就迟了。子钟，你要对老爸发誓，老爸今天交代的，你都要做到。"

"我发誓。"

林仁和嘴角掠过一丝欣慰的笑容：

"子钟啊，人来到世上，就像做了一回客……终归，是要回去的……老爸，活了50多年，真快啊，就像，是一眨眼的工夫，一生就过去了。几时，还在唐山你阿嬷跟前，讨一枚铜钱买余甘糖；几时，就下了南洋；几时，这就走到了尽头了……去年清明节，我们一家子，还上观音山，为你阿嬷巡墓……来年清明节，你，就得为老爸上坟了……老爸的骨灰，你记得，带回唐山……老爸一生，没赚下大钱，没光宗耀祖，但老爸……清清白白，做了一辈子人，没做过，一桩昧良心的事……活的时候，没被人指着鼻梁，骂不是人……死了，也不会，让人朝着木主，吐口水……一个人，能活到这个份儿上，死也心安了……"林仁和一口气说了这么多话，说到后来，气都接不上来了。林子钟看着，忙靠上前来，把一只手按在老爸背上轻轻地按摩着：

"老爸……你好好把身子养好，明年清明节，我们还回唐山，一家子人为阿嬷巡墓去。"

听到儿子这么说，林仁和现出一脸凄凉的神色，他无奈地摇了摇头：

"子钟，我是回不去了，今天，我突然觉得精神特别好，你去打盆水来，帮我把身子洗净了，你再把照相的师傅请来，我们照一张相，带回唐山，带给你妈。"

林子钟端进来一大盆水，把老爸扶了起来，让他靠在自己怀里，为他解开衣扣，把他的衣裳褪了下来。见到老爸浑身只剩下一层皮紧绷着一副骨架子，林子钟心里猛涌上来一股酸楚。他绞着毛巾，细细地把老爸的身子揩擦干净，帮他穿上了西装，这是去年回唐山时穿的那一套，然后，提过一把大交椅来，半扶半抱着让老爸坐了上去：

"老爸，你坐好，我这就上相馆去，把照相师傅请过来。"林子钟说罢，走出去了。

这个时候，罗茜正在前屋店铺里招呼着顾客，林子钟走过去吩咐了一句："你关照着后屋的老爸，我马上就回来。"便飞快地出门去了。

过了片刻，林子钟就把照相师傅带进来了。

见着刚洗过澡的老爸额上又渗出汗水，他知道老爸这流的是虚汗，忙掏出手巾来为他揩干了。又把他的头发仔细地梳了一遍。然后，遵照老爸的吩咐，他也换上了回乡结婚时穿的那套西装，提过来一把交椅，紧贴着老爸坐了下来。

"这，是朝的，哪个方向？"林仁和有气无力地问着儿子。

"朝北的，我们是面朝着唐山的方向。"

"好，这就对了。去，把罗茜也叫过来，一起照进相里……子钟啊……无论啥时候，你都要记住扶西一家人的大恩大德啊……我走了，你更要……待罗茜……像自己的亲妹妹……"林仁和望着林子钟语重心长地说。

"老爸，我会一生一世记住的。"林子钟回应着，走进前屋，把罗茜招呼了过来。

"罗茜。好闺女，你过来，站在右边，我们唐山的习俗，男左女右，你子钟哥就站在左边……"林仁和看着罗茜站在自己身旁了，嘴角掠过一丝欣慰的笑容，又接着说："罗茜……往后干爹不在了，你们一家人……更要常上林记商号来……这里就是你们在……王彬街的家……"

罗茜听着，咬紧了嘴唇，强忍住泪水点了点头。

"你们都……记住……我的话了，我放心了……"林仁和说着，看看林子钟,又看看罗茜,然后转过头去,正面望着照相机镜头,"好,照吧……"他说着,用尽全力,把一个笑容推到了脸上。

林记商号的后屋是昏暗的。昏暗中,照相机上的镁光灯闪了一下。

"再过两天,就是老爸51岁的生日了……又多了一岁阳寿了……我想挨到那一天……断气……生日忌与死日忌……同一天做,日后你们也省事……"

——这是拖磨了一生的林仁和,留在世上,留给儿子的最后一句话……

照过相片之后,林仁和觉得他这一生所有该做的都做了,还没来得及做的事,也都对儿子交代得一清二楚了,他深信儿子会做好那些事的。现在,他已了无牵挂,他静静地躺在床上,两天里,不再说话,不再进食,甚至任凭儿子跪在床前,苦苦哀求,也滴水未沾……

两天后,在他51岁生日那天夜里,他默默地闭上了双眼,再没有睁开了……

注释:

〔1〕拖磨:晋江方言,过度操劳之意。

〔2〕菜仔店:并不专指卖菜,当年菲律宾华侨开的小杂货店一类的商店都称"菜仔店"。

〔3〕中人钱:晋江方言,即中介费。

第四章　别了

/ 一 /

……从呱呱落地，长到15岁，他从没见过自己的父亲，9年前，是回唐山的舅舅（也是姑父）朱永明把他带到南洋；带到父亲身边来的，从此以后，他以15岁的稚嫩的肩膀，与父亲共同扛扶着生活的重担。从1938年到1947年，这短暂的父子相依为命的9年，一转眼就过去了！如今父亲竟已化成了一抔装进木盒里的骨灰，并且将很快送回唐山故土。

啊，啊，林记商号里再不会有老爸的身影了！

老爸的一生过得多苦多难啊！

3月份的时候，怎么能让老爸上红奚礼示呢？是那一趟远门；是途中那场暴雨要去了老爸的命！林子钟是个大孝子，自从爸爸卧病之后，他一直在深深地自责；老爸死了，他更不能原谅自己了！

他的舅舅几年前就惨死了，如今，他在南洋唯一的亲人；他的老爸也去了……

他还只有24岁啊！

从此以后，在遥远的南洋；在遥远的异国他乡，再沉再重的担子，他只能自己扛了！

啊，啊，这个24岁的大孩子啊……

……第二天早晨，在黑夜中坐了整整一个晚上的林子钟，突然听到了一个女孩的嘤嘤啜泣声。

他抬起头来，看到了泪流满面的罗茜。

罗茜陪着他，坐在他的面前，已经整整一夜了！她一直就那样看着他；整整一夜地看着他，不住地流泪。

仁和伯伯死了，她非常伤心，她是以中国的风俗，以一个女儿的身份为林仁和披麻戴孝送终上路的。简单的丧事办过了，亲友们散去了，林记商号里就只剩下罗茜能安慰林子钟了。

昨日整整一天，见着林子钟没吃下一口饭，她也陪着他整整一天不吃不喝，她能吃得下吗？

这个心地善良，感情真挚的菲律宾女孩，早已把林子钟一家当成自己的亲人了——即使林仁和临终前没有认下那个干亲，她也会掏心窝地对待林家父子的！

"啊，罗茜，你怎么能整整一天不吃不喝呢，快，快去做早饭吃啊。"现在，轮到林子钟劝罗茜吃饭了。

"我吃，你也得吃，吃了，我们还得把店门开了，我们已几天没做生意了。"——这个善良的任性的菲律宾女孩。

/ 二 /

1947年清明节过后，泉州南门外又进入了黄梅雨季——"四十九日乌"的可怕的黄梅雨季到来了。这样的雨季一旦来了，便没完没了地要下个七七四十九天，甚至更长的时间！直下得到处发霉：床霉了，帐子霉了，被子霉了，连人也都霉了呢。

泉州南门外4、5月的雨，不是暴风骤雨，而是断断续续，而是没完没了，而是没日没夜地下着的雨。

1947年，当这个"四十九日乌"的雨季到来的时候，朱秀娥已经不必再为这个青黄不接的季节里断炊发愁了，她已不必再像早年南洋沦陷期间，必须扛上锄头，上观音山上去刨捡番薯秧、花生芽充饥了。战乱早已过去了，她和杨月珍现在日夜盼望的，就是远在南洋的仁和父子的来信。从去年清明节过后他们父子回南洋到现在，这一年多的时间里，他们父子的信，比日历还准时哩。他们的信，差不多都是在每个月固定的日子送到林家小院的——那都是在每个月的中旬。

可是在1947年5月，中旬眼看过去了，林家父子的信还没有到来；下旬又过去好些个日子了，可是朱秀娥、杨月珍婆媳俩还是没有收到南洋的来信！

是没完没了的雨季耽误了邮路？

啊，雨，你快快停下来吧！

但愿这没完没了的雨一停下来，南洋的信也就到了！

泉州南门外的这场雨终于停了下来，而且竟然在还未到晌午的时候，在林家小院里，有一缕白花花的日头影儿落了下来！这时候，离端午节还有好些日子。

没完没了地下了几十个日夜的雨是该停了吧？然而，泉州南门外的番客婶们都知道，在雨季中的上午，那早早露面的阳光不是真太阳，这早出的雨季的太阳预示着雨还会来的。

然而，那短暂的阳光毕竟是珍贵的，因为它将很快地又被满天的乌云吞没了！就在这日头花花露面不久，居然有人敲响了林家的院子门。

邮差来了！是泉州南门批馆的张先生，当年的泉州批馆，不仅为南洋的番客传送侨汇，而且，许多熟客的平信都是不经邮局，而是由批馆代递的。今天上林家小院送信的是两个人，张先生身旁另跟着一个年轻的后生。

"秀娥婶子，今年来，我这腿脚愈见得不方便起来了，唉，岁月不饶人啊。往后这些批信，就由我这侄儿来分送了，他该叫我亲伯呢。秀娥婶子，就拜托你们多关照了。"张先生边让他身旁的那位后生掏出信来交给朱秀娥，边这样说着。

朱秀娥听着张先生的话，望着他，她这才发现，张先生果然是那样苍老了！朱秀娥从溜滨村嫁到御桥村之后，南洋的批信和银单都是由张先生送进林家小院来的，几十年过去，当年那个双眉间长着一颗二龙戏珠痣的青年人，如今已老下来了，想想还是眨眼的工夫呢。唉，人啊，是说老就老了下来呢！

"快，月珍啊，你到灶屋里给二位张先生煮来红糖鸡蛋。"朱秀娥一边吩咐着儿媳妇，一边把二位张先生招呼到厅堂上坐下了，然后她抽身走回自己房间，掏出4枚银角子来，不由分说地各塞进张家伯侄手中：

"张先生，您在我们林家都走动几十年了；风风雨雨辛苦了几十年了，虽说您老人家不再送批信了，但往后您走过路过，都得上我这小院来坐坐，"说罢，又回过头去望着那年轻人说，"日后就辛苦你了，以后你到了御桥村，不管有没有我们林家的信，你都随时可以进大婶这个小院，下雨了进来避雨，口渴了进来喝茶，你就把这儿当成自己的家。"那小伙子听着朱秀娥的话，正想把手里的两枚银角子推让过去，却听他的伯父说：

"你就收了吧，林家婶子是实心眼儿的人，你不收，她会生气的。"

/ 三 /

送走了南门批馆的二位张先生后,林家婆媳俩连忙掩上小院门,拆开了南洋的来信。

婆媳俩心喘气促,双手颤抖——一代代的侨乡番客婶,差不多都是以这样的心态拆阅着每一封南洋寄回来的家书。远在南洋的丈夫或儿子,便是侨乡女人的天地。侨乡的女人不奢望远在南洋的男人做多大的生意,赚多少的钱,但求平安!南洋的男人要有个三长两短,侨乡女人的一片天地便就塌了。

这么一封迟来了差不多整整 10 天的信函,更是让朱秀娥婆媳俩提心吊胆了!

信封内只有一张照片,没有信笺!婆媳俩把照片翻了过来,只见上面几行端正的字:

母亲大人
　　月珍贤妻存
　　　　　　　　子钟民国三十六年五月二日

"娘,你瞧照片上的爹怎么都瘦成那样了?去年爹回南洋的时候,可不是那样啊——而且,子钟也瘦多了,怎么会这样呢?"杨月珍心疼地说。

"是啊,他们父子俩都怎么啦,莫非是身子骨儿……"朱秀娥望着照片,心里比儿媳更要焦急呢,只是她没有把心里那半截不吉利的话说出来。瞅着照片上瘦成了枯枝般的林仁和,她心里有了一种不祥的感觉:丈夫肯定是病了,而且病得不轻呢!否则,怎么儿子连一个字也没有捎回来,只寄来了这么一张照片。

"娘,你说,爹身旁的这个女孩会是谁呢?"

经儿媳妇这一说,朱秀娥这才发现了相片上的罗茜:

"是啊,以前也没听说过我们林家店里有这么个女孩——来,让我仔细瞧瞧——看来,不是我们唐山过去的人呢。"

"我看多半是个番仔婆呢，瞧那鼻眼嘴，都是番仔样呢。"

"是啊，瞧那样子长得水灵灵的招人疼呢，看上去，不过是十六七岁光景吧——噢，月珍啊，待会儿你回信的时候记得交代他们父子俩该吃吃，该喝喝，该歇歇，别太苦了自己，别太拖磨了。"朱秀娥吩咐着，见到月珍还把一双眼睛落在罗茜身上，便又接着说了一句："问问子钟，照片上那个女孩是谁？"

院子外，轰隆隆地传来一阵阵初夏的雷声，听到雷声，婆媳俩一起抬头往小院上空望着，只见刚刚露出脸的日头不知道什么时候又被浓浓的乌云裹去了。

那场没完没了的雨又落了下来。

南洋寄来的这帧照片，正是林仁和临终前两天照下来的，林子钟往唐山寄回它时，林仁和的丧事已办过三天了！那时候，林子钟真犯难了：怎么对母亲说出父亲的死讯呢？那可是在林家小院里落下一个晴天霹雳啊！无奈之中，林子钟只能把那帧照片寄了回去。老爸的死讯，那是不能写在信上的，他得自己回到唐山去，把父亲的骨灰带回故土，把父亲的噩耗告诉母亲，与母亲共同承受这天大的不幸。

/ 四 /

林子钟终于从巨大的悲哀中挺过来了。

罗茜说得对：日子还得过下去，林记商号还得开下去。是啊，今后的路再怎么艰难，他都得自己一个人走下去。

他决定很快地回一趟唐山，把父亲的骨灰送回去，叶落归根，入土为安。老爸一生漂泊南洋，如今该魂归故土了，这是当儿子的义不容辞的责任。

在办过林仁和丧事的第 10 天上午，吃早饭的时候，林子钟对罗茜说：

"罗茜，我想和你商量一件事。"

"子钟哥哥，是什么事，你说吧。"

"我准备很快地回一趟唐山。"

"为什么要很快地回去？什么时候走？什么时候回来？"罗茜停下手中叉子，两眼焦急地望着林子钟。

"我得先把老爸的骨灰送回唐山去。"

"为什么非得送回去,这几天,我想过呢,就把林仁和伯伯的骨灰送到我们曼鲁那边去,就安葬在永明,朱先生的坟边。"罗茜张大了双眼,十分认真地看着林子钟说。

"罗茜妹妹,我知道你们一家人真心地待我们好,但老爸是一定得回到唐山去的。如果上领事馆事情办得顺利,我准备买这两天的船票。"

"那你要回去几天,什么时候才能回来?"

林子钟扳起手指头来,认真地算了算:

"至少也得 15 天。"

"啊!要半个月的时间!"罗茜差不多是叫了起来。

"是的,这是最快的打算,虽说现在轮船走得快了,但路上往返就得 10 多天呢。"

"啊,真的那么遥远吗? 15 天……多长的路啊……"罗茜迷茫地说,"子钟哥哥,要是哪一天,我能到你们唐山去,该有多好……"

这个菲律宾少女随意说出来的话,日后竟成了事实哩!罗茜后来是真正去了唐山,去了中国。这个善良的异国少女后来竟终生地留在了中国——这是后话了。

现在,林子钟正认真地与罗茜商量着,他回唐山的这段时间里,林记商号是不是要关门歇业:

"罗茜妹妹,你看怎么办呢,我听你的。"

"子钟哥哥,我想这店还是得开着,现在一天有 100 来个比索的生意哩。"

"我怕你一个人辛苦不过来呢。"

"子钟哥哥,我再苦再累,也得把这店开着,半个来月的时间,有几百个比索的利头呢。"

商量的结果是,林子钟回唐山的这段时间里,林记商号仍要开着。罗茜想的是,她进店来已整整一个月了,林家父子一直没把她当外人,真心换真心,她也就把林记商号的事当成自家的事了。更重要的是,这一个月来,林记商号生意上的进进出出,渠渠道道,她心中都大约有个谱了。子钟哥哥回唐山的这段时间,林记商号不能关门,她一定要帮子钟哥哥把这几百个比索的利头赚上。林子钟当然是信得过罗茜的,她心灵手巧,生意上的事，一点就会，来店中这么长时间了，她经手的账目一仙不差。更让他放心的是，马尼拉光复这两年来，社区治安日见好了起来，在王彬街上，已罕见偷扒盗窃之事了。

"罗茜妹妹，我离开的这段时日，林记商号就拜托你了，让你一个人辛苦了，我会吩咐林氏宗亲会的宗亲常过来关照的，你一时有了急事，也可以找他们帮忙，或找沈霏姐姐也行，你不是也认识她吗？她现在一直在华侨义山守灵呢，有要紧事，你可上华侨义山求她帮忙，她会帮我们的。"

沈霏的父母是在菲律宾沦陷期间病逝的。沈霏知道，过去那几年中，自己为了抗日出生入死，父母为女儿的安危终日提心吊胆，积虑成疾。然而，从父母病危直到去世，她作为唯一的亲人，竟不能守在父母身旁，尽一份儿女之孝！为此，她一直深感愧疚，甚至有一种负罪感！然而，双亲都已作古，一切都无从弥补了。不久前，她在父母的坟旁搭了一间小屋，自己孤身住了进去，她决定要在这里为父母守灵三年。她是一个无神论者，但是她认为唯有这样，才能得到一点安慰，否则，她将愧恨终生！

两天后，林子钟上马加地中国总领事馆办妥了回唐山的"大字"（护照），"大字"拿到手，他又订下了后天的船票，他后天就得走了，明天必须上沈霏那里一趟，沈霏有些事要交代他回唐山办。

那一天晚上吃夜饭的时候，林子钟在灯下把行期告诉罗茜。尽管这已是意料中的事，尽管这事他们早已商量过了，可是临到行期定了下来，罗茜还是感到太突然了！

她到王彬街林记商号已超过一个月了，这一个来月的时间，是过得那么快，是那么短促，而未来的半个月，将会是漫长的——在这半个月里，她将独自一个人守着林记商号，她毕竟只有17岁，她还是一个孩子、一个女孩子！

最要紧的是子钟哥哥要离开这里，回唐山去！而且至少是半个月——啊，啊，那将是多么漫长的时光！在这段漫长的日子里，她将听不到子钟哥哥的声音，见不到子钟哥哥进进出出的身影；她将不能与子钟哥哥在同一张桌子吃饭了……仿佛到了这个时候，她才发现，自己对子钟哥哥怀着如此深沉的眷恋。

她毕竟已经17岁了……她抬起眼来，怔怔地望着林子钟，两汪泪水慢慢地溢了上来……

/ 五 /

第三天上午，林子钟关了店门，背上父亲的骨灰，上马尼拉第二码头去了。10点钟，一艘从马尼拉港开往厦门的小火轮，将把他带回唐山！

离开船还有整整一个小时的时间，他就到码头上来了。

他归心似箭，唐山故土在召唤他；母亲妻儿在召唤他……

然而，他又在焦急地等着一个人的到来——那是罗茜！

罗茜是昨天下午回曼鲁的，因为从红奚礼示回来，是先经过第二码头，再到王彬街，所以他们说好了，今天上午9点钟罗茜直接到码头上来送他。可是这个时候都已过了9点钟了！

从王彬街到了码头以后，林子钟就没有走进候客室里，他一直站在烈日下的海岸上，朝着红奚礼示方向的大路上张望着，可是一直看不到罗茜的形影！

罗茜说过是要赶着马车上码头的，可是大路上走过去一辆又一辆马车，总不见那匹亲切的大棕马飞奔而来！

罗茜可是一个说一不二的姑娘，子钟哥哥要回唐山，她得备下一些礼物，让他带给唐山的伯母还有月珍嫂子，所以她得回曼鲁筹办去……可是现在，已过了约定的时间了，她怎么还没来啊？

/ 六 /

这个时候，在马尼拉郊外；在红奚礼示通往马尼拉港的大路上，正飞驰过来一辆马车。

那是一辆套着大棕马的马车！

那是一个菲律宾少女赶着的马车。

那是罗茜！

她是昨天夜里到达曼鲁的家中的。

她几乎忙了整整一夜：她把家里刚晒过的那些干贝、鲍鱼干、刺海参通通倒了出来——这是南洋群岛最珍贵的海产了。她叫过来爸爸和哥哥一起动手,在暗淡的椰油灯下,十分认真地逐一挑出了其中最好的,装好满满一个袋子,还连夜打下了 15 个熟透的椰子,子钟哥哥说过:回唐山的路,来回要坐 10 来天的船,一天一个,这些椰子足够他回家在船上吃的。为了让子钟哥哥带得轻松一些,她又连夜把椰棕壳劈去了。

其实,她是在启明星还没退隐的时候,就早早套上马车上路了,而且一路不停地挥着鞭子催大棕马快跑。按照她赶车的速度,她是在 8 点钟前后能赶到马尼拉码头上来的。可是马车驰出红奚礼示不久,车辕竟咔嚓一声折了,幸好那一段路是上坡路,才没有发生意外。她见到路旁的修车店还没有开门,便走上前去,硬是敲开了门,把修车老板从睡梦中拉了出来,待到修好了车,太阳已爬起老高了。她一急,更加狠命地挥起鞭子,让马车飞一样跑了起来。

当她进入马尼拉城辖区内的时候,一个公路巡警挡住了这辆狂奔的马车:

"小姐,您这辆车要扣下来,你超速了,你得注意自己的安全,更要顾及公路上行人的安全。"

罗茜看着不容分说的巡警,略微迟疑了一下,便飞身一跃,从车座上落到马背上,很快地解开马脖套,用力拉着大棕马回过头来,就在那一瞬间,她探过身子,抓起车架里那一袋子海产和那串椰子,一手搂在怀里。然后两条腿用力一夹,催着大棕马腾起了蹄腿,朝前飞跑而去,把那个还没回过神来的老巡警晾在那里:

"巡警先生,那马车架子您先扣着吧!"

这时候,林子钟还焦急地站在码头上张望着,他担心罗茜是在路上出事了。

检票口就剩下他一个人了,检票员正催着他赶紧上船。他回过头去,最后往大路上望了一眼,这才走过检票口,跨上了跳板。

林子钟双脚刚刚踏进船舱,身后的跳板便收了回去。一阵铃声响过,小火轮徐徐离岸而去。

林子钟站在船沿上,双眼仍然紧紧地朝着海岸上;朝着通往红奚礼示方向的大路上张望着。

终于,他看到了在炽热的艳阳下,一团燃烧的火焰,从不远的地平线上;

从路的那头，朝着大海，朝着自己奔腾而来！

那是一匹大棕马，如燃烧的血色的火焰，雷驰电闪般地滚滚而来。

那是前来送行的罗茜！

林子钟站在船板上，朝着海岸，朝着那团血色的、一往无前的、燃烧的火焰挥起双手：

"罗茜，我看到你了……我会很快回来的……"

那团血色的火焰奔腾得更快了。

那团血色的火焰离码头愈来愈近了。

而船却离码头愈来愈远了。

林子钟再一次挥起了双手：

"罗茜，我看到你了……我会很快回来的……"

他的高亢的呼唤声招引过来许多人的注目。然而，一向少年老成的林子钟，此时竟然无暇顾及投落在自己身上的这些眼光了。

那匹大棕马终于飞奔到码头上来了，那团血色的火焰在那里停了下来。盛开在这团血色的火焰上的，是一朵粉红的荷花，是穿着马来族少女衣裙的罗茜，那颜色是粉红色的，就如同开在明净的湖面上的那种荷花。

罗茜，以及她胯下的那匹大棕马，却是水淋淋的——那是汗水。

然而，一汪湛蓝的海水，隔在了这团火与那条船之间。而且，眼前的这汪海水愈来愈宽，愈来愈深——那条船正在远去。那匹大棕马，似乎也发现了那条正在远去的小火轮，它焦急地无可奈何地在原地辗转着，踏着碎步。

罗茜看了一眼远处的船，便把怀里的那袋子海货和那串椰子结在一起，往背上一搭，捆紧了。

又有一声深情的呼唤从海的那边传了过来：

"罗茜，我看到你了……我会很快回来的……"

随着这声深情的呐喊，罗茜一手揪紧马颈上的鬃毛，那匹大棕马一下子被她提了起来，它仰天一声长啸，腾起前蹄，跃过码头上的栏栅，落到了海岸下的海滩上。不等大棕马站稳下来，罗茜双脚一夹，又挥起鞭子，催赶大棕马朝着小火轮的方向驰驱过去。那条小火轮沿着海岸线行走了一段路程之后，现在已经调船头朝着北方的海面而去。望着调转头去的船，罗茜也毫不犹豫地扭过马头，策马跃向海滩深处。

大棕马的四蹄踏进水中。

海水漫到了大棕马的腹下。

海水漫到了大棕马的背上。

就在海水漫近腰际的时候,罗茜把背后的海货与椰子都顶到了头上。

海水淹没了大棕马。

这团血色的火焰融入了蓝色的大海。

大棕马高昂起脖颈,把头露在水面上。

大棕马承载着罗茜,奋力地朝着小火轮泅去。

马背上的罗茜,头上顶着那袋她和她父兄费了半个夜晚,精心挑选出来的海参、干贝、鲍鱼干,那是不能湿水的。

她身下的大棕马已全身淹没在水中了。

她的上半截身还露在水面上——那是一朵荷花。

她的身子开始浮了起来。

终于,那艘小火轮已近在咫尺了,她已经能看清子钟哥哥的脸盘了,当然,林子钟也能看清她的脸盘了。

啊,子钟哥哥已在船樯上趴下了身子,伸过手来了。

罗茜奋力伸直了身子,举起头顶上那些海货和椰子,递了过去——她不知道自己为什么会有那么大的力气——子钟哥哥接住了!

现在,她身上轻松多了,于是她把双腿提到胸前,在马背上拼命一蹬,飞身跃入大海,一把抓住了子钟哥哥伸出船沿的那只手。

这时候,一只白色的鸥鸟飞了过来,低低地盘飞在他们头上。小小的火轮已加大了马力,朝着北方的海面而去。

罗茜紧紧地抓住了子钟哥哥的手,让船带出去好一段路:

"子钟哥哥,路上多保重了,办完了唐山的事,早早回来……"

"罗茜妹妹,我知道了,我会很快回来的……你回吧……"

听到子钟哥哥这些话,罗茜终于松开了手……

朝着北方的海,朝着唐山,轮船远去了……

第五章　叶落归根

/ 一 /

5月里的一个早晨，一艘客轮停靠在厦门太古码头。这是一艘从马尼拉开过来的小火轮。

1947年，这样的小火轮从马尼拉到厦门港，如果没有遇上风浪，应是5天5夜的航程。那时候，往返于马尼拉与厦门之间的船班，除了这种小火轮之外，更多的是机帆船，这样的船从马尼拉到厦门，是10天的航程，它的票资自然要低得多了。林子钟选择乘小火轮回唐山，那是因为他不能在航途上耽搁太多的时间，林记商号现在实际上只剩下他一个人了，他护送老爸的骨灰回家期间，虽说有罗茜看着，店铺依然可以开门做生意，但她毕竟是一个17岁的孩子，林子钟放心不下啊。

他买的是没有座位的底舱散席。在大海上航行的那5个日夜，他一直把老爸的骨灰抱在怀里，那骨灰盒是装在一个旅行袋里的。

下船后，他在码头上的大排档胡乱要了一碗咸粥，又立即转乘开往溜石湾的机帆船。当天赶回御桥村的时候，已是傍晚了。

在菲律宾，4、5月间是一年中最炎热的时候，而在1947年的唐山故乡，在泉州南门外，此时却正当"清明谷雨冻死虎母"的倒春寒季节，迷迷蒙蒙的细雨已经下了好些时日了。在这样的夜晚，御桥村的家家户户已早早吃过了夜饭，关门闩户了。

从茫茫夜色中走到家门口的时候，细雨下得正稠，站在院子门外，林子钟几乎抬不起手来拍响那两扇亲切的门扉了——他还没有给母亲传来父亲的死讯，他必须当面对着母亲谈起这个噩耗，他不能让母亲独自承受这样的痛苦。

他在自家孤独的小院门外站了好久好久，直至浑身湿透了，又打过了一个寒战之后，他才咬着牙根，横下心来拍响了门板。

/ 二 /

最先听到拍门声的是朱秀娥。

天已经黑下来了,她举着灯穿过天井,把脸贴在门缝上:

"谁啊?"

"妈妈。"

朱秀娥的心咯噔一跳,她没有听错——那分明是儿子的声音,她哆嗦着手,拉开了门闩,同时回过头去用打战的声音叫了起来:

"月珍,是子钟,子钟回来了!月珍,快,把阿昭抱过来见他爸——啊,别,别,别把面冲着他爸,冲了缘分,别让他们父子俩日后生分了……"她手忙脚乱地吩咐过儿媳妇后,这才回过头来望着门外的儿子,"子钟,怎么,也没有捎个信,就回来了,就你一个人回来?"她仰起头来,望着儿子身后的黑夜,这样问着。儿子没有作声。她把灯举高了些,她看清了儿子那张消瘦的、凄哀的脸。接着,她终于看到儿子左臂上那圈志孝的黑布!还有儿子搭在胸前的那个呈四方形、鼓鼓的旅行袋!

她感到一阵天旋地转,眼前一片漆黑。她就那样扑倒在门槛外儿子的怀里,昏死过去了……

/ 三 /

依照我们故乡的风俗,从南洋带回来的逝者的骨灰是不能进村的,那是犯大忌的。谁也说不清这是犯了什么忌,多少年了,这样的风俗一直流传了下来。死者的骨灰,在没有入土之前,是必须搁在村口的土地庙的,谁也不敢破这个例。谁要是破了这个例,以后村子里有个三长两短,整个村子的人都会找上门来的!

这个夜晚,林仁和的骨灰盒当然是要搁在御桥村村口那个土地庙里的。

我们在《南洋泪》的第一部里已经说过,御赐桥桥头长着一棵擎天古榕,这个小小的土地庙就掩映在村口的榕树荫下。同时,我们在第一部书里也已说过，还在襁褓里的时候，林子钟就遭遇了土匪的绑票；我们还说过，林子钟一生中遭遇的第二次匪劫是在他的新婚之夜。而谁能想象，他这一生中第三次遭遇匪患竟是他护送父亲骨灰回家的这个夜晚！

/ 四 /

林子钟把昏死过去的母亲抱进了房间后，杨月珍奔了过来，她手忙脚乱地给婆婆泡过来一杯红糖桂圆汤，并撬开了她的牙关，一小匙、一小匙的将糖水灌进口中。过了片刻，朱秀娥终于悠悠地苏醒过来了。

她张开了眼睛，灯光下，她看到了儿子的那张脸，接着，她看到了儿媳那张脸，这时候，她听到了摇篮里孙儿的哭声！那哭声将她从半昏迷的朦胧中召唤了回来。对她来说，那声音是充满活力的春雷，滚过她如死去般一片空白的脑海，激活了她的生命，她完全苏醒过来了！那象征着林家这一桃香火的哭声，支撑着她挺过了人生中这道艰难的丧夫坎。

而在这个时候，一声真正的响雷滚过屋顶，她挣扎着抬起了瘫在儿媳臂弯里的头说：

"快把云昭抱过来，别让雷吓着了……"

她嫁到林家已是第 26 个年头了，然而，她只是在她的新婚蜜月里——不，不是一个月，那只是刻骨铭心的 14 个夜晚——她得到过作为女人，作为妻子所应当得到的那份爱。之后，过去了 24 年，直到儿子长大成亲的那一天，丈夫才又一次回到唐山，回到这个红砖小院。那时候，她已人老珠黄，而丈夫，也已如一棵枯老的树。由于生活的重压，他们都过早失去了青春的活力，男女间的那份激情已经熄灭了，他们只能作为夕阳西下的"老来伴"相聚。由于儿子新婚之夜遭受的匪劫，丈夫与儿子才能在这个小院里住了 40 天——十几个夜晚的"夫妻"，加上 40 天的"老来伴"相聚——这就是作为番客婶的朱秀娥的一生……

现在，她永远地失去丈夫了。

她摇晃着身子，终于坐了起来。

她不能躺倒在床上，她没有时间悲哀，丈夫死了，叶落归根，入土为安，还有引水魂……这些事都必须由她做主操办。

后来，当她得知丈夫的骨灰正搁在大门旁时，她大吃一惊——那是犯大忌的啊！幸好夜色浓了，没有人发现这桩事。她连忙吩咐儿子趁夜将之送到村口的土地庙去：

"子钟，看你，吃了几年南洋饭，都变成番仔了，那骨灰是不能带进村里来的啊！"

"妈，儿这就送到村口土地庙去——我进村的时候没遇上一个人。"

"那就好，那就好，现在送出去，也不要碰到一个人——慢着。"见到子钟已提起了那只旅行袋，她摇晃着身子几步扑了过来，一把将袋子拢了过来，打开了拉链，把里面的骨灰盒紧紧地抱在怀里，她多想尽情地哭一哭啊，但她怕惊动了村邻，只好把嘴唇咬紧了，激烈地抽搐着身子，不让自己哭出声来。后来，她终于止住了哭，吩咐一旁默默落泪的儿媳：

"月珍，把那件毯子拿过来——子钟，到了土地庙，把棉毯盖上，捂紧了，看这天多冻——仁和，几十年了，你我天南海北，人各一方，为妻不能朝夕侍候你，让你孤零零地在南洋……你好苦啊，如今更是一个人孤零零地去了……"

/ 五 /

第二天，得到亲兄弟死讯的林仁玉，早早赶回御桥村娘家来了。此时，村邻们已挤满了娘家小院。他们是被朱秀娥的哭声招引过来的，她是在确知儿子已把丈夫的骨灰盒安放到土地庙后才敢哭出声来的。此时，她哭过了，嗓子虽嘶哑了，但觉得心口似乎不再堵得那么紧了——她毕竟尽情地哭过了。是的，哭过了会好受一些的。现在，她像一个镇定自若的将军，她已不再流泪——日后再哭吧——她这样告诫自己。她已安排作作工上观音山挖墓穴去了，上泉州城购办菜蔬的那一拨人也上路了——这场白事要操办得像模像样的，送丈夫上路那5盘菜，不能含糊，要有鸡，有鱼——要有大蟹大虾，还有，要一只猪蹄腿。丈夫在南洋辛苦操劳了一辈子啊，在生时没能过上一天安逸的日子，如今走了，不能让他空着肚子上路。还有今明两天，村邻亲朋桌上吃的，也不能怠慢了，该酸是酸、该辣是辣。

这一切事情都安排妥当了,她转过身来,见到小姑仔已披麻戴孝停当,正在一旁抽泣,便招呼说:

"阿姑,你先去喝一碗粥,我们这就上村口土地庙去。"

"嫂子,你也来喝粥。"林仁玉止住了哭,接过杨月珍端上来的一碗刚起锅的蚵仔粥,抓过娘家嫂子的手,将那一碗粥塞了过去,同时对月珍说,"月珍,我自己来。"她说着自己下灶屋去了。

朱秀娥打起精神来,喝下了大半碗咸粥,然后回到自己房间,把床架上丈夫的遗照取了下来。这相片是儿子在南洋放大并装上了框的,丈夫临死时的那一丝微笑,固定在相片上了。这相片放在枕边,伴了她一夜!她看着看着,一行泪水落了下来,掉在玻璃镜面上,她没有去揩它,她把相框抱在胸前,走出房间,见到小姑仔已喝过了粥,便招呼过儿媳说:

"我和你姑、子钟,先上土地庙去了,待会儿云昭醒了你奶过了,也抱着他上土地庙来,公孙俩,就剩下最后这一场了,该让他去为阿公守灵,记得多穿衣服,外面风大。"她交代着,让儿子与小姑仔伴在左右,走出门去。

刚刚到了农历四月,这是个没有太阳的阴冷阴冷的早晨,小路上见不到一个人,空旷的田野上,除了风,还是风,那风刮得像刀子。这像刀子一般锋利的风,把林家三个人的麻衣头白布,吹得嗖嗖作响。

从林家小院到村口的土地庙,两里地的路程,朱秀娥正在一步一步走向自己生命的终点。

这是个沉重的乌云充塞在天地间的早晨。朱秀娥把亡夫的遗照紧紧地抱在怀里,她的眼前一阵一阵地发黑,又一阵一阵地冒着金星,有好几次,她脚下一个趔趄,差不多就要一头栽倒下去,然而,她摇晃了一下身子,又站稳了,把怀里丈夫的遗像搂得更紧了。

前面就是土地庙了。

那将是她生命的终点。

她正一步一步地走向土地庙。

她正一步一步地走向生命的终点。

/ 六 /

这是一座古老的土地庙，它已存在了多少年头，没有人能够说清楚；它已经翻修过多少次了，也没有人能记起来。

走进庙门，正中靠墙摆着一个神案，神案后面是一个两尺见方的神龛，那里供着的正是一方土地神。昨天晚上，林子钟连夜将父亲的骨灰盒送到土地庙里时，是连旅行袋一起放在神案上的，又遵照母亲的吩咐，在上面严严实实地裹上了那条棉毯。现在，他与姑妈搀扶着母亲走进来的时候，那神案上却一无所有。他怔了一下——莫不是哪个过路的人搬动了它？

他弯下腰去，神案下有一层旧稻草，那是厚厚的一层被压实了的稻草。可以想象那上面是时常有人躺过的，那自然是那些浪迹四方的乞丐了。然而，那上面什么也没有，林子钟又把小小的土地庙找了个遍，还是什么也没找到。后来，他撩开了神龛的帷幔，帷幔后面，一位和善的老者笑容可掬地坐在那里，那就是小庙的主人，一位上了年纪的土地爷。

这时候，他发现，紧贴神龛的案面上压着一块砖，那砖下露出一个纸角——那是一个信封！

/ 七 /

那信封是崭新的，信口没有糊死，那信封显然不是空的。

林子钟抖着手，从里面抽出一封信，他的眼光落到上面，当他看清了上面的那几行字时，猛然感到大脑一阵轰然巨响，他不相信世界上会出现这样的信笺，他不相信世界上会发生这样的事！然而，那是千真万确的！那信笺上文绉绉的几句话是这样的：

林家兄弟：

恭喜你从南洋发财回来了，令尊归西，不胜感哀，骨灰我们代为保管了，保管费用不多，只需贰百银元……

这是他这一生中遭遇的第三次匪患，土匪劫去了他父亲的骨灰！

老天爷，土地爷，你睁开眼来看看泉州南门外这处地方；这处被漂泊南洋的晋江番客称为摇篮血迹的地方吧——天啊，这里是什么样的一种世道啊！

林子钟感到脑海里一片空白，眼前一片昏黑，天和地颠倒了过来。接着他直挺挺地四脚朝天倒了下去。

随他一起瘫倒下去的是他的母亲。

当朱秀娥探过头去看清儿子手上的信笺时，她哀号起来：

"仁和，你好苦，在世的时候，我没能照顾你，你死了，竟也不能让你宁……"

她仰起了头，茫然地望着昏浑的天空。她的哀号声慢慢地低沉下去，她的两条腿慢慢地瘫软下去，跪倒到地上了。随后，她紧挨着儿子的身子，仰倒下去了，丈夫的遗像，被她紧紧拥抱着压在胸坎上……

……昨天晚上，她本想上土地庙来守着丈夫的骨灰的，但她知道儿子不会让她一个人孤零零地在这里守上一夜，一想到子钟也会来陪着自己，便想到儿子已在船上熬过了那么多日夜，该有多累！既然回到家了，那就得让他好生睡上一夜，想不到……唉，难啊难，顾得上活的，顾不上死的，顾得了儿子，顾不上丈夫，侨乡的番客婶难啊……

这时候，有婴儿稚嫩的哭声在小庙里响起，那是云昭的哭声，那是杨月珍背着刚刚睡醒的儿子赶过来了，公公明天就要入土，她要和儿子来庙中守上一天。

在人生最后的朦胧中，朱秀娥听到了孙儿那高亢而娇嫩的哭声，啊，那是充满活力的哭声；那是充满希望的哭声；那是象征着林家香火后继有人的哭声！

然而，这哭声终究没有使朱秀娥活转过来……

她用回光返照的那一丝气力，挣扎着张开了眼睛，映入她瞳孔的是儿媳背着的云昭，他正高举着捏紧了的两只小拳头，疾声地哭啼着、呐喊着。

她想问儿媳："孙儿奶过了吗？穿暖了吗……"然而，她终于没有气力张开嘴来。

后来她的眼睛又缓慢地合上了，再没有睁开了……

最后，她感到孙儿的哭声远去了，消失了……

第六章 一场梦救活一个人

/ 一 /

林子钟直挺挺地躺在床上。

他的眼皮既没有张开,也没有闭上,而是眯成了一道缝。从那道缝里,可以看到里面的瞳仁是呆滞的、惨淡的。三天了,他就这样迷迷糊糊地半张着眼,直勾勾地望着屋顶的椽条。

他睡着了吗?

没有。

他清醒着吗?

没有。

杨月珍再一次舀过来半碗水,那是刚从古井里打上来的。她用宏船法师留下的那节京墨,磨出半碗墨汁,掺进一匙冬蜜,搅匀了,然后坐到丈夫旁边,把他的头扶到自己大腿上,一匙一匙地将碗中的墨汁喂进丈夫口中。

丈夫的头枕在她的大腿上,他那昏暗无光的眼睛一动不动地望着她,看得她心慌,看得她心痛。她禁不住将碗在床沿上一搁,一把将丈夫的头搂进怀里,双手在他的脸上抚摸着:

"子钟,你醒醒啊,你作声啊……要不然你哭出来啊……你别憋在心里啊……我们娘俩可是离不开你啊……"杨月珍低声地呼唤着,呜咽着,最后,她的一张脸都让泪水打湿了。

他听到妻子的呼唤了吗?

他听到妻子的哭泣了吗?

——不知道。

几天来,面对着妻子一次次、一声声带泪的呼唤,林子钟一直无动于衷,每当在这样的时刻,他的半眯着的双眼总是直直地望着妻子。

/ 二 /

那一天，朱秀娥、林子钟母子俩昏死过去之后，土地庙里顿时乱成一锅粥。朱秀娥再没有活转过来，她满怀悲愤地随夫去了。而林子钟被抬回家后，仍然迷迷糊糊一直没有真正苏醒过来。这突然降临的大祸，把杨月珍完全吓蒙了。公公的骨灰丢了，婆婆死了，背上哭着闹着的儿子还嗷嗷待哺，丈夫再不清醒过来，落个三长两短，天哪，她该怎么办？

在这一场劈头盖脸砸来的横祸中，林家只有一个人没有呼天抢地，甚至没有过多地流泪，这个人就是林仁玉。面对突然发生的这一切，她几乎咬碎了自己的牙齿，逼着自己止住了眼泪，逼着自己镇定了下来。她心里清楚：林家在御桥村是孤姓独家，没有哪一家近亲可以依靠，可眼下林家遭遇的这一场灾难，真比泰山压顶还沉，真比乱麻缠身还乱！死去的还没出葬，昏去的还未还魂，未曾当过家的娘家侄媳，才刚刚20岁出头，还嫩着哪，哪能应付得了这样天大的灾难！

只有靠她了，只有靠她这个嫁出去的林家姑仔了！

她一步跨到娘家侄媳跟前，抓起她的一只手紧紧握了好一会儿，低声地从容不迫地对她说：

"月珍，挺住了！记住，天塌下来也要挺住啊——我这就上宏船法师那里去，这事他会指点我们怎么做的，我马上就回来。"

早已吓蒙过去的月珍，木然地死死揪住姑妈的手掌，浑身哆嗦着，一时间里竟听不到姑妈在说些什么了。倒是站在她身后的，一直默默地扶持着她的一个年轻媳妇开口了：

"仁玉阿姑，你就赶紧去吧，这里我会帮着月珍的。"林仁玉转眼一看，只见那说话的女子身上一件补丁累累的皂色偏襟衫，20来岁光景，林仁玉认出她是曾家媳妇曾柳氏，便十分友善地回了一声：

"你关照着月珍吧，劳神你了。"说罢，迈出土地庙，几乎是小跑着朝庆莲寺去了。

三四里路，虽是大冷的天，林仁玉还是火急火燎地走出了一身汗，见到宏船师父时，她浑身上下都湿透了。她上气不接下气地对宏船法师说清了事情的缘由后，这个满怀慈悲的出家人禁不住深深叹了一口气：

"哎，罪孽啊……这样的乱世……古往今来，只听说过打家劫舍的，哪听说过还有盗人遗骨的……也罢，歹徒敲诈勒索银两这件事，先别去理会它了，是善是恶，终归是要报应的，他们一个铜板也别想得到，而我们却照样要把丧事办了。"他略一沉思，接着又说："这样吧，仁和施主的旧衣裳，烧一套权作引魂吧，其余的放进棺内，造一个衣墓冢，朱秀娥在今天也同时入土为安吧，快刀斩乱麻，乱事快办，不宜多拖时日，我自然会为他们超度的，你先回吧，我随后就到。"

/ 三 /

林仁玉刚取过来林仁和穿过的几套旧衣裳，宏船法师随后也赶到御桥村外的土地庙来了，面对这场横空里砸向林家的大祸，宏船法师只能在心里枉自悲叹：苍天啊，这是什么样的一种世道，这不是把人往绝处逼吗？可是作为一个出家人，面对这样的世道，他除了在心里暗自哀号以外，他又能怎么样呢？现在，他唯一能帮林家的，就是赶紧将这场乱无头绪的丧事办了，将昏厥过去的林子钟救活过来，这才是最重要的！

他强忍住心中的悲愤，沉下气来，简单明了地吩咐了林仁玉几句之后，把丧事全部交由她去办了，而他自己立即赶到林家，焦急地守护在林子钟身旁——活人要紧！林子钟要再有个三长两短，林家小院便当真毁了！

他细心地为林子钟切过了脉象之后，轻轻地摇了摇头：

"这是七情内伤，伤得好重啊……就让他昏睡些日子吧，或许在睡梦中能淡忘这些不幸，逐渐康复过来吧。哎，哀莫大于心死啊……但愿他的心还能活转来吧……"说着，他撬开子钟牙关，塞进一粒清心安神定惊丸药，接着，又掏出随身所带银针，在他身上的冲阳穴、上巨虚穴、神门穴、合谷穴各扎上一针，最后，留下一截正宗京墨，吩咐道：

"每日早、中、晚各取来半碗清新井水，以墨磨之，掺上一匙冬蜜，喂他喝下，若是醒来之后，永远不要当面再提起骨灰失窃之事了，千万千万！"

他迈出院子门来，昂头一望，只见乌云低沉、漫天灰浑，他不禁又仰天长叹一声：

"天啊，这是什么样的世道啊，善不得善报，这不是把人往鬼里逼吗？"

他心里清楚，只是不敢挑明：这林子钟即使活转过来了，也只能落得个终身痴呆！

那场混乱如麻的丧事终于应付过去了，可是林子钟却一直迷糊着。

人心毕竟都是肉长的，虽说林家在御桥村是单门独户，但平日里林氏婆媳待人和气，人缘极好。尤其是在1942年春夏之交的那场瘟疫中，朱秀娥不记旧仇，使得曾文宝家的那具棺材得以入土。此事虽过去多年，然而，御桥村的曾姓父老，至今还常念叨着。而在去年的那场海难中，林仁和父子把仅存的那点赖以活命的淡水，分给曾文宝喝了，帮着他闯过了鬼门关，让他捡回了生命，这事不仅在御桥村，而且在泉州南门外的四乡五里一直传颂着。

如今，林家遭遇了这样的横祸，御桥村的曾姓人家，差不多家家户户都出人出力，真情实意地帮着林家把这场丧事办下来了。尤其是文宝媳妇曾柳氏，在丧事过后，还是天天走进林家小院，伴着月珍，安慰着她，劝她吃饭，劝她节哀，帮她抱着逗着小云昭，那情景，真像亲妯娌。这时候，曾家已经完全破落了，曾文宝在南洋也一直未捎来批信，破败的曾家大院，如今只剩下曾柳氏了，日子过得多么艰辛！多年来，曾柳氏总是记挂着林家的恩惠，现在见着林家如此遭难，自己帮不上什么大忙，只有这样算是尽一点心意了。

/ 四 /

杨月珍嫁进林家小院，也才是一年多的时间，却已遭受了两场灾难！新婚之夜遭受那场匪劫，她一直没当作是一场灾难，那不过是破了财，留得青山在，不怕没柴烧，钱财破散了，还是可以赚回来的。而眼下的这场灾难，却使她绝望了，相处了一年多的婆婆，就那样说没就没了！多善良的老人啊，真比后头的娘更疼着她；还有自己的男人，还直挺挺地躺在那里，要是再有个三长两短，她该怎么过啊——她才20多岁哪；她怀里抱着的儿子才过了满月不久啊——她今后的路该怎么走啊？

哎，难啊，番客婶！

连续几天几夜守着迷糊的丈夫,又要照料襁褓中的云昭,杨月珍一直没睡过一个踏实觉。

第7天夜里,她偎依在丈夫身旁,连连打起盹儿来。后来,她不知已过了多久,也不知道已经到了什么时辰,她在朦胧中感到有人在推搡自己,连忙张开沉重的眼皮一看,是丈夫!丈夫醒过来了!是丈夫在推搡着她!丈夫正紧紧地偎依着自己坐在那里,在灯光里,她发现丈夫的瞳仁已不再呆滞、不再昏暗,他的瞳孔里面闪出来的那种光彩,比灯光更明亮,比灯光更动人。见到妻子醒来了,他不容分说地把她抱了过来,拥在怀里,贴着妻子的耳窝低声但却清晰地喃喃着:

"月珍,月珍,你听我说,我去了一趟延安,我见到了卢老师,卢老师对我说,这万恶的旧世道就要完了……"

他把月珍越搂越紧,直至妻子都要憋不过气来了。终于,她挣出一只手来,急切地在丈夫身上摸索着:

"子钟,你醒醒,别说梦话,这是在咱家里……我在你怀里哪……"

"不,我不是在说梦话……千真万确的……我见到卢老师了,卢老师说了,共产党就要打过来了,共产党就要打下江山了……真的,卢老师还给了我一把延安蜜枣……"

听到丈夫还在不停地说着胡话,杨月珍禁不住泪水扑簌簌地涌了出来,她把自己泪淋淋的一张脸贴紧在丈夫腮颊上,呼唤着:

"子钟,你清醒吧,你清醒过来吧……"

"我醒着哩,你看,这是卢老师给我的蜜枣,"他把一只紧紧捏着的手伸到妻子脸前,张开了,"月珍,你看……"

……他终于完全清醒过来了,他再一次把妻子搂进怀里,再一次把双唇贴紧妻的耳窝,接着说他的梦:

"……这是千真万确……卢老师还是那个样子,她嘱咐我,要活下去,要坚强地活下去……"

听着丈夫的话,她再一次仰起头来,细细地端详着丈夫那张瘦削的脸,她惊喜地发现:丈夫双眼里刚刚还蒙着的那种梦幻的神色已完全消失了,他的双眼闪烁着动人的光芒,尽管他的眼白布满了血丝,然而他的瞳仁又恢复了往日的清澈与明净!7天7夜了,丈夫终于又活过来了;丈夫终于又清醒过来了。她看着看着,又把头埋进丈夫怀里,用力地磨蹭着……后来,她竟呜呜咽咽地又抽搐着哭了起来：

"对，活下去，活下去，子钟，我们一定要好好地活下去……"

/ 五 /

这时候，从摇篮里响起了一阵婴儿悦耳的哭声，那是云昭哭夜了。子钟忙推开妻子的手臂说：

"月珍，你听，我们的阿昭饿哭了，你快过去奶他……"

"你自己就不饿，都7天7夜了……"

"是啊，是啊，我还真是饿了，都快饿死了……"

"云昭让他哭一会儿吧，没事的，我先下灶屋为你煮几个荷花蛋，再来奶阿昭。"

"好的，那你把阿昭抱过来，让我好好看看他。"

他想站起来，但双脚刚一落地，竟感到眼前一阵发黑，便又在床上躺倒下去。

人世间任何巨大的痛苦都不可怕，可怕的是绝望。

那一天早晨，林子钟在读到压在神龛下的那封信时，他就感到了绝望！在那短短的片刻之间，他记起了自己还在襁褓里遭到的绑票；记起了新婚之夜被土匪洗劫一空；他万万没有想到连他千里迢迢护送回来的老父的骨灰，也不能入土为安！

天啊，这是什么样的世道，这个世道不是正一步步将他往死里逼吗？

唐山之大，竟没有他一家人的安身之地！

连死人也不放过！

他绝望了——面对当下这个罪恶的世道。

面对这罪恶——他已死过一次了。

是那场梦救了他！

那7天7夜的昏死，就如同那一次海难，他是在死海里挣扎——因了那场梦，他终于从死海里挣扎过来了！

他生还了，他复活了！

他奇怪那梦境竟是那样逼真：卢老师拉着他的手，走在陕北的黄土高原上，在一棵高高的枣树下，一个头上缠着羊肚巾的老乡打下一串红枣来，塞给他们，那是经霜的蜜枣，卢老师拉着他的手，卢老师把他带到延安的宝塔下，他听到了塔下延水河的流水淙淙。后来，卢老师把他带进一个窑洞，他看到窑洞里一个膝盖上贴着补丁，身材魁梧的人，这个人以洪亮的声音对他讲，中国共产党一定要解放全中国，老百姓再也不会受苦受难了，包括海外的华侨再不会受欺辱了——林子钟认出来了，这个人就是毛泽东先生！

　　不久前，还在马尼拉的时候，有一天，在王彬街华侨青年会所里，沈霏、黄杰汉就让他看过毛泽东先生的画像——就跟梦中见到的那个人一模一样！那一天，沈霏、黄杰汉不也告诉他：毛泽东领导的中国共产党就要解放全中国了！

　　……在走出窑洞的时候，他对卢老师说：这一次回到马尼拉，把那店铺盘交给李东泉先生后，他也要到延安去……

　　如此说来，希望毕竟是存在的，希望在延安——不管它是多么遥远，但却是实实在在的！

　　他不再绝望。

　　他又有了希望。

　　他要活下去！

　　杨月珍一下子敲开了6个鸡蛋——六六大顺！丈夫终于活下来了，丈夫终于清醒过来了！她要丈夫一口气吃下这6个荷花蛋！

　　当她把那碗热腾腾的荷花蛋端进房间的时候，见到丈夫正把儿子搂在胸前，灯光下，她看到丈夫的嘴角似乎挂着一丝笑容……

　　这时候，从小院外，第一声报晓的鸡啼传了过来……

第七章　一个善良的谎言

/ 一 /

林子钟终于活转过来了!

第二天,他早早起了床,就着杨月珍端过来的热水,细细地漱洗了一番,把冒出来好长的胡子剃净了,又把指甲修剪了一番。杨月珍站在一旁,看着丈夫的脸色尽管蜡黄蜡黄的,双颊陷了下去,但丈夫毕竟活了下来——眼前这个丈夫梳洗得光光鲜鲜的!

他修完了自己的手指甲,正要接着修剪脚趾甲时,杨月珍接过他手中的剪刀说:"我来为你修吧。"

林子钟执意不肯:"躺了这么多天了,我一双手都僵硬了,你就让我活动活动手指头吧。"

杨月珍听着丈夫说得在理,便偎依在他身旁,一边深情地望着他,一边轻轻地抚摸着他的脖颈。她看到丈夫的头发长得好长了,按照泉州南门外的习俗,在办完前辈丧事的当天,儿孙们就要把头发剃了,否则要到49天后才能理发,所以,丈夫还得等上好些日子,才可以上剃头店去。

杨月珍抚摸着丈夫那头浓密的头发,她突然发现,那里面已长出白发,一根、一根,又一根!啊,丈夫还不到25岁哪,怎么就长出白发来了!她一下子心酸起来……

正在低头修剪脚趾甲的林子钟,猛地感觉到脖颈上一阵滚烫,他转过头来,发现杨月珍的双眼里溢着厚厚的一层泪水。

"你怎么啦,好好的怎么哭了?"他这样问着,把剪刀往床上一丢,伸手搂住月珍,"月珍,莫哭,莫哭!"

"好,不哭,不哭!"杨月珍把丈夫的头抱在自己怀里,连声说。

/ 二 /

林子钟吃下了妻子端过来的红枣桂圆汤后,便要上庆莲寺去了。

他知道自己昏死过去的那7天7夜里,宏船师父每天都要到林家小院来看望他,为他叩诊号脉,留下丸丹药散,交代杨月珍如何护理。现在,他清醒过来了,他首先想到的是上庆莲寺,当面去感谢这位出家人的大恩大德,让他放心,让他高兴,让他知道林子钟终于活过来了。

然而,当他站了起来,刚走到房门口,便感到一阵头重脚轻、天旋地转,他连忙往门扇上一靠,才没瘫倒下去。他生怕月珍看到自己这副模样,只靠在门上喘过一口气来,又一咬牙根,挺起身子,朝天井下走去了。可当他走到院子门前的时候,又感到眼前一阵黑暗,胸口也闷堵得发慌,他终于挺不住了,在门旁栽倒下去了,接着,一股腥咸的液体涌出喉口,他连忙将它呕了出来……

正在灶屋里洗锅刷灶的杨月珍,听到院子里的动静,探出头来,看到丈夫瘫倒在大门旁,她惊叫一声,跨了过去,只见丈夫身旁落下碗口大的一摊血,她连忙扶起丈夫,把他的一只手搭到自己肩上,将他扶回房间来:

"子钟,你就多歇息几天吧,别忙着走动啊,好不容易挺过来了,别再出事了。"

子钟坐到床上,终于舒过气来了,见到妻子那担惊受怕的神色,他尽量装出轻松的模样说:

"月珍,没事的,好几天没走动了,手脚身子都被宠娇了,宠懒了……"

"可那血,是怎么回事?"月珍着急地问。

"那东西呕出来了,心口反倒清爽多了。"

"你今天就别上庆莲寺去了吧。"杨月珍说着,掏出手绢儿揩去了丈夫嘴角的血水。

"好,你说不去,就不去,好不好,月珍?"

/ 三 /

未到晌午时分，宏船师父又到林家小院来了。

这宏船师父，由于和朱永明的交往而认识了林子钟。林子钟在抗战中卖店救国，还有在那场海难中对曾文宝不记旧仇等等许多事，宏船师父都早有听闻，他认定了林子钟必是与朱永明一样是一条心胸坦荡的汉子，他可引为忘年之交。

他跨进林家小院，得知子钟已苏醒过来，心里先是重重地舒出一口气来，及至见到林子钟谈吐之中，竟是条理清晰，没有些许含混之词，更是大喜过望！他拉过林子钟的一只手，为他细细号了脉，又认真看过了他的舌苔后，禁不住喜形于色，绽开了笑容说：

"子钟施主，你今天既已清醒过来，有些话我便可以直言不讳了，实话实说吧，这许多天来，我一直在担心着，施主即使能活转过来，也必落下痴癫之症。如今看来，是过虑了，奇迹啊，这应是你的造化。至于呕血，又是另外一桩好事。淤血郁结胸中，终归后患无穷，而今能呕吐出来，今后应无虞了。只是经此劫难，你已元气大伤，还得细心调养，再短也得三两个月……"

听到宏船师父如此一说，小两口都打心里高兴起来，林子钟更是将梦中的事，又细细地说了一遍，宏船师父听着，沉思良久，而后双手合十说道：

"古往今来，尚未听过，梦可救人的。但我思忖，常言道，哀莫大于心死，'心死'应指的是'绝望'，施主有梦，施主能梦，说明施主心存希望，并未绝望。常言又道，日有所思，夜有所梦，施主梦见延安，梦见毛泽东，因为这梦活了下来，如果我没有说错的话，子钟施主平日里当常思延安，常思毛泽东了。如此说来，子钟施主的希望是在延安……哎，早就听说，延安那边是共产党的乾坤，天地清明，人心向善，毛泽东麾下的大小官员，无不两袖清风，为民谋福……那该是普天下芸芸众生的福气。"

听着宏船师父说到这里，林子钟禁不住动情地开口了：

"如此说来，子钟的这条命，是靠了那场梦才又活了下来了。师父啊，在南洋的时候，我也常常听到，延安是处圣地，那里没有贪官污吏，那里没有豪强土匪，没有人欺压人，人人都活得气畅心顺。一个人要在那样的天地里，哪怕只是活上一天，也值了！师父啊，我真想上延安去，找卢老师他们去呢！"

宏船师父看着林子钟那张生发出红晕的脸，听着他发自肺腑的一番话，不禁也为之动情道：

"善哉，善哉，我本已是出家之人，不该再问世间俗事，但我心中明白，当今能救中国百姓于苦海的，唯延安是希望……人心所向啊！你若有缘，去也无妨，但你家有弱妻幼子，南洋还有生意，你去得了吗？再说，你人生地不熟的，你去了那里，投靠谁啊？"

林子钟说："我投靠卢老师，卢老师还在延安，卢老师会收留我这个学生的。"

听着林子钟三番两次提到"卢老师"三个字，宏船师父禁不住开口了：

"你说的这个'卢老师'，是不是一位女教书先生？"

听到师父这样问，子钟睁大了眼睛，认真地说：

"是啊，你怎么知道的？我去南洋之前，在三省小学的时候，她当过我们的班主任。"

"这就对了……"宏船师父似在回忆又似在自言自语，"她叫卢翠林，讲话带着明显的厦门口音……"

林子钟听到这里，惊喜地握住了宏船师父的手说：

"是的，是的，就是的，你认识她？她现在在哪里？"

宏船师父抬起手来，掐着指头说：

"我认识她，都有10年了……那时候，我正巧在泉州承天寺内——是1937年冬天吧，寺内进驻一支队伍，约有一两百人，用的是国民革命军的番号，但据说是红军游击队的人马。那可是一支好军队，纪律严明，秋毫无犯。但不知道为什么当时的泉州卫戍司令竟容不下他们。那一年，元宵节过后不久的一天大清早，卫戍司令突然派兵包围了承天寺，大门、后门、偏门连屋顶上都架起了机枪。寺内的那支军队被软禁了！中午过后，泉州城内的众多学生上街游行，要求当局释放被软禁的人，当游行队伍来到寺前时，我担心学生们与包围寺院的兵警冲突，便与众僧人赶到寺门口，挡在游行的学生与兵警之间。那个率领学生游行的女施主就是卢老师——我听到学生这样称呼她。她带领学生给遭软禁的人送来了水果点心。随后，她还在寺院大门前演讲,她高挑的身材、穿一件旗袍,操的是厦门口音,她讲的是枪口对外,一致抗日的道理……"

"是她,是卢老师,后来呢?"林子钟着急地兴奋地问。

"后来,事情终于平息了,几天后,寺内那支部队便离开去北上抗日了。"

"那你是怎么知道卢老师的名字的?"

"那是两年后的事了。"

"这么说来,你后来又见到了卢老师?"

"……那一年青黄不接的时候,泉州城内城外都有因断炊饿死了人的人家。有一天,一群走投无路的饥民到米店去'借'米,被军警抓走了。过后,卫戍司令部在四处贴出悬赏告示,捉拿煽动抢米的共产党员。我一看,那上面的照片就是卢老师,照片上写着:卢翠林,27岁,祖籍永定县陈东溪……"

"是的,是的,的确是卢老师了!"林子钟高兴地叫了起来。

"可是,从那以后,再没有她的音讯了,也不知道她后来去了哪里——原来她还是你的老师啊。"宏船法师怅然若失地说。

"我知道,我知道,卢老师后来去了延安,1941年的时候,尔齐兄在延安见过她呢!卢老师还让他带了一袋延安红枣给我哩,只是卢老师带给我的一张照片被一场大火给烧了。

"从1941年到现在,又是五六年没有卢老师的消息了,还有尔齐兄呢,也不知道他人在何方,这里还有沈霏让我交给他的信呐……"林子钟说着,深深地叹了口气。

看着林子钟那副怅然的模样,宏船师父怕又伤到他的心,连忙把话打住了:

"也罢,我乃出家之人,本该六根清净,不谈这些了。"

宏船师父打住了话,望着窗外阴霾的天空又开口了:

"恐怕是要落雨了,我得回寺去了。"他留下随身带来的药剂丸散,交代过调理身心的细节之后,便起身告辞了。林子钟、杨月珍送出门来,直看着宏船师父那清瘦飘逸的身影消失在村道口……

/ 四 /

1947年的夏天来得特别迟，在泉州南门外我们晋江故乡，夏天的概念里面总是包含着夏天的雨；而在1947年，自从立夏以后，这里就没有下过一滴雨。一直到了小满时节，天空里还是没有一点下雨的动静。

然而，毕竟是到了夏天了，毕竟是到了夏雨该来的季节了。

那一天，林子钟、杨月珍送走宏船师父以后，过了不到一个时辰，空中终于滚过了阵阵雷声，而后，雨就来了，憋了一个多月的雨，终于在这个时候落了下来。

一阵阵震耳的雷声，把摇篮里的云昭惊醒了，杨月珍忙把儿子拥在怀里，解开自己的胸襟哄着儿子喂奶。之后，儿子又甜甜地睡去了。她把儿子递给子钟，走过去看着墙上的日历说：

"过两天就是端午节了，子钟，你看，这日子过得多快啊，你回来都快一个月了……"

没有听到子钟的回应声，月珍转过头来一看，只见丈夫身子斜靠在眠床的屏风墙上，把云昭轻轻地搂在怀里，双眼直直地望着竹门帘外天井上纷纷落下的雨。

她轻轻地走了过去，抱过已经睡熟了的儿子，将他放进摇篮里。然后，她又走到床前，见丈夫依旧木然地坐在那里，她犹豫了一下，便跨上床去，偎进丈夫怀里，抬起两条手臂，盘缠在丈夫脖颈上，同时把脸紧贴在丈夫胸口上。

面对着故乡夏季六月的这一场雨，你们在想着什么？

——没有，没有。

什么也不要想，就这样偎依着。

什么也不用去想，就这样偎依着。

这就够了！

啊，啊，多么好的一场夏雨啊……

没完没了，无边无际的六月的雨啊，笼罩着御桥村塔山坡上这座孤零零的林家小院！人世间的一切纷繁，一切不幸，都被密密麻麻的这场夏季的雨阻隔在外面了……

林仁和走了，朱秀娥走了，林家小院老一辈子的主人都走了。小院里只剩下他们的儿子，他们的儿媳，以及襁褓里他们的孙儿了。小小的林家院子一下变得空旷寂静了。

世界非常静，静得只剩下屋檐上的雨水落到天井里的滴嗒声……

随后，那雨水的滴嗒声也消失了。世界上的任何声音都已不复存在，耳朵里只剩下一阵阵朦胧而又分外亲切温馨的声音——那是丈夫心脏跳动的声音；那是丈夫的血在血管里流动的声音。

让世上的一切声音都消失吧，只要有这样的声音就够了！

啊，啊，多么好的一场夏雨啊！

没完没了，无边无际的六月的雨啊！

……作为番客婶，你是不幸的，你婚礼的第一个晚上，你的家就被土匪洗劫一空；第二年，你又经受了这么一场灾难。而你的丈夫呢——除了与你共同经受了这些灾难之外，他的不幸、他的灾难更是在襁褓里就开始了……

……而在儿女之情上，作为番客，作为番客婶，你们又是幸运的，因了新婚之夜的那场匪劫，丈夫才得以不像别的番客那样——度过新婚的第14个夜晚，便又要下南洋去了，三年、五年、八年、十年……甚至一生一世不再回家——几个世纪以来，在泉州南门外，有多少番客婶就那样守着空房，老去了，死去了——而因了那场匪劫，丈夫才得以在洞房里度过了40个夜晚；眼下，按照宏船法师的指点，丈夫至少还得留在家里休养生息两三个月……

啊，啊，多么好的一场夏雨啊！

没完没了无边无际的六月的雨啊。

时间凝固了……

就那样偎依着吧，不要分离……

这个时候，林子钟感到了杨月珍的身子在抽搐着，他低下头去，只见妻子昂起来的脸上，挂满了泪珠，他忙抽出手来，抚着她的面颊问：

"你怎么啦?"

听到丈夫这一问,妻子抽搐得更厉害了。

"我不要离开你,我不要你离开……"

"你不是在我怀里吗?"

杨月珍听着,把丈夫搂得更紧了,同时像一个任性的孩子哭开了:

"我要永远永远,到老到死……"

这时候,房间里正在昏暗下来,已到了掌灯时节,从吃过午饭到现在,他们已在床上偎依着整整坐了一个下午。

而雨还在下着……

泉州南门外夏天的雨,说不来,它硬是憋着不来,而要是来了,便下个没完没了。

/ 五 /

这场不大不小的雨,整整下了三天两夜。

第4天下午,这场雨终于停了,而后,林家小院的天井上终于洒下薄薄的日头花花,天放晴了。林子钟走到厅堂屋檐下,把手伸了出去——雨确实止住了。他抬头一看,天色还早着呢,他决定出门去了。他回到房间里,对正在奶着云昭的妻子说:

"月珍,天放晴了,我想上清濛村去。"

"你刚刚能下床几天,又要出去了。"

"我觉得今天身子骨儿轻松多了,再说,多走动走动,身子好得快。"

杨月珍细细端详着丈夫,见到丈夫那张脸气色确实好了许多,便问道:

"你上清濛村干吗去?"

"我得上尔齐兄家去,他离开马尼拉整整5年了,也不知道他如今在哪里,我得去看看他的老母去。"

"啊,尔齐先生至今还没有音讯吗?去年你回来的时候不也在念叨着这事吗?"

看着杨月珍已不再执意拦着自己了,林子钟便脱下木屐,跨到床上,从床架抽屉里掏出5块大洋来:

"月珍，我这一次离开南洋时，也没带什么东西回来，我想给尔齐兄家里送几个钱去，我知道他家里穷，尔齐兄又长年累月忙于报效国家，我知道他没有钱往家里捎。"

杨月珍心里想，从御桥村到清濛只要过了柴塔村就到了，来回也就5里来路，这么一段路累不了丈夫：

"你看该带多少就带多少吧，家里没个男人，日子难过啊，早去早回啊。"

听着妻子通情达理的几句话，子钟心里泛起一股莫名的柔情，他走了过去，在妻子的刘海上轻轻亲了一口，穿上鞋子，朝外走去。

"子钟，把伞带上，夏天这天气像孩子的脸，说变就变了。"

他回过头来，见月珍抓着一把纸伞，追到院子门外来了。

/ 六 /

从塔山坡往西而去，一条平坦的缓缓下坡小路连接着御桥、柴塔、清濛三个村落。刚下了几天雨，现在日头花花出来了，这条小路上一时弥漫着浓浓的清新之意。走过柴塔村，便可以看到清濛村了，村路两旁茂密的龙眼树荫，遮去了小道上空的太阳。

两三里的路程，在少年时代，是抬起脚来，说到就到了。那时候，逢年过节，清濛村青龙寺大殿门口的旷地上，常有戏班子在那里搭台，少年时期的林子钟，从家里一路小跑过去，气也不喘。可现在，刚走到这片龙眼树下，他便感到两腿沉沉的，身上湿淋淋的，也不知道冒出来的是热汗还是虚汗——那一场劫难给他的打击是那样沉重，他的元气远还没有恢复过来呢！他不得不在龙眼树下坐了下来，歇息片刻，舒过气后，才又上路了。

走出龙眼树林，清濛村口的青龙寺就在眼前了。林子钟想了起来，在儿时，他常随母亲来这里上香，那时候，母亲在寺中的观音脚下，常常一跪就是小半个时辰，母亲在祈祷南洋的父亲平安。可如今，老爸、老妈都殁去了。

他不敢多想，匆匆走过青龙寺。

在村街口拐弯处的一片朝阳背阴的小卖店前，见到几个老人坐在那里晒太阳，子钟上前一问：

"阿伯阿姆，你们可知道沈尔齐先生家怎么走？"

那位被问的老人抬起头来，上下打量了一番林子钟：

"先生，你是？"

"我是尔齐先生的朋友，我想上他家拜访。"

那老人又上下将他打量了一番，眼睛一亮：

"你是从南洋回来的番客啰，尔齐，他有音讯了？"

听到老人这么一问，子钟心里不禁一震：如此说来，清濛村人也不知道沈尔齐的踪迹了！

"我也正在打听他的下落呢，阿伯。"

林子钟这么一说，那阿伯的眼神暗淡下来了；他站了起来，拄着拐杖，说了声："随我来吧！"带着子钟寻到沈尔齐家门前来了。

这是一座破落的古大厝，门前偌大一块空地，一棵大榕树长得十分旺盛，铺天盖地的树荫里，飘落下来缕缕气根，像是上了年纪的老人的胡须。榕树气根下，卧着一峰巨大的花岗岩，一半对着护厝的偏门，一半埋在地下。紧贴着这座古大厝的半壁，盖着一排护厝，对比起来，这排护厝要低矮得多，也破落得多了。

正对着那峰花岗岩的护厝门虚掩着，带路的老人在门外站定了：

"到了，"他回头对林子钟说罢，便上前一步，推开虚掩的门扉，"足娘，有客人来了。"

"来啦来啦。"屋里有人回应着，同时走出来一位阿婆。林子钟一看，这位被称为足娘的老人，看上去比自己刚过世的母亲要老多了，也憔悴多了，他猜想这该是尔齐的母亲了：

"伯母，我是从南洋回来的，我是尔齐兄的好朋友……"

听到这里，老妇人跨了过来，双手抓住林子钟的两条手臂："尔齐，尔齐，他没跟你一起回来？"

子钟站在那里，他不知道怎么回答才好，他感觉到老人抓住他双臂的手指似乎掐进了自己的皮肉！他能忍心对着这个母亲说，他也在寻找尔齐的下落吗？他看了一眼身旁的那位老伯，不知该如何开口，足娘一看，忙说：

"你讲吧，都是自己人，尔齐该称他堂叔公呢。"

"噢，噢，你们谈吧，我走了。"老人说着，拄着拐杖就要走了。

"你来了，先陪着客人坐吧，我去泡糖茶。"足娘想留下他，但那老人执意要走——这是侨乡不成文的规矩，外人把南洋来客带到主人家之后，就要起身告辞，那是因为，番客捎回家的话，有些是不便让外人知道的。

送走了那老人，林子钟随足娘走进房间里。子钟刚要开口，老人家堵住了他的话：

"先别说，我去煮鸡蛋，吃了再说。"她把林子钟按坐在椅子上，就下灶屋去了。

林子钟环视四周，只见这房间打扫得非常洁净。靠墙搭着一张铺，铺上的一张草席，中间已经磨出了盘子大的一个洞，从这个破洞里可以看到铺在下面的一层厚厚的稻草。床上那棉被已经认不出底布的花色了——那上面缀满了累累补丁。即便如此，破烂的棉絮还是从里面露了出来，那肯定是再也找不到往上贴的碎布了！这房间里，除了那张铺，还有他坐着的这条裂了缝的条椅，再没有其他的家具了。林子钟看在眼里，喉头哽了起来，他只知道尔齐先生在唐山的家穷，没想到会穷到这地步！尔齐兄要是在南洋做一点小生意或谋一份工做，唐山这边家里也不至于会过得这么难啊！可是长年累月来，他心里只有"国"，把"家"都忘了，甚至母亲兄弟姐妹都忘了。自古以来，总是忠孝难两全啊。他正这样想着，足娘已端着一碗荷包蛋走了进来：

"趁热吃吧，这位先生，我也不知道怎么称呼你。"足娘说着，把那热腾腾的一碗蛋汤塞到子钟手上。

子钟说："你叫我子钟就行了，我是御桥村的。"

足娘说："子钟先生啊，尔齐在南洋可好吗？唉，足足有5年多没有他的音讯了，前些年为了抗日，把老母弟妹都忘了。可如今，日本都投降快两年了，也不捎个信回来，瞧这孩子。"

林子钟听着，心里又是一震：想不到尔齐母亲也这么多年没有儿子的消息了！他心里隐隐地产生一种不祥之感：那就是尔齐兄已经不在人世了！就像前年年底，他跟老爸到处寻觅舅舅朱永明的踪迹，最终得到的却是他的死讯！

他到清濛村来，是来打听沈尔齐的下落的，没想到他的母亲反倒朝他打

听起儿子的下落了,这叫他怎么回答啊?他想了又想,只好把话题岔开了:

"伯母,听尔齐兄说,唐山这一边,他还有弟弟妹妹的,怎么没见到他们呢?"

"是啊,小弟都22岁了,小妹也19了,现在开春了,我们没田没地,兄妹俩都上外村打短工去了——子钟先生啊,尔齐啥时候告诉你他有亲弟、妹的?"不容子钟把话题岔开,足娘又问起了儿子。

母亲最记挂的总是自己的儿子,儿行千里,母亲心系千里!你怎么回答眼前这位母亲的询问?

林子钟咬了咬牙,终于开口说:"就在我这次离开南洋的时候,听尔齐兄说的。"

足娘听着,眼睛一亮:"这样说来,尔齐是在南洋了,你看,这孩子,怎到今天才想起要捎信回来?"她说着,竟嘤嘤地哭了起来。见她这一哭,林子钟心里便乱成一锅粥,他本想瞒着她,瞒出她的一张笑脸来,没想到倒引得她流下了眼泪!他能理解眼前这位母亲为什么流泪;他知道她是因为终于得到儿子的音讯而流泪,那是因为高兴!他心里想:这个谎既已撒开了头,那就还得撒下去:

"伯母,他忙着呢,他记挂着您老人家呢。"

"是忙是忙,想想吧,一个人出门在外的,有谁侍候他端汤送水,有谁服侍他洗衣刷鞋——"足娘说着掐起手指头算了起来:"尔齐这孩子,今年该是32岁了,子钟先生,他在南洋成家了没有?"

"噢……有……没……"

足娘这一问,可难住了林子钟,说什么好呢——说沈尔齐在南洋与沈霏相爱了,说沈霏也在苦苦地寻着他,等着他!这话他能说得出口吗?林子钟一时间里竟说不出话来了。见着林子钟怔在那里,倒是老人家又先开口了:

"只要他在那边能找到一个对他好,能顾冷顾热服侍他的,尽管他没告诉我这个当娘的,我也认了——你瞧,他弟弟都22了,也早到了该成亲的年龄了。前些日子,有人提了一门亲事……可咱们家屋内比屋外空,穷得如同水洗,咱不敢存那份指望,咱把那门亲事挡了回去了。"

林子钟听到这里,忙说:"这事可别挡了回去,男大当婚——伯母,您说,眼下这年头,娶个媳妇,得花多少钱?"

足娘不假思索地便开口了："我们早算过了，没有个百儿八十块大洋，娶不来一个媳妇……尔齐和他爸大小也是番客了，我们一家出了两个番客，家里却连一张床都没有。"

林子钟捏了一下口袋里那5枚大洋，心里暗暗责备着自己，怎么就不多带些过来呢！其实，这5块大洋，对他来讲已不是小数字了。这些日子来，接二连三的不幸，他已花去了不少钱，现在，他床架上抽屉里只剩下50块大洋了。他还要养病，要留下回南洋的盘缠，还要给月珍留下一点养家糊口的钱，那50块大洋就是一枚掰成两瓣用，也紧着呢。他把那5枚大洋掏了出来：

"伯母，这5块大洋，是尔齐让我捎给您老人家的。"他说着，把大洋递到足娘手中，又褪下左腕上的那只手表递了过去，"这也是尔齐兄让捎回来的，说是他弟弟日后娶亲会派上用场的。"

足娘把那5枚白闪闪的银元紧紧捏在手心里，心里盘算着：这5块银元能换来4担谷子，他们今年青黄不接也不用慌了！

"尔齐这孩子，算是没忘了唐山这个家，"她说着，又细细地看着那滴答响着的手表，"尔齐这孩子，怎么能往家里捎这么金贵的东西呢，我们戴得起吗，尔齐都变'番'了吧？也难怪，他一去南洋十六七年了啊，他没去南洋的时候，可疼死了这一对弟、妹啊，你不知道，我们门外那棵大榕树上常有乌鸦做窝，弟、妹饿的时候，尔齐会爬到树梢上把乌鸦蛋掏下来，煮熟了给弟、妹吃，他自己一个都舍不得吃，大榕树下那块大石头，你知道吗，为了哄弟、妹乐，他能倒立着身子，用两只手着地爬到石头上……"

趁着足娘依在门旁指着门外那棵榕树说事的时候，林子钟掀起桌罩子，把那4个鸡蛋倒进里面一个空钵里，再把那只空碗放在桌罩外摆好了——看着尔齐娘那张蜡黄黄的脸，他忍心吃下那几个蛋吗？而且，他还不知道，那4个蛋中有两个还是临时向邻家借过来的。

"尔齐那孩子，一去10多年，我想着他，他那两个弟、妹更是记挂着他啊！1941年年底——是6年前的事了，那一天，尔齐带着一伙南洋过来的后生番客北上抗日，车经过清濛村的时候，他托人捎过来两包芒果干。我和他弟、妹闻讯赶过去时，他们的车已经开走了，远远只能看到车后斗站着的那群人影，我们三人抱在一起哭开了……"

尔齐妈动情地说着，又哭了起来……这一切，都像刚刚发生在昨天一样。啊，都说儿子是母亲身上掉下的肉！

而母亲，您哪里知道，6年前的那个下午，当那些北上抗日的年轻番客停在清濛村生火造饭的时候，沈尔齐一阵小跑跑到了家门外，他贴身在那石头后面看到您进出的身影，可他不能久留啊，大路那边有几十号人等着他带队前进啊，他不能扑过去，跪在你膝前与你诉说别情啊，他只能把千里迢迢从南洋带回来的两包吕宋芒果干让乡亲转交给您，然后淌着泪水跑回队伍去了……

听着老人家的诉说，多年前的往事——那些与尔齐兄在南洋并肩抗日救国的往事又历历在目。在那场关乎中华民族生死存亡的大搏斗中，他林子钟甚至把自己的商店都卖了捐资救国，作为一个远在南洋的小本生意人，他可以说是问心无愧了，但是此时，面对着这位母亲，林子钟突然觉得与沈尔齐比起来，他是差远了，甚至是微不足道的。告别尔娘的时候，林子钟说：

"伯母啊，我离开马尼拉的时候，尔齐兄托我带回来两套衣服，是他平时穿的，都有八成新，尔齐说是交给他兄弟，该是可以穿的，我改日送来。"

那两套衣服，其实是林子钟随身带回来换洗的，他早就对杨月珍说过了，他回南洋后，那两套衣服就让杨月珍送给她后头的兄弟，现在，他临时改变了主意。他深知妻子是个识事理的人，不会为这事怪他的。停了片刻，他又紧紧握住老人家的手一再嘱咐：

"伯母，尔齐弟弟的那门亲事，你千万别辞了挡了，不就是百儿八十块大洋，我回南洋后，告诉尔齐，捎回来就是了。"

说出了这些话，林子钟才放心地松开尔齐娘的手，跨出门槛。

/ 七 /

这一场劫难，把林子钟留住了一个多月。现在，他的身子已完全康复了，他又记挂起王彬街林记商号的生意了，回到唐山已经40来天了，罗茜那边自己一个人，能应付得了吗？除了林记商号的生意，南洋那边还有多少事等着他哩！舅舅朱永明的骨骸得移回来，林记商号得盘交给李东泉夫人了，还有他应允下来的尔齐的弟弟娶媳妇的款子……

他得早早回到南洋去。

然而，过几天就是朱秀娥四十九日忌的日子。在泉州南门外，四十九日忌，无论对于死者或生者，都是一个重要的日子。既然已经从遥远的南洋回来了，而且那日子眼看就到了，南洋那边再有多大的事儿，林子钟也要等到做过了母亲的"四十九日"才走。

那一天，做过朱秀娥的"四十九日"，送走亲友时已是午后了，看着时辰已经不早，杨月珍便催着林子钟上剃头店去了。丈夫的头发，已经有50多天没剃了，长长的头发都把两只耳朵遮去了。

林子钟剃过头回来的时候，杨月珍已备好了夜饭等着他回来，看到理过发的丈夫，一下子精神了许多，而且更是一下子胖了许多！林子钟是明天一早的船离家，那天晚上，杨月珍交给林子钟一个袋子，那里面装着桂圆肉、柿子干，这些都是杨月珍吩咐后头的爸妈精心挑出来的，是让子钟带给罗茜一家人的。另外，她还特意交给林子钟一枚包在红纸中镶着玉石的金戒指，那是娘家的陪嫁，他要丈夫转赠给远在南洋的罗茜：

"子钟啊，罗茜一家人对我们称得上恩重如山啊，没有他们，也就没有我们林家了。罗茜到了林记商号，你可要像亲妹妹那样待她，老爸临终前既已认下了这门干亲，你就不能像伙计佣人那样差使她，除了不能少了她的工资外，林记商号赚了钱，你记得不能亏了她。你回到南洋后，我侍候不着你了，只能由罗茜为你做饭洗衣裳了，你记得代我谢她了。"

林子钟这次回唐山，把罗茜一家人的事详详细细地告诉了妻子，杨月珍觉得，丈夫在南洋能遇上这样的好人，那不仅是缘分，那更是林家人积德的好报！

/ 八 /

1947年中秋节，尔齐妈收到南洋寄回来的100粒"线丸"——这100块大洋是林子钟病后回马尼拉的第二个月，以沈尔齐的名字汇回来的，这是林子钟抵达马尼拉后往唐山汇的第一笔款子。

那一年年底，尔齐妈用这笔款子为二儿子成了亲。而二儿子拜天地进洞房穿的那一身衣裳，也是从林子钟送来的那两套服装中挑选出来的。

其后的几年中，尔齐妈每年都有两次收到尔齐从南洋寄来的家费，一次是在七八月间泉州南门外的普渡节前；一次是在临过春节的年关时，这自然都是林子钟寄来的。

那一次去南洋前，林子钟对杨月珍说："只要我们有一口吃的，就不能让尔齐娘他们饿了肚子。"

月珍说："这话还用说吗？"

林子钟说："我去南洋后，首先要给尔齐娘汇一笔款，让她把二儿媳娶回来。"

月珍说："这事你可记住了，尔齐要真不在世上了，我们可不能眼看着他这一祧断了香火。"

第二天，一夜未曾合眼的杨月珍，天未亮就起了床，她很快做好了早饭，招呼林子钟吃了，便扯过背巾背上了云昭，带上院子门，伴着林子钟上了路。

当她把丈夫送到了溜石湾渡口时，见到林仁玉早已等在那里了。

林子钟将从这里登上前往厦门港的帆船，然后在那里转船去马尼拉。

想到丈夫这一走，不知道什么时候才能回来，杨月珍心里又是一酸，她把胸前的背巾结解开了，把背后的儿子挪到怀里来，靠到丈夫跟前，把儿子塞了过去：

"云昭，再让阿爸抱抱……"

就在林子钟抱住云昭的时候，杨月珍紧紧抓住了丈夫伸过来的手……

第八章　"张飞"守坟

/ 一 /

方圆 6000 亩的华侨义山，在月光下进入了梦乡。

1947 年，马尼拉的华侨义山离市区有好长一段路，那时候，菲律宾的首都还没有扩展出去，所以这处华侨亡人城是在马尼拉郊外的。后来，马尼拉市区扩大了。直至把华侨义山都包围了，这处所在才成了马尼拉的城中城。

这是 1947 年 6 月中旬的一个傍晚，一个少女在王彬街口乘上马车，直往郊外的华侨义山驰驱而去。车到华侨义山城墙外的时候，夜色已经浓了起来。

这个少女下了马车，径直走进梧桐树夹道的小路，朝着这座死人城的深处走去。

她捧着一束鲜花，花正开着，很香。

夜幕下的死人城，当然也如死一般的沉寂。高大的法国梧桐树冠上，层层叠叠的茂密枝叶，遮去了明净的月色。

绿荫夹道的小路上，一片昏暗。远近的旷野上，传来阵阵不知名的夜虫鸣叫，夜雾正在朝着死人城涌聚过来。那个少女急匆匆地走在朦胧的小路上，她的脚步似乎很重，不时有宿在梧桐树上的夜鸟被惊飞了，它们扑扑拍打翅膀的声音，使夜更静了。

这个穿着绛紫色衣裙的少女，在夜色中，独自一人走在死人城的林荫小道上，即使她自己不害怕，别人遇上了她，一定会害怕的。

这是个菲律宾马来族少女——这是罗茜。

罗茜已在这条林荫道上走了好长一段路了，走出了一身汗。

在小道的拐弯处，她看到了一线灯光，那灯光来自不远处的一棵大榕树下。如果是在白天里，我们可以看到，在那棵巨大的榕树下，有一座孤零零的小屋。那小屋朝着林荫小道的这边墙上，有一个窗户，灯光就是从这个小窗口露出去的。

老榕树的气根，密密麻麻地飘拂在这座小屋的周围，而且是在夜间，榕树下又塞满了浓浓的雾霭，所以，如果不是细心，就是在小道上这个拐弯口，也是很难发现那缕微弱的灯光。

其时，那座小屋里孤零零地住着一位中国人。

这是一个在为自己的双亲守坟的华人少女。她是在今年清明节住进这座小屋的。现在是 1947 年，她将在这里住上三年，直到 1950 年清明节。

在这座小屋的左侧，有一座墓穴，长眠在墓穴里的两个老人，是她的父母亲。他们是 1943 年病逝的。那个守坟的少女，是逝者唯一的亲人——他们唯一的女儿。

现在，罗茜已走到这座小屋门前了。

她抬起手来，拍响了门扉。

/ 二 /

听到敲门声，小屋里那个正在灯下翻阅报纸的守坟人抓起搁在桌上的手枪，"霍"的一声站了起来，一步跨了过去，在门后站定了。

"沈霏姐姐，开开门啊，我是罗茜。"

听到门外的呼唤，这个守坟人才把手枪插进腰间，拔开了门闩：

"罗茜啊，这么晚了，什么事啊，你一个人上这里，不害怕？"

"你一个人住这里都几个月了，你不害怕，我能害怕吗？"

"我有这个呢——罗茜，你连夜上这里，一定有什么急事，说说看。"沈霏拍打着自己腰间的手枪说，"罗茜，你又带来了鲜花，你这是——"

"还是，送给伯父伯母的，茉莉花，还有夜来香。"

沈霏将那束鲜花接了过来，贴在脸前，深深地闻了又闻："谢谢你了，不仅我要谢你，我也替二老谢你了！"沈霏连声谢着，抬起头来，"罗茜，我这里，没有茶，没有水的，怠慢你了，你别见怪。"

听着沈霏的话，罗茜往这小屋里四处一望，只见这屋里的一切，还和两个多月前一样：在门与窗户之间，靠墙有一张小床铺，床铺对面的墙上，挂着沈霏父母亲放大了的照片，两个慈祥的老人，深情地张望着女儿的这张床：床上整齐地折着一条被单。在枕边上，摆着一尊瓷娃娃，跟幼年时的女儿长得一模一样——他们临终的时候，怀里就抱着这尊瓷娃娃！不久前，沈霏变卖了父母的所有遗产，却舍不了这尊瓷娃娃——她能从它身上感受到父母的体温，闻出父母的气味。床前有一张小桌，桌上一只长方形的纸箱，占去了小半张桌面，那纸箱里装着面包，住进这小屋之后，沈霏每星期出门一次，买回一箱子面包，那一箱面包够她吃一个星期。当然，这小屋里面还会有一套面盆牙缸，以及一个水桶——离小屋不远，有一个水井，水面很浅，井水甘甜甘甜的，沈霏只要趴下身子，弯腰就能用这个水桶从水井中提上水来。这屋里的一切，还和两个月前沈霏刚搬过来时一样，没有任何改变。

罗茜环顾了一眼之后，又转过头，看着沈霏：

"沈霏姐姐，你真要在这里住上三年？"

/ 三 /

两个月前，临近清明节的一天，是罗茜套上马车帮着沈霏把"家"搬到这里的，那一天，她也是问了这么一句话。

"是的，要住上整整三年。"沈霏平静地回答。

"伯父伯母都去世好几年了，你为什么还要这样——折磨自己？"

"不能算是折磨吧，或许说，更是一种惩罚——只有这样，我才能心安一些。"

……

沈霏说的是心里话。

1942年7月7日的那个夜晚，沈霏隔着窗户，最后一次看到重病中的父母之后，便淌着热泪，连夜去了阿悦山（这个情节，我们在《南洋泪》第一部的第十三章《张飞小姐》里写到了）。之后几年之中，她再也没有见过父母亲，直到马尼拉光复之后，她回到王彬街，才知道双亲早已过世，丧事是由清濛旅菲同乡会的乡亲们代为操办的！那一天，她把自己关在沈记布庄楼上，搂着双亲的遗照，整整哭了一天一夜！

她能不哭吗？自从那天翻窗越楼跳出家门投身抗日以后，几年之中，她再没有真正回家过——直至双亲病重！在战火纷飞的岁月里，当她的唐山故国，以及她的奶娘国菲律宾都在遭受着侵略者蹂躏的时候，为了她的这两个亲爱的国家的尊严，这个能使双枪的华人姑娘，无数次出生入死、英勇战斗，人们甚至忘记了她的女儿之身而称之为"张飞小姐"。那时候，她似乎仅有一颗报国心，她心里只惦记着国家存亡、民族存亡，除此之外，她似乎无所牵挂——包括父母，包括恋人。如今，战火熄灭了，她却再也见不到父母了。直到这个时候，她才感到了一种深深的哀愁，一种莫名的寂寞与孤独！她这才开始谴责起自己来——那些年，她怎么能那样对待自己的父母？不久之后，当她变卖了父母的部分遗产，准备用这笔钱，重新为双亲造一座豪华的坟墓时，在一次菲华支队战友会上，听到黄杰汉队长说起唐山延安那边，正在筹建一个战后孤儿保育院，急需大量资金，在这个会上，沈霏竟一分不留地把那笔款全部捐了出去！由此，她更加不安了——生前不能尽孝，死后不能厚葬——她对不起父母的在天之灵啊！然而，有什么办法呢！

在捐出了那笔款子之后，她就决定了上华侨义山为父母守灵，而且要一守三年！这个年轻的共产党人，当然是一个无神论者，这时却希望人是有灵魂的；灵魂是不死的，她要在父母的坟旁整整三年陪伴着他们的魂灵。

这或许是一种折磨，甚至是一种惩罚——然而，唯独如此，沈霏才能感到心安一些。我们的"铁石心肠"的"张飞小姐"，我们的柔情似水的沈霏姑娘，就这样以其独有的方式，寄托着对父母的哀思。

/ 四 /

"沈霏姐姐，你在想什么啊？你怎么啦？"

听到罗茜的声音，沈霏才发现自己在落泪：

"罗茜，没什么，我想，我们先把花给我爸妈送去。"

"好啊，然后，我有要紧的事要告诉你呢！"

她们捧起花束，跨出门槛，双脚刚刚在门外站定，忽听见头上树荫里一声令人毛骨悚然的声音落了下来。

"啊，我怕！"罗茜尖叫了一声，紧紧贴进沈霏怀里。

沈霏抚摩着罗茜的头说："啊，别怕，那是猫头鹰。"

说话之间，果然有一只夜鸟扑闪着翅膀，从树冠上落下来，在她们头上盘旋了几个来回，才从树荫下飞了出去。

夜风来了，雾霭正在散去，迷茫的夜空里，月色逐渐明亮起来。

沈霏父母的墓冢离着小屋只有几步远，并排的两座低矮的墓包，中间竖着一方墓碑，上书：

  孝女沈霏泣立妣：沈李慈娘卒于民国卅二年二月四日考：沈祥林卒于民国卅二年二月四日泉州南门外三十四都清濛村

这方墓碑是当年清濛村旅菲乡亲以沈霏的名义树起的。两位老人是在1943年中国人的春节（大年初一）凌晨相携而去的——这些都是马尼拉光复后沈霏才得知的，每每想起这桩事，沈霏都会痛不欲生。

两个姑娘非常虔诚地把鲜花供到墓碑前，然后在草地上坐了下来。

"我想陪爸妈坐一会儿。"沈霏说。

"好吧——沈霏姐姐，我还想再问你一句，在这三年之中，有谁能让你提前离开这里？"

"我想，没有谁能让我改变主意，除非——"

"除非什么？"

"除非，除非战争又爆发了，比如说另一个像日本那样的国家侵略我的祖国，我将义无反顾地重上战场。"

"但是，你已对你的双亲做出了承诺，他们在天之灵不会因此责怪你？"

"我深信是不会的，父母健在的时候，常常告诉我的就是，'忠''孝'只能求一的时候，我们中国人只能舍孝求忠——好了，罗茜，说说你的事吧。"

"沈霏姐姐，子钟哥哥回唐山去了，至今还没有回来哩。都一个月了，可他临走的时候，说是半个来月，不过20天就能回来的啊。"

沈霏听着，想了想说：

"也是，林子钟是5月份走的，算起来也有一个月了。"她扳起手指数了起来，"……往返的路程是10天，再加上在家中住上10天。这家中的

10天，是他走时告诉大家的，照理说，是早该回来了……"

林子钟的守信是出了名的，不管是什么话，只要他说出了口，就是一种承诺，更何况，他这次是送老爸骨灰回去的，现在老爸没了，南洋的生意就全靠他一个人扛着，他总不能把王彬街的林记商号长时间交给一个女孩家罗茜看着。

"而且，我还吩咐过他呢，要他回去后，打听尔齐的消息。"沈霏沉思着，禁不住自言自语地把心中最放不下的那句话说了出来。

"沈霏姐姐，你说的这个尔齐，是不是就是姓沈的那位尔齐先生呢？"

"是啊，你是怎么知道的，你认识他？"

"我在小时候就听说过了，你知道吗，阿悦山离我们曼鲁村并不远，那时候阿悦山里面住着许多专打日本兵的华侨游击队，那里面就有尔齐沈先生，日本人悬赏捉拿他的告示，还贴到我们村里来了，听说沈先生是个非常了不起的抗日英雄。"

"是的，就是他！"

"沈霏姐姐，沈尔齐先生是你的亲人吗？"

"不是……啊，该怎么说好呢！"

"怎么说好——你与他同姓——比如说他是不是你的亲兄弟，你的哥哥？"

"啊，不是的……不是亲人，不是兄弟……但是，胜过亲人，胜过兄弟……"沈霏说到这里，禁不住飞红了脸，心跳了起来。

罗茜看着沈霏的神色，突然拍着手说："我知道了，那一定是……你的……你爱着他，是吗？"

听到罗茜这么说，沈霏一下子怔住了。但是，她很快就平静了下来，从容不迫地望着罗茜说：

"是的，我爱他，他也爱我，就是这样。"

"沈霏姐姐，两个人相爱，一定是一件非常美好，非常甜蜜的事对吗？"

听到罗茜的话，沈霏沉思了良久，才答道："……那当然是美好的，可是，美好的东西……不一定是甜蜜的。"

"那是为什么？"

"怎么说才好呢——比如说，我爱着沈尔齐，他也爱着我，我们却天涯海角地分离着，只能……这样互相牵挂着……"

"这样不是很好吗，你心里思念着他，他心里面也思念着你，这难道不美好吗？这难道不甜蜜吗？"

"……罗茜啊，你还年少，你还不能理解……"沈霏说着，目光从罗茜的脸上移开了，望着罗茜身后那无边的夜色，"……都10年了……从1937年相识到现在，"她这样自言自语着，把目光从窗外的黑夜中收了回来，重新落到罗茜的脸上，"我们相爱都快10年了！从抗日开始……到现在……"

"沈霏姐姐，如果我没有记错的话，你今年应该是26岁，你，也是，十六七岁就爱上了一个人，爱上了沈先生的，是吗？"

"你说'也是'，还有谁呢？"

"啊，是，我也是。"

"这么说，你'也是'爱上了一个人了？"

"……"

"说啊，罗茜，姐都把事情告诉你了，你好意思把你的事情瞒着姐？"

"可是我们并不一样……如果一个人。"

"怎么不一样，你说给姐听。"

"你爱着沈尔齐，沈尔齐也爱着你，那当然是一件美好而又甜蜜的事，而我……"

"你怎么啦？"

"沈霏姐姐，怎么说好呢……如果一个人爱上一个人，而那个人却不……而是爱着另一个人，那才是一件非常痛苦的事……"

"罗茜啊，我怎么听你的话，越听越糊涂了呢，你能不能说得具体点——或是打个比方。"

"这可怎么比方呢——比如说……你爱上了沈尔齐先生，而……沈尔齐先生却不一定爱你……比如说，他在唐山已经有妻子了……"

……罗茜还在继续往下说着，沈霏却已听不清她在说些什么了。

……1942年7月7日，她在林子钟那里收到沈尔齐写于当年2月20日的信，已经过去5年多了，抗战胜利也已经两年多了，可沈尔齐至今杳无音讯……

"沈霏姐姐，你在想什么，你没在听我说的话。"

听到罗茜的叫唤，沈霏才从沉思中回过头来："你刚才说什么来着——

你拿沈尔齐打比方了……那根本是不可能的事。"

"我只是打比方。"

"不可能的事，你就别拿他打比方了。"

"好，我知道沈尔齐是绝对爱你的，我就不拿他打比方了——那我就说我自己了，比如说我爱上了一个人，而他，却不……不爱我。"

"你向他表白过了吗？如果你真的爱他，你就应当大胆向他表白。"

"我……表白……过了，但是……"

"但是，他对你，却没有——感情，是吗？"

"不，不是这样的，沈霏姐姐，我能感到他并不讨厌我，我甚至觉得他也是爱我的，但是，他……却不能爱我。"

"罗茜，我怎么听着听着，又糊涂起来了，这是怎么一回事？"

"我是说，他，他能给我的爱，并不是我所渴求的那种爱。"

"他能给你的，是一种什么样的爱？"

"那只是，只能是一种，兄妹之间的那种爱。"

"你渴求的是哪一种爱？"

"是那种——像沈尔齐给你的那一种爱！"

"既然是这样，那你为什么不竭尽全力去争取？"

"我争取了，我尽力了，但是，我终于发现，这是不会有结果的。"

"为什么？"

罗茜沉吟了片刻，才满怀悲哀地说："因为，因为……他已经有妻子了……"

"你为这事痛苦了？"

"痛苦，非常痛苦——而且，他已经一个月没有讯息了。"

"你，你让我想想……"

两个姑娘都沉默了下来，后来，沈霏开口了：

"你知道吗，他爱他的妻子吗？"

"我想，是……是爱的。"

"既然这样，那你应当把你的爱割舍……"

"我想过，可是，我……割舍不了……"罗茜动情地说着，眼泪已经涌上眼眶了。

"为什么？"

"不为什么，就因为我爱他！"说到这里，罗茜的眼泪扑簌簌地落了下来。

"他为什么值得你爱？"

"沈霏姐姐，你哪来这么多为什么啊？"

"不，罗茜，你必须回答我这个为什么。"

"他善良，他勤劳，他忠诚，他勇敢，他曾经在一场海难中，冒死从鲨口上救助了一个人，他对他的妻子忠诚到了痴情的地步……"

听到这里，沈霏把话接了过去说："他是林子钟，是吧？"

罗茜惊奇地睁大了眼睛，"你是怎么知道的？"她看着沈霏，毫不含糊地说，"是的，是林子钟！"

虽然从刚才的交谈中，沈霏已隐约地听出罗茜所说的那个人就是林子钟，但是在此刻，当她听到罗茜亲口说出了这个名字时，她还是禁不住心中一震，沉默在那里了。

……1946年4月中旬的那场海难中，林家父子还有曾文宝三人获救后，在扶西家休养生息期间，罗茜刚刚从红奚礼示中学毕业，正在家里过暑假——菲律宾学校过暑假是每年的4、5月。当她听到父兄讲起林子钟在海中与虎鲨搏斗舍己援救他人的故事之后，这个16岁的菲律宾少女，立刻对林子钟充满了敬仰之情。中学毕业后，她辍学了。除了操持家务之外，她很快就顶起了芭拉姐姐的那份差事——赶起马车，前往马尼拉王彬街给中国人送货。于是，她与林子钟的接触更多了，她因而更能感到林子钟是那么好的一个人！所以，当林仁和临终前，认下了她当干亲，她毫不犹豫，满心高兴地答应了——她心里清楚，她答应这桩事完全是为了林子钟！住进林记商号之后，她侍候林家父子那份心，甚至超过了对自己的父兄。在这段时间里，她与林子钟同在一个屋檐下，日夜相处，她更加深刻地发现了，林子钟是那种她以前没有遇到过的，以后也不可能再遇到的极其完美而且出类拔萃的男人！

从一开始，她就知道了林子钟在唐山已有妻室，并且发现：他爱他的妻是那么执着！最初的时候，她还能以此告诫自己，她不能爱他！尤其是在她能从林子钟身上感应到一种无形的光环时——那是笼罩在林子钟身上的那种人格（或也称之为人品）的光芒；这种光辉使得她只能在远处仰起头来，默默地深情地关注着他的一切，而不敢拥上前去，向他表白这种爱情。

然而，爱情的到来——那总是排山倒海，无法阻拦的！

随着时间的推移，那份情日趋浓烈了，她感到再也压抑不了自己了！这个情窦初开的菲律宾马来族渔家少女，终于无所畏惧地爱上了这个中国青年！

林子钟之于罗茜，就如同当年的朱永明之于她的姐姐芭拉——这或许是冥冥中的一种缘分？这是她的初恋，这种初恋是一往无前的，没有一种力量能阻止这种初恋。

她曾经以一个热带少女特有的方式，向林子钟表白过这份如火如荼的恋情，但林子钟回应她的却是一种不容亵渎的庄重——这就使她爱得更深。因而也就更加痛苦了！

林子钟回唐山后的这一个来月，她无时无刻不在牵挂着他，她一直想对一个人，倾诉这一个月来的相思，然而，在她年幼的时候，母亲就去世了，她的姐姐也在1942年惨死了，她向谁诉说？

此时，她终于向沈霏姐姐倾诉了这桩情思，她觉得心里不再那么憋得慌了。

阵阵夜风从海上刮了过来，风里渗透着夜来香的芬芳。弥漫在田野里的夜雾已经薄去。

她们久久地相依着坐在那里。在她们前面几十步远的地方，有一棵大树。那也是一棵参天巨榕，它铺天盖地的树冠遮去了月光，没有月光的树荫下一片朦胧。

"沈霏姐姐，你看，那棵树下有那么多萤火虫。"罗茜指着前面那棵参天巨榕。

"每个夜晚都是这样的，都是这样成群成群地飞舞着。"沈霏说。

"那个地方有坟墓吗？"

"有的，那里有个坟堆，坟堆下面葬着8个中国人。"

"啊，那一定是含恨屈死的人了。"

"是啊，真是那样的，罗茜啊，你是怎么知道的？"

"这是我们曼鲁村的说法，凡是屈死而未能申冤的人的坟墓上，每夜都会有成群的萤火虫在那里旋飞——你要是在夜间上我们那里，上我们芭拉姐姐、朱永明先生坟上去，你都会看到那里飞着密密麻麻的萤火虫，我亲眼看过的。"

"罗茜啊，你知道埋葬在那棵榕树下的8个中国人是谁吗——他们是被日本人杀害的中国外交官啊！5年多了啊……"

"那他们的冤一定还没有申呢！"

"是的——但是快了，对于杀害他们的日本战犯，很快就要公审了……5年了，冤魂不散啊！"

"最好是把那些杀人犯都押到坟前公审，要把这些刽子手都吊死在那棵榕树上，沈霏姐姐，到了公审日本战犯的那一天，你一定叫上我！我们的芭拉姐姐，还有朱永明先生，还有我们那匹灰马，都是让日本人杀害的！"

"我一定叫上你！"

"还有，也一定要叫上子钟哥哥，朱永明先生是子钟哥哥的舅父呢——哎，可是，子钟哥哥怎么还没回来呢！"罗茜深深地叹了口气，她又想起了林子钟！

听到罗茜的哀叹声，沈霏回过头去一看，只见在皎洁的月光下，罗茜的双眼里又溢满了泪水。

她站了起来，走到罗茜身旁，抚摸着她的头说：

"罗茜妹妹，听我说，林子钟确实是一个好人，是一个难得的男子汉，是一个值得一个女人一生一世去爱的男子汉。但是，你是知道的，他，在唐山，已有了共患难的妻子，她爱他，他也爱她，她叫杨月珍。你应当知道，要让林子钟这样的男人放弃杨月珍……"

"不，我并不要他放弃她，我只要他——也爱着我，这就够了！"罗茜打断了沈霏的话说。

"对于林子钟来说，那也是绝对不可能的。"

"为什么？"

"那是因为他跟杨月珍之间，那是一种——生死不渝的情分，这种情分，是不许掺杂任何东西的，就如同我们的眼睛，绝不能揉进去——哪怕是一粒小沙子……"

听到这里，罗茜突然扑进沈霏怀里，搂着她，抽搐着身子哭了起来……

这时候，雾霭正在退去，华侨义山的上空，夜色变得无比明朗。

罗茜趴在沈霏怀里，尽情地抽泣着。沈霏想安慰她，却无从说起，过了许久许久，她感到罗茜逐渐平静了下来，便轻轻地托起了她的脸：

"罗茜——我想，爱情是不能勉强的。无论是爱还是被爱，都是不能勉强的。但是，爱，不一定非得占有，为什么一定要占有呢？比如说，我们头顶上的这轮明月，是多么美好，我们为什么非得把它摘下来呢……"

"沈霏姐姐，你是说，我对子钟的爱，只能像爱着天上的那轮明月……只能感受到它……美好的光辉……而不能得到它。"

"是的，我说的是这个意思。其实，这不也是一种非常美好神圣的感情吗？因为你发觉了，你所爱的，是值得你爱的——罗茜妹妹，我已经说过，爱情是不能勉强的，不论是爱或是不爱……我知道，当一个人真正地爱上一个值得他爱的人的时候，这种感情是一生一世难以割舍的——尤其是初恋——罗茜妹妹，如果我没有猜错的话，林子钟，应当是你——第一个爱上的人了？"

"是的，也是我最后一个爱上的人！"

"这个任性的孩子！"沈霏心里掠过这一句话，却没有说出口来，只是沉默着。过了很久很久，沈霏听到了紧贴在自己怀里的罗茜这样说：

"沈霏姐姐……我懂了，我该怎么去爱子钟哥哥……就像爱天上那轮明月……那轮明月是属于月珍嫂子的……但我能看到它的圣洁的光芒……这就够了。"

她们一起抬起头来，发现头顶上那轮明月似乎挂得很低，明晃晃的月色把6000亩华侨义山照得如同白昼：

"都这么晚了，罗茜，要不，你今晚就住下来吧。"

"不，王彬街那边店里没人看管，我放心不下——噢，沈霏姐姐，还有一件事，这几天，商务部的官员都来过两次了，还送来一份告示，这事还真叫人着急呢，你瞧，我带来了，"

罗茜说着，掏出那份告示来，递给沈霏。

月光很好，那铅印的告示笔画很粗，更是因为年轻人的眼睛明亮，所以沈霏摊开那张告示时，能清楚地看到那上面的英文是（以下是译文）：

林记商号业主林子钟先生：

　　经查，贵商号系华人独资经营食品零售商，依据一九四六年菲律宾共和国战后首次国会委员会关于四年内全部消除外侨零售商提案，贵商号应属消除范围之商号。请您收到本告示通知之后，于近期内带商业执照到商务部登记并接受调查。

菲律宾共和国马尼拉市政府商务部
一九四七年六月二日

关于"零售商菲化案"这件事，沈霏早有所闻，但都只是一些风声而已，没想到现在马尼拉政府当局已付诸实施，这可是一件非同小可的大事，她心中一震，但仍然不露声色：

"罗茜妹妹，你怎么看待这件事？"

"其实，仁和伯伯、子钟哥哥开着商店，这不是很好吗，我们有了海鲜，不用担心卖不出去，只要往店里一送，多省心省事，大家都好。"

"罗茜妹妹，你说得真好，但不知道其他人是不是都会这样想呢？"

"我们一家人都这样想呢。还有，我们曼鲁村那些跟王彬街上的中国人做生意的渔家，也都会这样想的，为什么非要分中国人和菲律宾人呢？"

"罗茜妹妹，我想，只要我们大家都能这样想，这件事终会解决的，你别着急。罗茜妹妹，子钟回来了，你让他上我这儿来一趟——你既然放心不下王彬街那家店，执意要回去，我也不留你了，天都这么晚了，我送你到路口，乘上马车回去。"

第九章　驻菲总领事遗孀

/ 一 /

菲律宾已经光复两年多了，两年多以来，这个国家一直流传着一个令人振奋的消息：前日本国侵菲律宾宪兵司令大田中佐将被押回马尼拉公审！这么长的一段时间里，菲律宾举国上下都在等待着这个日子的到来。

其实，自从1945年太平洋战争结束之后，至今，东京远东国际军事法庭对于日本战犯的审讯已持续两年多了。这期间，共开庭818次，前后有419人出庭作证，779人提供了书面证词，受理证据达4336件，公审370次，审判英文记录达48412页。最后形成长达1212页的审判书，这1212页的审判书中，对日本军队在攻陷菲律宾后所犯滔天罪行的指控有近百页！

终于，漫长的1947年6月过去了。刚刚进入7月，马尼拉街头便到处贴上了海报：7月7日将在本市开会公审前日本侵菲宪兵司令大田等日本战犯。这些海报是贴在墙上的，而另有一些更令人赏心悦目的"活"的海报是刷在汽车上的。为了让读者对这些"活"的海报有一个直观的概念，我们需要花费一些笔墨来介绍一下菲律宾的某些"大众"汽车。

这样的汽车，从外观上你看不出它属于哪种品牌。确切地说，这些汽车只是保留了原车的动力（其实，有些动力也是胡乱凑起来的），这些动力大多是从早些年美军遗弃的废旧汽车上卸下来的。心灵手巧的菲律宾人就用马口铁按照自己需要的模样，焊成大大小小的车厢套在那些动力上，这就造出了一辆辆花样各异的汽车了。菲律宾有众多的民间画家，他们会按车主的要求，在这些马口铁车罩上涂抹形形色色的油画，比如穿着泳装的美女、长着翅膀的天使、张牙舞爪的雄狮，或是虎背熊腰的拳击手等等等等。这些五彩斑斓的画面，当然都是热情而奔放的，人们称这种车为"花车"。这种汽车穿行在马尼拉的各个街道，甚至各省市之间，这样的车当然是那些买不起"真"汽车的人家才有的，这种汽车奇观是菲律宾独有的一道风景。直到现在，你随便哪一天走进菲律宾，随便在哪一个地方，你仍随时都可以看到这样的汽车——我们这里要说的是在1947年，一进入7月，几乎所有拥有这种车辆的主人都像约好了似的，都在一夜之间，把原先车罩上那些美女或天使，拳击手或雄狮的油画全部刮掉了，而全部改成了这样的画面：在一棵大树上系着一条绞索，绞索里套着一个人，这个人已断了气，舌头搭在胸前，胸前写着几个字：日本战犯大田，在战犯脚下的土地上，是一面破烂的太阳旗。

/ 二 /

1947年的6月29日，是星期天。按照惯例，这一天上午，沈霏又上城里买面包去了。这段时间里，她除了每个星期日上城一次，买回来够一个星期吃的面包外，她几乎没有外出。她过的完全是一种苦行僧式的生活，这种生活，已经过去近三个月了，未来还有近三年的时间，她还将这样过下去。

这一天，她提着一箱面包回来的时候，已近中午了，华侨义山的巡警吴先生正在小屋门口等着她：

"沈小姐，你早上刚出去，黄杰汉先生就找上门来了，他让我把这信交给你。"

"黄队长，难得能见上一面，吴先生怎么没留下他坐一坐等等我呢？"沈霏说着，打开门锁，把吴先生让进屋里，同时把从城里买回来的一条香烟递了过去。

这是老例了，沈霏是很敬重这位老巡警的，她早已了解到，当年他目睹了杨光生大使一班人被集体枪杀的全过程。自去年以来，他多次主动向盟军远东军事法庭调查组提供了这方面的证言。

沈霏知道吴先生滴酒不沾，就爱抽一口烟。住进华侨义山后，她每次进城买面包，都要给吴先生捎回一条他常抽的那种牌号的香烟。"沈小姐，你不要再这么为我破费了——黄队长我是留过他的，他也等了好一阵了，他好像很忙，急着要走。"吴先生说。

吴先生年近50，他已在华侨义山干了小半辈子的巡警。同是唐山泉州南门外的老乡,他多年来对沈尔齐、黄杰汉、沈霏这群抗日儿女一直怀着敬仰之情。原先,他一直以为这些年轻人只会使刀弄枪。沈霏住进华侨义山来为双亲守灵之后,他才发现,这些年轻人不仅英勇善战,更是充满了人情味的,是一群忠孝两全的人!所以,他一直像长辈那样关照着沈霏。

沈霏打开了那封信,那是一份会议通知书,她认真地看了又看,禁不住兴奋起来:

"终于等来了这一天!"她转过头去,看着吴先生,"吴先生,日本战犯马上就要被公审了!"

"这是真的吗?那个大田也要被公审了吗?"吴先生望着兴奋得涨红了脸的沈霏问。

"那是一定的,他是菲律宾战场上的首犯!"

"沈霏啊,你们一定要据理力争,把大田一伙押到华侨义山来公审——就在那棵榕树下,就在杨总领事他们的墓前!"吴先生指着离小屋门外100来米远的一棵大榕树说。顺着吴先生的手指望去,沈霏久久地看着那棵参天巨榕下隆起的墓包:

"这是我们共同的心愿,他们杀害的中国人、菲律宾人太多太多了!血海深仇啊……"沉默了很久之后,她这样说。

/ 三 /

虽然战争已经结束,但差不多所有旅菲华侨抗日组织依然存在,这其中就有菲律宾华侨抗日妇救会。我们已经知道,这个菲华妇女抗日组织,原先是李东泉夫人颜漱女士任会长的。

1942年,颜漱夫人随丈夫赴美为抗日救国募捐,随后,李东泉先生在美国病逝,颜漱夫人再没有回到菲律宾,现在这个会的领导工作便由沈霏担任了。那几年中,沈霏一直往返于马尼拉与阿悦山抗日游击基地之间,很少能在马尼拉住上一段时日,战后不久,她才又在马尼拉住了下来。开始的时候,她住在抗日妇救会里,从清明节开始,为了给双亲守灵,她就一直住在华侨义山父母墓前的那座小屋里了。

7月1日晚,菲华共产党支部在王彬街召开了一个会议,纪念中国共产党成立26周年，参加这个会议的除了菲华共产党人之外，还有众多菲华社会的工人、店员、学生，他们大多是年轻人。

这个会议的一个主要内容，就是组织菲华社会各界人士参加7月7日举行的对大田等日本战犯的公审大会。其实，这样的大会不需有人组织，人们也都会自发参加的。菲华共产党人在当夜做了一个决定：7月7日进入会场时，原来的各路抗日组织，仍分成团体，亮出旗号，由原来的领导人带队入场。

沈霏以为在这个会议上会遇上林子钟，可是一直到会议结束，她也没见到林子钟。那一天晚上，罗茜上华侨义山来的时候，她曾经交代过林子钟回来后，要过来找她。可10多天过去了，至今还不见他的踪影，难道他还在唐山那边？

会议结束后，时间已经不早了，沈霏想到应当上林子钟店里去看看了。她真想见到他，一来通知他7月7日去参加公审日本战犯的大会。菲律宾沦陷期间，他们在王彬街的商店被日本人烧了，不久，他的舅父朱永明又被日本兵枪杀在红奚礼示城郊，这样的仇恨真是不共戴天。现在，终于等到了这一天，那些元凶将被押回马尼拉审判，他能不去参加这样的公审大会吗？二来，还有一件更重要的事，她要再问问他，在唐山那边，有没有沈尔齐的消息。

她踏着夜色，匆匆走到林记商号前，抬头一看，门外没有上锁，再仔细一瞧，门缝里透出些许灯光，她知道里面有人，便用力拍打起来。

开门的是林子钟！

沈霏进屋一看，只见桌面上摆着许多票据账本，一把大算盘压在上面，林子钟显然是在连夜核账，他身上的背心都叫汗水湿透了。

"沈霏啊，你怎么连夜上门来了？"林子钟抬头往墙上一看，都已经11点了。

"我以为你今天能去开会——你什么时候回马尼拉的？"

"开什么会啊，我都没有接到通知，我是前天才回的。"

"子钟啊，你怎么这一趟回唐山，一下子去了将近两个月，前些天罗茜上我那里去，我们都急死了呢。"说话间，沈霏借着灯光仔细一看，怎么子钟回了一趟唐山，脸上瘦去了一圈肉？

"哎，说来话长啊……"林子钟叹了口气，把这一次回唐山的那些遭遇说了出来。

沈霏听着，禁不住满怀怒气，一拍桌子站了起来：

"唐山那是什么样的一种社会啊，真要逼得我们生死难归吗？那个社会是该推翻了！"

"是啊，是有家难归，有国难投啊，而南洋这条路，好像也走到尽头了，哎……"

"子钟，你这话怎么说呢？"

"马尼拉光复这两年来，生意刚刚兴隆了起来，没想到一桩又一桩的'菲化案'又提了出来，前一阵子，先是规定外侨商店一律要用菲文或英文记账，还好有罗茜帮着，英文、菲文她都能记，算是顶过去了……"

"罗茜妹妹呢，怎么没见到她呢？"

"她昨天回曼鲁去了，我离开王彬街这么长时间里，她一直没有回过家呢。"

"难得有罗茜这样诚实真心的好帮手。"

"是啊，你看，这两个月来的账目，一清二楚呢，净挣了400多比索，不比我在店时少。"

林子钟指着桌面上的那些票据账本说，"这摞是汉文账，那一摞是英文账——可一波未平一波又起……"

"你指的是又一桩'菲化案'？"

"可不是，这一招更绝，像我们这样的零卖店恐怕都得关门了，我回唐山去的那会儿，公文都发到店里来了。"林子钟说着，就要找出那张告示来。

"别找了，前些日子罗茜上义山找我时，已让我看过了，子钟啊，这事看着还真有点麻烦，总得想想办法才是。"

"不，大前天——我刚回来那一天，又发来一张公示，明文规定了，像我们这样的商号，需有菲人占六成的资金才能继续经营下去——噢，对了，那告示罗茜带回家想法子去了。"

"说说看，罗茜会想出什么办法来？"

"罗茜是真想出了一个法子，只是这店你是知道的，虽登记的是我的名字，可实际上是李东泉先生的，李夫人又一直还在美国，也没能够商量上。"

"罗茜想的是什么法子，能够应付的先应付了，李先生家属那边，日后再解释也不迟。"

"罗茜说了，公告上规定的那六成的菲人股份，只要他们家认了，办了公证，这店就能开下去。"

"这倒是个办法……"沈霏沉思着说，"只是……六成的投资比例……这样的事，我们都得想仔细了才好……"

"这事，我想过了，罗茜也说过了，他们只占个空名，为的是把这个店开下去。"

"可是据说这事是要办公证的，一旦办成了公证，这六成的资金，法律上就认定是罗茜一家人的了，这就意味着控股。"

"这个，我倒没有考虑过，我想，罗茜的父兄，他们曾经冒死从鲨口上救下我们，比罗还为此丢了半个脚掌，这样的人家，这样的人品，这样的情分，是完全不用提防的。"

"好了，这件事等罗茜回来后再看着办吧，而且菲华各界社团组织也将与（中国）总领事馆开会共商这件事。现在是菲华社会正全力以赴筹备7月7日公审日本战犯的事呢，子钟啊，那一天的会议，你一定参加啊。"

"我能不参加吗，多少年了，好不容易盼来了这一天。"

接下来，林子钟又对沈霏谈起了回唐山时上清濛村的事。听到林子钟没能打听到沈尔齐的下落，沈霏一下子又陷入了深沉的哀愁之中。林子钟看在眼里，却一时间里想不出什么话来安慰她。

这时候，墙上的挂钟又响了起来，他们抬头一看，早已过了子夜了，现在是7月2日凌晨1点了。沈霏站了起来准备回去了。林子钟本想留下沈霏天亮再走，后屋罗茜的床铺正空着呢。可是想到沈霏是一定会连夜赶回华侨义山的，也就没有开口，而且又见她腰内分明别着手枪，她是走惯了夜路的人，完全不用为她操心。此时正当凌晨，王彬街已进入睡乡，纵横交错的大街小巷听不到一点声响，走在空寂的街道上，林子钟突然又想起了唐山的那个梦，并一五一十地说了出来，站在身旁的沈霏，竟然听得入痴入迷：

"子钟啊，哪一天我也能做上这么一个好梦，梦见延安，梦见解放区，梦见毛泽东先生？"

说话间，他们已经走到路口来了，一辆夜行的马车走了过来，是往华侨义山方向去的，沈霏说了一声再见，便跨上车去了。

/ 四 /

1947年7月6日凌晨，启明星刚刚退隐，从遥远的海面上露出来的第一缕曙光，把菲律宾红奚礼示空军机场染红了。这个临海的机场，在1942年春天太平洋战争爆发后，由于驻菲美军的撤离而关闭了。菲律宾全境沦陷，这个机场便落入日本人手中。如今，日本人已经败北，战争结束了，美军重返菲律宾，美国空军基地这个机场也被收回启用了。

晨曦中，一架飞机降落了。这架从中国南京起飞的飞机是专程前来迎候杨光生总领事的遗孀严幼训夫人的。

按照东京远东国际军事法庭的安排，明天，也就是1947年7月7日下午，军事法庭将在马尼拉开庭公审日本侵菲宪兵司令大田中佐等日本战犯。严幼训夫人作为遇难中国外交官的遗属代表，将从纽约飞抵菲律宾出席这个公审大会。随后，她将改乘这架来自南京的中国飞机，护送丈夫以及当年遇难的那些中国外交官的遗骸回家安葬。

10分钟以后，一架美国军用飞机将严幼训夫人送到这个机场。这架飞机就停在中国政府专机旁边。机舱门打开了，穿着黑色旗袍的严幼训夫人迈了出来，她在舱门口久久站着，眺望着机场远近的草地，凤凰木，棕榈树……

一切都和当年一样，一切都是那样熟悉，她轻轻地叹了一口气：
"6年了……"

随后，她收回眼光，望着脚下这片土地——6年前那个早晨，也是在这样的晨曦中，在这里，她登上了飞往香港的飞机，那一天，是丈夫来送她的。而此时，站在舷梯下的，不是丈夫，而是来自祖国的8位同胞，想到这里，她感到眼窝里一阵潮热，两汪泪水涌了出来，她连忙忍住了，既没有掏出手帕来揩擦，也没让它流下来，直到两汪泪水又忍回去之后，她才迈开了脚步，走下舷梯。她的身后是两个穿着洁白连衣裙的女孩，杨雪岚、杨梦雷姐妹，她的女儿。

她神色凝重的脸上，既看不到一丝笑容，也看不出一丝悲哀。她从容不迫的沉默，令人联想起了冬季里冷峻的山岳。紧随在她身后的女儿，看上去还不到10岁，她们的神色也像母亲一样凝重。那种凝重的神色挂在这么两个年幼孩子的脸上，是非常不相称的，它使人感到一种莫名的悲哀；使人联想到这三个中国母女，一定经历过巨大的不幸。

迈下舷梯之后，在与来自祖国的同胞，也就是那8位中国政府官员握手时，严幼训似乎是自言自语的低声地说了这么一句话：

"终于等到了这一天……"之后，一直到坐进轿车，离开机场前往马尼拉中国领事馆，她都一路抿着嘴，再没有开口。

/ 五 /

从红奚礼示美国空军机场到马尼拉，不到100公里路程。两个小时以后，马尼拉马加地的一座带花园的楼房映入严幼训的眼帘。

这就是中国驻菲总领事馆。

轿车驶进花园里，在台阶前停了下来。透过车窗玻璃，她环顾着花园里的一切……这花园里的一草一木，都引起她无穷无尽的凄凉的回忆。

啊，就是这座花园吗——棕榈树还是当年的棕榈树吗？茉莉花还是当年的茉莉花吗？

……种着紫荆花的这一个角落，当年最困难的日子里，我们曾经在这里辟出几畦菜地，种出了萝卜、莴苣、小白菜……那些在患难中胜过姐妹的同胞——莫恩介的太太，朱少屏的太太……最难忘的是杨庆寿的太太，她是泉州南门外南安县人氏，这位出生于旅菲华侨世家的娇女，却懂得一套种蔬菜的技术……当年我们种出来的蔬菜，足够领事馆的人吃呢……

……多年不通音讯了，她们都去了哪里——在台湾，在大陆？当年她们的丈夫遇难的时候，她们可都还是20多岁的人啊……她的心又颤怵了一下！她连忙强迫自己镇定下来，紧握着两个女儿的手下了车。

然而，在迈上厅堂台阶的时候，她仍然感到脚下一阵踉跄。

接着，整个身子摇晃起来，她连忙在心里对自己说：

"挺住，一定要挺住！"同时，两只手臂紧紧地搭在了身旁的杨雪岚、杨梦雷姐妹肩上，于是，两个女儿一齐抬起头来，发现母亲的脸是那样苍白！她们生怕母亲会轰然倒下，忙把身子贴了过去，紧紧地偎依着母亲，并暗中用稚嫩的肩膀吃力地撑托起母亲的双臂，一步步迈上了台阶。

10年前，"七七卢沟桥事变"以后，正是国难深重的年头，杨光生临危受命，出任中国驻菲总领事。从1937年到1941年，整整5年的时间里，作为中国驻菲首席外交官夫人的严幼训，她一直在这个庭院里陪伴着丈夫，那是刻骨铭心的1000多个日日夜夜啊！那是国破山河碎，时时都面临着沦为无家可归的亡国奴的威胁的1000多个日夜啊！太平洋战争爆发后，菲律宾危在旦夕，她不得不告别丈夫离开马尼拉，几经辗转，去了美国。如今，战争早已结束，她回来了，楼宇依旧，而丈夫呢？还有当年在这所别墅里与丈夫一起工作过的那些外交官呢？

——都永远失去了。

这一天里，从早到晚，一拨拨往日的友人，以及菲华社会各界同胞代表，不间断地前来探望她。整整的一天里，尽管她一直处于思绪万千、心潮涌动的状态之中，但她自始至终保持着一种近似沉默的从容不迫。一个将近40岁的女人，一个万里迢迢前来收拾丈夫遗骸的女人，在这样的时刻，竟没有人见到她淌下一滴泪，她似乎平静得像一座山，她是把作为女人的一切悲哀，连同泪水都压在这座山下了吗？或者说，在经受丧夫之痛的这5年里，她的泪水已经淌尽了，她的悲哀已经凝固了？

不，她的不幸比任何人想象的要沉重得多，她的不幸应当追溯到东三省沦陷前的"九一八"——十几年的岁月，国破家破，国仇家仇，艰难漂泊……从少女时代直到人近中年，战争强加给这个中国女人的不幸是那样的沉重漫长。

/ 六 /

按照总领事馆的安排，临近黄昏的时候，最后一位客人，菲华妇女联合会的那位会长，单独造访了严幼训夫人。

在约定的时间里，当这位穿着米黄色女西装的会长走进客厅时，严幼训夫人双眼一亮，这不是"张飞小姐"？5年过去，记忆里那个豪放不羁，天真烂漫的沈霏，如今是这样庄重沉稳。尽管她的眸子还像当年一样清澈明亮，此时却多了几分成熟和深邃。而沈霏看严幼训夫人时，却令她大吃一惊，她记忆中的那位无比美丽、高贵、典雅而且还非常年轻的外交官夫人，如今两鬓竟有了一抹霜白，而且眼角的鱼尾纹是那样明显！

沈霏的到访，与其说是中国驻菲总领事馆的安排，不如说是菲华共产党组织的安排。当年杨光生总领事以他不辱中华民族气节的死，赢得了包括菲华共产党人在内的千千万万中国人的敬仰。现在，烈士的遗孀回来了，沈霏以妇救会会长的身份前来拜访杨夫人，其实更是代表了菲华共产党组织来慰问严幼训的。

她们的手紧紧握在一起，久久没有松开，她们都感到了对方的手在微微颤抖。后来，作为主人的严幼训首先开口了：

"沈小姐，真的，我没有想到您今天能来看望我。"

"我能不来吗，您说？"

"可是，沈小姐，您知道，我是北方人，我是个很坦率的人，如果我没有说错的话，您应当是属于——共产党那方面的。"说到这里，她顿住了，久久地凝视着沈霏的双眼，过了片刻，她才接着说："而我，您是知道的，我是杨光生的遗孀，而杨光生是属于国民党政府的。"

沈霏一下子怔在那里，她完全没有想到，严夫人一见面，就那样直率地谈到这个话题。

其实，在菲华社会里，人们早就传闻着沈霏是一个共产党人了，作为驻菲总领事夫人的严幼训，当然知道这个"秘密"了，更何况菲律宾沦陷前的那段时间里，她们经常在一起为抗日救国大业奔波。但那时候外敌当前，各党派都团结在抗日救国的旗帜下，人们大都不会计较各自的派别以及政治观点。那时候似乎只有"抗日"与"汉奸"之分。而现在，抗战结束了，在唐山故国，国共两党正打得难分难解，这场战争，必然要引起海外华侨的不安——那里毕竟是他们的摇篮血迹，他们的故国，他们的根之所在！

沈霏今天来看望严夫人，除了是组织上的安排之外，更是出于一种友情。一向以来，沈霏都是非常敬重严夫人的，杨光生先生惨遭杀害之后，她更是牵挂着漂泊在外的严夫人了。她不敢想象，严夫人当年是如何面对那种沉重的打击的！离别5年多了，今天终于见面了，她多想与她叙叙旧啊——她想与严夫人，只作为女人，只作为经历过那场民族大劫难的两个中国女人——一起回忆那段逝去的岁月，而不谈"政治"，不谈眼下正在唐山进行的那场内战。

她与严夫人相望了好久，终于开口了：

"是的，严夫人，我是共产党人，您是国民党外交官的遗孀，但你我都是中国人，尤其是，我们都是旅居海外的中国女人，您应当不会忘记，就在刚刚过去的那些年代里，在中华民族到了最危险的时候，我们菲华社会曾经万众一心，同仇敌忾，共赴国难。您记得吗，那一年，您，还有李东泉先生的夫人颜潄女士，还有我，我们三人一齐到菲华商会为唐山抗日募捐，我们登台以后，台下那些人，喊着要颜潄夫人唱一首歌，您是知道的，颜潄夫人是从来没有唱过歌的，我要代唱，可台下的人就是不肯，后来，您站了出来，说是由您来唱，台下的人才平静下来了，您那一曲'我的家在东北松花江上……'唱得满场落泪，真的，您那时不像个总领事夫人，而更像一个从松花江畔流落过来的女学生。"沈霏说到这里，满怀深情地回忆着往事。

"你还记得？"听到沈霏以那样真诚的口气说起了往事，严夫人的双眼一亮，随后，便以一种长辈的慈祥的目光，久久地凝视着沈霏。于是，她又看到了当年那个豪放不羁、天真烂漫的"张飞小姐"；当年的一幕幕又历历展现在眼前了。

"记得的，记得清清楚楚的，那一天，一个多小时，募捐箱里就塞满了钱，整整 3 万比索！"回想当年，回想起在中华民族生死存亡的关键时刻，与严夫人并肩工作的那些激动人心的往事，沈霏双眼里闪烁着动人的光芒，她一时间里显得容光焕发，神采飞扬！

然而，仅仅过了片刻，沈霏的脸上便蒙上了一层惆怅的神色：

"……杨夫人，屈指算来，已经 5 年多没有见到颜潄夫人了，这几年来，您一直在美国，您可曾见过颜潄夫人？"

"见过的，还有李东泉先生……1942 年夏天，李东泉夫妇双双到了加利福尼亚州举行抗日募捐演讲，是我陪他们去的……其实，李先生在这年春天到了美国之后，就一直是拖着病体坚持着，这个时候，医生已告诉过他被确诊为晚期肺癌了——您应当知道，在美国，医生是一般不会对病人隐瞒病情的……可他坚持要上加利福尼亚州举行那场演讲，这是他在工作日程表上安排好了的。那场演讲会上座无虚席，除了华侨之外，还有美国人，还有多国的侨民……他是在演讲过程中，突然大量咯血，轰然倒在台上的……"说到这里，严幼训戛然而止，泪水哽住了她的喉口，她再也说不下去了。

"杨夫人，让您，让我，让我们每一个活着的中国人都记住这一切吧。"沈霏说。

"……唉，都过去了，日本人被赶走了，抗战终于胜利了。沈小姐，你知道吗，在大洋彼岸，在曼哈顿，在客居美国这漫长的5年里，我一直都有一种无根之草的感觉，我日夜都在关注着我们的国家，我无时无刻不是怀着一种乡愁，那是一种思乡病——我希望能够早日返回故国。可是最初那几年里，日本军队还占领着（中国）大片国土，我们有家难归，有国难投。终于盼到打败日本人，我想战争终于结束了，我们终于可以回国了！从1937年随杨光生出使菲律宾以后，我再没有回去过，你算算都有几年了？就在去年，我和两个女儿都办好了回国的签证，甚至都已订好了机票。可是，你应当知道，在我们祖国，抗战刚刚结束，内战之火又燃烧起来了，国共两党的军队又打起来了，在东北，在华北，已打了近两年了……为什么非得要打……"严夫人说着说着，沉默在那里了。

沉默了片刻之后，严夫人接着说：

"……又一场战争堵死了我回家的路，为什么非得要战争，为什么……"她先是平静矜持地说着，最后竟情不自禁地提高了声音。听到这里，沈霏发现，总领事夫人的双眼里溢满了一种莫名的哀愁与无奈。

听着严幼训夫人谈到了国内正在进行的那场战争，沈霏本来是要说：在国民党政权内，有多少贪官污吏，有多少罪恶腐败，不打倒这个政权，中华民族就不能得解放的话——就如同这一年多来，她在菲律宾各地华人区演讲时说的那些话——可是面对杨光生的遗孀，她不忍说出口来——严夫人不是刚说了吗，杨光生是属于国民党的，而你能说杨光生是贪官污吏吗？

沉默——两个女人同时沉默着，久久地相望着，后来，沈霏终于开口了：

"可惜现在的中国太少像杨总领事这样的官员了，否则，中国就不会长年受着外国列强的欺辱了，中国也不会有内战了。"说完这句话，沈霏暗自吃了一惊，她奇怪自己怎么会突然冒出这样的话来。

"你真是这样认为吗？"

沈霏真诚地点了点头。

"可是，杨光生，他毕竟是属于国民党政府的。"

"不，他应当是属于整个中华民族的，他的英魂理应骄傲并且问心无愧地回到自己的故国，中华民族会千秋万代地记住他的。"说到这里，沈霏暗暗松了一口气，她们终于绕开了那个令两人都感到尴尬的，关于国共两党战争的话题，而谈到了杨光生。

"可是，换了一种情况，比如说，要是中国共产党坐了江山，而作为我的丈夫，作为国民党官员的杨光生，他移回唐山的遗骨，能够得到公正的对待吗——比如说，不会被销毁？"

"我想，是绝对不会的，因为中华民族会永远记住他的，任何一个真正代表中华民族的执政党也会永远记住他的。杨夫人，杨总领事的遗骸送回唐山之后，不管他安葬在哪里，日后我回唐山，我都会到他墓前去献上一束花的。"

"沈小姐，感谢你能对我说出这样的话——唉，沈小姐，你知道吗，在得知他们要将杨光生的遗骸迁回南京菊花台安葬的决议以后，我是喜忧交集啊。杨光生死了，他理应叶落归根，魂回故国，他总不能长久地漂泊异乡。可是唐山那边动荡不安，政局纷乱，战火纷飞。沈小姐，您应当知道，古往今来，任何一种战争，都是玉石俱焚的。据我所知，在唐山，共产党军队已经占领了大部分东北地区，而在华北，共产党军队正加紧向黄河北岸集结。唉，沈小姐，您可能不理解，作为杨光生的妻子，在我这种处境中的女人是多么为难啊——也罢，不要谈这些了。"严夫人轻轻地挥了一下手，呷下一口茶，接着，她又开口了："沈小姐，如果我没有记错的话，你今年应该是 26 岁了，你还孑然一身——当年你那位沈尔齐先生，那位几次带领菲华青年回国抗日的沈尔齐先生呢？抗战已经结束了，你们应当……"严夫人本来想说的是：你们应当谈婚论嫁了，但是说到这里，她猛然发现，沈霏的脸一下子暗淡下去了，一种莫名的悲哀在她脸上蔓延开来，刚才那个成熟干练的沈霏已经消失了。严夫人又看到了当年那个"张飞小姐"——天哪，她还完全是个孩子！她微微噘起了嘴唇，脸上甚至可以看到一个任性的女孩受到委屈时的那种神情。

……是的，她还孑然一身，战争使严幼训失去了丈夫，而战争不也夺去了她的初恋以及她的双亲吗？整整 5 年了，她的沈尔齐至今杳无音讯。他们是相互承诺过，相互约定过的：要在抗战胜利的那一天相会的。可是战争都结束两年多了，他如今在哪里？

……她哪里知道，早在5年前那个木棉花开的暮春，她的沈尔齐就已经战死在中国南方边陲了！而她的养父母，在战争年代，由于日夜为她提心吊胆，竟忧郁成疾，于4年前双双病逝。25年前，作为一个孤儿，养父母从育婴堂将她领养回家。25年后，她发觉自己依然是个孤儿！多年来，每当夜深人静，她独自一人从梦中醒来之时，她都会想起逝去的双亲：父母病重之际，她不能侍候左右；父母双亡之时，她不能披麻戴孝送终，她常常为此扪心自责，深感愧疚，泪水涟涟……

……如今，她更是连家也没有了——父母双亡之后，她变卖了双亲留给她的一切，包括店铺楼房，得款全部捐回唐山延安，从此，她一直住在马尼拉菲华抗日妇慰总会办公室里……

她是一个共产党人，但她首先是一个女人，如果不是那场战争，当年处于她这个年华的女人，应当已作为贤妻良母相夫教子了。她们都沉默下来了，久久地沉默地相望着——一个被战争夺去了男人的女人，望着另一个被战争夺去了男人的女人，两个不幸的中国女人就那样久久地相望着。

"……也罢，不要想这些了……"过了很久很久，沈霏终于开了口，她低声地喃喃着，似是自言自语，又似是对着严夫人说。

"……战争，战争……外国列强强加给我们的战争……那是无可奈何的事……可我们都是中国人啊……国民党、共产党不都是中国人吗……手心手背不都是肉啊，为什么非得同室干戈……啊，但愿内战早早结束吧，但愿中国终有一个能让百姓安居乐业的政府……"严夫人也低声喃喃着，也似是自言自语，似是对沈霏说。

听到严夫人已换了话题，沈霏很快地从刚才的哀愁中走了出来：

"严夫人，您这次带着女儿回国，将会在那里定居下来吧？"

"不，那里还在战争，而我再也不愿意看到任何战争了……把杨光生安葬后，我将很快返回美国，返回曼哈顿……"

"可是，那里终归是——你的祖国；是我们的祖国啊……"

听着沈霏说到这里，严夫人睁大了双眼，久久地看着她，同时声音一下子提高了起来：

"你以为我不爱她，你以为我不想她……为了她……光生……我的光生……都献出去了……在美国，在曼哈顿的这将近2000个日日夜夜，我是怎么过来的，这些，你难以想象的……唉，故国，何时才是真正的归期啊……"她这样说着，声音有些颤抖，甚至有些哽咽，她的胸膛起伏着。

终于，她让自己平静了下来，随后，她抬起头来，茫然地望着马尼拉忧郁的夜空……

/ 七 /

送走沈霏之后，马尼拉已是满城灯火了。严幼训夫人径直走进了自己的房间。

5年前，在这个房间里，她与杨光生度过了他们夫妻间共有的最后一个圣诞夜。现在，这个房间还和那个晚上一样，那床，那落地风扇，那宽大的办公桌，桌上那台灯，靠墙的沙发……

一位使馆的工作人员走了过来说："晚餐已经准备好了，请夫人前来就餐。"

严夫人说："让梦雷、雪岚姐妹去用餐吧，请给我送来一杯咖啡就行了。"

两姐妹拉着母亲的手说："妈妈，我们一起去吧。"

严夫人抽出手来，抚摸着两个女儿的额头说："孩子，听话，去吧，妈妈不想吃。"

晚饭后，那位工作人员把姐妹俩送回房间。

她吩咐领事馆人员别打扰后，便关上了房门，走到窗前。

窗外，是马尼拉绚丽多姿的夜景。战争已经结束了，纷飞的战火留给这座城市的创伤正在被时间慢慢抚平，已经修复或新建的高楼大厦上，闪烁着五彩缤纷的霓虹灯，醉人的市声穿过大街小巷迎面扑来……

她在窗前站了好久好久，之后，她把黑色的窗帘拉上了，转过身对女儿说：

"你们早早睡吧，明天去见爸爸。"

多年来，雪岚、梦雷两姐妹，一直伴随着母亲，天涯海角，相依为命。当年父亲遇难时，她们还只是四五岁的孩子。战争，丧父，异邦漂泊……太多的不幸，使她们早早地懂事了。

"晚安，妈妈，您也早点睡。"

她们很快地进入了梦乡，发出了低低的香甜的鼾声。

灯熄了，女儿睡着了。现在，只有黑夜拥着严夫人了。她一个人孤零零地坐在深深的沙发里，面对黑夜，她在思索着什么？

她没有一丝睡意，尽管从美国到菲律宾，她坐了30多个小时的飞机，长途的飞行是够疲惫了，可是在这个夜晚，在这个房间里，她能安然入睡吗？

她已不再思索。

她只想哭。

她只想在这个夜里，把憋了一天的泪水尽情地流出来。

她把头仰在沙发靠背上，很快地，她感到双眼潮湿了，接着，泪水在她脸上漫开了……

她无声无息地浑身颤抖着抽泣了起来……

汹涌的泪水，溢出了眼窝，顺着脸颊，沿着脖颈，把胸前的旗袍都浇湿了。

她让泪水无声地尽情地流淌出来。

她不知道已经到了什么时候了，也记不起来已在黑夜中哭了多久了。

后来，她感觉到有两只手，一左一右地在轻轻地摩挲着自己的双颊，同时，把她眼窝里的泪水揩去了。

那两只手是柔软的，细腻的，小巧的。

她听到了女儿贴在耳边的声音：

"妈妈，你为什么也会流泪，你是从来不哭的啊……"

听到这里，严夫人终于止住了哭，抬起了双臂，搭到坐在两边沙发扶手上的女儿身上：

"不，孩子——妈妈只是要见到你们的爸爸了，很开心——好了，把灯打开吧，都几点了？"

这个时候，马尼拉的夜幕正在退隐，而曙色即将降临……

第十章 公审

/ 一 /

位于马尼拉近郊的华侨义山，是一片方圆6000亩的绿色原野。在它的深处，一座灰色的楼房掩映在绿树丛中，这座楼房被称为"崇福楼"，当年是义山巡警的住所。它曾经见证了一个泱泱大国的不幸与耻辱：1942年4月17日，以总领事杨光生为首的8位中国驻菲外交官，在崇福楼前面的那棵榕树下，被日本宪兵集体枪杀。

现在，在那一棵高大茂密的榕树下，有一处微微隆起的草地，大约是8平米见方，之所以微微隆起，那是因为在它的下面埋葬着"四一七惨案"中惨遭杀害的中国驻菲所有外交官的尸骨。

这是1947年7月7日早晨，这个早晨。像菲律宾所有7月的早晨一样，华侨义山笼罩在薄薄的雾霭中，草地上洒满了露珠。在崇福楼前面约20米远的那棵榕树下，晨曦中，有一群中国人正在挖掘这处隆起的草地。

那是严幼训夫人和她的女儿们，还有中菲两国外交部的几位官员，以及旅菲华侨团体的一些负责人，当然，还有几个仵作工。由于中国政府方面的提议，东京远东国际军事法庭决定：1947年7月7日上午，对"二战"中侵菲日军主要战犯大田中佐等人的公审大会，将在崇福楼前面的草地上举行。

"二战"结束已经两年了，东京远东国际军事法庭对日本战犯的审讯也已持续了两年，尽管距最终判决全部日军战犯还有一段时间，但是，由于对侵菲日军几个主要战犯的罪行业已基本查清，所以这个公审大会决定提前举行。

按照东京远东国际军事法庭的安排，对于大田等日本战犯的公审，将在下午举行。这是因为，7月7日上午，中国政府要为惨死的8位外交官挖掘遗骸，并将遗骸装进骨盒。

7月里，是华侨义山最动人的季节，花开二度的凤凰木就像着了火。还有，杉松、月季、三角梅，一切都生机勃勃。朝阳刚刚升起的时候，早醒的布谷、云雀、鹧鸪便在树丛中穿行鸣唱了。

世界是这样美好！

世界因为远离战争而美好，世界仿佛永远是如此的温馨而宁静。

然而，不要忘记，战争曾经在这片草地上留下了一处巨大的创伤。5年多了，这个创伤结痂了吗？

而在今天，这层痂皮将被揭起——就在今天，这处葬着1942年"四一七惨案"蒙难的中国8位外交官的草地，将被挖掘开来，然后，把下面的尸骨取出来。

他们的肉体或许已经化为华侨义山的一抔土，即使如此，这一抔土也要带回故国的。10多年的浴血奋战，数以千万计的军民的流血牺牲，中华民族终于将日本人赶出了国境，如今，那片几乎被战火烧焦了的土地，终于可以迎回她当年屈死在南洋的这8位外交使节的遗骨了。

/ 二 /

眼看着那处微微隆起的草地，已被挖成了一个坑，坑的底部已超过一米半深了，一直蹲在坑沿边上的那位巡警喊了起来：

"别再用铲子了！"

说罢，他跳进坑里，把那几个仵作工都赶了上去，坑底的几把铲子也被他丢到了坑沿，他不容别人插手，独自一人蹲了下去，双手把潮湿的松软的沙土扒进畚箕内，然后奋力地抖到坑沿上去，就这样，他一畚箕一畚箕地将坑底的沙土起了上来。

终于，他的手指头被什么东西硌到了——他知道，那是人的骨骸了！他更加小心翼翼地把那一层浮土拨开。接着，一具又一具骨骸出现了！

直到这个时候，一直趴在坑沿上的严夫人，才轻轻地舒了一口气，她那颗悬在半空中的心，才落了下来。5年多了，她一直担心着，屈死在多雨的菲律宾的丈夫的遗体，已化成异乡的泥土，再没有一块骨骸可以让她带回唐山了!

她把身子趴得更低了,她目不转睛地注视着坑底那 8 具尸骨,她希望能在其中认出丈夫的遗骸。她发现所有的尸骸都笔直而整齐地仰躺在坑底。很显然,当年这 8 位中国外交官被枪杀后落入土坑,在掩上沙土之前,是被人一一细心地排列过了——这个人会是谁呢?

那个巡警还在忙碌着,很难想象,在赤道 7 月如火的阳光下,坑底有多么闷热。他身上的衣衫都已让汗水湿透了,随时都可以拧出一把水来。他的双眼常常被汗水蒙住了,咸涩的汗水蜇得他眼睛又热又疼,他不得不一次又一次地伸手抹掉它,以至于他整张脸上都涂满了泥污,他那双青筋暴露的手,已被沙土磨出血来了。然而,他自始至终,不容别人替换,他神色凝重而又肃穆,直到那一具具戴着手铐脚镣的骨骸全部暴露在阳光下。

这个时候,一直默默地趴在坑沿上的严幼训夫人,突然惨叫了一声,纵身跳入坑底,跪倒在其中一具骨骸上——阳光下,她发现了这具尸骨头颅的下牙床上有一个不锈钢义牙——她认定了,那是她的丈夫杨光生!她就跪在他的腰骨关节处,久久凝视着那头盖骨上的空洞的眼窝……经过了 5 个年头热带雨水的浸淫,尸骨竟然还保存得异常完整。

她的目光往下移了过来,她发现,丈夫的胸骨里搜进了几个子弹头!那弹头已经锈化,深棕色的锈渍团开在骨头上。她伸出哆嗦的手,用两个指头紧紧地夹住了弹头,拔了出来,一个,一个,又是一个……

她把弹头捧在手心,一共是 7 个弹头。

"你是?"站在旁边的那位巡警问道。

"他是我的丈夫,中国驻菲总领事杨光生。"她抬起头来,怀着深深的感激之情看着这位满身汗污的巡警。

"啊,杨夫人,当年我目睹了整个惨案的过程……终于过去了——当年,日本兵走了以后,是我将这些遗体一一摆正的。"

"啊,我该怎么谢您呢?如果不是您,这些遗骸将是令人惨不忍睹地交错在一起的——哦,先生,我能知道您的贵姓吗?"

"我姓吴,祖上是唐山泉州南门外的。"

"啊,吴先生,我们都是中国人,我是北方人,你是南方人。"

"杨夫人,既然我们见面了,有些东西,我该交给你了。"

"吴先生,是什么东西呢?"

"那是当年从总领事的衬衫口袋里翻出来的，那是两张诗笺，"吴先生边说着，边把靠在坑壁上的那把竹梯扶正了，"杨夫人，您可以上去了，下面这些事可以让仵作工去做了。"

　　"不，我放心不下，我担心在卸下那些手铐脚镣时，会不会伤了骨头。"

　　"该不会吧，"吴先生伸手将身旁一具尸骨上的手铐一捏，那手铐一下子松碎开来，"你看，这些手铐脚镣都已锈透了。"

　　严幼训看着，这才登着竹梯上了坑顶。她仍不想离开，她一直蹲在坑沿上，直看到坑底那些仵作工，丝毫不差地把所有的遗骨分别装进骨盒里后，这才回过头来。

　　她发现吴先生已经站在身后好久了：

　　"杨夫人，这就是从总领事身上掏出来的诗笺，"吴姓巡警说着，脸上还在迸着汗水，"那天，是1942年4月17日。从上午开始，华侨义山就被封锁了，全副武装的日本宪兵把守了各条路口，我们也被堵死在崇福楼里，进出不得……临近中午的时候，日本工兵挖好了这个坑……午饭过后不久，他们被押了过来——我认了出来，那里面有杨总领事，他曾几次来过华侨义山，我认得的。尽管他已被折磨得形容憔悴，但是蒙在他脸上的那条布巾一被揭去，我还是一眼就认出来了！

　　"……枪声响过不久，他们刚刚往坑里铲了几铲土，原来晴朗的天空，突然间一下子阴暗了下来，接着狂风旋起，闪电阵阵，雷声大作，整个华侨义山，天摇地动，分不清东南西北……日本人慌忙上了车，仓皇离去了……我奔下楼来，朝土坑跑了过去，我扒开盖在他们身上的松土……摸过他们的胸口，希望他们中有人幸存下来，然而，他们都断气了……这两首诗，是我从杨总领事的胸口摸出来的……我刚把他们的尸体摆好，漫天的大雨就砸了下来，那雨大得吓人……"

　　吴先生手里捧着一条折成方形的绸绢巾，那里面包着两首诗，那就是1942年4月16日深夜，中国总领事咬破手指，用身上的血写下的绝命诗。严幼训夫人摊开它，只见原来血红的诗句，由于时日久远，已变成了深棕色。她将它捧在眼前，一字不漏地从头到尾低声地读了起来，后来，她终于哽咽了，再也读不下去了……

　　她转过身来，凝视着紧贴在身后的两个女儿，然后，把那只紧捏着弹头的手，伸到女儿面前，摊开了……

她已经说不出话来了，她只能在心里这样告诉女儿：

我的女儿，你们的父亲在诗的最后说：相信我们的后代，会对着这些弹头思索——杨雪岚，杨梦雷，你们会对着父亲胸前掏出的这些弹头思索吗？

世世代代的中国人，你们会对着从自己国家的外交官胸前掏出的这些弹头思索吗？

你们将思索些什么？

/ 三 /

她把那 7 个弹头压在诗笺上，一起包进了那方绸绢巾里。然后，任凭泪水滚了下来，落在绸绢中团开了——5 年多了，她一直是背着所有的人，无数次地在漫漫的长夜中独自恸哭，此时，她竟然在阳光下，当着这么多人，放声地啜泣着，抽搐着。

虽然离公审大会正式开场还有好长一段时间，但是在崇福楼四周宽阔的旷野上，已到处攒动着黑压压的人头。前来参加这个公审大会的，大多是中国人和菲律宾人，他们不仅来自马尼拉，还来自外省，来自南吕宋，来自北吕宋，来自山地，来自渔村。此外，还有来自欧洲的、美洲的、澳洲的等等许多国家的侨民。天空非常晴朗，阳光热得像针一样扎人。然而，谁也没有发觉自己满身的汗水。当然，罗茜一家人也来了，她的爸爸扶西、她的哥哥比罗是昨天黄昏就从曼鲁赶到马尼拉来的。昨晚就住在林记商号里，现在，林子钟和罗茜一家人都融进黑压压的人群里了。

对于战犯大田等人的公审，那提前搭起的绞刑架，已预告了这场审判的结局。公审大会是从当天中午 12 点开始的，东京远东国际军事法庭的一名盟军法官作为审判官，手中捧着厚厚的一沓起诉书站在台上。他本来是准备以一个小时的时间念完它的，但只念了不到 20 分钟，台下的人便开始骚动起来。后来，他们甚至高呼起来：不必再念下去了，我们知道得比你更清楚——是的，号称千岛之国的菲律宾，在三年多的沦陷期间，从北吕宋到南吕宋，从海湾到山地，曾经有千千万万的菲律宾人和中国人屈死在日本人的屠刀下，这是记忆犹新的事，这一切，无须再由法官来重述了。

然而，这是必须例行的公事。

法官终于满头大汗地念完了那沓宣判书——尽管他有时甚至一下子就翻过了三四页，但是谁也不在乎法官的这种粗枝大叶的渎职行为。还有将近半个小时的时间——按照中国方面代表的要求，战犯大田必须准时在下午1时30分被绞死，这是当年日本宪兵杀害8位中国外交官的时间。

现在，一切已经准备就绪：8位中国外交官的骨盒已被整齐地摆放在那个高台上了，在这个高台对面的那个竹台上空，悬挂在榕树枝丫上的那条粗大的绞索正在风中飘摆。这时，在绞刑架下站着的，是战犯大田，他已在那里站了整整一个小时了，对于法官与证人的指控，他一直不置可否，甚至置若罔闻。作为日本帝国军人，他认定：这世界上，是与非，说到底是战胜与战败；而功与罪，说到底也是战胜与战败。

就战争而言，自从有了人类社会，就有了法律，可是没有一部法律能制止战争。

试想一想，这场发源于欧亚大陆而后几乎席卷全球的战争，那些始作俑者，那些战犯，最终站到审判台上，那不是法律的力量，说到底还是战争的力量；是一种战争战胜另一种战争……

善良的人们把这称之为"正义战胜邪恶"。

当年，也是这个地方，处决杨光生他们的时候，他不是曾经作为审判官，对屈死前的那8位中国外交官，煞有介事地宣读过这样的"法律"吗：

"……兹据日本军事法庭审判结果，前中国驻菲律宾总领事馆杨光生及其下属人员……共八人，由于日本政府已不承认重庆政府，故该八人不再具外交官身份……触犯如下罪状：（一）进行反日活动；（二）予前中华民国重庆政府军事援助；（三）抵制日货；（四）破坏大东亚共荣圈治安秩序。上述罪行，证据确凿，理合全部处死……"

他时不时地张开微微闭着的双眼，脸上露出了桀骜不驯的神色，带着一丝不易发现的嘲笑，朝四周的人们扫视一番，然后，又若有所思地微微闭上了眼睛。

后来，当他又一次张开眼皮做这样的扫视时，有一张脸孔闯入了他的瞳孔。

他浑身颤怵了一下，使劲地眨了眨眼皮，目光在那张脸上停留了两三秒钟。最后，他确认了，那张脸是消失了5年多的那个人！那个人坐在审判官右侧的证人席上，他是作为证人，出庭指证当年日军在作为临时监狱的菲律宾大学里，是如何惨无人道地刑讯中国外交官的。至此，大田便一直闭着双眼，并颓然地垂下头来。直到审判结束，直到绞索套进他的脖子，他一直都像一株脱了水的烟叶，再没有睁开眼来，再没有抬起头来。

/ 四 /

那个人是他当年的贴身卫兵——木村！

就在大田受刑前的 10 分钟，也就是 1947 年 7 月 7 日下午 1 时 20 分，大田被推上绞刑台，东京远东国际军事法庭那位盟军审判官回过头去，问已套在绞索里的大田有什么话说时，这个日本战犯用日本话嘟囔了好一阵子——多年之后，有人回忆起来，套在绞索里的日本战犯大田嘟囔着的日本话是：

"原子弹，木村；原子弹，木村；原子弹，木村……"

——有相关人士分析说，战犯大田那是在抱怨日本大本营没有及时造出原子弹，才输掉了这场战争，才落得他被绞死的下场——是不是这么一回事——只有大田自己知道了。

至于大田临刑前为什么把"木村"与"原子弹"扯在一起，则没有人去考证了——这也只有大田自己知道了。

/ 五 /

1947 年 7 月 7 日下午 1 时 25 分，战犯大田被推到绞刑架套上了绞索。5 分钟之后，他脚下的刑台被拉倒了，大田一下子被悬空吊在那里了。就在他肥硕的身体重重坠下的那一瞬间，那根挂着绞索的榕树枝丫剧烈地震动了一下。

在一片骚动中，谁也没有发现，从那绿叶茂盛的枝丫间，有一个黄色的草团掉了下来，那个落下的草团并没有逃过两个孩子的眼睛——这两个孩子就是杨雪岚和杨梦雷姐妹。她们发现，那是一个鸟巢！是一个用干枯的杂草织成的鸟巢，那是里面生活着几只雏鸟的鸟巢。它不幸正落到那个正在倾倒过去的绞刑台下，最后，它整个儿被压到那个竹架下去了。

这显然是一个不幸的事件!

姐妹俩看到了这不幸事件的整个过程,于是,她们同时毫不犹豫地挣脱了母亲的手,穿过熙攘的人群,朝着那个倒塌了的绞刑台奔了过去。

她们在绞刑架下趴下了身子,半张脸贴到了地面上。终于,她们艰难地掏出了那个被压在竹架下的鸟窝。那鸟窝里面有5只还没有长出羽毛的雏鸟,是云雀?是布谷?是杜鹃?

然而,其中两只已被压死了,还有三只活着!

姐妹俩把那两只死了的小鸟挑了出来,捧在手心里,伤心地看着。

"孩子,该怎么办?"听到这声音,两个小姐妹回过头来,发现母亲不知道什么时候已站到女儿身后来了。

"挖个坟墓,埋了这两只小鸟,好吗,妈妈?"

"妈妈,活着的这三只鸟儿连窝搁到树上去,鸟妈妈会找回来的。"

"那好,梦雷,你会爬树,你把鸟巢搁到树上去。"

"好吧,我上,给。"

她把两只死去的雏鸟交给母亲,接过雪岚手中捧着的鸟巢,十分小心地塞进胸前的衣襟内,然后,攀着树干,爬了上去。她终于在树冠里找到一处可以搁置这个鸟巢的地方了。

在把鸟巢搁稳了之后,她抽出身上的裙带,系住了它。望着草窝里那些昂起头朝她啁啾叫着的小鸟,梦雷说了声:

"再见了,你们的妈妈会找回来的。"

当她回到树下时,发现妈妈与妹妹已经在地上垒起了一个小小的墓堆。坟堆上一丛低矮的野玫瑰,那是杨雪岚刚刚移栽过来的,它的小巧的花开得正旺。玫瑰花下,葬着那两只小鸟。

"妈妈,这株玫瑰花会永远为那两只小鸟盛开吗?"

"会的,孩子,会的。"

现在,她们可以离去了。领事馆的车正停在路口等着她们,8位1942年"四一七惨案"中遇难的中国外交官的骨盒,已经安放到车里了。这几辆轿车将把严幼训夫人一行,以及那几件骨盒直接送到红奚礼示美军机场,并于当夜从那里飞往中国南京。

她忙拉起女儿的手,快步走出榕树荫。此时,她们突然听到一阵令人揪心的鸟鸣,从身后的树冠上传了过来。她们一齐回过头去,只见在墨绿的树冠上，一只五彩斑斓的鸟儿正在痛苦地哀鸣，它张开长长的翅膀，紧紧地护住了那个黄色的窝巢。而那三只幸存的幼雏的脑袋，从母亲的胸脯里张扬出来，正伸过窝沿朝下望着——4只鸟儿就那样悲哀地望着树下那个小小的坟堆。

"妈妈，那是一只什么鸟？"

"不知道，但可以肯定，它是一只母鸟，是那窝幼雏的母亲。"

"妈妈，它在哭呢。"

"它是在哭，它能不哭吗？它失去了两个儿女。"

……

……

在葬着小鸟的坟堆上，一丛低矮的野玫瑰开得正旺，它的花朵是血红的。

严幼训最后望了一眼崇福楼前那片草地，然后，拉着两个女儿的手，朝轿车走去。

走近那辆黑色轿车的时候，她突然眼前一亮，她发现了在这里等候她的人群中，有沈霏，还有刚刚出庭作证的木村！她走到木村面前，站住了，并把雪岚和梦雷姐妹俩轻轻推上前去：

"孩子，向这位日本叔叔说再见——木村先生，感谢您了，在杨光生落难之时，您帮助了他……"她这样说着，把手伸给木村。

然而，木村不敢贸然握住严幼训的手，他在她面前低下头去并弯下了腰，深深地鞠了一躬：

"……杨夫人，面对每一个中国人，每一个战争中的日本军人都是有罪的……"

"该上车了，杨夫人。"——严幼训发现沈霏已站到自己身后来了，是她在招呼着自己上车。她让两个女儿先踏进车厢，然后，回过身来，轻声地告诉沈霏：

"沈小姐，杨光生，已决定安葬在南京菊花台了……可是那边国共两党正……"她这样说着，看定了沈霏的双眼，她看到了那双非常美丽而年轻的眼睛里流露出一种依依难舍的神色，望着那双眼睛，她许久许久没有作声。终于，她又看到沈霏的嘴唇轻轻地启动了一下，她分明听到了这些话郑重地从那嘴唇里传了过来：

"……希望战争能够很快结束……无论哪一天,只要我一回到唐山,一定会寻到杨总领事坟上去,献上一束花……"

严幼训听着,再也不能自已了,她张开双臂,一下子把沈霏紧紧拥进了怀里:

"我相信你的话,我代光生感谢您了……沈小姐,我们还能再见面吗?"

载着严幼训夫人等人的几辆轿车,缓缓离开了华侨义山。

7月马尼拉郊外的华侨义山正在复归平静。蓝天白云,郁郁苍苍的巨榕,花开如火的凤凰树,五彩缤纷的三角梅,雪白圣洁的百合,婉转啁啾的小鸟;还有此起彼伏的蝉鸣在林荫中萦绕……

战事结束了,战争远去了……

第二卷——

母亲河

给我的妻——
现在的,和离去的:肉体,灵魂,一生以及死后的骨灰。
——题记

第一章　中秋

/ 一 /

太阳偏西了。

马尼拉湾退潮了，宽阔的沙滩裸露在金色的阳光下。

从海岸上往下望去，可以看到一行清晰的脚印向沙滩的深处铺了过去。沿着这行脚印看过去，在沙滩与海水的交接处，压着一座巨大的礁石。在这座礁石之上，长着几棵茂盛的相思树，很难想象，这些郁郁葱葱的相思树是怎么长在礁石上的。当我们走近那块礁石，终于发现，由于年长月久的风化，这座巨礁已从上到下裂开许多沟堑，一棵紧挨着一棵的相思树正是扎根在沟堑中的。

那座巨大的礁石，比我们估计的还要巨大，大约有4米高，你可以将它想象成一座小山，而那几棵相思树，也比我们想象的要高大得多——只有在菲律宾，才可能找到如此巨大的相思树。

当我们爬上那座临水的巨大的礁石时，可以发现，在礁石下背阳的沙地上，在相思树凌空伸出的绿叶繁茂的浓荫下，坐着一个人，他背靠在布满苔藓的礁石上。

这是1947年9月29日的下午。这一天，中国的老历书上写的是农历八月十五——一年一度的中秋节。

这时候，太平洋战争已经结束两年多了，对侵菲日军主要战犯的审判也已在两个多月前结束了。赤道上频繁的风雨，似乎已将残留在这个美丽的千岛之国上的战争痕迹洗净了。

在这个宁静的下午，靠着大礁石坐在马尼拉湾朝北的沙滩上的这个年轻人，便是木村。

战争结束以后，木村一直留在佬允隆郊外中国人开垦的烟叶园里，他已经与烟叶园里的菲律宾人、中国人结下了深厚的友谊。他曾经想过：今生今世再也不回日本了，就在佬允隆安住下来，直到老死。然而，眼看着战后一拨又一拨的日本人回归故国，他的心再也不能平静了。浓烈的乡愁常常搅得他心痛。

……1939年的冬天，他离开日本时，年仅12岁的妹妹还到码头上来送行呢。8年过去了，芳子今年该是20岁了，如今，她是他唯一的骨肉亲人，他怎能不想念她呢？

他归心似箭，却没有勇气回家！一旦真正找到了自己的妹妹，他将如何对她提起母亲？

他害怕回到日本，害怕回到生养他的故乡，回到那里，意味着什么呢——

那座城市，那座老屋，将逼使他无时无刻地不想起自己的生身母亲；想起1940年隆冬在中国吴家桥的那个可怕的夜晚……

/ 二 /

然而，他还是决定回去了。

一个星期前，有一艘轮船开往日本，他本来已经收拾好了行装，要乘那趟船回日本的。但是烟叶园里的中国朋友苦苦留下了他。希望他过完这个中秋节再走，盛情难却，再加上烟叶园里正忙着更新烟苗，人手紧张，多一个人是一个人，他便留了下来。直到昨天下午，他得知中秋节过后，马尼拉港又有一艘船开往日本，他便连夜赶来了。

昨天夜里，他住在林记商号，从林子钟口里，他知道黄杰汉明天也将离开马尼拉，然后经香港回中国内地。

他们俩已和沈霏、黄杰汉约好了，今晚，4个人一起到这个海滩过中秋节。1945年，战后的第一年中秋夜，他们也是在这处大礁石上过的。这里距林记商号不远。午后，见到离店铺关门还有一段时间，木村便让子钟在店里等着沈霏、黄杰汉，他自己先上街去了。

明天就要离开菲律宾了，这一走，他还能回来吗？

……他庆幸自己能在1942年春天，遇上中国驻菲总领事杨先生……那个夜晚，他手持着中国总领事的血书，终于逃脱了他曾经准备随时为之献身的军队，投向菲华抗日武装。随后，他结识了众多的中国朋友、菲律宾朋友，这些亲如兄弟的异国友人，使他更加难以割舍这片瑰丽的土地。

转眼间，他来到菲律宾已整整6年了，明天就要走了。

临走的时候，他想多看它几眼啊！

他在街市间漫无目的地走着，也不知道走过了多少街道，也不知道走了多长时间。后来，他看到眼前一片宽阔的大海，这才发现，又走到这处沙滩上来了——他终于发现，他心中最眷恋的还是他的故国——过去在马尼拉的那些日子里，每当乡愁折磨得他心痛的时候，他都会来到这处朝北的海湾，对着茫茫云海遥望他的万里之外的故国。

他走下沙滩，靠着那座巨大的礁石坐了下来，面对大海，他在想些什么？

他深信，马尼拉这处朝北的海湾里的水连接着日本海的水；连接着招津港的水；那一次次涌上沙滩又一次次退回去的潮水，激起了他浓烈的乡愁——那时候，他的心头突然涌上来一句中国人常说的成语——归心似箭……

临近10月了，黄昏的赤道海风不再令人感到灼热。那是一种和煦的，暖洋洋的带着咸味的海风。他靠在那里，任凭这温柔的风抚摸……

哦，招津港涨潮了？退潮了？

哦，北海道涨潮了？退潮了？

……

……这时候，海和天已经朦胧成一片了。

/ 三 /

在苍茫的海天之间，一艘轮船在朦胧中开了过来。这艘船在沙滩边上靠稳之后，从船上放下来一条长长的跳板。

这是一艘从日本开过来的客轮，船上都是日本人，有男人有女人，他们万里迢迢前来菲律宾，是为了寻回当年进入菲律宾参战的亲人们。战争已经结束这么长时间了，可是还有许多日本军人至今杳无音讯，他们失散在哪里？抑或已经战死？

木村站了起来，迎着那群人走了过去，他深信：他妹妹，芳子会随同这些人来菲律宾的。

他在人群里寻找着，他希望在这群人中发现芳子……

他终于看到了那张亲爱的面孔。

他找到了他的妹妹！

啊，难道这是真的？

这不会是在梦中吧？他用力拧了一下自己的脸颊，感到疼；他揪了揪自己的头发，还是感到疼；后来，他又使劲咬了一下自己的舌头，仍然感到疼！他相信了，自己并不是在梦中，他醒着呢！于是他朝着芳子奔了过去。

由于战乱，由于贫穷，由于饥饿，更由于失去了——母爱，多年过去了，妹妹竟然没有长大，身子还是那么单薄！

妹妹也认出了他，她没想到，船刚靠岸，她就找到了失散多年的哥哥。

她一下子扑到哥哥身上，张开双手紧紧搂住了他的脖子……

木村把妹妹抱在怀里，在沙滩上坐了下来。

8年了，魂牵梦萦的8年啊，他没想到妹妹找到菲律宾来了！

他们脸贴脸地抱在一起，任凭泪水汹涌出来，湿透了身上的衣裳，湿透了身下的沙滩……

他们紧紧抱成一团，无声地哭着，抽搐着……

/ 四 /

……这时候，有人推搡着木村，他睁开眼睛，眼前一片银光。涨潮的海水已经漫了过来，漫到他坐着的地方了。

中秋的月亮在水面上泼上一层醉人的光泽，那是一种银色的光泽。

他连忙站了起来，揉揉惺忪的眼睛，发现站在面前的人是黄杰汉、沈霏、林子钟。

月夜如昼，他们看到挂在木村脸上的泪花：

"木村，你怎么啦？"

他羞赧地笑了笑，揩去了眼角的泪珠："……哦，做了一个梦。"

/ 五 /

4个年轻人，搭起人梯，攀上礁岩，把随身带来的油布铺到地上。

他们三个人都随身带来了食品，林子钟带的是莲蓉月饼，那是从王彬街的正泉茂饼店买来的。沈霏带着一个大榴梿，那是宿务岛的朋友带给她的，她一直舍不得吃，足有四五斤重。黄杰汉背着6颗椰子酒，是阿悦山一个马来族部落的酋长专程送过来的。马来族人的这种酒在精挑出来的大椰子上打一个洞口，注入酒引蜂蜜，再塞进去玫瑰花、茉莉花，然后用石蜡把那个洞口封死了。一般地说，两个星期就可以打开封口喝酒了。当然存放愈久，酒味愈是醇香，也愈是贵重。现在，菲律宾已经没有人酿这种酒了。

太阳早已沉落了，而月亮刚刚浮到海面上，斜照的月光洒在礁石上，月光如水。

1947年的这个中秋夜，对于他们来说，是弥足珍贵的。他们深知人生中很难再有第二个这样4人欢聚的中秋节了，过了这个夜晚，他们即将分手，天涯海角，人各一方了。木村是明天中午12点的船，他将经过漫长的航程，回到遥远的日本；而黄杰汉则是在明天一早就要从马尼拉乘船前往香港，然后转道进入北中国解放区。

这位年轻的共产党人，在过去几年中，一直服从组织上的安排，留在菲律宾从事抗日斗争，未能奔赴唐山前线参战，现在，眼看着他所献身的政党，正在他的故国领导着一场殊死的战争，他隐隐约约地预感到，这将是那片古老的土地上最后一场战争，是一场解放中华民族的最后的战争。所以，他再也沉不下气来了。几经申请，组织上终于批准他回唐山参加那场战争。在这个晚上，他甚至把回唐山的行装都带来了，那只是一个简单轻便的褡裢，里面只装着一套换洗的衣服，还有一条裹着牙刷的毛巾。那些必带的证件，他都束在贴身的腰带里——从那段岁月走过来的旅菲华侨，都还会记得，在那场九死一生的战争中，在菲华社会，有无数个像黄杰汉这样年轻的华侨共产党人——用他们的话说：是把脑袋别在腰间干革命。他们抛弃家业，抛弃儿女常情，居无定所，出生入死，为了理想，甚至随时准备抛弃别在腰间的脑袋。菲律宾没有冬天，一年四季无须盖被，一个简单的褡裢往背上一套,便是他们所有的家当了——即使明天就要回到魂牵梦萦的唐山了,黄杰汉也只带上这么一套家当。而沈霏呢,她也早已成了职业革命者了,菲律宾光复之后,她仍然同时担负着菲华社会几个进步团体的领导工作。作为共产党人,抗日战争结束以后,她理所当然地在菲律宾各岛奔走呼号,发动各地华侨支援中国共产党人在唐山领导的那场解放战争,明天醒来,她又要去哪里呢?去南吕宋?去北吕宋?去渔村?去山地?

正因为他们深知此生此世再难有第二个这样的夜晚了,所以他们才对这个夜晚如此珍惜,以至于在最初的时候,他们谁也不忍贸然开口,只是默默地低着头,任凭心中的别愁弥漫着,直至这种愁绪填满了胸怀。他们希望因为沉默而使这个夜晚延长——这个夜晚的每一分、每一秒都是那样珍贵啊!然而,沉默就能阻止时间的流逝吗?

后来,还是沈霏开口了:"家父在世的时候,每当中秋夜,都会对月吟诗,怎么样,我们今晚也来吗?一句也行,一首更好,但要自己作的诗,要关于月的,吟不出的罚酒,这里有6颗椰子酒,今晚都喝干了它,谁先来?"

"我先来吧,"黄杰汉说,这位当年的菲华抗日支队队长,在战争年代,冲锋陷阵,总在前面,今晚的场合,他似乎也不落人后。

"只是,木村也列入此列吗?"

木村想了想说:"算吧,我们日本的俳句,也相当于你们中国的诗,还是从中国汉诗发展过来的呢。"

"既是这样,那就开始吧——"黄杰汉沉思片刻,随口吟出:"月照南洋番客心,番客心已回唐山……"

沈霏听着,拍着手说:"好诗好诗,这两句诗可真是你自己想出来的?"

黄杰汉说:"4个人8只眼睛看着,你们谁指点我啊?"

沈霏想了想说:"也是,明天只有你一个人回唐山,这两句诗还只有你能想得出来,我还以为你只会耍刀弄枪呢——免罚了。"

黄杰汉却一把抓过一颗椰子酒来:"不,诗要吟,酒也要喝的。"说着,头一仰,咕隆隆喝下去一大口,而后,他把酒搁到子钟跟前,"该你了。"

就在黄杰汉吟诗喝酒那当儿,子钟也在心里想好了,见到黄杰汉把酒搁了过来,便缓缓地开口了:

"红砖小院月孤单……"他只吟了一句,便哽在那里了,随后,昂起脸来,望着头顶黑黝黝的相思树,久久不再作声。他在想,此时此刻,这一轮明月，照到唐山了吗？照进御桥村那座红砖小院了吗？照亮了观音山上父母的坟了吗？在这个夜晚，妻子儿子……

大家又沉默了好一会儿，后来还是沈霏说了：

"子钟的诗，也是好诗，这是意料中的，子钟的汉语基础，是在唐山打下的，他的诗，虽只有一句，却包含了许多意思，我想，子钟是想起月珍嫂子啰，我想月珍嫂子肯定也在唐山对着明月思念你呢——子钟也免罚了——轮到我了。"说着，她已把酒抓到自己跟前来了。

"不，我还是要喝的，"说话间，子钟已把酒喝下了，望着沈霏说，"这就看你的了。"

"你们的诗，都是悲兮兮、愁滴滴的，令人感伤，不像男子汉的诗。"沈霏说。

黄杰汉说："那好，张飞小姐，轮到你了，你就吟几句男子汉的诗，最好是吟出张飞那样的男子汉的诗，不要是悲啊愁啊、郎啊妹的那一类的。"

沈霏说："你以为女人就只会吟写那些伤春悲秋、闺怨愁思的诗句？错啦——你听：木兰横戈好女子，老矣不复志千里，但愿相将渡淮水——这诗可好？"

黄杰汉说："好诗，好诗，没想到张飞小姐还真有两句，这酒就免罚了。"

沈霏说："罚不罚，我都是要喝的，不过这诗不是我自己的。"

黄杰汉说："不是你的诗，那就该罚了，原先说好了，今晚的诗，都是要自己的。"

黄杰汉话还没说完，沈霏已咕隆隆把一大口酒喝下去了："倒是你该受罚了，你连这首诗的出处都不知道。"

坐在一旁的林子钟说："这诗，有些耳熟，只是一时间里想不起来谁写的了。"

"子钟，你想起来了也别作声，先考考黄杰汉——你知道木兰是谁吗？"

"你当我是番仔了，你当我不是中国人了，拿这三岁孩儿的话题考我啦——木兰，姓花，女扮男装，替父从军抗敌救国，'花木兰从军'的故事，哪个中国人不知道——可是张飞，我们今晚的规矩可是要吟自己的诗啊。"

"可你能告诉我这诗是谁写的吗——不能？好，这口罚酒先给你记着，待会儿一起罚，我再吟一首——生当作人杰，死亦为鬼雄，至今思项羽，不肯过江东！"

黄杰汉听罢，握起拳头，重重在自己大腿上一捶说：

"痛快，痛快，真是好诗啊，有一股虎气，一股霸气，虎虎生威啊——张霏，这酒我替你喝了。"

沈霏一把夺过黄杰汉手中的酒壶说："慢着，我吟诗，你喝酒，美得你——先说说，这诗是谁的？"

见黄杰汉愣在一旁，林子钟一拍手掌说：

"我想起来了，这诗是李——"

沈霏听着，连忙一手捂住他的嘴：

"子钟，你先别说，再考一次黄杰汉，他说不出来了，你再说。"

黄杰汉说："冲着这么痛快的好诗句，我就是被罚醉了也痛快，可我真的是不知道这诗的出处啊！"

沈霏笑笑说："黄队长黄杰汉啊，还是让子钟来告诉你吧。"

这个时候月亮正迎面照着林子钟，他眯着眼，凝视着远方的海，想起了一个人，他想起了卢老师：

"张飞啊，这两首诗，都是李清照写的吧？在唐山读小学的时候，教我们国语的卢老师就常对我们说起李清照。哎，卢老师也有好些年没有音讯了，她如今还在延安吗——沈霏啊，你是怎么知道这些诗的？"

"说来话长啊，你们还记得当年华侨中学8个女生'卖身救国'的事吗？"

"怎么会忘记呢，这才是啥时候的事啊。"黄杰汉说。

"那是1937年的事啦，一眨眼，又是8年了。那时候，8位华侨女学生在报纸上刊登声明，2000比索，说是谁把这笔款子捐作唐山抗日救国军费，她们就嫁给谁，沈霏，你也是她们中的一个呀！"林子钟说。

"是啊，就是那天我还遇见了尔齐……也是那天家父谈到了李清照，谈到了李清照的诗……"

"从古到今，中华民族出了多少这样的女豪杰啊，秋瑾、赵一曼……还有——沈霏，也是当之无愧的女中豪杰吧。"黄杰汉轻轻地叹了一口气，可以听得出来，他提到沈霏的名字时，是真诚的，绝无半点戏谑之言。

"我总是想，不管是男是女，一生总该过得轰轰烈烈，过得有意义才是，人生就该像是一根火柴，要燃烧自己，哪怕瞬间就燃尽了，也总比无声无息地腐烂了强，是吧？好了，该我吟自己的诗了，"她昂起头来，呷下满满一口酒，终于吟出了自己的诗："酒、酒、酒，一醉解千愁……"吟到这里，她戛然而止，众人等了好久，才知道沈霏是没有下文了。

黄杰汉把酒塞过去说："罚酒罚酒，这算哪门子的诗，我刚才不是说过了吗，不要尽吟那些悲啊愁啊的诗吗？你倒好，来了个'千愁'，这是怎么回事？罚酒！"

沈霏一把抓过酒壶来："这酒不用罚，我还巴不得多喝呢，过了这个夜，就没有这个酒了。"说着，她已咕隆隆喝光椰壳里剩下的酒了。

看到沈霏一口喝下了小半壶酒，林子钟说：

"沈霏果然有一股张飞的豪气啊，喝酒喝得豪气，即便是诗，即便是'千愁'，也愁中带着一种豪气，只是不知道，沈霏千愁万愁，愁的是什么？"

沈霏喃喃地说："国愁，乡愁，想到死去的父母，也愁啊……"

黄杰汉揶揄着说："张飞小姐啊，你恐怕愁的不只是这些吧？"

沈霏听到这里，也不作声，提起另一颗新打开的酒，又咕隆隆地喝下去大半壶：

"我知道，你又要说我最愁的是没有尔齐的音讯了……我能不愁吗，他回唐山整整5年了……他在哪里，他如今在哪里啊……杰汉兄，你这次回唐山，一定要帮我找到他，可别像子钟兄……"

她说着说着，竟哽哽咽咽地哭了起来……

/ 六 /

这时候，礁岩上渐渐昏暗了下来。月亮升上中天，已到了子夜时分了，相思树的浓荫遮去了月色，从叶缝间飘漏下来的星星点点破碎的月光，在她脸上滚动着，分不清是月光还是泪珠。

望着她那张凄哀的脸，林子钟深感内疚：护送老爸的骨灰回去时，他答应沈霏回唐山后打听沈尔齐的消息的，只是到了沈尔齐唐山的家中，发现他们也在打听尔齐的下落。想到这里，他低下头去：

"沈霏，是我失信了……"

听到林子钟这样说，沈霏伸出手来，搭在他的肩上说：

"子钟，这事不怪你，你已经尽力了……"

相思树荫下又沉寂了。只听到从海上轻轻涌来的风中，夹杂着一两声失群的鸥鸟孤单的啼鸣。黄杰汉发现，在沈霏那张摇曳着星星点点月光的脸上，随着这几声凄凉的鸥鸣，有几滴泪水滚落下来。他禁不住深深地叹了一口气，同是晋江华侨，同是沈霏、沈尔齐生死与共的战友与同志，他知道沈霏早在1937年就与沈尔齐"好上"了。那时候，她才16岁，一转眼，10年过去了，她今年已经26岁了，当时这个年龄，早已过了谈婚论嫁的青春期了。可是沈尔齐一走5年，至今竟没有一点音讯，他在唐山吗？他知道沈霏还在苦苦地等着他吗？哎，她什么时候才能等到他啊？过去的日子里，见到沈霏愁眉不展的时候，他都会揶揄她："又想尔齐了吧……"每当听到黄杰汉这样说，她都会嘟起嘴来说："我才不想他哩！"那时候，他也相信，这个泼辣的女同胞，是不会为儿女之情所困的，因为她和他一样，也是一个共产党人，也是一个随时为自己心中的理想能抛弃一切的共产党人。然而，在这个中秋夜，看到她挂在脸上的滚滚的泪水，他才发现，这个外号"张飞小姐"的女共产党人，她心里同样有着儿女之情，只是作为共产党人，她把这种"情"隐藏得很深，而正因为隐藏得太深太深，所以才特别浓烈。

她已经等了沈尔齐5年了……
她将一生一世地等待沈尔齐。
——10年、20年、30年、40年、50年，到老，到死。

……50年后，她已经76岁了。那时候，她已离开菲律宾多年了，她是应林云昭、陈燕玲之邀，前往马尼拉远郊的一处街童收养院担任"祖母"的。……
……那一年圣诞节之夜，她又迫不及待地回到唐山；回到泉州城来了……
……她病了，她得了一场大病，病得竟然连走回她父母之邦的清濛村也毫无力气了……
……她是被乡党们抬回到清濛村沈氏祠堂的。

依照我们侨乡纯善的习俗，每一个临终的人，只要你愿意，不管你贫富贵贱，你都可以被抬进本姓祠堂，让子孙后辈，堂亲邻友，日夜守在你身旁，伴着你，直到你咽下最后一口气——这种充满温情的习俗，我们称之为"搬厅边"或"守厅边"。

在被抬出泉州顺济桥，抬入清濛村界的时候，几近昏迷的沈霏突然睁开了双眼，并且目光分外明亮——她显然感应到了被一代代海外游子称之为摇篮血迹的故土的独有温馨……

……是初秋，清濛村外满山遍野的龙眼果熟了。

沈霏没来得及被抬进村中的沈氏祠堂，在一棵浓茂的龙眼树下，乡党们听到了她的喃喃自语——尽管声音低微，却十分清晰：

"尔齐，我上路了，我找你去了……"

那时已近黄昏，有一缕西下的夕阳的光辉落在她安详的脸上……

这个时候，一直坐在一旁看着他们的木村开口了：

"现在，该是轮到我作诗了，是吧？"

他们一齐抬起头来，看着木村：

"是该轮到你了，你不是说要吟诵日本的俳句？我们都想听听哩。"

"其实，我也不太懂得俳句是怎么回事，只是小时候在课堂上，偶尔听老师说过。"

"那你就吟出来吧。反正我们大家都是半桶水诗人，甚至连半桶水也称不上呢。"

"好吧，你们不要笑——

亲人未归来

彼岸花自开

月圆人难圆

此愁深如海。"

黄杰汉听到这里，带头拍起手来："好诗，好诗，比我们今晚上谁作的诗都好。这样的诗句，就是传到中国也可算是好诗！"很显然，他是想驱散笼罩着他们的沉闷、凄凉，他有意把掌拍得很响，把声音提得很高。

"是很有诗意，月亮照到彼岸的花，木村先生，彼岸指的是远在大洋那边你的故乡吧？"林子钟说。

"不，在我们招津故乡，有一种花，叫彼岸花。那种花，类似美人蕉，像红色的美人蕉，一开起来，像火燃烧一样。这个时候，在我们招津，正是彼岸花盛开的季节。在我们招津城，几乎家家户户都种着彼岸花。而在招津城外，到了这个季节，更是满山遍野燃烧着彼岸花……"他靠在粗壮的相思树上，望着远方的海天，他的眼前出现了这个季节盛开在他的日本故乡的如火如荼的彼岸花……在那花丛中，一个女孩呼唤着"哥哥"，朝他跑了过来——那是芳子，他的妹妹……

"你们不知道，彼岸花是多么美，我的妹妹是多么可爱……"他闭上了眼睛，自言自语着。

"木村，以后哪一天有机会，我们一定到日本去看望你，去看你们日本的彼岸花，去看你的妹妹——我不止一次听你说起自己的妹妹了，是吧？"沈霏说，她似乎已从刚才的哀愁中走出来了。

"去吧，一定去，一定要在这个季节里去，只有在这个时候，才能看到彼岸花。"木村说着，已经把酒提了上来。

林子钟说："要真有那么一天，我们大家一起去，那该有多好，看彼岸花，看芳子，看望你的母亲——哦，对了，木村先生，好像从来都没有听到你提起母亲……"

当听到林子钟口中说出"母亲"这两个字时，木村提在半空里的那壶酒突然摔了下来，砸在礁石上裂开了，他把头一仰，靠在树干上，哀号起来：

"母亲！母亲……"同时，他的头死命地往身后的树干上碰撞着。

"你怎么啦，木村先生？"大家围拢过来，扶住了他，让他平静下来。他不再哀号了，只把头仰到背后的树干上，任凭泪水无声无息地奔涌出来……

这个时候，月亮已经偏西了，头顶上的相思树荫已遮不住西照的月光了，树荫下又如白昼一般光亮起来。在凄凉的月色里，木村的那张脸苍白得可怕，而他的眼神更是让人战栗——那里面流露出来的是一种屈辱，一种绝望——这种眼神之于兽，那是只有在落入陷阱被捕兽夹死死夹住的困兽眼中才能发现；而之于人，则必是在被蒙冤判刑站到绞刑架下的罪犯眼中才能看到！

/ 七 /

涨潮了，整个沙滩已经沉落下去。于是，这座巨大的礁岩便像搁浅在港湾里的一条船了，它的四周已漫上海水，它的又长又尖的"船头"朝着大海，朝着北方向前伸出了五六米之后，突然往上翘了起来。惟妙惟肖如船的破浪角。而它的四周，又微微地隆了上去，使人联想到船的牙樯，正是这么一圈"牙槛"保住了雨天的水,才使扎根在岩缝里的这些相思树长得如此旺盛——菲律宾一年四季三天两头都会来雨的。这座长方形的巨礁,它的平面约有200平方米。在月光下,它更像一艘多桅船。长在上面的相思树,便是它的桅帆了。

其实在这个时候,海水是早已涨满并开始退潮了——在礁壁上,可以发现涨潮时留在上面的水纹,此时那水纹已高出它旁边的水面近一米了。

早已经过了子夜,海滩上一片寂静,轻轻的落潮声不时从礁石下传了上来。身后的马尼拉街市,通宵的街灯依然亮着。

现在,他们要回去已经不可能了,涨潮的海水使这座礁岩变成了一座孤岛。

那就在这里等到天明,等到退潮吧!

过了这个夜晚,再没有这个夜晚了。

而这个夜晚正在一点一滴地逝去。

"木村先生,我是8点钟的船,而你是12点钟的船,我不能送你了。"黄杰汉说。

"那就让我送你吧。"木村说。

"不,谁也不用送我。"

"木村先生,你可能不知道,杰汉出门,从来是不让人送的,我们都认识七八年了,他一直是这样的。"沈霏说。

"可明天,明天的'出门',不同以往啊,过了明天,天南海北,人各一方,我们还能再相聚吗?"木村说着,长长地叹了一口气。

"木村先生,你的情我领了,你们谁也不要送——木村先生,我从阿悦山带来了一袋椰子,10个,是我的好朋友,那位马来族酋长亲自挑选的,熟透了的,都削去了椰棕了,我听说了,从马尼拉到日本,客轮需要10天的航程,你在船上一天吃一个,椰汁下火。还有一袋芒果干,也是那位酋长送我的,你带上吧,这些,都是日本没有的……都放在子钟那里,还有,青年会凑了一点钱,寄放在沈霏那里,你也带上……"

"木村先生,这些钱,我已带在身上了,这是马尼拉(华侨)青年会的会友们为你凑的份子钱,都兑成美元了,有200多美元……"沈霏说着,从怀里掏出一个折成方形的小布包,把它摊开了,"这是那些钱,你拿着——还有这条丝绸围巾,是我送给你妹妹的。"

——那是一条很薄的围巾，如果是在白天里，可以看到它是蔚蓝色的，中间飞翔着一只白色的鸽子，那鸽子口里衔着一枝墨绿色的橄榄枝。

木村接过那条围巾，把里面的钱退还给沈霏。

"沈小姐，黄先生，林先生，那些椰子、芒果干，还有这条丝围巾，我都会带走的，这些钱，我不能拿，这么多钱……"

——1947年，在马尼拉，一个熟练的店员的月薪，还不到12美元。

"木村先生，你就带着吧，穷家不穷路，这是中国人的老话，到了日本后，一时间里找不到工作，这些钱可以应付一段日子的。"沈霏不由分说地又把那些钱塞进木村手中。

"这几年，我在烟叶园里做事，积攒了一点钱，前天结账时，老板又多支了我三个月的工资，合起来也换了100多美元，老板说了，在日本过不下去了，随时回来，还到他那里做。"木村说。

"别再推让了，木村，沈霏说过了，穷家不穷路的，你就把这儿当成你的家，把我们当成你家中的兄弟姐妹吧。"林子钟和黄杰汉几乎是异口同声地说。

而后，黄杰汉又说："木村先生，到了日本，过不下去了，随时回到菲律宾，这里的中国朋友、菲律宾朋友，都会帮你的……你是知道的，这儿的人民是多么善良好客，你也可以到中国去，中国肯定很快就要解放了，而且可以肯定，解放了的中国一定非常美好……欢迎你……我们永远是朋友，是吗……"

1942年春天，在菲律宾大学的那场夜战中，木村脱离日本宪兵部队之后，到1945年菲律宾光复，几年之间，他一直在阿悦山游击基地与黄杰汉并肩战斗，他们之间已结下了情同手足般的情谊。想到明天就要分手，而且今生今世恐怕难再重逢了，黄杰汉的喉头竟一下哽住了。

这个时候，月亮已经完全沉落了，启明星也即将退隐，从身后的海岸上，传来了声声报晓的鸡鸣。

东方的海面上，在水天交接的地方，一线白色的曙光浮了上来。

1947年的中秋夜，全部过去了……

黄杰汉转过头去，凝望着远方海面上正在升起的那一线曙光，久久没有作声。终于，他回过头来了：

"我就要走了，唐山那一边，你们还有什么要吩咐的？"

林子钟想了想说："如果你能回到晋江，抽空到御桥村一趟，告诉月珍，我这里一切平安，让她照顾好云昭，自己也多保重。"

黄杰汉想了想说："我恐怕一时间里去不了晋江了，我这次到香港后，是要直接北上到解放区去的——这事我记挂着就是了。沈霏，你有什么交代的？"

"……你多留心一下吧，看看能不能找到沈尔齐……你告诉他，等着我……我已在父母墓前下了誓，要留在菲律宾为他们守三年灵，三年过后，我将把他们的骨灰带回唐山……告诉尔齐，让他等着……"

"三年，三年后，我想，我们全中国该都解放了……"黄杰汉深思着说。

"解放！全中国都解放了——那就在解放了的祖国的土地上见面吧！"沈霏的声音一下子高昂了起来。

"解放了的祖国见！好！我也回去！杰汉先生，你回去后，见到月珍时，告诉她，等李东泉先生的亲属到了马尼拉，我把店铺盘交后，就回去——解放了的祖国见！"林子钟显然也被他们的情绪感染了。

"木村先生，希望你日后也到我们解放了的中国去做客，你们日本，与我们东北，是隔海相望的啊——来，解放了的中国见！"黄杰汉说着，把手伸了出来。

一只手贴了上去，又一只手贴了上去。

4个年轻人，4双年轻的手紧紧地握在一起。

/ 八 /

天已破晓，黎明的曙光染红了大海。

"我得先走了。"望着升起在遥远的海面上的那轮朝阳，黄杰汉低声地说。

"可是水还这么深，怎么上岸？"

"没事的，我踩着水上岸去。你们等潮水退尽之后，再回吧。"

黄杰汉说着，走到一旁，把外面的衣服脱了下来，裹进褡裢里，身上只留一件贴身的半短裤衩，他把褡裢裹在头上，走到礁岩旁，攀着礁缝，爬了下去。

他的身体慢慢地沉入水中，最后只剩下头部还露出水面，头顶上，是扎得很紧牢的褡裢——这是他回唐山的全部行装——他下南洋15年了，家中还有一个孤苦伶仃的老母，他难道没想到要给母亲带一点什么回去？

他顾不得了，他将直接进入东北解放区，中华民族解放战争的号角在召唤着他，他的心早已飞向那里了。

他的家在晋江永宁湾海边的一个渔村里，他的父母是靠讨小海为生的，由于家境贫寒，长到12岁，他还没穿过一双鞋，12岁那年，他就是赤着脚，随着邻村的大人们，走过村中那条长长的、窄窄的石卵路，在码头上挤进闷热的双桅船底舱，去了南洋，那是1934年的夏天。到了菲律宾之后，他曾经与沈尔齐一起在印刷厂当过学徒、在菜仔店当过店员，后来又成了职业革命者。转眼间15年过去了，他一直没有回过唐山，他甚至还不知道，1942年，一股日本兵登陆深沪湾，对那里的渔村狂轰滥炸了一个上午，杀死了数十个手无寸铁的晋江人之后，又上船离去了。在那一场屠杀中，黄杰汉失去了他的父亲和两个弟弟，一家人中，只有他的母亲幸存……

他踩着水，很快地向着岸边泅去，再没有回过头来……

上岸之后，他随便找一处淡水冲洗一番，然后穿上外衣，登船离去……

当年斗争在世界各地的共产党人，他们朝气蓬勃，富有生命力，他们是人类的希望，世界的未来。他们坚信，共产主义不再遥远，这个"主义"将因他们的奋斗而实现。这个"主义"主导的世界没有人剥削人，没有人压迫人，没有战争，没有……

他们都抱定了一个崇高的目标，那就是随时为这个"主义"献身，为了这个"主义"，他们随时可以抛弃一切：家庭、财产、身家性命，甚至爱情。那个时代活跃在菲律宾的年轻的华侨共产党人，就是这么一群人。

黄杰汉深信：中国共产党在唐山领导的那场解放战争，便是为在那里实现共产主义开辟道路，作为共产党人，他当然要义无反顾地投入那场战争，否则，他就不配是一名共产党员……

……1947年10月下旬，在东北，在中国人民解放军第四野战军某部，一个年轻的旅菲华侨，手持八路军香港办事处的介绍信前来报到。

这个人是黄杰汉。

第二章　相思雀

/ 一 /

婆婆长眠在塔山坡对面的观音山上了，丈夫又去了遥远的南洋，刚刚吃过奶的儿子，此时在摇篮里香甜地睡着了。而不大不小的雨，却在这个时候飘了过来，这是秋天的雨。"九月九掠日"的九月刚刚过去，而"十月日生翅"的十月也到了好几天了。一过了农历八月，九月的日头便突然一下子短了起来，而过了九月，十月的日头愈是无可商量的更短了，我们已经说过，十月的日头是长了翅膀的，它一飞就过去了！

晚粥已经熬熟了，还煨在灶上。侨乡的番客婶常说"寡米不烂"，说的是一个人的饭难做啊，一个人吃的粥，你要真把它煮熟了、煮烂了，那得往灶膛里塞进去多少柴草，舍不得啊！所以，杨月珍每次熬粥，都仅仅是烧滚了，便退掉柴草，只剩下灶膛里草木灰的热气把锅中的米粒浸成粥，因此她每餐都得早早下锅。

此时虽然还不到吃晚饭的时辰，但杨月珍还是把院子门闩上了，然后，提过来那块毛竹做成的矮板凳儿，靠在房门口的木柱上，默默地望着屋檐上的雨水一点一滴垂落下来，在屋檐下的石板上摔碎了。啊，这黄昏的秋雨，是不会那么快就止住的，这雨恐怕是要在这里过夜了。她茫然地望着满院子淅淅沥沥飘洒不绝的雨水，又想起了远在南洋的丈夫：南洋下雨了吗？公公殁了，现时王彬街的林家商号，里里外外就只靠子钟一双手了，他忙得过来吗？屈指算来，子钟回南洋已有 4 个月了，他是大病初愈不久就去了南洋的，这些日子里，他身板儿可都硬朗？谁为他做饭，谁为他浆洗衣裳，有个头疼脑热的，谁能给他端茶送水啊？那个叫罗茜的菲律宾女孩还在店里帮工吗？她还会像以前那样嘘寒问暖地伺候子钟吗？虽然公公认下了她这个干亲，但人家毕竟是外人，她总不可能像自己这样掏心肝地对待子钟啊！她真想当面对着罗茜说：好生照顾子钟啊，云昭我们母子俩会一辈子感激你的；我们林家都是重情义的人。我们是不会亏待你的！可惜南洋路太远了，她的这番话只能在心里自个儿对自个儿说了……她越想越多，越想越难，越想越是揪心啊！唉，都说番客在异乡异国难，可守在唐山老屋里的番客婶就不难吗？

她的目光落到院子那棵桂花树上，那是前年子钟回来新婚时栽下的，它的叶梢已经高过院墙了。它的第一茬花刚刚谢了，第二茬的骨朵正在悄悄地绽开。

院子里很静，静到她能听到自己心跳的声音。忽有一阵孤独的啁啾声从院墙上传了过来，那显然是一只小鸟在啼叫！她不禁胸口一震，啊，那一声声清晰的鸟鸣，竟给这孤寂的小院带来了无限生气。她循着那声啁啾往对面的墙上望去，然而，她只看到了落在那里的秋雨。

终于，又有一声啁啾响起了，这一次更加清晰、更加亲切。她听清楚了，这啁啾是从那棵桂花树上传过来的！她惊喜地转眼望去，只见那棵洒满雨水的桂花树上，似乎有几片树叶在轻轻抖动，她看定了那几片树叶，听到几声凄切的鸟鸣又从那里面响了起来。她连忙站了起来，走下院子，冒雨走向那棵桂花树。

她走近前去，拨开那几片还在颤动的叶片，终于找到了那只孤独地鸣叫着的小鸟。

这是一只金黄色的鸟雀，身子还不到一个鸡蛋的大小，它的身上湿漉漉的，它显然是从墙外避雨而来的。当杨月珍看着它的时候，它也扬起头来，眨巴着细小明亮的眼睛，毫不畏惧地与这小院的女主人对望着。

这是一只孤独的失群的小鸟，杨月珍多么希望它能留在这里过夜，等到明天雨停住了，太阳出来了，它再飞到院外的天地去，此时外面满世界的雨，它能飞到哪里去？

可她怎么对它说呢？

她撩开树叶的手久久地固定在那里，她生怕自己的手一动弹，眼前的这只小鸟将受惊飞去。

那只小鸟在树荫里静静地望了她好一会儿后，突然一拍翅膀，跳到了她小臂上，它的比火柴杆还细的双爪，紧紧地抓在她的袖管上，然后，它偏起头来，望着杨月珍，亲昵地、凄婉地叫了起来。

她终于认定了，这只小鸟是不会轻易离她而去的。于是，她朝它伸出了另一只手，小鸟低下头来，望着女主人那柔软的手心，终于松开了紧抓在袖管上的双爪，纵身一跃，轻盈地落在杨月珍的手心上。

这是一只多么可爱的小鸟！

杨月珍摊平了手掌，小心翼翼将它托到眼前来，亲切地望着它，那小鸟打了一下寒战，羽毛上的水珠溅了杨月珍一脸。它抖掉身上的雨水，羽毛蓬松开来了。杨月珍定睛一看，认了出来，这是一只相思雀！

杨月珍知道，这是一种成双成对、比翼齐飞的鸟儿，它怎么会孤零零地在这个落雨的秋日飞进小院来了？它的伴侣去了哪里？

杨月珍还知道，失去了另一半，这只鸟将会不吃不喝，一直哀鸣着，直到死去！

杨月珍因而猜想到：这只鸟飞进小院来，不是来避雨的，它肯定是在寻找它飞失的伴侣！

它将以自己全部的生命，去寻找失去的伴侣，直到自己死去。

这是一只连死都不怕的小鸟，它还怕生吗？

她终于理解了，它的每一声孤独的哀鸣，都是凄绝的召唤……

啊，啊，这多情的鸟；这相思的鸟啊……

她正这样想着，屋里突然响起一阵婴儿的哭声，那是云昭睡醒了。她忙把那只手掌慢慢地合拢了，把那只相思雀轻轻地含在手中，走上厅堂，把它放到桌面上。

此时，她才发觉自己的头发已被雨淋湿了，她抓过一条毛巾，一边匆忙地揩擦着头上的雨水，一边快步迈进房间，抱起了还在啼哭的儿子，搂在怀里，摇晃着：

"乖乖

"乖乖

"乖乖乖，

"莫哭

"莫哭

"莫哭哭，

"娘疼着你

"你疼着娘

"娘抱着你找爹下南洋……"她似唱非唱地对着儿子说，同时撩起自己的前襟，给儿子喂奶……

/ 二 /

而在这一天的下午，在遥远的南洋，有一辆马车，已经离开了马尼拉市区，正朝着北方的路飞驰而去。这是一辆小巧玲珑的马车，拉车的是一匹体形健壮、皮毛光滑的大棕马。

现在，这辆马车在午后的阳光里驶入了马尼拉郊区，向着红奚礼示方向飞快地行进着。路旁的榕树、芭蕉、椰树、凤凰木纷纷被抛到车后去了。

马尼拉郊区远去了，路上行人车辆逐渐稀了，道路变得宽畅起来。

马车上坐着两个人，那个年纪小一些的是个十六七岁上下的菲律宾女孩，热带的孩子发育早，当地的女孩子到了这个年龄，已经完全长成大人了。那个年纪稍大的是个中国人，说是稍大，其实看上去也就是二十四五岁模样吧。

一个是罗茜，一个是林子钟。

这是菲律宾一年一度的亡人节。菲律宾的亡人节，正如中国的清明节，是上坟扫墓的日子。

在去年的那场海难中，林仁和、林子钟父子还有曾文宝三人，被扶西、比罗父子冒死从鲨鱼口边救了出来，他们由此而找到了朱永明的葬身之地。今年清明节，林仁和还在世的时候，是他上红奚礼示郊外的海滩上为朱永明扫墓的，而今天这个菲律宾的亡人节到来的时候，林仁和也已经去世了。一个多么慈祥善良的老人啊，就那样匆匆地走了！所以今天这个亡人节，只能由罗茜陪着林子钟去朱永明坟上了。

今天上午，罗茜套上马车给王彬街上的几位店家送去了海货，本来约好了早早上林记商号来接林子钟去鲁曼的，但临时又等几个商铺凑足钱来结了旧账，耽误了时间，所以直到午后才赶过来招呼林子钟上了车。

此时，马车早驰出了马尼拉闹市，接着，又把马尼拉郊区丢在后面了。大路上行人车辆稀了起来。本来，在这样的路段上，是该快马加鞭提高车速了，可罗茜却把手中的鞭子放了下来，同时努起嘴来，"嘘——"地叫了一声，让大棕马放慢了脚步。

起初林子钟以为罗茜是怕马跑辛苦了，放慢脚步让它歇一歇。可是走了好一段路，还不见罗茜挥动鞭子。大棕马依然那样不紧不慢地走着。

林子钟抬起头来，看到乌云正在翻滚，便对罗茜说："我们得快些走，还有很长的路呢！"

罗茜喃喃地说："我希望这段路很长很长，永远也走不到头……"

子钟着急地说："可是变天了，要来雨了。"

罗茜转过头去，望着子钟说："即使是下雨，即使是火山爆发……"

子钟躲开了罗茜任性的目光，茫然地望着前面的道路与天空。

终于，他看到了矗立在远方大地上的一幢高楼，他认得出来，那是立人华侨学校的教学楼。从马尼拉到红奚礼示，那是这座小城最先映入你的视野的建筑物。这幢楼房告诉你：红奚礼示不远了。

车轮仍然那样缓慢地滚动着。

而在马车的前方，云越压越低了，刚刚还能看到的立人学校那座楼房，此时已被浓浓的云雾遮去了。

车前的道路旁，出现一个岔口，一条小路连接着这条主道。

罗茜一拉缰绳，让大棕马走进了岔路口。子钟一看，忙说：

"罗茜，这不是去红奚礼示的路啊……"

罗茜俏皮一笑，并不回答子钟，却是使劲挥了一下鞭子，让马车飞快驶进小路……

子钟说："罗茜，你这是去哪里啊？"

罗茜仍不回答，只是开心地笑了起来，并连连挥动马鞭，让大棕马飞跑起来。

马车进入了一片无比瑰丽的热带原野。放眼望去，各种奇花异草长得热热闹闹。午后的风，浸透了百花的芬芳，暖洋洋地拂面而来。这里显然是一处罕有人至的所在，四野里的马尼拉草张张扬扬地长着，草地上没有足迹、没有车辙。

突然一个偌大的湖横卧在大棕马前面，马车无路可走了。

看到这个湖，林子钟朝罗茜转过头去，疑惑地问：

"罗茜，这是什么地方啊？这是什么湖啊？"

罗茜诡秘地笑了笑说："你说是什么地方就是什么地方，你说是什么湖就是什么湖。"

林子钟望着面前的湖，只见那湖面上长满了荷叶，他摇了摇头说：
"我说不上来。"

他说着，抬头朝着北边的原野上望去，只见在宽阔的马尼拉草地的边沿，是一处长满了菠萝果的坡地。在菠萝果的后面，是一丛接着一丛连在一起，长得十分茂密的三角梅。菲律宾的三角梅，没有固定的花期，它的花一茬儿紧接着一茬儿地绽放着，一年到头，这里的三角梅，红的、白的、紫的……五彩缤纷，开个不停。连接着这片三角梅的，是一处野生的甘蔗林，也是一棵紧挨着一棵，绿油油的。

外面的天地或许已经落雨了，所以这里的云雾已经越来越薄了，湖面上现出了西照的阳光，和煦的风阵阵吹进这美好的世界，偶有几声鹧鸪婉转地啼鸣，回旋在天地之间……

林子钟突然觉得，他曾经在哪里见到过这处所在，他极力在回想着，却又没有确切的记忆。

难道是在梦中曾出现过这个天地……

"子钟哥哥，你在想什么啊？"罗茜唤醒了沉思中的林子钟。

"我在想，这个地方，多好啊，我好像见过，但是又记不起来了。"

"不，子钟哥哥，我想你是听说过吧？"

罗茜无意间说出来这一句话，让林子钟想起来了：

"是的，是的，那是去年4月里，在你们家吊楼上，扶西先生谈起了永明舅父与你的姐姐芭拉遇难的地方……也像这里一样，长着菠萝果，长着三角梅，长着野甘蔗……"

"是的，那一年，跟爸爸、哥哥到这里（为他们）收殓的时候，我还只有12岁，我记得的。"罗茜说着，拉住林子钟的手，绕过湖岸，朝着湖北边的那片三角梅走去。

他们在离湖水不远的一处草地上驻下脚来。

"这里，就是这里——这里躺着芭拉姐姐，这里躺着永明，朱先生，这中间，躺着我们家那匹大灰马……"罗茜指着脚下的草地，说着说着，禁不住嘤嘤地抽泣着，把脸贴在林子钟的胸前哭开了。

"莫哭，莫哭，罗茜，都过去了。"林子钟口里这样安慰着罗茜，心中却觉得沉甸甸的。啊，啊，永明舅舅，芭拉，多么正直，多么善良的人啊，就那样地被日本人杀害了，说没就没了，"哎……"

听到林子钟深深的一声叹息，罗茜止住了哭，抬起头来，发现他脸上充满了悲哀：

"子钟哥哥，你怎么啦？你不是说都过去了吗？"

"是的，是都过去了，可我能忘掉他们吗？"

"忘不了的，怎么能忘记呢……永明先生，多么好的人啊——子钟哥哥，有些话，我不知道可不可以说出来？"

"你说吧，什么话呢？"

"我发觉，芭拉姐姐，是……爱着永明先生的……"

林子钟听着，吃惊地望着罗茜：

"这是怎么回事？你怎么知道的？"

"我……我也不知道是怎么回事……是凭感觉吧。"

"什么感觉？"

"我也说不出来……那时候，我不懂，没有发觉……现在，我懂了……"

"你发觉什么？你懂了什么？"

"……其实，也没什么……只是现在才感觉到……芭拉姐姐……那是爱……"

"其实，那是不可能的，永明舅舅……早已有了我的舅妈了。"

"那，那是他们的事……而爱，却是芭拉姐姐的事……她可能……可以……这种爱，是阻止不了的，有时候……"

"……"林子钟无言以对，他在想，永明舅舅对于仁玉舅妈的感情是绝对坚贞不二的，而罗茜也绝对不是一个乱说闲话的女孩。他还在想，芭拉也一定像她的妹妹罗茜一样，善良、纯真、热情，她在舅舅店里帮忙了那么长的日子，一定也会像罗茜帮自己这样尽心尽力，这当然是一种深厚的情谊，但这会是——爱吗？罗茜说她"现在懂了"——她指的是什么？难道是爱情？

是的，罗茜"懂"了，她已长大了，她记起来了，当年芭拉姐姐每次回家，对她谈起朱永明的时候，那种眼神，那种口气，不都是流露出一种炽热的恋情吗？如果芭拉姐姐如今还活着，罗茜也会以那样的眼神，那样的口气对她谈起林子钟的！

4个多月前，就在林子钟护送老爸的骨灰回唐山的那段日子里，那一个晚上，罗茜上华侨义山找到了正在为父母守坟的沈霏，谈出了她对林子钟的热恋。随后，有好长时日，她曾经听从了沈霏姐姐善意的劝告，一直努力着要将这种恋情割舍掉，这种努力，一直到了林子钟回南洋以后，她仍在坚持着。她也曾经想象过，就让自己像爱比罗哥哥那样地爱子钟哥哥吧，那样对于她，对于林子钟，对于杨月珍嫂子，不都是很好吗？

然而，她终于发现，自己的那种努力，那种想象都失败了——她只能像一个女人爱一个男人那样地爱林子钟，而不能是其他形式的爱——她割舍不了这份情！

这是她的初恋！

没有一种力量能阻止这种恋情：她再没有力量把这种恋情憋在心里了，她必须将这种恋情向子钟哥哥表白出来——就在今天！

远方的云，逐渐地又涌了过来。刚才落进湖面上的西照的阳光，又消失了。四野里一片醉人的朦胧。从远处长着菠萝果的山坡上，从盛开着三角梅的原野上，软绵绵的风紧一阵慢一阵地吹了过来，风里带着沁人心脾的芳香，在湖面回旋着，摇曳着满湖青翠的荷叶。

菲律宾的11月，多么美好的季节啊……

他们并肩站在湖边，久久地默默地注视着眼前如梦如幻的原野。

什么也不要说，什么也不需说，就这样。

这样不是很好吗？

"我们该走了。"林子钟轻声地对身旁的罗茜说。

"可是，你还没说出这是什么湖呢？"罗茜说。

"我说不上来。"林子钟仍然是那句话。

罗茜看着林子钟的窘样，一下子笑了起来。然后她止住了笑，深情地望着林子钟说：

"这叫情侣湖……"

啊，啊，多么美好的湖泊啊——情侣湖！

菲律宾红奚礼示郊外的这处美好的湖泊啊！

人世间的一切烦恼；还有世俗与道德都退避到远处去了——这处美好的原野，这个美好的湖泊……

"情……侣……湖……"林子钟低声地喃喃着说，"为什么是这样的名字？"

罗茜没有回答，她回过头去，在湖面搜索着什么，忽然，她眼睛一亮，举起手中的马鞭指着平静的湖面高兴地说：

"子钟，你看，那里有一朵莲花开了……"

湖面上有一朵正在开放的荷花，那是在离湖岸很远的水面上。

林子钟顺着她手上的马鞭望去："是啊，那是一朵雪白的荷花……"

接着，他们同时发现了，在那朵绽开的荷花的莲茎上，两只小巧的鸟儿正在那里啁啾嬉戏。

罗茜看着那两只小鸟说："那是一对情侣鸟……"她说着，再一次抬起头来，深情地看着林子钟，然后轻轻地偎依在他肩膀上。

林子钟躲开了她炽热的目光，望着那荷花，望着那小鸟，似是自言自语，似是对着罗茜缓慢地说道：

"在我们唐山，那叫相思雀……"

罗茜抬起头来说："相思雀，多好的名字……"

她说着，突然跳下马车，大步跨到湖边。同时，回过头来，对子钟说："子钟，我要把那朵荷花采上来，给你……"

子钟一听，忙跳下马车，高声说道："罗茜，你别，别，那湖水多深啊……"他说着，跨上前去，想拦住罗茜，可是就在那一瞬间，罗茜已经一个猛子，一头扎进湖水中了。

林子钟焦急地在湖边喊着："罗茜，你上来啊……"

他喊着，眼光在湖面上搜寻着。

终于，在那朵绽开的荷花旁，露出了罗茜的脸。

她一抹脸上的水珠，见到花茎上那两只小鸟，飞快地伸过手去，抓住了其中的一只，另一只却惊慌地飞走了。

她一手连茎摘下了那朵荷花，含在嘴里，然后，双手小心翼翼地把那只小鸟掬着，高高举过头顶，往岸边踩着水游了过来。

她水淋淋地爬上岸来，穿在身上的那件薄薄的粉红色的纱衫一经水泡，变得透明，她娇好的身材隔着一层几近透明的薄纱，凸现在如诗如画的天地之间。

她的周围，是一个长满荷叶的宽广的湖泊。

她走近林子钟，把那朵正要开放的沾着晶莹水珠的荷花塞给子钟，又伸出自己的手对林子钟说：

"你看这个戒指，你认出来了吗？"

"我认出来了——你把它戴在中指上了,"林子钟惊喜地看着罗茜说,"你已有了……他是谁啊,怎么都没听你说过?"

"……不……是,是有了……"罗茜望着那枚戒指,突然绯红着脸,低下了头,然而,她马上又扬起头来,大胆地迎着林子钟的眼光,"你说,谁送给了我这枚戒指?"

"那是,月珍,让我转交给你的,我对你说过的……"

"不,这是我从你手中接过来的……是你……"

"如果是这样,你……不该将它戴在中指上。"林子钟几乎是打断了罗茜的话,严肃地说。

"……所以,我要采给你这朵荷花……这荷花就是我……而这只小鸟,就是你……"罗茜仿佛没有听到林子钟在说些什么,她依然接着自己的话说了下去。

听到罗茜这么说,林子钟不再谈论戒指的事了,他不知道该怎么说才好,他只好说起罗茜手上那朵荷花:

"你不该采下它,让它留在水中,它会开得很久很久,你一摘下了它,它很快就会凋谢的……"

"我愿意,我愿意凋谢在你手中,哪怕是只有一天,哪怕只是一个夜晚,我愿意,真的……"罗茜径自靠在子钟怀里喃喃地说。林子钟拥着她,抚摸着她湿漉漉的头发。

这时候,罗茜手中那只小鸟唧唧叫了起来。

林子钟说:"你应该把它放了。"

罗茜把脸贴在他胸前,任性地说:"不,我说过啦,这只鸟是你,我要永远、永远把它捧在怀里……"

林子钟说:"可是,还有另一只,失去了伴侣,它会死去的……"

罗茜说:"另一只就是我……"

林子钟说:"不,是月珍……"

罗茜说:"为什么不是我?"她昂起头来,凄哀地望着林子钟。

林子钟说:"因为,因为它是相思雀……它一生中只能有一个情侣,一直到老,到死……所以它才叫相思雀……任何一只,失去它唯一的情侣,都会悲哀死去的……"他说着,望着不远处树梢上的另一只相思雀说。

罗茜说:"你是说,失去了月珍嫂子,你会悲哀地死去的。"

林子钟说:"是的,是这样的……"

这时候,树梢上另一只相思雀望着他们哀鸣了起来,它显然是发现了被抓在罗茜手上的伴侣。听到它的哀鸣,林子钟说:

"你瞧它叫得多悲伤啊……"

罗茜说:"我知道,它会一直叫到死去的……子钟哥哥,可你有没有想过,没有了你,我也会像那只鸟,悲哀地死去的,你为什么只想到月珍……"

林子钟嗫嚅着说:"因为她是我的妻……"

罗茜听着,突然放声哭了起来,她在他怀里抽泣着,泪流满脸:

"你能不能给我一次……爱……哪怕只是一次,你难道一点都不爱我?"

林子钟深深叹了一口气,把罗茜的脸捧了起来:"我能不爱你吗?如果没有月珍,我会一生一世,忠心不二地爱你的,就像爱月珍……"

罗茜听着,扬起头来,尖声叫道:"不!"她叫着,紧紧搂住了林子钟,再一次哭开了。

林子钟又一次捧起她的脸,不容置疑地望着她的眼睛说:"罗茜,你冷静地听我说,我会一生一世爱你的,像你的哥哥那样爱你的,因为,因为,只有这样的爱才能使我心安理得……听话,罗茜妹妹……"

罗茜仍然把脸贴在子钟胸前,但她已逐渐平静,不再抽泣,她眼窝里的泪水已经止住了。

树梢上的那只小鸟又一次冲着他们哀鸣起来……一声比一声悲凄……

罗茜抬头望着它,又看看手中的小鸟。终于,她轻轻地推开了子钟,把手中那只小鸟捧着,对着它的嘴亲吻了一下。然后,轻轻地朝树梢上哀鸣的那只鸟走去。

她走到树下,双手捧着那只鸟,高高地举了起来,让它朝着它的伴侣飞了过去……

她的眼窝里又溢上了泪水……

/ 三 /

10月过后的菲律宾,虽然雨不再下得那么勤了,然而,在此时,湖面上空却聚过来浓浓的云,从越压越低的乌云之中,传来阵阵隐约的雷声,难道真的要来雨了？

罗茜像一个受了莫大委屈的孩子一样，一声不响地低着头，噘起嘴站在那里，对于头上翻滚的乌云与雷声，她全不理睬。

"罗茜，就要变天了，我们走吧。"站在一旁的林子钟低声地对她说。而罗茜仿佛没有听到他的话，依然一动不动地站在那里。

"罗茜啊，你看，太阳就要落山了，我们该回家了。"林子钟又轻声地说道。可罗茜还是没有动弹。

"罗茜妹妹，听我说，我们是该走了，我们再不回去，你阿爸一定要急了。你不是说了吗，我们今天要连夜上坟去；你不是说吗，日本战犯已经公审过了，我的舅舅，你的姐姐，还有那匹大灰马，他们的冤仇都昭雪了，我们要在今晚去看一看，他们坟上是不是还飞着那么多萤火虫……"

林子钟终于将一声不响的罗茜劝上了车。

从情侣湖返回到主道岔口上来时，太阳已经贴近地面了，而到红奚礼示还有好长一段路。

罗茜的心情似乎已趋于平静，然而，她双眼里露出来的眼神，分明还带着一股浓烈的凄哀。她依然噘着嘴，一声不响，赌气似的连连挥动着手中的鞭子，不停地催着大棕马朝前奔跑着。

雨终于落下来了！

多么好的一场雨啊！

那连绵不断的雨滴从空中降了下来，淋湿了头发，又从刘海上滚落到眼窝里。罗茜可以纵情哭泣了，再不用把眼泪强忍着了——谁也分不清她脸上奔流泛滥的是泪水还是雨水了。

啊，啊，多好的一场雨啊！

他们到达曼鲁渔村的时候，雨终于止住了，雨后的夜空里，月亮早已升起好高了。

罗茜的爸爸在自家的吊楼前那棵棕榈树下已等了他们好一会儿了，他终于等到了像刚从水里捞上来的罗茜和林子钟：

"这场雨好大啊，看，你们都淋成这样了。快，上楼去，换了衣服，罗茜，拿比罗的衣服让子钟换上，夜饭都准备好了……"

/ 四 /

他们匆匆吃过饭之后,便连夜去了海边的坟地。

有着上百座竹吊楼,数百口马来族渔民的曼鲁村,据说在几百年前是同一家人。这一片坟地便是他们共有的家产。从老祖宗那一代人一直流传到现在。

这一片偌大的坟地,背山面海。隔着一峰不高不低的山坡。翻过坡去,走过一段不长不短的小路,是曼鲁村,是活人的天地。活着时,一代又一代的活人在这里饮食起居,休养生息。死了,一代又一代的死者被后人抬着,走过那段不长不短的小路,翻过那峰不高不低的山坡,埋葬在这里;这里是死人的家园,一代又一代的死人在这里溶入大地,化为乌有。

村落与墓地,隔着一个不高不低的山坡;生与死,离着一段不长不短的小路。

一年之中,到了11月1日的菲律宾亡人节,这里会热闹上一天的,直到黄昏,上坟的人才会陆续离去。

而在平日里,这里是个荒凉的所在。

直到几年前,直到朱永明被安葬到这里之后,在每年的4月,在中国人的清明节,才会有一户人家来这里上坟。那是罗茜一家人为朱永明上坟来了。

今天这个亡人节的夜晚,在这片偌大的坟地上,除了罗茜跟她的父亲和她的哥哥,陪着林子钟默默地站在那处"品"字形的墓堆前之外,再没有旁人了。

那些曾经夜夜在这三座坟堆上盘旋不去的萤火虫,也没了踪影——罗茜告诉林子钟,在7月7日晚上,就是大田被绞死的当天晚上,他们一家人连夜来到这里,便没有发现萤火虫了——直到现在。站在一旁的扶西与比罗,证实了罗茜的话。

还在孩提时代,还在三省学堂的时候,卢老师就告诉过他们,天地间没有灵魂,要把握好活着的每一天。

然而，罗茜一家人是坚信有魂灵的——要不然，为什么在大田未被绞死前，这里夜夜有旋飞不去的萤火虫，后来怎么一下子突然就没有了呢？

林子钟也无从回答——世界上有许许多多的事情是说不清楚的。

这个晚上，他们从海边墓地回来的时候，已经是深夜了。

/ 五 /

第二天清晨，林子钟早早就醒过来了。他睁开眼睛，发现昨晚换下来的那身湿衣裳，已浆洗得干干净净，折得整整齐齐地放在枕边了。这当然是罗茜连夜浆洗的，但她是什么时候把衣服送过来的，他却不知道了。昨晚他睡得很沉。

这个时候，罗茜已在吊楼下备下了早饭，然后，又张罗好晨漱的毛巾、牙刷，招呼着林子钟下了竹楼。

吃过了早饭，他们把要送往王彬街的海货装上了马车，细心的罗茜发现，当林子钟把他的行囊搬到马车上时，那中间有一朵正在开放的荷花——那当然是她昨天下午从情侣湖中摘下的那一朵。

——啊，这就够了！

他们套上马车走到村口的时候，天才大亮。道路上非常平静，没有行人，也没有车辆。早起的云雀与布谷鸟，在棕榈树荫里此一声彼一声地啼唱着。风从海面上吹了过来，咸味的海风里有茉莉花的芬芳。

启明星退隐的时候，曼鲁渔村又下了一阵大雨，经过了那场雨水的洗涤，这个依山傍海的村落更加妩媚动人了。太阳刚刚升起，两旁嫩绿的草地上，点点水珠在晨曦里闪烁，分不清是雨水还是露水。

多么美好的菲律宾11月的早晨！

他们默默地坐在车上，望着前面的道路，他们谁也不想打破这片沉默。走了好长一段路之后，林子钟转过头去一看，才发现坐在一边的罗茜，那双眼睛又红又肿。

是的，她哭了一夜。

/ 六 /

在唐山，在泉州南门外，缠缠绵绵的雨下了整整一夜。

那是深秋的雨。这雨一直下到第二天天亮也没有停下来。

这个黄昏里飞进林家小院的那只失伴的相思雀，竟然啼叫了一夜，听着它一声紧一声慢的哀鸣，杨月珍的心一直紧揪着！那断肠的啼鸣一直到下半夜才渐渐地微弱下去。接着，便戛然而止了……

第二天，早早起来的杨月珍发现，那只瘫倒在桌面上的小鸟已经断气了！而它的眼睛仍然睁得圆圆的，它的头贴在桌面上，嘴角涎出的血水还没有凝固……

这是一只啼血的相思雀。

第三章　另一个芳子

/ 一 /

　　1947年，日本的冬天来得特别早，刚刚到了10月下旬，招津城已是一派隆冬景象了。半个月前，城里城外还到处燃烧着火红的彼岸花。10月中旬，一场早霜，一夜之间，这些盛开的鲜花竟都全部凋萎了……

　　夜幕早已降临在招津城了。尖厉的寒风从海上登陆，从四面八方拥进这座小城，风卷着雪，漫天飞舞着。

　　这是1947年的第一场雪。

　　夜幕中，一个行色匆匆的年轻人，从招津城西郊进了市区。在铺满积雪的街道上走着。他行色匆匆，头也不回地朝前走着，可以想象，对于招津城的街巷，他并不陌生，一个陌生的过客是不会在这样的冬夜赶路的；还可以想象，这是一个远道归来的游子，他背着一个大大的行囊，这行囊带着明显的南洋标志。

　　他显然急于要寻到自己的家。

　　1947年，招津城夜晚的街灯还是非常昏暗的，而且间隔老远才竖起一根灯杆。所以，整个招津城几乎是笼罩在黑暗之中。战争已经结束两年多了，而整座招津城似乎还没有从"二战"的噩梦中醒来。

　　而且，这个夜晚没有月亮。

　　当这个人走到一条横行的小街口时，他的心突然怦怦地猛跳起来——从这个巷口进去，大约走过50米，便是他的家了。

　　1947年初冬的招津城，这条深深的巷陌还没有装上路灯。站在巷口往巷内一望，是无边的黑夜。这个人在巷口略一踌躇之后，便走进了黑森森的巷内。

　　这个人在一片漆黑的小巷中走了60步——他在黑暗中默数着自己的脚步——走到了一座木屋前面——这是他的家。

在他的记忆里，从巷口到家门口，应当是 50 步，而这个晚上，他多走了 10 步。可以想象，从巷口到家门口，这一小段路程是多么艰难！他的心剧烈地跳着，直要从胸膛里蹦出来！有好几次，他就要回头逃离小巷了。然而，最后，他还是硬撑着走到了家门口。

　　这确实是"家"！

　　尽管离家已有 8 年了。但是他仍然可以闭着眼睛摸到自己家门口。

　　家！

　　木村回家了！

　　他在黑暗中摸到了那扇亲切的门。

　　并且立刻就摸到了一把铁锁！

　　门是从外面锁上的，这是说，屋里没有人！

　　妹妹呢，这样的雪夜，妹妹芳子能去哪里？

　　后来，他摸到那把门锁上结着一层粗糙的铁锈，这就说明，那锁已挂在那里经历了多时的风雨了。

　　妹妹呢，妹妹芳子去了哪里？

　　他的心一下子缩紧了，他轻轻一拉，那铁锁竟连着门钩一起被扯了下来！

　　他推开门，一步跨了进去，一股霉味立即扑面而来。

　　屋里比屋外更加寒冷，而且比屋外更黑暗。他打了一个寒战。

　　他摸黑走进客厅，掏出身上的打火机，借着摇晃的火光，他走近客厅正中靠墙的那张方桌。桌面上蒙着一层厚实的尘土，狼藉在尘土上的一堆破布，那显然是破烂的衣服，上面也蒙着一层灰土。他发现，在那堆破布中间，有几点亮晶晶的东西闪烁着——破布团中露出来几只老鼠头，它们正张大双眼，肆无忌惮地打量着这个不速之客。

　　他不想惊动它们，他甚至心存感激：是这些小精灵才使得这座墓一般的空屋里有了一丝生命的气息。

　　他把打火机举过头顶，当那团火光映到墙上时，他突然惨叫一声。

　　他看到了自己的母亲！

　　打火机落到地上，熄灭了，小屋里又是漆黑一片。

　　尽管打火机是砸在脚面上的，俯身就可以拾起，但他没有勇气去捡起它再一次把它打亮。

　　他没有勇气再留在屋里了，哪怕是片刻！

他满怀希望从南洋回来，万里迢迢寻到家中，为的是见到他的妹妹——这是他唯一的亲人。

可是，他没有见到妹妹，却见到了母亲！

他的母亲不是已经惨死了吗？

可是母亲那张放大了的照片，却挂在墙上——那相框的底部紧贴着墙壁，而相框的顶部却由一条铁丝系着，微微向前倾了下来，这使得它的玻璃上虽已多年不曾揩擦却几乎没有蒙上尘埃。照片上的那个女人，就着打火机闪烁的亮光，无奈地凄哀地望着久违的儿子……

这是多么残酷的一幕！

……木村又回到了1940年的冬天，回到中国苏北，回到吴家桥的那个日军慰安营里，回到那个大雪纷飞的夜晚。

他哀号一声，双手揪紧了自己的头发，然后在那张桌面上狠命地撞击起来，直到额头上撞出血来，直到鼻孔里撞出血来……

当额头上的血渗进眼睛的时候，他终于又记起了自己的妹妹。

他停止了碰撞——他要活下去！

他还没见到自己的妹妹啊……

然而，妹妹已不在这里了，这老屋的黑暗中，到处都是母亲的形影！

他疯了一样地奔了出来，从屋里的黑暗逃进屋外的黑暗……

木村脸上的伤口如火烧一般灼痛，雪飘在脸上融化了，血水淌进他的眼睛，他感到眼前一片模糊。他伸手一抹，整张脸变得一塌糊涂。在这个风雪呼啸的夜晚，如果有人在昏暗的街灯下看到他的那张脸，肯定要吓死过去的。

几个小时以前，在北海道港上岸以后，他竟没有在码头上停留片刻，就直奔50公里外的招津城而来。他急着要赶回自己的家。

他终于回到了家。

可是他立即又逃离了家。

逃离了这个家，他能去哪里？

他不知道。

他只能在寒冷的风雪中，在凄凉昏暗的街灯中，漫无目的地走着……

战争、母亲、妹妹、吴家桥那个夜……

在这个严寒的风雪弥漫的冬夜里，对于一个无家可归的人，或是一个不敢回家的人来说，哪怕是一线不太明亮的灯光，也是犹如一轮春天的太阳。

木村在无边的雪夜里发现了"一轮太阳"。

"那轮太阳"就是前面街道的一家餐厅。

这是一家不大的海鲜馆。这家海鲜馆当街有一个大约4米见方的厚厚的玻璃窗，灯光就是从那玻璃窗内露出来的。

木村朝着"那轮太阳"走去，走到窗外，他停了下来。

那个窗户离地面不到一米半，木村站在那里，可以看清餐厅里的一切，而餐厅里的人，绝不会发现，在这样的夜晚，窗外会站着一个人。

一个不敢回家的人。

他久久地站在那里，他不再感到寒冷，这不仅是因为他看到了玻璃窗内火红的灯光，以及弥漫在那里面的温馨的烟雾，更重要的是他看到了人！

那是些吃着夜宵的人，还有穿着和服的侍女——这是他在这座像巨墓一般黑暗而恐怖的城市里所发现的第一群人。

他终于感到自己饿了，从中午在船上吃了一份简单的快餐后直到现在，都已经过了子夜了，他滴水未沾。

他走了过去，推开了那扇厚重的橡木门。

当他走进餐馆里，出现在灯光下时，立即引起了一场骚乱，一阵恐慌。

后来，人们终于平静下来，终于发现进来的确实是一个人！于是，有一个侍女走了过来，把茫然站在那里的木村带到一个僻静的角落，安排他坐下了：

"先生，您的脸上都是血，我为您打一盆热水来，您先坐着。"

这里显然是一处通宵营业，没有打烊的餐馆。木村洗净了脸上的血污，要了一份土豆烧虾米，一个猪下水拼盘，一杯红葡萄酒，独自吃着喝着。他庆幸自己找到了一个昼夜不停的餐馆，要不然，在这个冬夜，他能上哪儿？

他在餐馆里一直坐到了天亮。结过账之后，他立即走向积雪深深的街道，开始了他的寻觅。

这样，在以后的好几天里，这个不大的餐馆成了木村夜间唯一的歇身之处。白天里，他一条街道又一条街道，一个角落又一个角落地寻找着他的妹妹。累了，就在中午阳光暖和的时候，在车站候车室的长条椅上睡上一觉，夜深了，又回到这个餐馆来。

在这座城市，他已找不到一个当年的伙伴了，在长年的战争中，招津城里的年轻人大都应征出战了，而当年那一批从北海道港出征的年轻人中，除了木村一人幸存回来之外，都已全部阵亡。8年过去了，这座城市已变得如此陌生，他见不到一张熟悉的面孔，听不到一声熟悉的招呼。

该找的地方都找遍了，能找的地方都找遍了。

无论是哪一条路上，哪一个门前，只要见到一个20岁上下的少女，他都会认真打量，希望能从她们身上找到芳子的一点影子。

然而每一张面孔都令他失望。

他的心正在慢慢变凉，他的希望正在渐渐消失，他甚至产生了一种预感：妹妹已不在招津了。他开始后悔自己为什么要贸然离开菲律宾，离开那里众多的情同手足的中菲友人，万里迢迢回到这个已不再属于他的城市。

有一天深夜，当他又走进那家餐馆坐下来的时候，他发现，这许多天来，都是同一个侍女为他上酒上菜。

此时，这个侍女已把他要的酒菜端上来了，她像所有的侍女那样，把酒菜在桌上放好之后，便微微地低垂着头，恭谦地问：

"先生，您还有什么吩咐？"

整7天了，他似乎是第一次听到她说话，他抬起眼来，发现这个侍女也在20岁上下！

妹妹芳子不也正当这个年龄！想到这层，他不禁细细地打量起这个侍女来。他发现她的皮肤白皙，几近透明，两边的太阳穴上甚至可以隐约看到细细的青色的血管。她的一张脸带着一种童真的清纯与善良。从她低垂的眼帘里，缓缓散发出来的也是这种清纯与善良的光泽。然而，她的整张脸上，却笼罩着一种深深的哀愁，一种挥之不去的悲戚。

如果不是因为身子过于单薄，甚至略显病态，她完全称得上是一个美丽动人的少女。

木村打量了她好一会儿，指着另一张椅子说：

"小姐，你就坐下来歇息一下吧，看你忙的……"

听到这句话，她苍白的脸上分明闪出一层红晕，头垂得更低了。终于，她的嘴唇微微启开了，用几乎让人听不到的声音说：

"先生，这是不允许的——如果您没有其他吩咐，我走了！"听到她这么一说，木村下意识地握住了她的手：

"小姐，能不能告诉我，你叫什么名字？"

那侍女一下子慌张起来，吃力地想挣脱被木村握着的纤细的手：

"先生，您喝醉了。"

听她这么一说，木村这才发觉自己失态了，忙松开了手：

"小姐，对不起，你使我想起了我的妹妹，如果能找到她，她应当也有你这么……大了。"他说着，望着眼前那杯血红的葡萄酒，自言自语着，"我的妹妹……芳子啊！"

"你说谁，你的妹妹——唉，我也叫芳子啊！"那侍女脱口说出自己的名字。

"你真是也叫这个名字……"他像触电似的站了起来，上下打量着这个自称芳子的侍女，许久许久，他才痛苦地摇了摇头，"不是的，不是我的妹妹……"

那个夜晚过去之后，木村有三天不上这家餐馆了，就因为那个侍女也叫"芳子"，这个名字勾起了他对往事的悲凉的记忆。

可是在第4个夜晚，他又走进了这家餐馆。那也是为了这个侍女叫"芳子"！这个有着与他妹妹相同名字的侍女使他产生了一种莫名的亲情。

当他走进餐馆，又在那张桌旁坐下的时候，"芳子"眼睛一亮，快步走了过来：

"先生，您都有三天没光临了。"

很显然，对于这位"先生"的再次出现，"芳子"感到兴奋。

"是真有三天了，你还记得我？"

"……""芳子"微微绯红了脸，垂下头来，"先生，您还是，葡萄酒，拼盘，土豆虾米。"

"你都记住了？就这些。"

听到木村这么一说，"芳子"脸上又升上一片红晕。是啊，餐馆里每天人来人往的成百上千，她能都记住？她不仅记住了他常点的菜，还惦记着他已经三天没有上餐馆来了！

这是怎么回事？

她说不清楚——世上有许多事情说不清楚。

想到这里，她把头抬了起来，看了一眼木村，当她接触到他的目光时，脸上羞怯的红晕一下子烫了起来。她忙躲开了他的目光，又垂下头来。就在两双眼睛的目光碰撞的一瞬间，他们都从对方的眼睛里发现了一种深沉的悲哀，还有蕴藏在这种悲哀之中的对于人间亲情的渴望。这种悲哀、这种渴望是难以言传的。但两个人都在那一瞬间感受到了这一切，并且心灵都为之一震。

/ 二 /

这个夜晚，木村离开餐馆之后，回到了他暂时栖身的小客店（他不敢回家，多日来，他一直在那家小客店定着一个铺位，他已经下了决心，如果再不能找到妹妹，他将离开招津）。整整一个夜晚，他难以平静下来，"芳子"那双善良的悲哀的眼睛一直在黑暗中望着他，这双眼睛在他心里激起了一阵阵温馨的柔情，这种柔情弥漫了他整个胸怀。

而"芳子"呢，在那个夜晚，她也一样在品味着这种温馨的柔情。

对于他们来说，这种柔情或许还没有触及一般的意义上的男女之情，而更多的只是手足之情——木村因之联想到妹妹；"芳子"因之联想到哥哥——他的妹妹杳无踪迹，而她的哥哥已在两年前遇难。

第二天夜晚，奔波了一天的木村又来到小餐馆，当他推开门扉以后，一眼便认出了"芳子"的背影——尽管餐馆里的侍女都穿着同样的和服；而当他走向自己常坐的那张小餐桌时，"芳子"竟也几乎同时回过头来了。

木村的脚步很轻，"芳子"是如何感应到他来了呢？

不知道。

他们的目光碰撞在一起，又很快地闪开了。"芳子"低垂下头来：

"先生，您今晚比以前早来了一个小时。" "芳子"招呼木村落座以后，微微喘着气说。

"是吗，真是这样的吗？你怎么知道的？"听得出来，木村也微微喘着气。

是啊，她怎么知道的？整整一天里，她不是一直在计算着木村来餐馆的时间吗？

她的脸一下子红了。

而木村竟然也脸红了——这是怎么回事？从这一天开始，竟同时有两个芳子让他牵挂，一个是他的妹妹，一个是餐馆里的这个侍女——整整一天里，他到处寻觅着他的妹妹，他害怕太阳西沉，害怕一天奔波又无功而返。而另一方面，他又希望夜幕快点降临，这样，他可以回到餐馆去，见到这个"芳子"了。

连他自己也没有发觉今天比往日早来一个小时！

这个夜晚，当木村离去的时候，他听到了将他送到门口的"芳子"这样低声地嗫嚅着说：

"先生，如果您不介意的话，您……换下来的衣服，可以……交给我……洗……"

他肯定自己没有听错之后，郑重地回过头去，看到了"芳子"那张脸红得像火……

是啊，他的这身寒衣，还是在北海道港上岸时，在码头上买的，都穿了近一个月了，一直没有换过。

一个人在一个陌生的地方，他可能不会介意自己的穿着，对于木村来讲，由于始终找不到他在招津的唯一的亲人，所以他的这座故乡城正在变得愈来愈陌生。直到"芳子"婉转地提醒他该换洗衣服之时，他才发觉身上的衣裳是那样的脏了。而一个多月来，他一直是穿着这套衣裳上餐馆来的，一直是穿着这套衣裳出现在"芳子"面前的，这是多么令人尴尬的事；同时，他也才想起来，他有这么长时间没有理发了，甚至连胡子都没有刮过！

第二天下午，他已不再四处寻找妹妹了。他已经确信在这座城市再也找不到她了。于是，他走进澡堂，洗了澡，然后理了发，刮净了胡子，又换上一套新买的衣裳。

这个时候，夜色已经浓了，他把那些替换下来的衣裳打成包，提在手里，上餐馆去了。

在这个冬天的夜晚，当木村走进餐馆，出现在"芳子"面前之时，她如同看到了一轮太阳。她站在木村跟前，就如同沐浴在温暖的阳光下，她抬头走来，用充满惊喜的眼神上下打量了一番木村，她完全没有想到，只经过了一番洗理，木村竟然会是这样年轻，而且这样英俊！随之，她羞赧地垂下头去：

"先生，我都认不出您来了——您比昨天又早来了一个小时……"

听得出来，由于激动，由于兴奋，她的声音有点颤抖。

"芳子，我还真的把换下来的脏衣服带过来了……我在招津城已没有亲人了……我真不知道上哪儿去洗衣裳呢……难为您了……"望着"芳子"，木村突然觉得有许多话想对她说——自从离开马尼拉以后，坐了10多天的船，在招津城也已过去了一个多月，这段时间里，他都憋了多少话了，他真想遇上一个人，把憋在心里的话说出来！然而，面对着"芳子"，他终于还是说了这些话。

"先生，我也是从外乡流落过来的，在招津城，我也没有一个亲人……"说出这些话后，"芳子"大吃一惊：自己怎么会对着这个陌生人提起自己的身世？

她接过木村递过来的那包脏衣裳，匆忙离开餐厅，朝后堂走去。

这个夜晚，当木村离去的时候，"芳子"照例将他送到门口，她已不再谦卑地低垂着头说"欢迎下次光临"了，而是吩咐：

"明天是感恩节，你要更早一点过来，否则，恐怕找不到位子了，美国驻军已预订了大部分桌席……记得，明天把洗净的衣服也取走……"

木村走出去一段路之后，又回过头来，发现"芳子"还站在门口，直直地望着他。

这个夜晚，木村失眠了。

这是怎么一回事——"芳子"的形影竟整夜伴随着他；"芳子"的双眼竟整夜注视着他！

这是爱情吗？这是初恋吗？

如果真是，那实在是太可怕了！

/ 三 /

……"芳子"是一泓清澈见底的泉水——尽管他认识她才一个来月，更说不上了解她的身世了，可是他认定了这是个身上没有任何邪伪，甚至可以说没有任何瑕疵的少女。

他不配去追求这样的爱情，这样的初恋，因为他配不上这种真诚与善良。

……他在中国战场上杀过人，如果说那是因为战争，因为他是一名军人而情有可原的话，那么，8年前吴家桥慰安营里的那个夜晚，那是罪不可恕的。

他们都正当青春年华，青春的萌动往往会不期而至，尤其是在举目无亲的地方；尤其是在需要温暖的冬季，一般地说，两个年轻异性在这样的环境中邂逅，是幸运的，而"不幸"的是他们太珍重这样的"邂逅"，太珍惜这种情缘了。于"芳子"来说，当她遇到这种情缘之后，她感到一种空前的莫名的幸福，因为这是她的初恋；而于木村来说，当他发现这种恋情之后，却感到了恐怖和绝望，他甚至因此怀有一种深深的负罪感——为了什么？

——为了母亲……

——为了1940年冬天吴家桥慰安营的那个夜晚。

那个夜晚过去的第二天早晨，当他苟延残喘地爬到法莲寺外，爬到法莲跟前的时候，这位中国尼姑没有加害于他，并且给了他些许药品与食物——那时候，她从他的双眼里发现了一丝还未泯灭的人性。

这是万幸而又"不幸"的。万幸的是因此他开始学会了思索，不再是一部杀人的机器了；"不幸"的是因此他将终生活在一种阴影之中，一种永远无法解脱的负罪感之中，这种负罪感因为遇上了"芳子"而突然更强烈起来。

他的眼中"芳子"清纯而圣洁，而自己却污秽而罪恶。

她是一泓不容玷污、不容亵渎的山泉，而自己是一团污泥。

他配不上这段情缘，他不忍把自己这团污泥投进那泓清泉——果真这样，他将终生受着良心的拷打——就像在中国吴家桥慰安营的那个夜晚。

他选择了逃脱，他只有逃脱。

他决定了，明天，从"芳子"那里取了洗净的衣裳之后，便离开招津。

/ 四 /

1947年冬天的招津，是个多雪的季节，感恩节这一天，刚刚过了中午，就下起雪来了。

现在，夜色已经浓了，而雪还在下着，而且愈下愈大了。

"芳子"打工的这家餐馆，夜灯刚刚亮起来不久，便迎来了一拨又一拨的客人。今天来的大多是美国兵，看着餐厅里的空位越来越少，"芳子"不禁着急起来：木村再不来，他常坐的那个位置恐怕留不住了！

终于，门又被推开了，她抬起头来，看到了身上挂满雪花的木村！

她差不多是跑着迎了上去：

"好不容易等到你来了……快，那个位子还留着呢。"她说着，微微喘着气，她的脸因兴奋而通红。她把木村引到他常坐的那张桌子。那是一个偏僻的角落，那里有根柱子，刚好挡在餐桌的前面。现在，这是最后一个桌位了。

"芳子"舒了一口气——他终于来了！

"您先坐下，还有几张桌子的菜上齐了，我就过来。""芳子"安排木村坐了下来，转过身子，又忙着为旁边几张桌子的美国军人上菜去了。木村的目光，始终跟随着"芳子"的身影，穿行在各张桌席之间。有好几次，她会突然回过头来，两个人的目光便交织在一起了。

他坐在那里，又想起了另一个芳子，想起了他的妹妹……从10月中旬回到招津，一个多月的时间过去了，他一直没有找到自己的妹妹，却邂逅了另一个"芳子"。

木村坐在那里，一想起回到招津来，转眼之间竟过去40天了。40天来，他到处寻找妹妹，却一无所获。在这处处已变得陌生的故乡，他遇上了另一个"芳子"，他发现这是他的初恋，他却不敢爱她，他因而不得不离开她——正因为爱她，他才不得不离开她！

想到过了这个感恩夜，就将离开招津，离开"芳子"，他突然感到一阵浓烈的别愁——明天，离开了"芳子"，他将上哪里？四海为家，听天由命吧。想到这里，他把手伸进怀里，摸出那条围巾。这条天蓝底色的、中间有一只白鸽衔着墨绿橄榄枝的围巾，就是离开菲律宾时沈霏让他捎给他妹妹的那一条。现在，妹妹杳无踪影，他已决定离开招津，浪迹四方了，他想把这条围巾转送给"芳子"。这是一条多么美丽的围巾啊！

"先生，您——"

听到这个声音，他抬起头来，只见"芳子"已笑吟吟地站到眼前来了，他发现她的额头上沁出一层汗，正喘着气。

"你太辛苦了……"

"没事的，让您久等了，我为您端菜去了，还是那几样菜吧？"

"别急，我有一样东西送给你……"他把那条围巾塞进"芳子"手中。

"给我的？"她抬起头来，遇到木村那双目光滚烫的眼睛，忙又垂下头来，展开了那条围巾，"多美啊，整个日本不会有第二条了……可我，拿什么谢您啊……"

"该我谢您才是，这一个多月来，都是您关照着我的吃喝。"

"那是……那是我该做的……收下这么一条美丽的围巾……先生，至今我还不知道该怎么称呼您呢？"

"你可以称我木村，也可以叫我一郎。"

"好，那我就称你木村吧，我……不想称你一郎……"

"这是为什么？你能告诉我吗？"

"……因为那会使我想起我的哥哥，他也叫一郎……"

"那不是很好吗？那是多么巧合的事。"

"可是，我的哥哥已经……死了……"

"啊，怎么会是这样？"

"是的，是这样，我唯一的哥哥……"

"啊，那是怎么回事？"

"……木村先生，别再问了，我怕回首这些事……"

木村发现，当"芳子"说出这句话时，两行泪水落了下来，原先浮着红晕的脸庞，一下子苍白了，他急忙把话岔开了：

"芳子，我今晚上来这里……是，向您告别的。"

"你说什么？你要上哪儿去，你不是还没有找到你的妹妹吗？"

"正因为在招津我已找不到我的妹妹，所以我要走……"

"可是，这里是你的故乡啊，难道你非走不可？"

"正因为这里是我的故乡，所以我更得走……"

"……能告诉我吗，那是为什么？"

他避开了"芳子"的眼睛，沉默了好久好久，才又艰难地开口了：

"……别再说这些事了，我不……忍……不……能说……"他说着，深深地叹了一口气，同时轻轻地摇了摇头，把含在眼窝里的两滴泪水摇了出来，"可是，芳子，我会记得你的……不论去了哪里……"

"我也会……""芳子"喃喃着说，"……那些衣服，我都洗过了，晾干了，折好了，我给你拿过来。"

——她只能这样说，除此之外，她又能说些什么？

明天他就要走了，今生今世还会见到他吗？千言万语，她只能这样说了。她不再作声，低垂着头，望着那条围巾。过了好久好久，她才把它折了起来，放在手心压实了，慢慢地塞进怀中。

然后，她转过身去，朝餐厅后门走去。

/ 五 /

餐馆侍女的寝室设在餐厅后面，从餐厅到寝室，必须走过伙房。当"芳子"从寝室里提过那几件洗得非常干净，折得十分工整的衣服经过伙房时，突然一声惨叫——那是令人毛骨悚然的一声惨叫——随后，她奔了过来，瑟瑟地抖着身子，同时连声地恐怖地叫着："光……蘑菇云……"

事情是这样的：当她走过伙房的时候，一个厨师不慎将一大勺油泼落在煤气灶上，轰的一声煤气灶上立即冲出一团火柱，这条刺眼的火柱升腾到屋顶时，便像打开的雨伞弥漫开来——这一切都是发生在"芳子"走过伙房的那一瞬间。

"蘑菇云……白光……"她用那包衣裳掩着自己的脸，不住地凄厉地重复喊着这几个字。谁也不知道她这是为了什么——只有她自己知道。

她这样喊着逃到餐厅里时，一头撞上了另一个侍女。那个侍女正往一张桌上送过来一盆汤，这一撞，那汤竟倾倒在一个顾客身上，那汤是滚烫的，而幸好那个被淋的顾客穿着厚厚的军装——那张桌子上的顾客都是美国军人，他们很早就上餐馆来了，而且已喝过好些酒了。

那个满身汤水的美国兵站了起来，回过头去，望着也是满身汤水的侍女——她已经吓呆了，浑身哆嗦着，不知如何是好。那个像公牛一样健壮的美国兵，望了她好一会儿，也不作声，突然张开双手，毫不费力地将她提了起来，就像提起一件布娃娃，然后，把她蹾到餐桌上，听到那侍女发出一声惨叫，"芳子"才猛醒过来，明白自己闯下了什么祸！

她毫不犹豫地跨了上去，站到那个美国军人跟前：

"对不起，是我……别怪她……"

"你？你！"那个美国兵回过头来，望着娇小的"芳子"，他满脸涨得血红，早已失去了理智，他又一次张开双臂，把"芳子"提了起来。

木村是在这个时候奔了过去的。他紧紧地抓住了那个美国军人的两条小臂，用生硬的英语说：

"请您放开她……"

在他与那个美国军人之间，隔着差不多双脚已被提离地面的"芳子"。这个美国军人从"芳子"身后探过头来，刚好与木村打了个照面。

木村发现，这是一张十分年轻的，甚至还带着明显稚气的脸，如果不是穿着军装，他还完全是一个大孩子哩！然而，他身上的军装令木村感到厌恶。那个美国兵突然把"芳子"往旁一摔，冷不防一记上冲拳，把木村打倒在地上。

立即，那群美国兵围了过来，拳脚雨点般地落到木村身上……

开头的那一记上冲拳打得木村天旋地转，他仰天跌倒在地，一股咸涩的液体充溢在口中——那是牙齿磕伤舌头时进出的鲜血。

随着，是皮靴落到人体上沉闷的声音——最先是一声，接下去是一串，而后便是杂乱无章了……

开始的时候，木村尽力蜷曲起身子，以躲避纷纷落下的拳脚。而后，他连蜷曲身子的力气也没有了，他的身子瘫软了，他无力地摊开了双臂，张开了双腿，呈一个"大"字般地仰天躺着，无奈地半睁着模糊的双眼，望着天花板上那朦胧的吊灯……

此时，那个最先击倒木村的美国"大孩子"站了过来，他对着躺在地上呻吟着的木村注视了片刻，露出了"孩子"般天真可爱的笑容，而后，他腾空跃起他那至少 200 磅的身体，准备高高地砸向躺在地上的木村……

他自然不用去考虑这一砸下去，躺倒在水泥地板上的木村将会肋骨断裂，甚至五脏破碎……

……就在这一瞬间，有一个人影穿进人围，猛叫一声，将就要落到木村身上的那个美国兵推到一旁，而自己紧紧地伏护在木村身上。

这个人是"芳子"。

在被美国兵重重地甩到地上之后，她一下子吓晕了过去，随后，她感应到一种人的肉体遭到撞击的沉闷的声音；接着，她又似乎听到了阵阵隐约的呻吟。恋爱中的女人特别敏感。"芳子"立即听出这些揪心的声音来自木村！

她以自己柔弱的身躯挡住了朝木村身上落下的拳脚，接着，她神话般地来了一股力气，竟然一下便把木村扶抱起来，同时猛喝一声撞开人墙，朝店门口奔了出去——恋爱中的女人往往是不顾一切的。

/ 六 /

夜已深了，虽是感恩节之夜，但招津城里似乎没有一丝节日气氛，漫天的风雪呼啸着，这是一个严寒的夜晚。

木村紧紧把"芳子"搂在怀里，行走在风雪弥漫的夜色中，他感觉到"芳子"浑身在颤抖着：

"冷吗？"

她摇了摇头："不冷。"

"怕吗？"

她又摇了摇头："……"

他不再问她了。

她也不再开口了。

就这样，这很好……

……自从回到招津城，他打发了一个又一个孤独的日夜，四十来天了，他没能遇上一个亲友，在这个冬季里，只有严寒与孤独包围着他！他真想对着一个人，不，哪怕只是一块石头倾诉自己的孤独！

……她何尝不是一样，在这座陌生的城市里，她举目无亲，已经整整两年了！

没有月色，风夹着雪在招津城的大街小巷横冲直闯，在这个打狗不出门的寒夜里，谁也不会发现他们这样偎依着走在街道上——仿若这个世界只有他们两个人了……

她甚至庆幸刚才发生的那件事，如果不是那样，她此刻能偎依着他，这样走在一起吗？

他说过的：明天他就要走了啊……

餐馆每天人来人往，有多少客人光临，然而自从他第二次出现在餐馆的那一天起，她就记住了他，并且再没有忘记过。

刚到餐馆时，"芳子"是一个非常美丽的女孩子，那时候她远不是这样消瘦，她的身材，她的面容，常常吸引了众多顾客的目光，那目光有惊羡的，有火热的，有贪婪的……这所有的眼光都使得"芳子"感到不安，甚至恐惧——每当遇上这样的目光，她只能低垂着头避开了。因为在这座城市里，她是一个举目无亲的女孩。

唯独木村的目光总使她感受到一种温暖、一种亲情，这是一种只能意会难以言传的感觉，只有一个心底无邪的人遇上另一个心底无邪的人，才能产生这样的感觉。

木村第二天走进餐馆，她就把他带到那个僻静的角落，那个角落前面挡着一根大柱子，遮住了旁人的视线——她希望在这个角落里，他能对她说些什么，以后的每一个夜晚，她都为木村留下了这个角落。

一个多月来，木村差不多是每夜准时来到餐馆。几乎点的都是同样的菜，那些菜多是最便宜的。然后，在温暖的餐厅里坐上一宿，独自闷闷地、慢慢地、一小口一小口地啜起酒来，每晚都只是那么一杯，那是在消磨时间，也是在打发孤寂，直到黑夜消失的时候，他才站了起来，结了账，走向店外的黎明。他像挂钟一样准时，又像谜一样令人费解。"芳子"一直在想，他是不是也是一个异乡漂泊者，在这座城市也和她一样举目无亲？这样一想，她便对他产生了一种亲近感。后来，竟然产生了一种莫名的眷恋，这个晚上，当听到木村说出明天就要离开招津时，她差点当场就哭了起来。

现在，她就偎依在他怀里。

然而，她深知，这个夜晚很快就会过去的。过了这个夜晚，他就要离开了……

他们漫无目的地在风雪中走着，是他带着她？还是她带着他？后来，木村开口了：

"芳子，我送你回家。"

"……家……"

"芳子，你告诉我，你的家在哪里，我送你回去。"

她把头靠在他怀里，摇了摇：

"……很远，在长崎，很远……"

"啊，那确实是很远，你怎么一个人上这里来了？"

"长崎的那个家……已经没……了……我是前年来招津投奔姑妈的，但是她已经去世了……"

"那你应当回长崎去啊，回到你父母身旁去。"

"父母……"她摇了摇头,"家……"她又摇了摇头。

"是怎么一回事?"他双手捧起了她的脸,看着她的眼睛。

她突然哭了起来:"木村……别问了,好不好……"

"不,芳子,你要说出来,说出来或许会好一些。"

她的牙齿磕抖着,终于开口了:

"……那一天,是初秋,阳光很好,后来我知道,那是1945年8月9日——很热,母亲在院子里养鸡,那是一群白绒鸡,刚出壳没几天,我们还养了一群鸽子,也是白色的,鸽子与绒鸡一起啄着地上的小米……爸爸和哥哥——我告诉过你的,哥哥叫一郎,我只有这个哥哥——他们早早吃过午饭就要出去捕鱼了……他们走到院围边——我们院子四周种着一圈彼岸花,那是作为篱笆用的。那时候,彼岸花已吐出了花蕾,过几天就要开了——爸爸、哥哥走到彼岸花篱笆旁,还回过头来说:'我们要明天早上才能回来,晚饭你们自己吃了……'他们刚说完这些话,突然一阵白光闪过——那不是阳光,那白光十分刺眼——接着传来一声巨响,后来,远处的空中冲上一股带火的烟柱——我从来没有见过那样的浓烟烈火——以后,我才知道那叫蘑菇云——接着,我什么也不知道了……"她说着,突然转过身来,扑在木村怀里,狠命地抱住了他,撕心裂肺地尖厉地叫了起来:"白光,蘑菇云,白光,蘑菇云……"

她在木村怀里尖叫着、战怵着、抽搐着、痉挛着……

"木村,抱紧我,我怕,抱紧我,我怕啊!"

……1945年8月8日,抗日战争进入最后阶段,8月9日,美国继1945年8月6日在广岛投下第一颗原子弹后的第三天,又在长崎投下第二颗原子弹……

在原子弹爆炸中心,一个太阳似的火球冲入云层,迅速膨胀并向四周发出刺眼的闪光,当它上升到近600米的高空时,开始不断变幻着颜色,先是紫罗兰色,接着是橙黄色的,后来,这个火球的上头幻化成一片奇异的绿色的蘑菇云,直径达到2000米,这团蘑菇云上升到6万米的高空后,渐渐消失……

这个火球在膨胀的过程中迸发出5万摄氏度的辐射热(是太阳表面温度的8倍以上),同时刮起时速800公里的热风,在爆炸中心16公里半径内,混凝土化为齑粉，钢筋液化，砂子熔为玻璃体，树木变成焦炭，人体化为灰烬。几秒钟内，长崎毁灭，是时长崎城内外 20 多万人口，当场死伤惨重……几分钟后，空中落下乌黑黏腻的辐射雨。这是致命的核尘雨……在 10 平方公里范围内，剩下一片焦土，有数辆载客电车，人与车厢熔为一体……

从 1945 年 8 月 6 日到 1945 年 8 月 9 日，前后 4 天里，这两个原子弹当场夺去了近 30 万人的生命。

"芳子"的家在爆炸中心 10 平方公里范围的边沿处，她被倾倒的土墙压在家门口的水沟里，两边的水沟壁挡住了压塌下来的土墙，她因而奇迹般地幸存下来……

/ 七 /

他们又复归沉默，相拥着朝前走去。

已经过了子夜，天气更加寒冷了，他们的耳朵已失去知觉，手掌也冻僵了，双脚更是几近麻木，他们只能不停地走，一停下来，必定冻死，从大街走进小巷，又从小巷走向大街。

他们不知道要走向哪里。

就这样走着吧，走到天亮……

后来，一座木屋挡在他们面前。

木村抬起头来，大吃一惊——他怎么走到自己家门口了！

他嗫嚅着对"芳子"说：

"这是我的家，进去吧，看雪多大啊！"

此时的"芳子"几乎被冻成了冰块，除了眼睛之外，她的躯体已经凝固。现在，当她听到木村说出那个"家"字来的时候，竟然心中一震，一股暖流涌了上来。她偎依在木村肩上，张大了双眼，对着面前的门扉她踌躇了片刻……

她已经不是孩子了，她 20 岁了，她当然能够理解，在这样的夜晚，与一个男人相拥着迈进这座黑暗的空无一人的房屋时，接下来可能发生什么事。

她担心接下来将发生的事。

她又渴望着接下来可能发生的事。

两年多了，不管是春夏秋冬，她一直感到自己是在冰天雪地里孤单无助地跋涉着，这样的日子何时是个头啊？她渴望有个家；她渴望在冰天雪地跋涉时，有一个人拥着她，相依相伴——就像今夜……

她抬起头来，望着那扇门，犹豫了片刻之后，她再次把头贴在木村胸前，义无反顾地让他拥抱着，跨进了黑洞洞的大门。

——该发生的事，就让它发生吧。

/ 八 /

招津城已经沉睡了，屋外，漫天风雪的呼啸声更加尖厉了。屋子里没有灯光，更没有炉火。屋里像屋外一样寒冷，他们相拥着蜷曲在当年木村睡过的那张榻榻米上，互相温暖着对方。那张榻榻米早已破朽，不时有一阵阵霉味扑鼻而来，他张开双臂，把娇小的"芳子"紧紧地抱在怀里：

"芳子，你睡一会儿吧，你都忙了一天了，又走了大半夜了……或许天就要亮了……"

"是啊，天亮以后，太阳出来了，就不会这样冷了……"她说着，浑身仍在打着寒战。

"明天风雪停了，阳光会很温暖的……"

"可是这个夜晚过去之后，你就要走了啊……你走了，我能去哪里？"

是啊，她能去哪里呢：回长崎吗？可她那个村的人已全死光了，况且长崎是那么遥远；餐馆那边，她惹下的这场祸，那些美国人后来不知道怎么闹？老板怎么收拾那个场面的？她还能回去吗？

由于极度的寒冷，她希望太阳早点升起，她渴望温暖的阳光驱散寒冷！

可是她又害怕黑夜过去，因为明天，当太阳升起来的时候，木村也将随黑夜离去……

既然如此，那就让这个夜晚是无穷无尽的，是无边无际的吧！她宁愿这个夜晚是永恒的；她宁愿在这个永恒的夜晚冻死，死在木村怀里。

就在这个时候，她一阵激烈的颤栗，随后，她浑身痉挛起来，那不是因为寒冷，而是因为她听到了一声鸡啼！

那声鸡啼从窗外，从远处的黑夜中毫不留情地传了过来。

黑夜总是要在报晓的鸡鸣中消失的。

听到这声鸡鸣，"芳子"竟哭了起来。

如果泪水能够留住黑夜，你就尽情地哭吧。

木村显然感到了"芳子"在激烈地抽搐：

"芳子，你怎么哭了，别哭别哭！"

可她哭得更厉害了，同时抽出自己的手臂，死死地搂住了木村的脖子：

"木村，你没听到鸡啼了吗……这个夜晚就要过去了……"

"哎……"他听着，深深地叹了一口气，他不知道该说什么好，他只能木然地坐在那里，更紧地搂住了"芳子"，直到她都透不过气来了……

而在这个时候，又传来了鸡鸣声，不是一声，而是一声接着一声，是一阵阵，是一大片……

在这此起彼伏的鸡啼中，窗棂上露出了朦胧的曙光。

眼泪没能留住黑夜，而鸡啼却唤醒了黎明。

木村低下头来，在混沌的朦胧中，他看到"芳子"昂着头，正在这朦胧中哀愁地凝望着他，她的脸上溢满了泪水。

他深深地叹了一口气，闭上眼睛，埋下头去，把自己的双唇紧紧贴到她的双唇上……

这个夜晚，仅仅留下了这个吻……

"芳子"所担心、所渴望的事终于没有发生……

天亮了。

/ 九 /

木村终于留了下来，留在招津了。

确切地说，他留在"芳子"身旁了。

如果没有发生那晚的事，他是肯定要走的，而既然有了那个夜晚，他就得对那个夜晚负责。尽管那个夜晚，他们只紧紧地相拥着，温暖着对方，抗击着夜的严寒。

但是他们吻过。

那不是一般的吻。

这就够了！

他要对这个吻负责！

而且，那个夜晚那场祸，说到底是因为木村而惹下的，"芳子"是为了给他取来洗净的衣裳啊——而那包衣裳，"芳子"自始至终死死抓在手里，美国军人行凶时她没有丢弃，在风雪中走了大半夜，她仍然没有丢弃——而且，他发现了"芳子"是非常柔弱的，那一天天亮以后，他看到"芳子"的两只手臂黑青黑青的，积满了淤血。

"为什么不找医生看看？"木村着急地问。

"看过的，没用的，今年秋天以来，更加严重了。""芳子"无奈地说着，见到木村着急的神色，她连忙绽出一点笑容安慰他，"没事的，都一年多了，这不是没事吗？"

面对这么一个柔弱的，孤单无助的，你正恋着的少女，你能说走就走吗？你能走得开吗？

那就留下来吧！或许这不期而遇的爱情能抚平你心上的创伤；或许这不期而遇的爱情能冲去你心底那难以启齿的耻辱；或许这不期而遇的爱情能让你获得新生。

/ 十 /

木村留下来了，留在他的故乡招津。

既然要留下来，他开始找工作了。而1947年战后不久的日本，到处充塞着失业大军，寻找一份工作真像沙里淘金那样难啊。幸好他怀里还紧紧地揣着离开马尼拉时，带着的那些钱。这些钱在招津城省吃俭用可以应付两年以上。

几经奔波，直到12月中旬，他才好不容易在一个化工厂里找到一份烧炉工的工作，这个化工厂挂的牌子是"东亚制药株式会社"，而实际上仅是一个小小的作坊，除了生产蒸馏水之外，还生产一些天然食品添加剂，比如将玫瑰茄磨成粉末以作糕点上的着色剂等等。整个株式会社就10来个人，烧炉工原来是一个老人，现在他干不动了，老板便以这个老工人的一半工资雇用了年轻力壮的木村。

"芳子"仍然去餐馆上班，那个夜晚，她逃出餐馆之后，那伙喝醉了的美国军人砸烂了几张桌子后，终于离去了。餐馆老板没有把这场祸记在"芳子"身上。她已在餐馆做了两年，人缘极好，她的勤快、她的诚实一直都得到老板的赏识与器重。

　　现在，这对恋人总算在招津城安下身来了。

　　并且，他们已经决定在1947年元旦结婚。

　　他们都希望有个家，尤其是在这样严寒的冬季，这种欲望就更强烈了。

　　木村白天上班，夜间仍然寄宿在那家简陋的小旅馆里，他依然害怕单独一人走进那个自己的家。他与"芳子"说好了，到了月底，婚期临近的时候，他们将一起请假两天，把老屋整理一番，添置一些家具，把洞房布置起来。

/ 十一 /

　　离元旦只有三天了，连日来，阳光明媚，都是好天气，风雪不再光临招津城。

　　这天上午，木村与"芳子"早早就来到了老屋里。

　　回招津城两个多月了，木村这是第一次在白天里回到自己的家。

　　老屋里一片破败的景象，一片狼藉的桌面上，铺满了厚厚的尘土；墙角挂满大大小小的蜘蛛网；地板上随处可见被老鼠掏上来的土堆；扑鼻的霉味夹杂着老鼠尿的恶臭……整座老屋是一片催人泪下的凄凉。

　　这一切使人联想到坟墓。

　　谁能想象，这里曾经有过一个温馨的家。

　　1939年春天，木村就是从这里走出去，投向战场的，整整8年过去，他又回来了。老屋依旧，只是破烂了，可是曾经在这座老屋里生活过的父亲、妹妹……

　　还有——母亲！

　　他打了一个寒战，不敢再往下想。

　　可是置身于这座老屋，他能不"想"吗？

　　他感到一阵莫名的恐怖！

这几天来，由于有了"芳子"的温存，由于临近婚期的喜悦，木村一直感到胸怀里充满了幸福的阳光，可是当他在白天里走进这座老屋，走进这个"家"，面对这一切时，他胸怀里那一缕阳光立即消失了，他开始后悔了，自己为什么要留下来？

可是他又能去哪里？尤其是现在他已有了"芳子"。他垂下头来，木然地站在那里。

"木村，你怎么啦？""芳子"发现他的脸色突然变得苍白吓人。

听到"芳子"的声音，他忙转过头来：

"啊，芳子，没什么——这客厅你打扫，我去那边房间。"说着他匆忙走向自己的房间，把"芳子"留在客厅里。

他离开这座老屋整整8年了，而妹妹呢，母亲呢，她们到底是哪一年离去的。母亲死了，而妹妹呢？她去了哪里？

在自己房间里，他费力地清除着那些陈年的垃圾；那些被老鼠扯碎了的狼藉在四处的衣裳碎片。他忙碌地做着这一切，他希望把记忆中的往事也一起清除掉。可是这做不到，在这座老屋里，无论在哪一个房间，无论在哪一个角落，随时都有一张脸在眼前晃动，任他怎么努力都挥之不去。

——那是母亲！

就在这个时候，他听到了"芳子"的声音。

"木村，你快过来，你来看看……"

听着这声音，他又回到现实中来了。

他朝客厅走去。

"木村，你看，这是谁啊——这是一个多么美的女人，从长崎来到招津，我还没有见到过这么美的女人！"

木村张眼一望，大吃一惊，他感到呼吸急促，眼前一阵发黑。整座老屋，都摇晃起来了。接着，他甚至感到天地都颠倒过来了！

他发现，"芳子"手里拿着的，正是原先挂在墙上的母亲的照片！

他背过身去，双手扶住墙壁，把头顶在上面，他闭上了双眼，咬紧了牙，不让自己瘫倒下去：

"芳子……别问了……"

"木村，怎么啦，你……"

她把相框搁到桌上，跨到木村身旁，扶住了他。

她发现他脸上大汗淋漓，眼窝里漫着泪水，一张脸因痛苦而扭曲着。

"木村，你怎么啦……"

他依然紧闭着眼，依然是用哀求的声调说：

"芳子，求求你，把那相片……收起来，收到我见不到的地方……"

"好，好，我这就收起来。"

她手忙脚乱，慌慌张张了一会儿，终于在另一个房间里，她打开了一个衣柜，把那相框塞了进去。

"木村，收好了。"她走回客厅，走到木村跟前，发现他的脸上又渐渐现出了血色，平静下来了。

他转过头来，抱住了"芳子"，把满是泪水的脸贴在"芳子"耳旁："芳子，答应我，以后再也不要提起那照片的事了，好不好……"

"那是为什么？""芳子"茫然地问。

"……芳子，别再问了……看到那张照片，对于我来说，就如同你……见到长崎上空的蘑菇云……"

"芳子"不再作声，默然地点了点头：

"对不起，原谅我……我，再也不会提起了……"

第四章　木村的婚礼

/ 一 /

一切后悔都晚了。

木村必须留在招津，而且必须回到那座老屋里，回到他的"家"举行婚礼。

他别无选择，他无路可走了。

他想过了，婚后，就不让"芳子"到餐馆上班了，他要"芳子"好好在家把身子养好，他要带她继续看医生，他算过了，从菲律宾带回来的那些钱，办过婚事之后，还能剩下一部分，他要用这些钱为"芳子"治病。

婚礼如期在元旦举行。

木村在招津已没有近亲，他当年的伙伴大都在战场上阵亡了。"芳子"也一样，她的所有骨肉亲人是被一颗原子弹夺去生命的。当天出席他们婚礼的，只有"芳子"打工的那家餐馆的几个伙伴，还有木村在东亚制药株式会社新结交的那些工友。三席酒菜，是"芳子"的老板在自己餐馆里办的，作为送给"芳子"的结婚贺礼。

关于这场冷清的婚礼的情景我们就不去细说了。我们要说的是，这场婚礼实际上是一场葬礼的序幕。

婚宴很早就开始了，也早早地结束了。因为是元旦，餐馆的客人会特别多，这场简单的婚宴过后，便是餐馆营业的高峰期了，餐馆还要通宵营业。

婚宴结束后，老板又叫了一辆轿车，他和老板娘一齐把木村夫妇送回家去，一直把他们送进洞房后，老板夫妇才回餐馆去。

/ 二 /

　　这个时候，雪又来了。

　　这是 1948 年的第一场雪。

　　随后，风也呼啸起来了。

　　现在，洞房里只剩下木村与他的"芳子"。

　　这是一个多么美好的夜晚，黑夜以及黑夜中漫卷着的风雪都被关在屋外了。

　　洞房布置得一尘不染，那是酒馆里几个姐妹忙了几天布置出来的。

　　红色的烛火更像春天明媚的阳光，使得洞房里充满了温暖的气息。

　　而"芳子"一袭血红的婚装，使人联想到盛开的彼岸花，是的，这个夜晚，她真像一朵巨大的、动人心弦的、火红的彼岸花。当天，是老板娘亲自带她上美容院的，"芳子"本来就身材适中，五官俊秀，皮肤白皙，经过婚妆师一番精心的打扮，薄薄的胭脂红遮去了浮现在她脸上那层病态的苍白。此时，她无限娇艳、无限姣好的在这洞房中。

　　她的脖颈上系着那条蔚蓝色的，绣着一只白色鸽子口衔着墨绿橄榄枝的绫麻围巾，这使她如同一个纯真的天使。

　　他们面对面地站着，默默地相望了好久好久，而后，他们都从对方的眼睛里发现了眼泪，于是，他们同时张开了手臂，扑进对方的怀里，抱在一起放声哭了起来。

　　他们为什么哭？

　　只有他们知道！

　　让原子弹的白光，蘑菇云……都成为过去吧；让血腥的残杀，血肉纷飞的战场，野兽般的军旅生活都成为过去吧！

　　这个夜晚，洞房里是多么美好，漫天的风雪都被拒绝在门外了。房间里，有一对花瓶，一边插着金色的波斯菊，一边插着血色的法兰西玫瑰。波斯菊是株式会社的兄弟们送来的，玫瑰是餐馆的姐妹们送来的。洞房里弥漫着这两种鲜花交织起来的芬芳，4 支巨大的红烛欢悦地燃烧着，烛芯中不时爆跳出星星点点的火花。整个洞房里温暖明媚。

但愿整个世界永远像这个充满温馨的洞房吧!

他们相拥着,颤抖着身子哭泣了好一会儿,等到平静下来的时候,他们发现自己已经坐到榻榻米上了。

/ 三 /

帐帘垂放下来了,耀眼的烛光被隔在外面。此时,帐帘内是一片醉人的朦胧。

这里是一处宁静的港湾,一处洒满春光的港湾,两叶小舟,两叶穿过暴风浪的单薄的小舟,偎依着,泊进了这处港湾。

不知道什么时候,她已脱去了火红的婚纱和外衣,只剩下贴身的衣衫,然后,她偎向前去把丈夫外衣的纽扣解开了,脱了下来,挂到一旁去了,然后,她偎到丈夫身上,贴着他的耳朵颤抖着声音说:

"木村,……"

"……"他的嘴唇抖动了一下,听不到他说了什么。

"……木村……好吗……"她再一次低声地说着,同时握紧他的手,并将这只激烈颤抖着的手拉到自己胸前。

在这个夜晚之前,他们曾经多次拥抱过,亲吻过,然而,仅此而已。

而这个夜晚却应该是神圣的、庄严的。她将把自己完完全全地交给他,然后,他们将成为真正意义上的夫妻,她在等待着那个神圣时刻的到来。

而在此时,她怎能理解,即将成为丈夫的木村脑海里却是一片空白!

过了片刻,木村脑海里那片空白终于消失了,他突然发现自己已经把"芳子"的衣物脱去了,他那颤抖的手分明感到了她的胸口在激烈地悸动着!

——那是她的心。

现在,他们俩都一丝不挂地偎依在一起了。

这是两条充满活力的青春的生命偎依在一起,人世间还有什么能比这更美好、更神圣、更动人的吗?

此时的"芳子"如同一具洁白无瑕的汉白玉雕像,这雕像有血有肉,充满了温暖的柔光。她浑身上下散发着一种似是乳香,似是花香的芬芳,面对这样的"芳子",木村禁不住一阵激灵,他浑身内外一下子像火烧一样燥热起来，人的本能以及青春的活力一时间里在他身上迅速蔓延开来，他浑身因了幸福，因了青春的冲动而剧烈地颤抖起来。

"芳子"仰天躺在那里，轻轻地合上双眼，她似乎已经昏厥过去了，她就在这种幸福的、朦胧的昏厥之中，等待着那一个神圣的瞬间的到来。

红烛烧得正旺，帐帘内的一切看得清清楚楚，"芳子"躺在那里，那像春日一般和煦的烛光淋漓在她身上。她的轮廓是那么优美，线条是那么柔和。

从她的额头往下望去，她浑身上下似乎铺着一层雾状的、薄薄的茸毛，这使人联想到初春广袤的草原，这广袤的草原上散发出阵阵初春的清新气息。是的，这是明朗的阳光下一片广袤的草原，她没有一点瑕疵，纯洁得近似透明。这草原上，有两座美好的山峦微微起伏着，随着这山峦的起伏，一阵阵带着迷人花香的气息从她的鼻翼里轻轻散发出来，弥漫在温暖的烛光里。

就在这个时候，木村听到一种无限婉转、无限悦耳的声音。这声音先是遥远而朦胧，终于他听出来了，那是潺潺的溪水声。

是的，那是一条美好的小溪流过美好的大地的美好的声音。

这流水声由远而近，并逐渐清晰起来，仿佛就在耳边响起。后来，他甚至感觉到那溪水渐渐温暖了起来，而且，这溪水正在朝自己的周身弥漫开来。最后，他整个人都沉浸在这无边无际的、暖洋洋的流水里了。

他禁不住打了一下激灵，从如痴如醉的幻觉中回过神来。他低下头去，发现了那两座美好的山峦之中，有一条摄人心魂的小峡谷，淙淙的流水从地平线的深处而来，流过这条峡谷。

那是一条小溪，溪水仿佛很深，但圣洁的溪水清澈见底。

那溪水从两座小小的山峦之间流了出来，向着山峦外面的广袤的大地流了过去……

木村的目光随着这咚咚作响的溪水往下望去，他发现了一汪小小的湖泊，溪水缓缓地注入了这个平静的小湖，这小小的湖泊就镶嵌在那片铺生着薄薄的绒毛般细嫩的春草的原野上，柔和的阳光洒满了这片原野……

他满怀激情地凝视着这片美好的大地；贪婪地呼吸着和煦的阳光下这片铺满茸草的原野上散发出来的温馨而醉人的气息……

……也不知道过了多久，那片美好的大地，那一汪平静的湖泊，那两座摄人心魂的山峦，那条迷人的小溪，那淙淙作响的流水，以及弥漫在这片美好的大地上的百花芬芳……这一切都逐渐远去了……

他不禁又打了一个激灵，他终于完全清醒过来了——他这才发现了，刚刚感受到的这一切，其实是"芳子"……

　　……正微眯着朦胧的双眼的"芳子"，猛然感觉到自己的腹部被一滴滴灼热的液体浇湿了。她睁眼一看，发现木村正紧贴着自己跪在那里痛哭，大把大把的泪水从他的双眼里奔涌而出，滴落在她的身上……

/ 四 /

　　在木村心中宇宙间要真有天使，那必定是如眼下的"芳子"。是的，她是一个天使，是一个身上笼罩着圣洁光环的天使，这种光环把人世间的一切肉欲、贪婪拒之于千里之外。

　　她是美丽的，但这是一种只容崇拜，不容玷污；只容欣赏，不容占有，更不容摧残的美丽。

　　当你面对这样美好的存在，你的心灵里是没有肉欲，没有贪婪的，你的心灵里只能升腾起一种难以言状的圣洁的柔情。

　　木村贴着"芳子"跪在那里，他怀着一种惊喜一种敬畏，久久地凝望着他的天使，泪水又一次奔涌了出来……

　　当这滚烫的泪水落到"芳子"身上时，她听到了木村的一声无奈的叹息，那叹息如同哀号！

　　……肉欲使人堕落，爱情使人升华。木村对"芳子"爱情的至诚是不容置疑的。这种爱情，这种发自木村的灵魂（而不是肉体）的爱情，他视为至高无上、不容亵渎的爱情，这对于"芳子"或是他本人，不知是幸还是不幸。

　　这种爱情逼使木村想起了自己罪恶的过去，因而，当他面对这种爱情的时候，在感到幸福的同时也产生了一种沉重的犯罪感。

　　后来，"芳子"听到了木村这样说：

　　"芳子，我不配，我不配得到你……"

　　她吃了一惊，慌忙滚起身子，捧住了他的脸，只见他的脸因痛苦而扭曲着，他紧闭着双眼，泪水还在往外涌着。

　　"你怎么啦，木村？"

"芳子，我不配……不配做你的丈夫……"

"不，木村，不许这么说，我是你的……妻子……"她几乎是高声地叫了起来，同时伸出一只手紧紧地捂住了他的嘴。

木村把头靠在"芳子"怀里，任由她揩去脸上的泪水，过了好久好久，他才又开口了："芳子，我们把烛火灭了吧……这样或许……会好些……"

"好吧……"

烛火灭了，洞房里一片漆黑。

面对光明，人可能因此会发现自己是"人"，而人之所以是"人"，那是人需要思想，这种"思想"常常是一种灵魂的重负，有时甚至是一场灵魂的炼狱，一种对灵魂的严刑拷打。就如同木村，刚刚在烛光里伏在"芳子"身上时，他突然想起了自己的"罪恶"，想起了1940年在中国吴家桥慰安营里那个充满耻辱的、肮脏的夜晚。

多少年了，他一直以为，人世间的任何罪恶都比不上他那一夜所犯下的一切，那是一种万恶不赦的罪行，甚于一切罪行，他是个该死的罪人，哪怕是千刀万剐，哪怕是死100次，也难以抵消那一夜的罪恶。他之所以苟且偷生，那是因为他还要见上自己的妹妹一面！

现在，烛光熄灭了，黑夜中，他既看不到自己，也看不到"芳子"，这样或许会好些了。

黑暗往往可以掩盖一些东西……

于是，在黑暗中，当"芳子"再一次偎进木村怀里的时候，黑暗便开始瓦解消磨那些回忆，掩盖那些罪恶……而黑暗中的木村已不再思想，他不仅忘记了过去的一切，甚至也忘记了自己，此时，他仿佛只是一个正处在新婚之夜的普通男子。

在这样的时刻，黑夜已融化了人性中独有的东西——记忆与耻辱。

而另一种东西却在黑暗中膨胀，那是本能，那是一种无异于其他动物的本能。

在黑暗中，他的嘴唇十分轻易地找到了她的嘴唇，当他们的嘴唇紧贴在一起的时候，木村突然感到了一股异常温暖的气息，那是一个清纯的女子，带着一种淡淡的玫瑰花味的温馨的鼻息。

这样的鼻息使木村又记起来了，自己是一个——人！

这是多么不幸的事。有时候，人突然记起自己是一个"人"时，竟然是非常不幸的！刚刚还被本能压抑着的"人"的思想，又在木村的大脑里苏醒了！

这是多么可怕的事情！当这种作为"人"的意识苏醒过来的时候，动物的本能立刻就消失了。他又开始"思想"了。

他又置身于1940年隆冬，中国吴家桥慰安营里的那个夜晚，身下的"芳子"幻化成了当年的母亲……

……那一夜，屋角有一炉半明半暗的炭火。

"天啊！"母亲一声惨叫，把他抛上了半空，赤裸着全身一头撞向放着炉火的墙角……

他又闻到了母亲迸裂的脑浆的腥味……

他撕心裂肺地惨叫了一声：

/ 五 /

"妈妈！"

/ 六 /

随着这一声凄厉的哀号，他从"芳子"身上滚落下来，同时抬起脑袋，在榻榻米上死命地撞击着。"芳子"慌忙坐了起来，摸着木村的身体，那上面冷汗淋漓，她扶住了他的头，只听到他正在低声地恐怖地嘶叫着：

"妈妈，啊，妈妈……"

"木村，你，停下来，你怎么啦？"

他终于听到了"芳子"深情的呼唤，终于慢慢地平静了下来：

"芳子，没……没什么，我做了一个梦……噩梦……"

"可是你，你，你为什么一直在……呼唤着……你的妈妈？"

"啊，是吗……"

"可是，你是告诉过我的，不要再提起你的……妈妈……"

"是的……是的……芳子，求求你，别再问了，别再……提到……我的……母亲……了。"

"可是，我们既是夫妻，今天是新婚夜，难道，你还有什么要瞒我吗，你刚才还在呼叫妈妈啊——"听到这里，木村又干号起来了——世界上再没有一种声音能比这种干号更加令人毛骨悚然了。这干号声里饱含着一种难以启齿的耻辱；一种万箭穿心的剧痛；一种垂死的绝望。

听着木村的干号，"芳子"直感到心惊胆战，她坐在那里，双手掩住脸，嘤嘤地饮泣起来，哭了很久很久。

听着"芳子"的哭声，木村又一次平静了下来，他把抽泣着的"芳子"抱紧了，贴在她耳边愧疚地说：

"芳子，对不起了……让你受委屈了……"

"不，是我不好，是我问起了你……"

"不，芳子，这不怪你……芳子……我们成不了夫妻，我们做不成……那种事……我不行……"

"不，为什么……非得做那种事……我不怪你……"

"芳子……我们，还是……离了……吧……我们成不了夫妻……我做不了那种事，我不能让你怨恨一辈子……我明天就离开招津……这房子……我还有一些钱……都留给你……"

"不！""芳子"突然高声尖叫起来，同时狠命地搂住了木村，"我要房子干什么？我要钱干什么？我只要你……只要你不离开我，只要你在我身边就可以了……我什么也不要你做……这样就够了……"她喃喃地低声地，近似哀求地说着，像是对木村说，又像是自言自语。她把木村越搂越紧，直至两人都要喘不过气来。

黑夜又回到了原来的黑夜，一切又复归平静，洞房里静谧得可以听见两个人的心跳。

随后，他们相拥着躺了下去，脸贴着脸，很快地发出了均匀的鼾声……

为了今天的这场婚礼，几天来的忙碌，他们实在是太累了。

然而，这毕竟是他们的新婚之夜，他们毕竟是正处于生机勃勃的人生的春天啊！后来，那低低的、均匀的鼾声静止了下来，他们只睡了短短的一觉，便又同时醒了过来。

他们又记起来了，这是他们的新婚之夜！

这是人生中唯一的刻骨铭心的一夜！

这个夜晚能让它就这样地过去吗？

天一亮，这一夜将不复存在，人生中不会再有第二个新婚之夜了。

总得留下点什么？

于是，她在黑暗中用双唇用舌头寻到了他的下巴颏，然后顺着下巴颏把自己的舌头塞进他的口中。

这就够了，她已没有任何奢求，只要拥着木村实实在在地躺在一起，这就够了！

他感到了她的炽热的舌头在自己口中搅动，瞬间，一种难以言状的柔情在胸怀里扩散开来，随后传遍全身。他浑身又是一阵激灵，情不自禁地将"芳子"的舌头使劲咬了一口，并用力地吸吮起来。

后来，他突然感到口中有一股咸腥味，并且感到那是一种咸腥的液体，那液体从"芳子"的舌头流淌出来，起先，他以为那是"芳子"的唾液，他把它咽了下去，一口又一口，后来，他终于发觉，那不是唾液。

那是血！

那是从"芳子"的舌头上涌出来的血！

是他咬破了"芳子"的舌头，舌尖上有着两个深深的齿伤，流进木村口里的鲜血正是从这两个伤口里涌出来的。

而"芳子"竟还全然不知，她只感到一阵阵眩晕，没有觉得一丝的痛楚。

血还在涌着，而且越涌越急了，越积越多了。

那血灌满了木村的口，并且很快就堵住了喉口，堵得他都喘不过气来了……

终于，那血溢了出来，顺着下颏，顺着嘴角，沿着脖子，流进两个人赤裸的胸脯之间。

他大吃一惊，忙扶起"芳子"，伸手往自己胸上一抹——手掌里是一掬滚烫的鲜血！

"这是怎么回事，芳子？"

"这是血，以前也流过，但从没有这么多！"

"芳子，怎么会是这样？"

"经过了前年那场灾难，这两年来，我身上的任何一个地方，常常会莫名其妙地出血，哪怕只是被针头挑破了一点儿都会血流不止，尤其是今夏以来，这种情形愈加严重了……"她说着，口里溢满了鲜血，她连忙呕了出来。

"别怕，我们找医生去，上医院去。"

"可这是夜晚，我真走不去啊。"

"不要紧，我背着你。"他帮她穿上了衣服。

"木村，我冷，我感到冷。"

他打开箱子，掏出一件厚厚的棉夹袄，让她穿上了。

"木村，那件婚装，也穿上吧，今天，毕竟是我们的新婚夜。"

她有了一种预感，她预感到今夜的血再也不会止住了，她将因血流尽了而死去，所以，她要穿着婚纱去死。

"好，穿上，今天是我们的新婚夜。"

"你也穿上，婚礼上的那套西装……"

"好，我穿上，我们都穿上。"

烛光又点亮了。

烛光里，这对新婚的夫妻都穿着婚礼的盛装。

"还有，木村，替我系上这条围巾，这是你送给我的那条围巾……我一直舍不得系它，即使是在这个新婚之夜……可是，要不系上它……恐怕没有机会了……它，在我的梳妆盒里……"

"好，我这就为你系上……"

他把"芳子"扶了起来，然后转过身去，弯下腰来，让"芳子"的双臂搭到自己肩上。

她用尽全力搂住了木村的脖颈，让木村背了起来，走出烛火通红的温暖的洞房，走过客厅，走向屋外严寒的黑夜。

这个时候，早已过了子夜，1948年在严寒的风雪中来到了招津。

风在呼啸，雪在漫卷，西垂的残月挂在遥远的天际，冰冷的月光惨照着凄凉的街市。在白雪茫茫的道路上，艰难地移动着两条不幸的生命——那是木村背着"芳子"。

她穿着火红的婚装，嘴里的鲜血还在不停地往外涌。

当年的招津城，只有一家医院，是在城市北隅，而木村的家，是在城市的南隅，那是一段很远的路程。

已经下了大半夜的雪了，可雪还在下着。木村背着"芳子"，艰难地跋涉着，他每走一步，蓬松的积雪都会淹沉脚面。背后的"芳子"还在不停地呕血。开始的时候，她不忍让血沾到木村的后背，不忍让血濡湿胸前的围巾，那条绣着一只白鸽衔着橄榄枝的围巾。她不时地偏出头去，将血呕到一旁，渐渐地，她连这点力气也没有了，她把头瘫在木村后脖颈上，任由越来越多的血涌了出来，任凭这滚烫的血淌进木村的后背。那血，在她的前胸与他的后背之间流溢着，有好几次，木村感到她缠在自己脖子上的手臂松开了，他着急起来：

"芳子，搂紧了。"

"木村，我搂紧了……"

"芳子，你要挺住。"

"木村，我挺住了……"

"芳子，医院就要到了，你挺住啊。"

"……"她已经无力回答丈夫了。

"芳子，你怎么啦？你要咬紧牙搂紧了……"

"芳子，挺住啊，你要活下去！"

……

"芳子"已经昏迷过去了，然而，她在朦胧中听到了木村的呼唤，挣扎着苏醒过来了，她再一次奋力地张开了口，让满口的鲜血流淌出来：

"木村，我会活下去的……"

"对，一定要活下去。"

"活下去！"

"活下去……"

"活下去！"

"活下去……"

……

……

他们在风雪路上不知道跋涉了多长时间。其实，这个时候离黎明已经不远了。

木村的那双脚早已被冻得失去了知觉。他背着"芳子"出门的时候，竟忘了穿上鞋子。后来，他感到缠在自己脖颈上的那两条手臂似乎已经痉挛了，就像僵硬的没有生命的箍套。接着，他又觉得后背一片冰冷——那是从"芳子"口中涌出来的血，把"芳子"胸前的围巾湿透了，那围巾与血水一起结成了冰块，这片冰块紧贴在"芳子"胸脯上——"芳子"的体温正在慢慢消失。

启明星将要退隐，昏暗的天空，冲腾起一团明亮的光芒。那是烟花，1948年元旦的烟花，接着，又是一团。在耀眼的五光十色的烟火中，可以看见招津市唯一的那家医院就在前面了……

"芳子，你看，多美丽的烟花！"

"芳子，你看，医院就要到了。"

然而，"芳子"已经昏迷过去了，她的两条手臂已经完全冻僵，冻成一个坚固的箍套，紧紧地夹在木村的脖颈上。

当第一团烟火升上天空的时候，她感应到了那耀眼的光芒……但是，出现在她眼前的是另一种光芒，那是一片明媚的阳光……是的，是8月的阳光，8月初秋的阳光多么美好。

阳光下，一片片的彼岸花，已吐出了骨朵儿。对了，那是长在故乡长崎的彼岸花，那是种在老家四周的彼岸花，那是栽作院子的篱笆用的。篱笆下面，是一群刚出壳的白绒鸡。对了，是40只，不，是45只，妈妈把小米撒进鸡群里……还有，围着鸡雏的那一群鸽子，也是白色的……

这时候，从彼岸花篱笆外，走进来两个人，那是一对新婚夫妻，那是木村与"芳子"。

母亲迎了上去："芳子，这两年来，你都去了哪里，我找你找得好苦啊。"

"我在招津，我给你带来了一个好女婿……"

"是吗，啊，你怎么让他背着？该怎么称呼他？"

"他叫木村，还和哥哥同名……叫木村，木村……"

木村听到了"芳子"梦呓般低微的声音，那声音就萦绕在他的耳边，那是她在呼唤他：

"木村，木村……"

这声音逐渐地低弱下去，终于戛然止住了。

就在这个时候，木村感到"芳子"的头重重地磕了一下，然后，紧紧地贴在自己的后颈上。此时，他抬起头来，发现自己已经走到医院大门前了。

这时候，又一团耀眼的烟花在半空里爆裂了。白色的火光照亮了大地……他突然感到"芳子"的头又昂了起来，同时发出了一声凄厉尖锐的呼叫：

"白光，蘑菇云！"

……

1948年新年，天刚破晓，一群不怕严寒，早早起来燃放烟火，迎接新年的招津孩子，在城南通往城北的那条铺雪的街道上，看到了一行深深的脚印，那儿显然刚刚走过人，纷飞的雪花还没来得及填满它。孩子们发现，那深深的脚印里，有殷红的血迹……

……1948年12月，日本国家卫生省一份统计数字表明，三年来，因遭受广岛、长崎两次核辐射而死于血友病的已超过万人，"芳子"是第一万个死于这种病的受害者；是1947年死于这种病的最后一个病人；同时也是1948年死于这种病的第一个病人。经医生鉴定，她的直接死因是由于窒息——她是被自己的鲜血堵住气管而死的。

第五章　母亲啊，母亲……

/ 一 /

多年前一个 5 月的夜晚，那时候，我还很小，正在厦门上小学。那是一个落雨的夜晚，我的晋江母亲坐在窗口，望着窗外无边无际的雨对我说："在晋江流域，有一句古老的方言，叫作'不怕五月鬼，就怕五月水'……"

母亲说的是往事。

母亲说的是遥远的过去；是逝去久远的岁月里晋江 5 月的雨，以及在那个雨季里，从这条河上游的千山万壑中汇集过来的，朝着晋江入海口滚滚而去的 5 月的晋江水。

母亲说的是 1948 年 5 月，晋江的雨、晋江的水；以及那个时候一个叫作杨月珍的晋江番客婶与晋江水的一桩凄哀的往事。

母亲讲的是另一个晋江母亲的故事。

/ 二 /

1948 年 5 月，林云昭已经过了周岁生日了。按理说，一般的孩子，到了这个时候，就该会踮起脚来，学着走路了。可是直到这个时候，云昭连站还站不稳呢。看人家仁玉姑姑的省身吧，比云昭还小好几个月，可他早已会摇晃着身子，将将能站了！这多亏了仁玉姑姑呢，仁玉姑姑能下溜石湾里抓鲈鱼、掏毛蟹，炖了汤、煮了肉哄着省身吃下去，瞧那鲈鱼开了膛破了肚还直打挺的生猛势力，那螃蟹横行时的一身蛮劲儿，学走路的孩子吃了这些东西能不长劲？虽然仁玉姑姑也记挂着娘家后头的这个外侄孙，每每从溜石湾里逮上些像样的生猛鱼腥，总是不忘给月珍送点过去，并手把手教她如何做给云昭吃，可杨月珍总是不忍心老吃着姑姑的。永明姑丈早没了，她一个女人家过日子不容易啊！上泉州南门市场里买吧，那些能让刚学走的孩子长气力的东西又金贵得很，不是她舍不得钱，是她掏不起钱来。自己的家底，她自己知道：自去年以来，一场又一场灾难砸进林家小院，哪一场灾难不是花去大把大把的银子？如今，公公殁了，眼下南洋那边的生意，里里外外就靠子钟一双手了。而唐山这一边，林子钟不仅要负担杨月珍母子的家费，清濛村那里，他也一直以沈尔齐的名义，给他娘捎钱，因为林子钟的相助，沈尔齐的弟弟已经在去年的中秋节把媳妇抬进了家。

  他一个小本生意人，要同时承负着两个家庭过日子，那担子重啊！日子是紧了点，可杨月珍从来没说过二话，她觉得丈夫做得在情在理！人家沈尔齐为了救国抗日，万里迢迢从南洋奔向唐山战场，至今抗战已胜利多时，却不见音讯，不知凶吉，家里老娘仍在受穷受苦。毕竟朋友一场，丈夫要是见难不助，那还算是个男人吗？杨月珍欣慰自己的男人是如此仗义的大丈夫！

  春荒季节遇到这5月的雨水，真比遇到鬼还可怕呢，这没完没了的雨水，更让米价一天天见涨，柴价一天天见涨！更闹心的是杨月珍的乳水总是不够，林云昭又正当学走路，孩子往后要想有一副硬骨架，这个时候就不能缺了他吃的。可丈夫寄回来的那点家费，除了买米、买柴，应付人情世事，杨月珍确实再挤不出钱来为儿子买一点壮健身子的东西了！她不能眼看着儿子都到了这个时候了，还没有力气站起来迈开双腿走路，这怎么向远在南洋的丈夫交代？

/ 三 /

  杨月珍做出了一个决定：她也要像仁玉姑姑一样，抓上一些生猛海鲜，炖了熬了让儿子吃了长力气。她也要让儿子能早点站起来，迈开步子走路，她也要儿子将来能长成一个身强体壮的男子汉！几天后的一个早上，雨竟然止住了，阴霾多时的天空还露出了日头花花来。雨停了，太阳出来了，天气突然一下子暖和起来了。不是吗，都已经晚春5月了，总不能再冷下去了。看到天终于放晴了，杨月珍抓起来一条背巾，背上云昭，带上一把伞，锁上门，就上路去了。她要上仁玉姑姑家去，求她带着自己下溜石湾掏海鲜——同样是女人，同样是番客婶，姑姑能做到的，她杨月珍也要做到！

从御桥村到溜滨村，5里的路程，年轻人的脚板，抬起来说到就到了。

杨月珍来到姑姑家的时候，还不到晌午。听到娘家后头的这个侄媳妇要下溜石湾捞海鲜，林仁玉问道：

"你会游水吗？"

杨月珍说："我当女儿家的时候，河里潭里都游过呢，吸口气沉到水底，还能把插在泥里的老蚌揪出来呢。"

林仁玉听着笑了笑说："我知道了，你们前店村那边是内河水小湾湾，没有潮起潮落，也不见起风起浪。溜石湾就不同了，那可是交汇着咸淡水的大河湾哩，出去就是海了。"

杨月珍抓着姑姑的手臂说："好阿姑，我这奶水总是不够……你看云昭跟他省身表叔才差多少时日，瞧省身兄弟那腿脖子儿、那胳膊肘儿多结实。"

林仁玉看看摇篮里的儿子，又看看杨月珍背着的云昭，突然从心底涌上来一种不知名的滋味：是啊，儿是娘身上扯下来的肉！尤其是像她们这样作为番客婶的母亲，为了让儿子快快长大，别说是下河湾掏海鲜，就是割下自己身上的肉炖了让儿子吃，也舍得呢！她回过头来，看着杨月珍憔悴的样子，知道内侄媳妇日子过得并不滋润，便不再多说什么，只问了一句：

"今儿啥时日了？"

"旧历十五了。"杨月珍说。

"着，十五是正中午满的潮，溜石湾还有一个多时辰才开始涨潮呢，省身刚睡着，一时半晌还醒不来的，"她说着，转过头去看了看院子外的天空，"你就带上云昭吧，看来今儿不会那么快来雨呢。我把轿椅搬过去，让他坐在渡头上——噢，我先给你熬碗黑糖姜汤喝了，虽说都到了5月了，可溜石湾里的水还没有热起来呢。"

/ 四 /

两个番客婶来到江边，站在溜石塔下往渡头上望去，见不到一个人。这处渡头原是溜滨村的闺女媳妇每天洗衣裳的地方，现在已近晌午，洗衣裳的女人都洗完回去了，渡头上便冷清了下来。从这边渡头往江口望去，在江的南畔，几个小码头，间隔着排出去有近百米长，那都是用大块大块的长方形花岗岩砌成的。此时还不到涨潮时候，因而可以看到，渡头上那些台阶，都是从江底往上砌的。退潮的时候，从这些渡头流过去的，是晋江的水，是微黄色的淡水。涨潮的时候，从江外涌进来的是东海的水，是蔚蓝色的咸水。

每当涨潮的时候，江口外上涨的海水堵住了江水的去路，蔚蓝的水与微黄的水在这里交汇起来，涌动着，翻滚着，形成了一个个漩涡。遇到上游下大雨山洪暴发的季节，那些随流而下的枯枝、杂草、游木、死去的禽兽，甚或是人的尸体，漂流到溜石湾的时候，都会被这样的漩涡堵阻在湾里，沉浮着，回转着，久久不能入海。

渡头上的那些花岗石台阶，自然都是些粗糙的，不经细雕的毛坯石。它的大大小小的缝隙里，常常栖息着各种各样的咸、淡水鱼腥。

很久以来，溜石湾一带就有了一条无形的规定，那就是溜石塔下这一处渡头周围的河域，只许女人们捕鱼虾，捞游木，不许男人插手。这是因为，相对于靠海那边的几个渡头，这里的波浪细漩涡小，要安全得多了。这真是一种淳朴而善良的民约：到溜石湾里抓鱼腥、捞游木的女人，大多是没有男人当家、日子过得穷紧的女人，男人怎么好意思跟那些女人去争这些东西呢？有胆量的男人都要到外河湾去，女人们在内河湾里捞不上来的东西，漂过了这处渡头，漂到了外河湾以后，才轮到男人们下去捞呢。

渡头上有一棵大榕树，林仁玉把那块轿椅翻倒了，搁到树荫下，双手用力按了按，摆稳了，招呼着杨月珍把背上的云昭解下来，塞进轿椅里坐下来了：

"阿昭乖乖，

"乖乖坐坐，

"姑婆给你掏毛蟹

"吃了毛蟹横着走

"妈妈给你抓鲈鱼，吃了鲈鱼长胳膊……

"云昭，你好生坐坐在这里，别吵别闹，老姑婆这就带着你娘下溜石湾为你捞海鲜去了。"

这位年过四十还未见老的姑婆，就用那几句顺口诌出来的歌，哄着坐在轿椅里的林云昭咯咯地笑了起来。

两个番客婶，把宽宽的裤腿卷到了膝盖上，登下了粗糙的台阶。

林仁玉随身带来两把毛蟹钩，那钩子是用筷子粗的铁条打造的，其实也很简单，只是在那铁条顶端开了一个叉子，其中一个叉牙往外弯着，她递给杨月珍一把钩子：

"今天我们就沿着岸边的石缝掏毛蟹，身子不要下水。"

杨月珍说："这外河里抓鱼，我是头一遭，姑姑，我听你的了。"

"这毛蟹怎么找呢，你瞧！"林仁玉把杨月珍招呼到身旁来，指着脚板旁的一个鸭蛋大的洞穴说，"这个洞口上的泥，光油油的，你就别去掏它了，肯定是个空穴，再瞧这个洞口，看好了，那上面的泥糊粥毛毛糙糙的，你知道这是为什么吗，这里面刚刚进去过蟹子呢，"她一边说着，一边把手中的铁钩子往那洞穴探进去，"记住了，这铁棍子不能下力往里戳，别把蟹子戳死在洞底哩。只能像挠痒痒那样，把里面的蟹子挠出来，它要是不出来，手够得着的话，你就把手伸进去，来，月珍，你把手伸进去。"林仁玉说着，把铁钩子退了出来，教着内侄媳妇如何把手伸进那个碗口大的洞穴里。"对，就那样，到底了吗？好，摸到蟹身了吗？好，摸到了，好！"

"啊，姑姑，疼死我了！"杨月珍突然惊叫一声，她的手被洞中的蟹子夹住了，她又舍不得往外收回手去，她怕到手的蟹子又跑了，只好痛得扭曲了脸僵在那里。

"月珍，你把里面的手指头放松，不要捏紧它，你越捏紧它，它就越狠命地夹紧你，慢慢地往回拉，对，慢慢地，再慢一点，轻一点，好，出来啦！"

一只愣头愣脑的蟹子，夹着杨月珍的手指头露出半截身子来，它一见到外面的阳光，慌忙松开脚叉子，就要往洞里缩回去，早就候在那里的林仁玉眼疾手快，一个巴掌按住了它，提上来一看，啐了一口说：

"这没用的红脚蟹，凑什么热闹！"

杨月珍低头一看，只见那蟹子的身子比人的拇指头大不了多少，却长着一对比人的拇指头小不了多少的大脚叉子。

"这东西只能捣碎了喂鸭子，它身上没一丝肉呢，"林仁玉说着拿它朝江中摔出去好远，"它的脚叉夹了人还真疼。"

她俩又朝下面一层台阶迈了过去，低下头来仔细地搜索着河滩上的一个个穴洞。

"有了，月珍，你瞧好了。这洞里肯定有大东西。"林仁玉又寻好了一个洞穴，那洞穴不仅口上的泥一片模糊，而且洞口边上的一棵水草也向里面倾倒过去。林仁玉把手中的铁钩交给杨月珍，自己弯下身子，伸出胳膊，朝着那洞穴摸了进去。

"抓着了，这回不会再是喂鸭子的红脚蟹了，"她嘴角掠过一丝微笑，"还想逃，没门。"她脸上绽出一片得意的笑容，同时把身子贴近去，脸腮子贴到了地面上，黏糊糊的泥水沾了半边脸，她好像也没感觉。过了一会儿，她咧着嘴笑开了，"抓着啦，看你还能往哪里钻，"她哈哈地大笑了起来，"哎呀，死东西，你疼死姑奶奶我了！"她突然大叫了一声，半张脸扭歪到了耳根旁。随着这声惊叫，她往外缩回来的手掌上，带出一只巴掌大的大母蟹！那蟹子铁钳似的一只大脚叉紧紧地夹住她的食指不肯松开来。林仁玉忙弯下腰，让它着了地。那螃蟹的身子刚碰到泥土，立即松了脚叉子，放开林仁玉的手指头，贴着地面就要开溜，林仁玉哪能容它逃生，她猛地抬起脚板，一脚将它踩得整个身子陷进烂泥里去了。这才顺手从身旁扯过来一根苇草，把它五花大绑捆实了，提了起来，美美地看着：

"这母蟹，保准有满背壳的红膏，肥着呢。回去后，多放点水，多熬几次，把蟹汁熬出来让云昭喝了，蟹肉剥下来，做成蟹粥，分几次喂他吃了，这东西最能长学走路的孩子的横力了。"

杨月珍看着姑姑手里提着的那只大蟹子，再看看她的另一只手，只见刚才被蟹脚叉子夹过的那根手指，大滴大滴的血珠正在往外冒。

/ 五 /

溜石湾外的海，正在涨潮，层层海水朝着晋江口，朝着溜石湾内涌了进来。那是蔚蓝色的水。而在溜石湾的里面，浑浊的水仍然滔滔不断地向溜石湾流了过去。这是5月的晋江水。在这条江的上游，在南安、安溪、永春等地，多少时日来，大雨一直没有停过，那是闽南5月的雨，沿江两岸千山万壑的水，都汇进了这条江。

溜石湾外退潮的时候，再多的江水也填不满大海。现在，湾外涨潮了，上涨的海水堵住了入海的江水，江面一下子高了起来，刚刚还露出来的渡头台阶，不知不觉竟沉下去三四级了。

两个母亲，两个番客婶，已经高高兴兴地逮着了两只大螃蟹，而且还意外地从台阶下的石缝里掏出了一条黑鳗来，那黑不溜秋的东西也有小半斤重！这淡咸水交汇处长的黑鳗，大补身子哩！杨月珍想到来一趟溜石湾抓鱼腥不容易，今天手气好，她要再抓上一头半只，把它们养在水缸里，这东西五天七日的死不了，分几次煮了喂给云昭吃。林仁玉也是同一门心思，她想再掏腾一阵子，好让这个后头娘家的侄媳妇多带点生猛鱼腥回去。

原先她们是卷起裤管，蹚在没过膝盖的渡头旁摸索着。而此时，江水早已没过腰际了，她们浑然没有发觉！杨月珍喝过姑姑熬给她的那一大碗黑糖姜汤，现在还感到肚腹里直往外发着热气呢。

露出了半个上午的日头影儿早已不知去向了，满天的乌云严严实实地塞满了溜石湾。

云越压越低，又要落雨了！

江上的水愈来愈急了——江的上游雨是愈下愈大了。

湍急的江面上，不时漂流过来团团的杂草或枯枝，偶尔还可以看到一只浮沉着的家禽的尸体。林仁玉与杨月珍半个身子已泡浸在水里了。望着越来越宽的江面，林仁玉突然两眼发直！她看到江上正时隐时现地漂过来一截游木！

她张开双眼认真一看，那截游木足有合抱粗！

她早已想好了，今天抓到的鱼腥，都让月珍带回去，看到这截游木，她又想起另一桩事：把那截游木拖上岸，劈开了，晾干了，改日也给月珍挑过去，那足有两三担柴火，够她烧一阵子哩！

看着那截木头越漂越近了，林仁玉对月珍交代了一声："你站在这里别动！"便一头扎进水中，朝那木头潜游过去。

当她露出头来的时候，身子已经靠到那截游木旁了。她一只手抓住木头上的枝丫，另一只手拨着水把那截木头往渡头这边推着。

溜石湾里很静，只能听到蓝色的海水与浑黄的江水在这里交汇时哗哗的声响。

站在那里的杨月珍，瞪大了双眼，捏紧了双拳，目不转睛地看着在滔滔江水中奋力拉扯着游木的林仁玉，她的心都提到嗓子眼儿上来了！刚才姑姑一直站在自己身旁，她没有发现江水是这样可怕，现在望着满江浩浩荡荡的水,她头皮发麻,身上冒出了鸡皮疙瘩。

一阵轰隆的雷声从身后的溜石塔上传了过来,随着这阵雷声,一声孩儿凄厉的哭声响了起来!

杨月珍大吃一惊,那是云昭的哭声!

那是儿子的哭声!

她慌忙回过头去,看到坐着儿子的那张轿椅正从渡头上滚落下来!

她一声惊叫,一下子从水中蹦了出来,跃上渡头,朝着那还在滚落的儿子猛扑过去!

/ 六 /

溜石湾里的潮水已上涨了许多,刚刚还露在外面的三四级渡头台阶,现在已全部淹入水中了。渡头上的水,江面上的水,以及溜石湾外的海水与昏暗低沉的云天,已连成茫茫的一片。

寂静的溜石湾响起了阵阵沙沙声,那声音由远而近。片刻之后,江面上的沙沙声与渡头上的沙沙声连成了一片。

5月的雨又来了。

那雨抽打着江面,抽打着溜石湾,抽打着杨月珍。

由于极度的恐慌,她脑子里霎时感到一片空白,她忘记抓住向下滚落的轿椅。那张轿椅,那张轿椅带着儿子落入滔滔的江中!

然而,她脑中的那片空白瞬间就消失了。

她撕心裂肺地朝着儿子滚落下去的那处江面呼唤了一声:

"阿昭,我的儿啊……"

然后,她纵身跳入江中,朝前扑腾过去。刚才看着仁玉姑姑在滔滔江水中拉扯游木的情景,她心惊肉跳头皮发麻,现在当自己也置身于汹涌的激流之中的时候,她却已不再感到丝毫恐惧——

她是母亲!

这个时候,风雨、雷声、滚滚的波涛,甚至随时可至的死亡,都已不复存在!

作为母亲,她心目中只剩下两个字——儿子!

5月的晋江水，以及从四面八方抽打过来的5月的雨，冷入肌骨，她也似乎没有感觉——

她是母亲！

她现在唯一的感觉，就是必须从翻滚的江水里把云昭夺过来，那是她的儿子！

她是母亲！

她虽然会一点水，但她的水性远不如林仁玉。

她在江面上一声紧过一声，一声大过一声地嘶叫着：

"儿啊，你浮上来啊，妈救你来了……"

一个浪头扑面而来，她连连呛进了几口江水，手忙脚乱起来。

但很快地，她就强迫自己镇定了下来，伸手抹掉脸上的水珠，睁大了双眼，在翻滚的江面上搜寻着儿子。

这个时候，正在水中奋力地推着那截游木的林仁玉，终于明白发生了什么事！她把双腿提到胸前来，朝着身旁的游木死力一蹬，借着那股弹力，她向杨月珍拼命地游了过去。

涨潮的海水，正越来越猛地涌进溜石湾，而上游的江水，也愈加湍急地奔腾过来。

猛然间，又一个铺天盖地的浪头迎面打来，把林仁玉压入水里，她忙屏住气，双脚用尽全力往下一蹬，这才露出头来。她睁开双眼往前一看，禁不住惊叫了一声："不好！"

她发现杨月珍正沉浮在离自己不远的江面上，那处江面似乎非常平静。那江面上的水，一半是湛蓝色的水，一半是浑黄色的水。海水与江水交汇在那里似乎是静止了。她深知涨潮进来的海水与奔流入海的江水堵在那里了，那静止只是片刻的。很快地，那里将形成一个漩涡！

那是比鬼还可怕的漩涡！

而杨月珍分明正置身于那处水域——她刚刚看到了那张轿椅在那处水面上出现了一下，又沉入水中。而儿子还套在轿椅里！

我们晋江故乡的这种轿椅，它的朝上的椅面长宽差不多都有两尺。那是用劈开的竹片铺上去的。它的4只脚，是用手臂粗的毛竹在火上烤弯了做成的，这种轿椅是供还不会走路的孩子坐的。将它侧翻放倒在地上，便能看到它旁边另有一处陷进去的座位，孩子的身体刚好可以不松不紧地套在里面，这种轿椅在水中有足够的浮力。它滚落下来的时候，受惊的林云昭双手死死地攀住了轿椅上那道架在胸前的横杆，这就使得他牢牢地套在轿椅里，由轿椅承载着他，在水中上下沉浮着。

　　杨月珍看到刚才那一个浪头将儿子推上了水面，便不顾死活地朝儿子猛扑过去。她全然不知道那里将会出现一个漩涡，即使知道了，她也会义不容辞地扑过去的——因为那里浮沉着她的儿子！她是母亲！

　　林仁玉正在拼尽全力地朝着杨月珍游去。她此时唯一的念头就是赶在那处漩涡形成之前，把内侄媳妇拉过来。

　　而在这个时候，那处交汇着蓝色与黄色的平静的水面，开始旋转起来了，并且越旋越急！

　　林仁玉再次惊叫了一声，她发现杨月珍已游进那处旋转的水面，而那处水面离林仁玉却还有二三十步远！

　　林仁玉吸足了一口气，再一次义无反顾地朝着杨月珍潜游过去。

　　那处旋转着的水面越旋越猛了，终于形成了一个巨大的漩涡。当林仁玉再次从水中露出头来的时候，她发现自己已经处身于漩涡的边沿上了。

　　她没有看到杨月珍，她明白杨月珍已经被那个漩涡卷了进去！

　　就在这个时候，她发现在靠近自己身边的漩涡口，浮上来一张轿椅！

/ 七 /

　　那轿椅里面还坐着林云昭！

　　随即，她发现轿椅旁漂流着一大绺的头发，那是女人的头发！

　　那是杨月珍！

　　她的双手死死地抓着那张轿椅。

　　林仁玉双脚往后一蹬，扑了过去，可没等她伸出手去，那急旋着的江水就把杨月珍母子俩带到漩涡的另一边去了。漩涡里的杨月珍已呛进了许多水，但她一心一意只想把手中的轿椅往上顶。然而，旋转湍急的江水却把她的身子平着托出了水面。现在，那张牢牢地坐着儿子的轿椅，以及那双紧紧地抓着轿椅的母亲的手臂，还有母亲的身子，连在一起形成了一条直线，这条直线被漩涡带着在水面上转了一圈又绕到林仁玉身旁来了！

这一瞬间，林仁玉伸出手去，抓住了那张轿椅，将它揽到胸前。当她伸出另一只手，想抓住杨月珍的时候，承浮着杨月珍身子的那一处水面突然陷落下去，江面上立时出现了一个洞口，那是黑森森的一个水洞，那是一个深不可测的漩涡口。那急速旋转着的漩涡口，瞬间就把杨月珍吞噬下去了！

林仁玉最后看到的，是内侄媳妇头上那绺长长的如漆的青丝，在漩涡洞里转了一圈，便深深地消失了……

/ 八 /

听着母亲讲这个故事的时候，我还很小，小到不知道饥饿是怎么一回事。当然，我就更不能理解，当年那位叫杨月珍的晋江母亲，为什么会为了儿子而以生命去换取一只螃蟹或一条鲈鱼了。

一直到很久以后的一年冬天，那时我已离开厦门市区到 50 公里外的一所学校上学。饥馑的岁月是从这年冬天开始的，那时我十四五岁，正处于那种吃铁化钢总是感到永远填不饱肚子的年龄。

每个星期六下午我都要回市区与母亲团聚，星期日下午再赶回学校，我是母亲唯一的儿子，我们相依为命。我不忍让病恹恹的母亲孤独度过星期日。

那年冬天，大家都面临着饥饿的煎熬。每个星期天，当母亲拖着因为饥饿，因为严重营养不良而浮肿的双腿，从食堂里打来她那份定量饭后，她一定会坐在一旁，满脸威严，不容分说地逼着我，看着我吃完那份饭。

而母亲却饿着！

我常常是和着泪水咽下那份饭的。

我受不了母亲那样饥饿。

有一个星期天，我对母亲谈起了，母亲眯起那因浮肿而只剩下一条缝的眼睛，看着我说：

"孩子，没关系，看着你吃我便不饿了。"

——饥饿中的母亲……

在那个饥馑的、多少人患了浮肿病甚至死去的年头，我居然没有浮肿，但浮肿的母亲却因此承受了双重的饥饿！

那几个饥馑的年头过去不久，母亲很快就走了，她过早地离开了人世。

多年之后，我终于长到了这样的年龄，长到了能把母亲所讲的关于杨月珍的这个故事，与当年忍着饥饿把自己的那份饭让给我的母亲，这么两件相隔多年的事，联系起来思考的年龄了。

面对着正要学走路而缺少营养的儿子，杨月珍义无反顾地走进江水中抓捕海鲜，直至被滔滔的江水吞没。而当年我的母亲，那个因饥饿而患着严重浮肿病的我的母亲，她当然知道自己随时都会因饥饿而死去，然而，她不容分说地把属于自己的那份饭让给了我……

而她却饿着！

哦，母亲啊，母亲……

第三卷

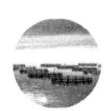

番客婶·番婆

在闽南,那些去了南洋的人,被称为"番客"——
哪怕是去了一生一世,也仅是做"客"而已……
他们留在唐山的女人,则被称为"番客婶"。
而"番婆",那是对南洋本土女人的称呼,这种称呼往往带着一种亲昵……
无论过去或现在,都有这样的"番婆"嫁给"番客"。
——题记·1996年《侨乡女人生存状况调查手记》

第一章　患难之交（上）

/ 一 /

上个世纪的40年代，当时有一种非常淳朴善良的风俗：凡是在信封上烧去一角的信函，是可以不贴邮票投寄的。而无论是哪一家邮局，哪一个信使，遇到这样的信函，都要非常认真及时地将之送达收信人手中。

1948年5月里的一个上午，马尼拉王彬街上的林记商号开门不久，林子钟正吃着早饭——自从罗茜来店里帮忙以后，每天林记商号都要比其他店铺早开张半个小时，店门打开之后，林子钟就自己忙着应付生意，让罗茜先在店后吃过了早饭再来换他过去吃饭——就在这个时候，一个信使走了进来，交给林子钟一封信。

这封信的右上角被烧了一个洞！

林子钟大吃一惊，心怦怦跳了起来。

可他认真一看，那信封上是贴足了邮票的。而烧去一角的信一般是不贴邮票的，是不是途中出了差错，比如说是抽烟的人不小心烧着了等等，他希望是这么一回事。

他再仔细一看，那是唐山的来信，而信封上的笔迹显然不是杨月珍的！

他的心猛跳了起来！

那时候，这种信封上烧了角的信，是报丧的信！

是唐山的哪一位亲人去世了呢？

他拆开了信封，手抖着掏出了里面的信笺，随后他眼前一黑，便一头扎倒在饭桌上……

当罗茜听到饭碗摔破的声音奔过来的时候。只见林子钟已经瘫倒在地上了。那块小小的饭桌倾倒在他身边，饭菜溅了一地。

"子钟哥哥，子钟哥哥，你怎么啦，你怎么啦？"罗茜差不多是哭着叫了起来。她扑了过去，扶起子钟，只见他双眼紧闭，脸上没有一丝血色，手中死死地抓着一张信笺，紧紧地贴在胸前。

罗茜也不知道是从哪儿来的那么大的力气，她以自己娇小的身躯，把已失去知觉、浑身绵软的林子钟，半搀半抱着扶到床铺上后，又手忙脚乱地倒过来一杯水，坐在铺上，把林子钟的头抱进怀里，一匙一匙地喂着他。

"子钟，子钟，你醒过来啊，你别吓我啊，你别吓……"

昏迷中的子钟听到了遥远的深情的呼唤，那呼唤来自遥远的唐山，来自御桥村的那处林家小院——那是他唐山的家……

那是杨月珍的呼唤，那是他的妻子的呼唤……

那声音来自1947年5月，那是老爸的骨灰被盗后，他昏死过去的几个日夜里，杨月珍把他唤醒过来的声音……

/ 二 /

杨月珍不是已经死了吗？

半个多月前，泉州南门外的那场雨多么大啊……

溜石湾里的漩涡多么可怕啊……

当杨月珍手中紧紧抓住的轿椅被林仁玉接过去的时候，她自己便立即被旋转的水涡卷进了可怕的水洞，瞬间消失了……

那时候，林仁玉正紧紧地搂着那张轿椅——如果不是因了那张轿椅，这个义无反顾的女人会毫不犹豫地扑向前去搭救内侄媳妇的——那当然是徒劳的，那只能是又搭进去一条命！

古往今来，被卷入溜石湾漩涡里的人，没有一个能够活着出来！

当那个吞咽了内侄媳妇的漩涡朝她旋转过来的时候，林仁玉在一瞬间清醒了——内侄媳妇是为了儿子而死的，她已把云昭托付给她了，此时，她必须带着云昭逃出去，她别无选择！

她一条手臂搂住那张轿椅，另一条手臂使劲朝下一划，双脚往后死力一蹬，终于从那个漩涡口的边沿挣脱出来了！

她把林云昭放在溜石塔下。解开他胸前紧绷的衣扣，口对口地吸出了他鼻中嘴中的水。

那时候，雨下得很大很大，沉闷的雷声在头顶的榕树冠上滚动着，渡头下湍急的江水哗哗作响，雨声，雷声，江水声，令人恐怖地交织在一起，震撼着天地。

终于，有一个孩子的哭声盖过了这些恐怖的声响，从溜石塔下响了起来，在天地间回旋着。

那是林云昭的哭声！

直到这个时候，林仁玉才转过身去。望着滔滔而去的江水，凄厉绝望地呼叫起来：

"月珍——"

林子钟终于悠悠地有了感觉，他发觉自己正贴在杨月珍怀里，他偏过头去，张开双臂，把她搂紧了，深情地呼唤着：

"月珍……"

"啊，子钟哥哥，子钟哥哥，你醒过来了。"

随着罗茜一连串的叫喊声，林子钟终于完全苏醒过来了。

"子钟哥哥，子钟哥哥，月珍嫂子，她怎么了？"

听到罗茜的问话，林子钟彻底清醒过来了，他深深地哀叹了一声，松开了搂着罗茜腰身的双臂：

"阎王爷，你瞎了眼了，你怎么可以冲着月珍……"他这样说着，伸出手去，把手掌里那封被捏成了一团纸的信笺递给罗茜，"……月珍，她被大水卷走了……月珍，你怎能那样呢……都怪我，没多给你寄家费……"

罗茜接过信笺，小心翼翼地把它抚平了，费力地看了一遍又一遍，信上的中文，她大致能够读懂。她明白了，杨月珍是怎么死了，杨月珍是为什么而死的，她禁不住又哭开了……

听到了罗茜的抽泣声，林子钟睁开眼来，他发现罗茜眼窝里的泪水扑簌簌地滚落下来。

啊，啊，子钟哥哥，你也哭一哭吧。你尽情地哭一场吧，别把泪水憋在心里啊，憋在心窝里的泪水会把活人淹没的，会让活人窒息的，就如同雨憋在空中，憋在空中的雨，甚至会把太阳淹没的！

啊，啊，子钟哥哥，你哭出来吧，把堵在心窝里的悲愁变成泪水哭出来吧，就如同把铅一般沉重的满天乌云化成暴雨降落下来吧！

啊，啊，子钟哥哥，你不能那样憋着，你不能憋出病来啊！日子还得过下去，林记商号的生意还得做下去，月珍嫂子没了，你更得好好地活下去，云昭才一岁啊，儿子不能没有你啊……

你得支撑下去啊，子钟哥哥！

啊，啊，子钟哥哥，子钟哥哥，仁和伯伯临终前认下了我当干女儿，我是真心诚意当这个干女儿的，我是真心诚意将你当成骨肉兄弟的！你们唐山人不是常说，人是铁饭是钢吗？可你都整整一天不吃不喝了……

啊，啊，亲爱的罗茜妹妹，你太善良了，你太年轻了，你怎能知道，从襁褓里开始，林子钟就经历了太多太多的不幸与灾难，所以子钟哥哥的泪水，早在少年时代就已经淌干了！

子钟哥哥的眼里，再流不出可以洗去哀愁的泪水了！

这样的男人，不能淌泪，只能泣血！

在这样的时节，子钟哥哥的心能不泣血吗？

整整一天了，林子钟就坐在那里，他变成石头了，他变成木雕了。他睁着双眼，直愣愣地望着床铺对面那处阴暗的墙角，一天了，他都没有把眼光移开过。他的一片空白的脑海里，直到现在，仍然只是4个字——

月珍没了！

午饭搁在一旁，他没有吃，早已凉了。晚饭也早就端过来了，他连看都没看一眼。这当然都是罗茜送过来的，见子钟哥哥不吃，罗茜也陪着他饿了两餐了，看到他悲伤万状的模样，她能咽得下去吗？

太阳早已西沉了，浓重的夜色填满了王彬街。罗茜走过去把门关上了，又走过来倚在门旁，低垂着头，无可奈何地凝望着已经在那里无声地坐了一天的林子钟。她不再说什么，所有安慰的话都说出来了，她只能站在那里，暗暗地望着林子钟流泪。

一阵雷声响过，屋顶上沙沙地来了雨声，马尼拉落雨了。罗茜突然记了起来，那一年，也是这样下雨的夜晚，不，不是5月的夜晚，那是2月的一个夜晚。那一天，扶西爸爸与比罗哥哥把死在红奚礼示市郊的永明、朱先生，以及芭拉姐姐还有那匹大灰马的尸体下葬后，回到吊楼上，也是不吃不喝，就一直悲恸地流着泪。那时候，罗茜看着那情景，她吓坏了，后来，还是村邻们提着酒上楼来了，硬是劝着爸爸、哥哥喝起酒来，莫不是烧酒真能让男人忘却悲愁？想到这里，她朝后门走去：

"子钟哥哥，我出去一会儿，很快就回来。"罗茜说着，把后门带上了。

林子钟没有回应，他似乎没有听到罗茜在说些什么，他似乎没有发觉罗茜已从他跟前走过，他当然也没有发现，王彬街上的雨，下得很大很大，而罗茜连雨具都没有带上。

这样的雨夜，王彬街上的商店大都关门了。罗茜淋着雨，终于找着了一家还亮着灯光的小店，买下一瓶酒。为了买到这瓶酒，她已经走出去好长一段路了！而回来的路上，她几乎是一阵小跑的。

/ 三 /

一阵刺眼的闪电，带着一阵轰隆隆的雷声和风雨，一齐拥了进来。林子钟抬起头来，发现了刚刚迈进门槛的罗茜，她的背后正交织着闪电和雷鸣。她刚在门内站定，脚下的地面上立刻落了一汪水。

"罗茜，这么大的雷雨，你去哪里了，你都湿透了。"

啊，子钟哥哥终于开口了！罗茜心里一阵惊喜，提着那瓶酒奔了过去：

"子钟哥哥，我知道你心里苦，你不吃不喝，你就喝口酒吧，我给你买来了。"罗茜说着，斟出一杯酒，端了过来。

林子钟看着，嘴角掠过一丝苦笑，摇了摇头："我喝不下去，我喝得下吗？"

啊，子钟哥哥又开口了！他这是今天接到信以后，第三次说话，罗茜心里又是一阵惊喜！

"你喝了吧，喝了心里会好受一些。"罗茜说着，差不多已把那杯酒送到林子钟口边上了。

林子钟不再作声，他微微偏过头去，抬起手来，轻轻地把那杯酒推开了，尽管很轻，但酒还是泼了出来。见着林子钟又闭上了嘴，罗茜再次嘤嘤地抽泣起来。听到罗茜的哭声，林子钟抬起眼来，终于发现罗茜让雨淋透了，身上还在不住地往下淌水：

"罗茜，快去把衣服换了。"

听到林子钟的话，罗茜竟放声哭开了：

"子钟哥哥，仁和伯伯临终的时候是怎么交代的……我们是怎么答应的……可你都忘了……"罗茜心里要说出来的是：仁和伯伯已认下了我当女儿，在这种时候，我就得像亲妹妹那样安慰你，和你分担悲痛，可你却不把我当回事！想到这一层，罗茜把手中那杯酒往林子钟身旁一搁，满怀委屈的泪水一下子汹涌而出，她掩上脸，往门外跑了出去。

门外，暴雨裹着雷声，在黑夜里肆虐着，听着那阵阵令人战怵的轰鸣，林子钟一步跨到后门口，朝着屋外的黑夜叫了一声：

"罗茜——"

回应他的是一道刺眼的闪电，和随之而来的震耳欲聋的雷声。从这划破黑夜的雷光闪电里，他看到了罗茜，看到她站在大雨瓢泼的天地间哭泣。

他毫不迟疑地朝她奔了过去。

两个淋透了雨的年轻人，又回到屋里了。

"子钟哥哥，你把，这酒喝了。"她又端起了那杯酒，看着林子钟喝下了。然后，她走到墙角那个架子旁，从里面找出一套干净的衣裳，递了过来，"子钟哥哥，你快把湿衣裳脱了。"

林子钟接过衣裳说："你也换了吧。"看着罗茜点了点头，他提脚走出了后屋，朝前屋走去。

过了片刻，罗茜打开了房门："子钟哥哥，你换好了吗，你可以过来了。"

等到林子钟穿上干净的衣裳走过来的时候，他看到罗茜也已换好衣服，湿了的头发披散在双肩上。他们都平静下来了。

"子钟哥哥，你先坐着，我把饭再热一下，你吃，我也吃。"罗茜把傍晚摆下的饭菜端了过去。

一会儿，她就把重新热过的饭菜端了过来：

"子钟哥哥，我们都一天没吃饭了，我得吃，你更得吃，为什么，"她站在那里，平静地看着林子钟，"就为了月珍嫂子，我知道，你爱月珍嫂子爱得刻骨铭心，你心里苦，我更知道。可是你想过没有，月珍嫂子是为云昭而死的，云昭没了母亲了，现在就剩下你了，你是他的父亲，你再不好好活下去，云昭日后靠谁啊？而我，虽然我没见过月珍嫂子，我过去一直不能理解，你为什么会那么忠诚地爱着她，但是我现在理解了，她是一个了不起的女人，她是一个了不起的母亲……她值得你那样的爱……为了死去的月珍嫂子，为了云昭，今后，我更应尽力地帮你……吃吧，子钟哥哥，我们都吃……"

听着罗茜的这一席话，林子钟抬起头来，久久地惊奇地望着她，他发现，罗茜不再是孩子了。

他端起碗来，艰难地咽下了第一口饭。

在这个夜晚，罗茜长大了。

是的，她是因了林子钟的这场不幸，因了杨月珍的死而长大的。

从此以后，这个美丽而善良，纯真而任性的菲律宾马来族渔家少女，终将能够理解爱情的神圣与尊严吗？

第二章　患难之交（下）

/ 一 /

林子钟终于从丧妻的剧痛中回到现实中来了。

他不能不回到现实中来！

他必须咬紧牙根活下去，他必须面对着现实走下去。

他所面对的现实是：唐山那边，妻子杨月珍死了，至今都没能找到尸体；刚过周岁的儿子云昭只能留在溜滨村，由姑姑林仁玉哺养着。姑姑拖着两个年幼的孩子，里里外外只靠着她一个守寡的人，她能应付得了吗？姑姑当然是不会说二话的，但林子钟不忍心让姑妈扛着这副重担啊！而林家小院，如果不是曾文宝媳妇柳月娇自告奋勇，由她带着一个本家小姑仔住了进去，帮他看管着，真不知道如何是好啊！去年护送老爸的骨灰回家时遇上了那场灾难，柳月娇前前后后地真诚相助，林子钟就看出了这是一个心地善良的女人，她住进了林家小院，自然不必担心小院里的东西会有闪失。但人家毕竟是外人，那终不是长久之计；还有，清濛村那里，他得按时以尔齐兄的名义，给他娘寄上养家糊口的费用……

这一切都迫使他不能沉陷于悲哀之中——他没有权利悲哀。

而在南洋这一边，生意日见兴旺，现在，有了罗茜这样尽心尽力的帮手，更让林子钟感到轻松了许多。太平洋战争结束以后，菲律宾经济迅速复苏，华人的企业，尤其是华人的零售商业，更是如野火烧过的草地遇上一场春雨，又欣欣向荣了。但是，曾经因为战乱而中止讨论的零售业"菲化案"，却在此时由菲律宾众参二议院提了出来，又开始启动。首先是在1947年，菲律宾国家商务部颁布了一项法案：所有外侨商店的一切账目，都必须用英文记录，时称为"英文簿记法"。这个法案首先让分布在菲律宾各地的华人商贩为难了，他们大都不懂英文，他们的小本生意，仅是聊以养家糊口而已，他们雇不起懂英文的职员记账。然而，不用英文记账，就意味着违法。这事之所以没有难住林记商号，那得感谢罗茜，这个来自曼鲁的渔家少女，曾经受过良好的中等教育。长期以来，菲律宾学校一直实行着双语教育，即学校中同时以菲律宾语与英语施教。近代以来，菲律宾曾多次沦为西方国家的殖民地，所以学校中似乎更偏重于用英语施教。上中学时，罗茜的英语成绩在班上是数一数二的，现在，让她用英文来记录林记商号这样一家小店的来往账目，她的水平当然是绰绰有余的。林记商号的事情似乎因为有了罗茜记账，不会再有其他问题了。然而，不久之前，也就是在1948年3、4月，一些议员又重提1946年未曾通过的另一项"菲化案"：在近年内取缔所有外侨零售商。这个提案，似乎又是专冲着华人而来的，因为当时的菲律宾华商中，零售小商贩占了八成以上，这项法案的实施，将意味着不计其数的华商面临破产，而且，还会有更多数量的在这些商店中谋生的华人员工失业，甚至流离失所。此事引起了中国驻菲领事馆与华商组织的高度关注。时任中国公使的陈质平与总领事沈徵明，马尼拉华商总会主席的薛芬士先生曾多次向菲律宾政府申诉，但一直没有结果。为此，菲华商界人心惶惶，尤其是在马尼拉王彬街，这处开埠最早，菲律宾最为繁荣的华人区里的商人更是寝食不安。这里的商贩有很大部分来自泉州南门外，他们中许多人世代在这里操劳打拼，终于有了一处属于自己的商铺，一旦"菲化"了，他们以及他们远在唐山的眷属，都将断了生路。那一段时间里，王彬街上的一些华侨商人曾酝酿着上总统府请愿，但这个计划终究因为许多人，尤其是许多老一辈人的劝阻而没有实施。他们感到为难啊，他们中有的已经是上几代人就离开唐山，在菲律宾落地生根了，他们早已把菲律宾当成自己的奶娘，自己的养母了。从那个身上有着泉州南门外晋江上郭村柯姓血统的，为了菲律宾的独立解放而惨遭西班牙殖民者杀害的何塞·黎刹，到罗曼·王彬，这个祖籍地为晋江清濛村的王姓后裔，这个为了菲律宾的繁荣富裕而呕心沥血、积劳成疾过早离开人世的著名社会活动家——菲律宾最早最大的华人区——王彬街就是菲律宾政府在他去世多年之后，以他的名字命名的。还有，刚刚结束的抗日战争中，有多少中国人流血牺牲在菲律宾的土地上？

菲律宾，亲爱的奶娘，您记住这一切了吗？

善良的菲律宾华侨，怀着一种善良的愿望，他们认为"菲化案"或许只是一场误会，是乳儿与奶娘之间的一场误会，但愿这种误会早早烟消云散吧。

这种善良的愿望，使那场酝酿中的风暴终于没有发生。

/ 二 /

由于"菲化案"的重新启动，从马尼拉到南北吕宋各岛，整个菲律宾华侨社会一时间里弥漫着愁云苦雾。那段时间里，不时有失业的华人劳工或被迫停止经营的华人小业主，从各地流落到马尼拉王彬街上来。他们头上顶着的是异国的天，脚下踏着的是异国的地，在这里，没有一片天空真正属于他们，没有一寸土地真正属于他们，他们远离故国乡土，他们是无根之草，他们只能随风漂泊。流落到马尼拉后，他们只能暂时栖身在各姓氏宗亲会或同乡会所里。一时间里，王彬街上各个姓氏宗亲会会所或同乡会会所里，住满了各地流落而来的乡亲。为了赈助这些生活无着的乡亲，王彬街上那些还勉强继续做着买卖的大小华人商贩发动了一次大规模的"一日捐"，这就是在5月20日这一天，各华商将当日营业所得全部捐入宗亲会或同乡会。

与其他商店一样，在5月20日这一天，林记商号提前在下午5点半就打烊关铺了。以往的日子，关店的时间还要过一个小时。但"一日捐"通知上写着，捐款应于下午6点钟前送到姓氏宗亲会或各村同乡会。关上店门之后，林子钟让罗茜将抽屉打开来，把里面的现钞都搬上桌面，那是今天的全部营业额，那里面有菲币，也有中国的银角子或银元。那时候在王彬街上的华人商店里，这些货币是可以通用的。他们细细盘点了一番，折成菲币为86比索。比往日多卖出了近20个比索！那是王彬街上华人顾客的一番心意，他们都知道了"一日捐"的事，所以有些不用急着买的东西，他们也赶在今天买了，为的是让"一日捐"多凑一点钱！

"罗茜，你将这些款子送过去吧，御桥村同乡会会所，你是知道的。"林子钟本想自己送过去，但想到好久没给姑妈写信了，他想在今天晚上写下这封信。

罗茜提脚刚要走，林子钟又叫住了她：

"罗茜，你等等，"他说着，回身走入后屋，很快又走了过来，"罗茜，把这些也带过去，凑个整数100比索。"

罗茜接过林子钟手中的那沓钞票，一数是14个比索，她想了想，抬起头来，看着林子钟说：

"子钟哥哥，你能不能先支给我下个月的……工资，也就是6月份的工资，先支5比索……"

5月份的工资，她已经支领过了，并且已全部捎回家去了，她知道哥哥比罗正在谈着一门亲事，所以，她一直在帮着哥哥积攒结婚的费用。

　　听到罗茜在这个时候提出预支下月的工资，林子钟已经隐约猜到了她的用意，然而，他还是开口了：

　　"罗茜妹妹，你急着用钱吗？要用在哪里？"

　　罗茜迎着林子钟的目光说："我想把这5比索捐到御桥村同乡会去。"

　　"可，罗茜啊，那可是你10天的工资啊。"

　　"我知道的，我想好了，我必须这样做。"这个18岁的马来族渔家少女一字一板地说。

　　林子钟凝视着罗茜的眼睛，他看到了这个菲律宾少女重眼皮后面，那双纯净善良的瞳仁里流露出来的真诚与执着。他终于再一次走进后屋，手里攥着5个比索走了过来：

　　"罗茜妹妹，多谢了，快去快回啊，我等着你回来一起吃夜饭。"

/ 三 /

　　林记商号与御桥村同乡会隔着两条不长的街道，不紧不慢地只要半个来小时就能走个来回。然而罗茜已走了将近一个小时了，还不见回来，林子钟早替她把夜饭做好了，就等着她回来一块儿吃。

　　店铺外的夜幕已经垂下了，街灯一盏盏亮了起来。

　　就在这个时候，店铺外传来了罗茜兴高采烈的声音：

　　"子钟哥哥，你瞧，我把谁给你带来了？"话音刚落，罗茜已迈进店铺来了，林子钟抬头望去，她的身后跟着一个人！

　　那个人背着灯光站在门槛内，一时间里只能看到来人面容瘦削，眼窝陷了下去，两只耳朵都被长长的头发遮去了一半。他简直不敢认了，这怎么会是曾文宝！他记忆中的曾文宝可是嫩皮白肉，身子骨儿、脸盘儿都是胖乎乎的。他们是1946年5月间分手的，那一场海难中，罗茜的老爸与哥哥从鲨鱼口上把他们救了下来后，林子钟回到王彬街上来，而曾文宝则去了南吕宋独鲁曼岛投靠他的堂叔父去了，转眼间就过去两年了！

　　"文宝啊，都两年了，怎么你也没捎个信过来？"过了片刻，林子钟终于确认来人就是曾文宝了。

曾文宝搓着手答道："我一直都想上王彬街来找你……毕竟我们是在同一个村子里长大的……一个村子出来的……可我总是来不了。"

林子钟听出他声音有些沙哑，便问道：

"你怎么啦——你进来坐吧，老站在那里干吗？"

说话间，罗茜已把茶水端过来了，她看看曾文宝又看看林子钟说：

"子钟哥，文宝先生还没吃夜饭呢——（御桥）同乡会那边刚要开饭，就让我给拉过来了。文宝先生，是吗？好不容易我们又聚在一起，该高高兴兴地吃顿饭才是，你们先坐着喝茶，我上街买几样菜去，今晚我做东。"罗茜口里这样说着，双脚已迈出门外去了，可刚走出去几步远，她又折回来了，涨红了脸低着头说，"子钟哥哥，你能不能再预支给我两个比索，我想做东可是没钱呢，刚才预借的那5个比索，我都交了'一日捐'了。"她说着，这才想起来把御桥村同乡会开具的收据掏了出来，递了过去。林子钟接过那纸条儿摊开一看，上面写着：

    兹收到
林记商号林子钟先生
捐入我会菲币计壹佰零伍比索正
此据
        御桥村旅菲同乡会
        中华民国三十七年五月二十日

"这个罗茜，捐自己的钱，名却记在林记商号上了。"林子钟心里这样说着，手里已掏出一沓零钞来，塞进罗茜手中，"好，今天就你做东，多买几个熟菜，记得买几个正泉记肉粽子回来。"林子钟深知罗茜的秉性，你答应让她做东掏自己的钱请客，她才舍得花钱，要是说花店里的钱（其实就是林子钟的钱），她必定是抠着用，恨不得一仙钱掰两瓣使。平日里让她上街买菜，她都是过了晌午等菜价降了才上的街。而今晚这餐饭，是与曾文宝在异国他乡一别两年，好不容易又聚在一起吃的，饭菜可不能太寒酸了。

/ 四 /

老乡见老乡，两眼泪汪汪！

这会儿罗茜出门买菜去了，屋里只剩下他们俩了，曾文宝这才深深地叹了一口气，把两年来的遭遇说了出来……

那位远房堂叔父在独鲁曼开的木材厂，其实也就是一处小小的原木材加工小作坊，几片洋铁皮搭成屋盖的平房，屋顶下安装着两台电动皮带锯，厂方按照客户要求的规格，把他们送上来的原木，加工成各式各样的板材或条材。厂里包括曾文宝在内共有6个工人，两个当地人，4个来自唐山，也都是泉州南门外的。堂叔父有时也自己上山去收购一些杂木，运回厂中加工成材出售。不上山的时候，他也跟着工人一起围着锯台转。独鲁曼离马尼拉有好长一段路程，锯木厂紧傍在山脚下，虽说不是个荒凉的所在，但更不是个热闹的去处。锯木厂的活又苦又累，这就别说了，最让曾文宝心怵的是那里的蚊虫，夜里的长脚蚊一只比一只肥，一抓一大把；而在白天里，那种比芝麻小得多的蠓飞子，肉眼几乎看不见，这小恶魔成群地往人身上一黏乎过来，等到你发现的时候，在它们叮过的皮肉上，便立时浮肿出红红的一层红疙瘩，又痒又烧灼，抓也抓不得，一抓破皮就淌黄水，黄水流到哪里，皮肤就烂到哪里。最初那段时间里，曾文宝的两个耳朵差不多被叮烂了，至今还留下深深浅浅的疤痕。曾文宝到锯木厂的第三个月，还染上了一场登革热，在当年，这种病几乎是一种索命的病。曾文宝总算命大，在床上发冷发热躺了一个来月，居然治好了，又活了过来……

这曾文宝原是泉州南门外"土富"大户人家的长孙，上有奶奶宠着，下有父母叔婶疼着，何时吃过这样的苦？未出远门的时候，看着南洋回来的那些番客，一个个风光鲜亮，他以为南洋到处是金山银山，遍地的钱银都淹到膝盖上来了，却料想不到他们在吕宋大多过的是这样的日子……

老乡见老乡，两眼泪汪汪！

讲到伤心处，曾文宝泪水竟哗啦啦地涌了出来。

这时候，外屋传来了推门声，林子钟知道是罗茜回来了，忙拉下挂在墙上的毛巾递了过去，让曾文宝把泪水擦干了。

罗茜一只手捧着一个芭蕉叶包，另一只手提着一串粽子走了过来。她把粽子搁到桌上，端过来一只大盘子，那芭蕉叶包一打开，屋子里立即弥漫起八角茴香诱人的气味。

"子钟哥，文宝先生，这都是从正泉记买过来的，你们正宗的唐山泉州南门外的风味。"罗茜一边说着，一边把剩下的钱交给林子钟，"一共花了1比索又55仙——连同刚才的那5个比索，都从我下个月的薪金里扣。"

林子钟接过罗茜递过来的钱，揶揄着罗茜说：

"好好好，都记在你的账上，我看你一个月15个比索能预支几次？"他嘴上虽是这样说，可是他忍心从她下个月的工资里扣去这两笔款子吗？当然是不会的。

罗茜张罗好刀叉碗筷，招呼着他们坐到饭桌上来：

"你们先吃吧，文宝，曾先生这会儿肯定是饿坏了。"看着他俩吃开了，她便抽身走出屋去了。

林子钟忙说："罗茜，你也坐下来一齐吃吧。"

罗茜说："你们先吃吧，我到门口等我哥呢。"

林子钟一听，放下手中的筷子："你哥，比罗先生他上马尼拉来了？怎么不早说？"

罗茜说："我也是刚刚在街上碰上的，他今天来王彬街买渔具，听说明早才有货，我让他把车赶到马房去，人就到这里来聚一聚，好不容易大家又凑在了一起。"

"看你看你，罗茜啊，我们得等他过来一起吃啊！"林子钟与曾文宝几乎是异口同声地叫了起来。

他们这边正说着话，那边比罗已走了进来，罗茜一见，迎了上去：

"哥，我们正说着你呐——"说罢，她转过头去，望着林子钟，"子钟哥，你们唐山人常说的那句话，叫什么来着——说曹到操，曹就到操了——是吗？"

听到罗茜这么一说，林子钟禁不住乐开了："什么说曹到操的，罗茜，你把这句说糊涂了，应当是说曹操曹操到才对啊！"说着，大家都笑了起来。

比罗随身带来了几颗家酿的椰子酒，那是特意给林子钟带来的。这是他们父子挑选出最大最熟的椰子酿出来的，比罗把那串椰子酒搁到桌面上说：

"子钟，林先生啊，喝了这个酒，你可要帮我一个忙。"

"什么帮忙不帮忙的，你的事就是我们林家的事，什么事，说出来。"

"今天我们运来了三袋子目鱼干，本是要送到沙仑那街口柯先生菜仔店的，但柯先生那边，被查到没有英文账本，店给封了，我那几袋货还搁在马房那边呢，总不能还带回曼鲁去吧，你是知道的。眼下正是目鱼发海的时令，不能积压啊。"

子钟想了想说："你先送我这儿来吧，明天我上街招呼几个卖海货的朋友，每人分摊一点卖去，行不？"

比罗一听，露出笑容来："行，就这么着——来，该喝酒了。"他说着，坐了下来，伸手揭去封在椰子壳口上的那层石蜡，满屋子顿时飘起了清纯的酒香。

喝着酒，吃着菜，林子钟开口了：

"文宝啊，把你刚才的话接着说下去吧，别郁在胸腹里，我们都是熟人了，大家都不要见外，说出来心里要轻松一些。"林子钟说的是心底话，罗茜一家人于他来说，是一种什么样的情谊，那自不用说了。而曾文宝呢，他首先想到的是他媳妇曾柳氏的好，冲着她的这一份情谊，他们曾家大院早年间欺侮林家的那些怨，林子钟已不再记恨了。林子钟是一个容易记恩而不善于记仇的人，更何况那大多是上一辈人的事了，那一辈人都已过世了。看着曾文宝这副落魄样，林子钟早已猜到他是落难而来的，而这种难，一定与"菲化案"有关，否则他怎能住到同乡会里去了呢？他希望曾文宝把憋在心里的苦水倒出来，他希望能从中帮上一点什么忙。尽管他自己也正为"菲化案"烦心，但他知道自己的日子要比曾文宝好过，更何况这是在异国他乡，中国人不帮中国人，那谁来帮？

/ 五 /

都说女人的伤心话是随泪水流出来的，而男人的伤心话是被烧酒引出去的。听过林子钟的话，喝下几口椰子酒的曾文宝便接着把来南洋后的种种苦楚说了出来：

"不久前，也就是4月里的事吧，独鲁曼地方政府发给锯木厂一张告示，要堂叔父辞退4个外国雇工，其实就是辞掉包括我在内的4个华工。这4个人，除了我，其余三个都是跟着堂叔父干了小半辈子了，情同手足，这种事堂叔父能做得出来吗？堂叔父本来心脏就不好，这一急一愁，就卧病不起了。

几天之后，又接到一张新告示，说是若要留下这几个华工，每人要缴纳200比索的劳工费，4个人就是800比索！我们一个月才20个比索的工资，谁能缴得起这么高的劳工费，而堂叔父也是小本经营，挣一点辛苦钱罢了，他哪能一时掏出那么多钱为我们交这费用。他一急，病更沉了……再也没有好起来了。几天前临终的时候，他拉着我的手说：'文宝啊，你叔父没能耐……留不住你了，南洋这地方，好是好，但毕竟天是人家的天，地是人家的地，我们是寄人篱下讨一口饭吃……如今菲化案一提出来……南洋这条路看来是走到头了……文宝，你正年轻，你还是换个所在去打拼吧……听说台湾那地方，也是一处宝地，而且是我们中国自己的地方，你还有一个堂伯父在那里，你投靠他去吧，或许能打拼出一条新路来……叔父我这里还有一点钱，你就拿去凑着，当作上台湾的路费吧，你上马尼拉去，那里常常有开往台湾的船……这是你那位在台湾的堂伯的地址……'说着说着，伯父就咽下了最后一口气……"

说到这里，曾文宝把贴胸口袋里的一个牛皮纸信封掏了出来，从里面抽出一张信笺。林子钟接过来一看，上面写着"台湾省淡水县潘湖渡头曾人望"。林子钟知道这"曾人望"便是曾文宝的堂叔父了，而那潘湖渡头，林子钟想了起来，他还没下南洋的时候，就知道泉州南门外有一处叫"潘湖村"的地方，那村落离御桥村有好几里路，大都姓黄，没想到台湾也有一处叫潘湖渡头的地方，这其中有什么关系？林子钟只想到这里，再没多想下去，只看着曾文宝问：

"你打算怎么办？"

"我还能怎么办，现在只有这条路可走了……下了南洋都整整两年了，也没混出个人样来，御桥村那边，我暂时是没脸回去了，只有走台湾了……"曾文宝说罢，又深深叹了一口气。林子钟听着，也不知道该怎么做才能帮上一点忙，他只能也陪着叹了一口气。坐在一旁的比罗听着他们说起了"菲化案"，便把揣在衣袋里的两张纸笺掏了出来：

"子钟先生，这是我父亲开具的关于林记商号股份的证明，这是让你上商业部登记用的，还有这一张，也是我父亲开具的声明，是声明我们事实上在林记商号不占一分股份，这一张声明，是让你自己保存的。"

林子钟把第一张字据看了看，细心折好了，把另一张字据抓在手里，就要撕碎它，比罗看着，忙别开了他的手说：

"子钟，林先生，你不能撕了它，我父亲听人说了，这林记商号一依照我们这张证明重新登记，法律上就确认我们占有六成的股份了，这种股份我们一家人永远都不会要的，所以父亲特意又写了这个声明，让你保存着。"

林子钟听着，心里一热：比罗他们一家人，心怀是何等光明，何等磊落，又何等坦荡啊！他们父子能冒死从鲨口上将他们救了下来，命都能舍出去了，他们还会趁火打劫吗？然而比罗还是执意不让他把那纸声明撕毁：

"子钟，林先生，感谢你对我们一家人的信任，但林记商号的来历你早就告诉过我们了，这商号其实是你替李先生经营的，哪一天李先生他们从美国回菲律宾了，这事你得对他有个交代，这话也是父亲说的。"

马尼拉的四五月，是一年中最炎热的时候，四季如夏的马尼拉，四五月是这个城市夏季中的夏季。夜已深了，刮进这座城市的阵阵海风，多多少少吹去了弥漫在王彬街上的热气。这个时候，该是辛劳了一天的华人入睡的时候了，可是在1948年5月下旬的这个夜晚，王彬街上还有多少华人商家小贩为"菲化案"提心吊胆，不能安寝！

曾文宝的话，更勾起了林子钟心中的愁烦！南洋这一边，"菲化案"风声日紧一日，他一时脱不开身子！而唐山那一边，妻子没了，年幼的儿子至今没个托付的人！多喝了几口椰子酒的林子钟，脸被酒烧红了，眼睛更是红得快要冒血了。从童年时代开始，他的双眼里已不曾再淌出泪水了，直到如今，即使遭到丧妻的剧痛，他的双眼里也只能泣出血来了！此刻，他就用那双似是泣血的眼睛望着曾文宝说：

"你知道吗？月珍，她……死了，是这个月的事……"

"什么，你胡说些什么，这怎么可能呢？"

"你……以为，这种事是能随便说的吗？……月珍为了给云昭抓几条壮健筋骨的鱼鲜，连命都豁出去了，葬身在溜石湾了……如今唐山只剩下云昭孤零零一人了，你们说，该怎么办啊……"

"子钟哥哥，事情都过去了，你就别再提这伤心事了……"罗茜在一旁打住了林子钟的话题。

"是啊，子钟，林先生，这事总会有办法的。"比罗也在一旁安慰着。

"办法？你们说说，能有什么办法啊……"林子钟说着，声音低沉了下去。

"子钟哥哥，会的，会有办法的……"罗茜这样说着，可她能有什么办法吗？

曾文宝在一旁听着，才知道这事是实实在在发生了……哎，他是见过杨月珍的，啊，那简直是画里走出来的人儿呢，这么活生生、年轻轻的一个人，怎能说没有就没有了呢？

林子钟的难处，是比自己大多了！

第三章　遥远的唐山

/ 一 /

罗茜做出了一个决定：她要跟曾文宝到唐山去！

曾文宝在林记商号住了5天，这5天里，林子钟催他理了发，为他买了两套替换的衣裳，还餐餐让罗茜多备下几样好菜。年轻人胃口好，吃得下睡得着，上肉也就快了。短短几天工夫，曾文宝又变回了曾文宝，深陷下去的眼窝窝又浮了上来。

虽说眼下林记商号的前途未卜，到底能不能最后闯过"菲化案"这个难关，林子钟至今还心中没个数，但是看到曾文宝的难处，他还是为他着急。有一天，林子钟真诚地告诉曾文宝：

"文宝啊，我想了想，去台湾的事，你还是缓一缓多看些日子吧，你要觉得不委屈，就先在我这里做着吧。"

"我能委屈什么呢，子钟啊，我答应过我堂叔父了，我要到台湾去的。"曾文宝口里虽是这么说，其实他心里更想的是换一个地方，自己能在那个新地方闯出一片天地来，闯出个人样来，年轻人嘛，全不曾想到那将去的新地方是好是坏，是凶是吉。

林子钟听着，心想人各有志，便也不再强留他。倒是有一桩事，他竟然劝转了曾文宝。这曾文宝本来是打算从马尼拉就直接乘船到台湾去的，但林子钟执意劝说他回一趟御桥村，然后从厦门走台湾。他说：

"前年在海上出了那桩事故，你都没有回去过，柳月娇该是怎么记挂着你呢，再说，取道厦门去台湾，还能省下一点路费呢，这两全其美的事，你该依着我。"

林子钟的这番话倒是说动了曾文宝，其实他何尝不想回趟御桥村呢？下南洋都两年多了，他能不思念故乡那座偌大的老屋，他能不思念那守着老屋的妻子吗？他只有27岁，而妻子还不到25岁啊！谁说番客是铁石心肠啊？

可是凭他眼下的这副模样，他能双手握着两个空拳头从南洋走回御桥村去吗？那多没脸面！

哎，难啊难，番客难啊。

/ 二 /

马尼拉的雨季还没有过去。

马尼拉的雨季一般都是从4月初开始的，一直蔓延到5月中旬，这一段时间是马尼拉一年中最炎热的季节，这样的季节里如果不是三天两头甚至一天两三次地下雨，马尼拉怕是要冒火呢。

1948年的马尼拉的雨季，一直到了5月下旬还没有过去，雨还在三天两头甚至一天里两三次地下着。

这一天吃过了晚饭之后，曾文宝上御桥村同乡会去了，他已经决定近期离开马尼拉了，从此以后，他还会再回到菲律宾吗？他自己也说不上来，他得利用这段时间，去看看会所里的乡友们。

他刚出去不久，屋顶上便响起了沙沙的雨声。接着，雨声中夹裹着阵阵沉闷的雷声从远处传了过来。片刻之后，这雨声雷声终于盖过了王彬街上所有的市声，于是，整个王彬街笼罩在雨与雷的世界里了。

啊，那一天，落在唐山溜石湾的那场雨，那个晌午落进晋江的雨也这么大吗？

是那一场雨，以及溜石湾里急湍的晋江水吞噬了杨月珍……

将近一个月了，失去了母亲的云昭，你是怎么过来的？这个夜晚，御桥村下雨吗？林家小院的天空上有没有雷声？

……林子钟斜靠在床头上，他掏出了一张照片，那是云昭满月时和母亲、祖母的合照。如今，照片上的两个女人，一个是他的母亲，一个是他的妻，都已经不在这个世界了……

他把相片贴在胸前，闭上了双眼……

他在想象着泉州南门外的那场铺天盖地的雨，那翻滚咆哮的晋江水，那令人毛骨悚然的溜石湾的漩涡……

他在想象着从漩涡里把儿子推了出来，自己却被漩涡吞噬了的妻子……

他不敢想了，当杨月珍将要被卷进漩涡里的那一瞬间，那是什么样的一种眼神？

店铺门已经关上了，王彬街的市声都被挡在门外了，曾文宝还没有回来，店铺内十分安静……

过了很久很久，林子钟隐约地感到了一种温馨的气息萦绕在自己身旁，他仿佛还听到了一阵阵咚咚作响的声音——那似乎是一个人心脏搏动的声音……

他睁开眼睛，只见罗茜倚在门旁的木板墙上，那木板墙紧贴着床头，所以倚在那里的罗茜，差不多就靠在林子钟身旁。她长长的头发，刚刚洗过，没有束上，就像春天的柳条，飘拂在林子钟的头上。那温馨的气息，那搏动的心跳声，都是从罗茜身上生发过来的。此时，柔和的灯光照在她的脸上，照着她那双弥漫着深沉的哀愁的重眼皮的眼睛……

她倚在门旁，那样深情地注视林子钟有多久了？

她伸出手去，将林子钟贴在胸前的那张照片抽了出来，用重眼皮后面那双善良的眼睛久久地凝视着。如果在此时面对着罗茜，你必然能够从她的双眼里，发现一种庄严圣洁的光芒，那是一种与她的年龄不相称的母性的光芒……

她似是站在高处，以至于林子钟必须昂起头来才能看清她的脸；然而，她并不遥远，她是那样亲切地就在咫尺之间，所以她身上生发出来的气息；她胸怀里传出来的心脏搏动的声音，都让林子钟清晰地感受到了。

他睁开眼睛，分明发现她双眼里的那种光芒——那种光芒，既像他的妻子杨月珍，也像他的母亲朱秀娥——正慢慢地蒙上一层泪水，那光芒因蒙上泪水而更加神圣了。

"你怎么啦，罗茜？"

她没有回答，她似乎没有听见。

直到泪水漫出眼窝，淌过双颊，从两腮落了下来之后，她才翕动着紧抿的嘴唇，似是自言自语，又似是说给林子钟：

"把云昭交给我……"

听到这句话，林子钟一下子从床上站了下来：

"罗茜，你说什么？"

她用坚决的、不容置疑的眼神看定了林子钟，把那句话又重复了一遍：

"把云昭交给我，"她生怕林子钟不明白她的意思，又补充说了一句，"我是说，我要到唐山去。"

/ 三 /

杨月珍的死，使罗茜在一夜之中长大了。

杨月珍的死，使罗茜懂得了爱情的庄严与神圣。

当爱到至诚，爱到纯真的时候，那是一种无私无我的境界；那是一种只有付出，而无须回报的境界。

她曾经那样如痴如狂、如火如荼地爱着林子钟，她从不隐瞒这种爱情，并且多次以一个热带渔家少女特有的，那种直率甚至任性的方式向林子钟表白过。然而，每一次，他都不留余地地拒绝了。这种浓烈的爱，不管是男是女，如果得不到回报，便往往会变成一种怨甚至是恨。然而，于罗茜，她对于林子钟的爱，永远是一种爱！

林子钟是她的初恋。而一个人的初恋永远是刻骨铭心的，到老到死，都难以磨灭。不管你日后是圣人或是罪人，只要你有过初恋，这种初恋的回忆都是一样的。

罗茜爱过林子钟，而且至今还依然那样浓烈地爱着他。然而，她已从那种任性的甚至是蛮横的爱中走了出来。这种爱依然执着，但已趋于深沉。此时此刻，她只希望她的这份爱能帮林子钟走出困境，那就够了！

杨月珍死了，林子钟眼下最大的难处，他最牵肠挂肚的就是远在唐山的孤零零的儿子云昭了。

林云昭现在最需要的，是一个能像母亲——一个能像杨月珍那样爱他胜过爱自己生命的母亲——这一点，罗茜深信，她能够做到；或者说，她深信只有自己才能做到。所以她敢于对林子钟说："把云昭交给我。"

这是一种承诺。

她深知为了这个承诺，她将可能付出自己的青春甚至自己的一生，然而，她义无反顾。

这种承诺是经过了深思熟虑的。从得知杨月珍死讯的那一天起，她就朦胧地有了这种想法。但那时她还不知道具体该怎么做。直到这几天她看到林子钟终于劝转了曾文宝从御桥村取道去台湾的时候，她一下子明白过来了，这件事该怎么做！她决定了，一定要随曾文宝到御桥村去，到御桥村的林家小院去，找到林云昭——把林云昭带到菲律宾来，或许把自己留在那里代替杨月珍照顾好林云昭。至于以后的日子怎么过；至于那将会是一种什么结果，她没有想过——她毕竟涉世未深！

/ 四 /

两天之后，扶西、比罗父子走进了林记商号，他们是得知罗茜要远赴唐山而来的。林子钟满以为扶西、比罗父子的到来，必然能够阻止任性的罗茜那个荒唐的计划。然而，他们父子说出来的话却完全在林子钟意料之外。

扶西说："子钟，林先生，罗茜已经不是孩子了，她做出的决定我们不能强迫她改变，你就放心把云昭交给她吧。"

比罗说："这个忙，只有罗茜能够帮你了，年幼的云昭不能一个人孤零零地留在遥远的唐山，曾文宝是你的同乡，他这次要回唐山，这是个难得的机会，你就让罗茜跟着曾文宝到你们御桥村去吧，让她在那里照顾云昭，或是往后再让她把云昭带到菲律宾来，你要相信罗茜，你要相信我们家族的人……"

林子钟能不相信罗茜一家人吗？他们与罗茜一家人的情谊，是从舅父朱永明那时候就开始了。

1942年，扶西的大女儿，也就是罗茜的姐姐芭拉，与朱永明双双惨死在红奚礼示郊外日本人的手中。如此说来，林家与扶西一家应是生死之交了。如今，这种情谊早已延续到林子钟与罗茜这一代人了，以后，或许将由罗茜再延续到林云昭这一代人。

然而，一个18岁的女孩要漂洋过海到异国他乡的唐山去，这毕竟是一件非同小可的事！

林子钟说："从马尼拉到唐山中国，到泉州南门外我们御桥村，可不是从王彬街到红奚礼示你们的曼鲁村啊，现在船快了一些，可一趟路来回也要十来天啊,多远的路啊,你们想过没有?"

扶西、比罗父子说:"正是因为离得那么远,所以才不能让云昭长时间地一个人留在那里。你这边店里一时又脱不开身,你说,除了罗茜之外,谁能帮上这个忙?谁能做好这件事?"

扶西、比罗父子说的在理啊,由于"菲化案"的推行,这边林记商号急需重新申办各种手续,更重要的是听说李东泉先生的夫人近期内就要从美国来菲律宾了,林子钟正等着她回来,把林记商号盘还给她。从1942年到现在,6年了,他要对李家有个一清二楚的交代!林子钟里里外外,前前后后这么一想,越听越觉得他们说得在理!

最后商量的结果是,扶西、比罗父子说服了林子钟,让罗茜随曾文宝回唐山御桥村去,先把云昭照顾着,日后有晋江的番客返回菲律宾的时候,再拜托他们把罗茜、林云昭带到马尼拉。

既然已把这件事定了下来,那么,有许多事情都要着手去做了。在林子钟看来,眼下最要紧的一件事,就是把朱永明舅父的骨骸移回唐山,移回溜滨村,让他魂归故土。这件事,自从他与老爸在曼鲁村寻到了舅父的葬身之地后,两年来,仁玉姑姑已不止一次在信中提过了。林仁和健在的时候,他们父子也已经着手准备要办理这桩事了,可没想到林仁和那样匆匆地走了!后来,一场甚于一场的巨大灾难砸向了林子钟,这桩事便被耽误了下来,现在再也不能拖下去了,他决定立即着手办理这件事。

/ 五 /

在去朱永明舅父坟上的前一天下午,林子钟亲自上街买来了迁葬骨骸的各种用品,那完全是按照唐山泉州南门外老家的规矩办的。第二天,他起了个大早,对曾文宝说:"今天店里的买卖就由你关照着,我去曼鲁把这件事办了。"

曾文宝听着,踌躇了好一阵子才说道:"子钟,今天这一趟路,我也跟着去吧,一来给你打个帮手,二来,我也确实想再去罗茜家看看,两年多了……我又很快就要离开菲律宾了,日后能不能再回来,也很难说……"

林子钟说:"我是想着你就要离开这里,那么多天的路途,够累人的,你该好好休息几天,所以,没敢邀你同去,那好吧,今天就不开店了,一齐去吧。"

罗茜说:"要不,我去租辆马车来,我来当车老板,要走要歇,路上图个方便,又能省下车把式的钱。"

林子钟知道,罗茜驾驭马车的功夫,绝不在一般的车把式之下,不管懒马、烈马,她一挥起鞭子来,都会服服帖帖地跑得勤,便说:

"那就赶紧吃饭吧,吃过饭一起上马房去。"

20世纪40年代,在王彬街出北门的路旁,便有出租马车的马房,干的是连马带车出租的经营。一般地说,这种马车不轻易出租,但像罗茜这样的客户,是很容易租到车的,这自然是因为他们家与马房老板长年打交道,老板深知他们一家的为人与驾车的功夫。

/ 六 /

一匹棕色的小公马,踏着轻快的步子,拉着一辆小巧玲珑的马车,走出了马尼拉城。这是一辆朝北而去的马车。出了城门,到了城郊,行人车辆稀了,路面一下子变得宽阔起来。

这辆马车的车把式当然就是罗茜了,车上坐的也当然就是林子钟与曾文宝了。按照船期的安排,罗茜将在4天后随曾文宝前往唐山。

还有4天!仅剩下4天了!

4天之后,她就要离开自己的祖国;离开自己的家园;离开自己的父兄;前往一个遥远的陌生的国度!

仅剩下4天,她就要离开林子钟了!

要是在过去,这一趟路,她一定会使出一个热恋中的少女所有的心计,把曾文宝支开,而只让林子钟伴在自己身旁走过这段路,走到曼鲁渔村自己的家门口。

然而,我们已经说过,罗茜已经长大了,她对于林子钟的那份爱情,已不再仅仅是炽热的、任性的,甚至是带着蛮横的那种爱情,如今,她已经能够把那份爱情紧紧地压缩在胸怀里了!

这份爱情因深沉而执着,因执着而深沉!对于罗茜来说,她觉得自己心里能有这份值得珍藏的爱情,那就够了!

这是 5 月里难得的一个如此晴朗的早晨。

马车欢快地行走在通往红奚礼示的路上,已经离开马尼拉城好远了。昨夜里,这段路上显然下过了一场雨,而且是在拂晓前雨才停了下来。此时,路旁的水沟里还淙淙地流淌着雨水,水上漂浮着各种颜色的花瓣,火红的是凤凰花,雪白的是茉莉花,还有米黄色的、紫色的叫不上名来的花瓣。有微微的风扑面而来,那风中也是带着百花的芬芳。多么美好的一个早晨啊!

身后的马尼拉,已愈去愈远了,那喧哗的市声,那一幢幢楼影都逐渐地远去了。而前面的路,路旁挺拔的棕榈,高耸的木棉,繁郁的凤凰木迎面扑来,又朝身后远去了。

啊,多么美好的上午啊!

啊,远处的矗立在前方大地上的那一幢高楼又映入了你的眼帘!

那不是立人华侨学校吗?

这时候,还不到晌午,而红奚礼示已经不远了。

罗茜突然觉得心中一震——她看到了马车前方的那个岔路口!

那个岔路口又出现在眼前了!

同时心中一震的,还有林子钟,他也看到了那个岔路口。

从那个岔路口拐进去,不远处有一个美丽的湖泊,去年 11 月,他们——罗茜与林子钟——去过的。

那时候,湖上长着荷花,现在荷花还开着吗?

那个湖泊叫情侣湖。

罗茜回过头去,看到林子钟正深情地望着那个岔路口。

终于,罗茜开口了:

"子钟哥,记得岔路口进去的那个湖吗——"停了一下,她本来想说,"那叫情侣湖,去年 11 月里,我们去过的……"然而,她说出口的却是,"芭拉姐姐和永明,朱先生就是被日本人杀死在那湖边的……"

——罗茜终于长大了。

/ 七 /

临近下午的时候,马车抵达曼鲁村。

扶西、比罗父子知道他们今天要来,早早就等候在村口了:

"午饭都准备好了,吃过了再上坟去吧。"

林子钟抬头看看天空说:"这5月天,说来雨就来雨,而且时辰也不早了,我们今晚还得赶回王彬街呢,我们先上坟去,把事情办好了,再吃饭吧。"

听到林子钟这样说,扶西、比罗父子一起仰起头来,发现刚刚还是晴朗朗的天空,这会儿风起云涌,竟灰暗了许多:

"可是骨盒还在家里放着呢。"

曾文宝说:"扶西先生,比罗先生,这样吧,你们回家去把骨盒,连同中午的饭一起带过去,大家就在那边吃,我们这就直接到海边坟上去,省得马车再绕回村里多走一段路。"

扶西、比罗父子俩一想,曾文宝说得有理,便答道:"那你们这就先过去,我们回去把东西拿了。"说着,站到一旁,让马车拐进身旁的那条小路去了。

"哥,待会儿你们到家时,记得把马料也提过来。别饿着这小棕马。"马车刚走出去几步,罗茜又回过头来说。其实不用罗茜吩咐,他们父子俩也会把马料送过来的,他们一家与马房老板是多年朋友,老板的马就是他们的马,他们能忍心让这匹马饿着吗?

……那场战争已经远去了。多年的热带风雨,似乎早把战争强加在这片美丽土地上的硝烟洗涤净了,可是那场战争给这片土地留下的坟墓,却是任何风雨也洗刷不去的!

在曼鲁村以西的海滩上,有一棵高大繁茂的凤凰树,这时候正盛开着鲜花。笼罩着层层叠叠鲜花的树冠,如同燃烧的火,如同奔涌的血。

这是凤凰花盛开的季节;这是菲律宾的5月。

凤凰树下三座朝北的坟墓,呈"品"字形,默默无言地静卧在那里。

前面的那一座，是大灰马，后面的这两座，左边的是朱永明，右边的是芭拉。

从1942年中国人的正月初一下葬到现在，6年多的时间里，墓穴里的人，已经化为一抔泥土融入这片土地了吗？按照唐山泉州南门外的习俗，林子钟备办了三份同样的祭品，一份是给朱永明的，一份是给芭拉的，大灰马也有同样的一份。都是三牲五果，"三牲"是：鱼、鸡、猪蹄子，"五果"是：杨桃、香梨、菠萝、橙子、芦柑。而按照曼鲁村马来族渔家的惯例，扶西、比罗父子给朱永明带来了一大捧茉莉花。那个骨盒，则是阿悦山的红木做成的，正宗的阿悦山红木。这是去年清明节前就做下来的。那时候，林仁和还健在，他曾告诉扶西：朱永明的遗骨很快就要移回唐山，这骨盒就是那时候做的。他们父子俩人特意上阿悦山找来了一节没有一根杈枝，没有一丝裂纹的上好红木，锯开了，做成了这个长方形的十分精致的骨盒，已经做好一年多了，本来是鲜红色的，而现在，这个骨盒深红中透出紫色的光泽。

曾文宝帮着林子钟把那些祭品一一供放到三座墓前，而扶西一家人，则把那一大捧茉莉花只供在朱永明墓前——他就要回去了，唐山有茉莉花吗？唐山的茉莉花有没有曼鲁渔村的茉莉花香？永明，朱先生，你知道茉莉花可是我们菲律宾的国花吗？

香炷燃着了，冥纸烧着了，凤凰树下弥漫着烟雾，弥漫着茉莉花香。

坟上的土扒开了，柏木的棺盖打开了，一副洁白的骨骸出现在人们眼前。

这就是朱永明吗？

是的，这就是中国泉州南门外溜滨村的华侨朱永明。

这就是被日本人枪杀在红奚礼示郊外的朱永明。

6年过去了，棺木里，当年裹在他身上的那匹亚麻布已经蚀尽，但棺木里非常干净，不见一点渣烬，只有那具完好的洁白的中国男人的骨骸。

望着棺木里的这具骨骸，有人哭了……

那是一个女孩子的哭声——那是罗茜哭了。她是熟悉朱永明的，她知道这就是当年让芭拉姐姐炽热地暗恋着的那个中国男人。在罗茜看来，他是为芭拉姐姐而死的，而芭拉姐姐不也是为他而死的吗？当年芭拉姐姐死的时候，也是刚到18岁，就如同眼下罗茜的年龄。然而，朱永明如今就要回去了，芭拉姐姐从此以后便要孤零零地待在这里了，罗茜是为此而哭的吗？

就在大家全神贯注地忙着把朱永明的骨骸从棺木里捡出来，细心整齐地摆放到骨盒里的时候，罗茜暗暗地把朱永明的几节右手指骨抓在手里，她没有将这些手指骨放进骨盒里，没有人发现。然而，细心的林子钟发现了，他没有阻止她。他看到她把那些手指骨久久地握在手掌中，然后走到一旁去，背着众人，用另一只手，在芭拉的坟上扒开了一个洞，把那些手指骨埋了进去，那是朱永明的手指骨，她把它们埋进了芭拉姐姐的坟中，这一切都让细心的林子钟看在眼里。然而，他没有去捅开这个秘密，他不忍心。

坟墓四周的海水，已经完全退尽了，海水在远处的海面上低声细语。这棵高大的凤凰木下，因为有了从海上传来的阵阵细浪的喧哗，而更加寂静了。

咸味的海风把海上的浮云往这里吹聚过来，云层已压到了凤凰树冠上，雨要来了吗？

而在这个时候，暮色已经降临了。

朱永明的骨骸已经整整齐齐地在地面上摆好了。朱永明生前魁伟，死后的骨骸自然也很高大。人们架起柴薪，火化了一番，骨灰还装满了一盒子。正当林子钟要将骨盒盖上时，罗茜叫了一声：

"子钟哥，等一等。"她一边说着，一边在朱永明坟前弯下腰，把供在那里的茉莉花细心地捧了起来，然后跨上前去，将这些雪白的鲜花小心翼翼地铺在朱永明的骨盒里。几乎是在同时，她的父亲从芭拉坟上抓起一把温暖湿润的泥土，轻轻地搁进了骨盒里。

夜幕已经垂落下来，刚刚聚集过来的云层，又被海风吹散了。海水开始涨潮了，成排的海浪从遥远的天际拥上海滩，又慢慢地退了下去。上弦月已慢慢地升了上来，不明不暗的月光下，海面上闪烁着粼粼波光。而在繁密的凤凰木下，是一片朦胧的夜色，忽有星星点点的萤火虫飞了过来，在朱永明的坟地上空盘旋着。随后不久，更多的萤火虫从四面八方，密密麻麻地朝这里聚集而来。这些晶莹闪亮的飞虫绕着坟地，绕着朱永明的骨盒，低低地默默地交织着，旋飞着，久久不愿离去。

"爸爸，今晚这是怎么回事啊？"罗茜望着四周那越聚越多的萤火虫，奇怪地问。

"是啊，今晚是怎么来着——自从去年公审了那些日本战犯，绞死了大田等人之后，这坟地上便不再有成群的萤火虫飞来了。"扶西也疑惑起来了。

沉默了片刻之后，罗茜开口了：

"噢，我明白了，它们是来送行的——是吧，爸爸，永明，朱先生就要离开我们曼鲁村了，就要回唐山去了……"

是的，就在今晚，把朱永明的骨盒装上马车之后，他们将连夜赶回马尼拉，并在上半夜抵达王彬街。除了因为店铺里夜间没人看管放心不下之外，更重要的是过了今夜，罗茜、曾文宝离开菲律宾的日子就只剩下三天了，临走之前，他们还有许多事情要做哩！

而在这个时候，在渔村通往坟地的林间小道上，传来了阵阵喧哗，一支支燃烧的油松火把夜空映红了，那是刚从海上回来的渔民赶过来了。他们已得知朱永明将要离开曼鲁村回到唐山去，朱永明已在这里住了6年了，朱永明已经与他们朝夕相处了6年多了，现在就要离去了。

他们是来送行的。是的，朱永明将在今夜离开这里，然而，曼鲁村将世代记住，他们曾经有过一个名叫朱永明的中国朋友。

第四章　船开了……

/ 一 /

罗茜与曾文宝回唐山的行装差不多都打点好了。那个时候，南洋的番客回一趟唐山，可是一件天大的事。那不单是说路途遥远，而是说好不容易回一趟唐山，带给那边亲朋好友的份子礼，就够番客们操心了。当年唐山乡亲心目中的南洋，那是遍地黄金淹到膝盖上的地方，那是谁去了谁发财的地方！

你从那种地方回到唐山来光宗耀祖了，你能不给故土的乡里乡亲带点什么吗？为了罗茜、曾文宝这一趟唐山之行，林子钟操了双份心，他向沙仑那街口的晋来发百货行定购了20份礼包，每份礼包里面都装着同样的东西：一块6尺长的卡其布料（刚好可以做一件成人的衣服），两连"涩文"（洗衣皂），两粒缝纫机用的纱线，一包缝衣针，还有两小瓶虎标万金油[1]。每一包礼物都由百货行用铜钱厚的红纸包装得鲜鲜亮亮，结结实实。在1948年，这样的份子礼是中等偏上的，是拿得出手去的。那时候，泉州南门外的大多数人家，一年到头，也难得穿上一套没有补丁的衣裳。即使是在过大年的时候，有几户人家，能够从上到下添置一套新衣裳？更别说是那种光鲜闪亮的卡其布料衣服了。而人们日常洗衣，也大多用的是稻草灰泡出来的碱仔水，这种水既蚀布料更蚀手皮，有几户人家能常年用上"涩文"（洗衣皂）的？还有那胡文虎、胡文豹兄弟生产的虎标万金油，还真管用呢，有个伤风感冒头疼发烧的，那么一涂，再盖在被窝里闷出一身汗来，往往就挺过去了……对于当年泉州南门外大多数人家来说，这一包份子礼包的样样是宝！

当晋来发商行把那20份礼包送过来的时候，林子钟又把它们分成两大包装，各是10包，10包由罗茜带着，到了御桥村后，让姑姑林仁玉过来分发。另外那10包，是让曾文宝带回去的。好歹他也是个番客啊，好不容易下了一趟南洋，好不容易回一趟唐山，说什么也不能让他空手回去啊！

/ 二 /

该办的事，都办好了。罗茜与曾文宝明天就要离开菲律宾了。

这个夜晚，住在林记商号里的这三个年轻人都没有合过眼，他们害怕一合上眼睛再睁开的时候，这个夜晚就过去了！

/ 三 /

然而，黎明的曙光还是从窗棂上流落下来了。

这是马尼拉王彬街上的曙光。

/ 四 /

在吃早饭的时候，三个年轻人都低着头，默默无语，谁也不想开口。

当林子钟微微地抬起头来的时候，看到罗茜也正望着他，他发现她的双眼红肿——啊，她哭过了吗？是的，罗茜哭了整整一夜，她能不哭吗——想到天亮之后，自己就要离开菲律宾；离开自己的家园与父兄；还有朝夕相处的林子钟——她能不哭吗？

/ 五 /

上午10点整的船，还不到7点半，扶西、比罗父子的马车已经停在林记商号门口了。他们也是彻夜不眠的，他们能睡得着吗？他们是在月亮偏西的时候，就从曼鲁出发了。

自从芭拉惨死之后，他们家就只剩下罗茜这么一个女儿了。现在，她就要漂洋过海，到遥远的唐山；到一个遥远的异国去了，她毕竟还是一个

18 岁的女孩啊！

而唐山是那样遥远！

从马尼拉港出发，向北，向北，要穿越茫茫的大海，要坐好多天的船，才能抵达被南洋的中国人称为"唐山"的那片土地。听说那片土地上会有寒风刺骨的季节，会有滴水成冰的季节……这真是不可思议！

然而，为了帮林子钟，罗茜执意要去唐山！眼下的林子钟是多么的难啊！除了罗茜之外，谁还能帮他闯过这个难关？他们一家人怎能忍心不帮这个难？他们一家人与林子钟的情分，已延续了两代人了，那是一种肝胆相照之情，那是一种千真万确的生死之交。为了这份情义，他们随时都可以为对方付出一切，甚至是生命。1942 年芭拉与朱永明之死，1946 年 4 月间的那场海难——那都是因了这种情义——现在，这份情义，将由罗茜延续到林云昭这一代人身上了！

从朱永明身上，从林仁和、林子钟父子身上看到的一切，扶西、比罗父子深信罗茜要去的那处叫"唐山"的异国，必是诚信礼仪之邦！然而，罗茜才只有 18 岁啊！那么多天的航程，那路途是多么遥远！她什么时候才能回来啊？

马车悄无声息地停在那里，那匹长着浅棕色皮毛的大公马低垂着头，默默地注视着人们从屋里把一件件行囊提了过来，在车上装好了。

从王彬街去马尼拉港客运码头，马车大约需要半小时的时间。看着大家都在车上坐稳了，比罗轻轻挥动了一下鞭子，赶着大棕马，默默地朝着王彬街口走去。

/ 六 /

离开船还有整整 1 个半小时的时间。然而这 1 个半小时过得特别快！仿佛只是过了片刻，催客上船的铃声便传了过来。一声，一声，又是一声……

"该上船了，罗茜……"曾文宝低声地说。

谁也没有吭声，该相互叮咛嘱咐的话太多太多了，反而不知从何说起，那就都将那些话留在心底吧。

又一阵铃声响了起来，罗茜回过身子，默默地走向剪票口。此时此刻，扶西真想伸出手去，拉住女儿对她说：

"罗茜，你就别去了吧……"

然而，他终于没有开这个口。他走到女儿跟前，从自己的左腕上把一串鹦鹉螺手链脱了下来，塞进女儿手中，那是用30颗可可豆大小的鹦鹉螺壳串起来的，这手链罗茜的祖母戴过，后来传给扶西了。经过几十年的岁月，经过两代人的摩挲，那上面的每一颗螺壳都已变得晶莹湿润，每一颗螺壳上的鹦鹉纹都显得光彩夺目。这样精巧而且大小一般的鹦鹉螺壳，只有在菲律宾的曼鲁海滩上才能遇到：

"把它带给云昭，罗茜，到了……唐山，把云昭当自己的亲侄子……记得了……"他这样说着，泪水涌了出来。

"会的，你们都放心吧，云昭不会受委屈的……你们回去吧……"她回过头来，这样说着，望着爸爸，然后，目光落定在林子钟脸上。

过了片刻，她终于转过身去，踏上了跳板。

剪票口的栅栏门关上了，泪眼模糊的扶西看着走过跳板，走上船去的罗茜——他突然记起来了，那背影与当年的芭拉，不就是一个模子印出来的吗？

……船开了。

注释：

〔1〕著名旅新加坡华侨巨商，祖籍永定，其兄弟生产的虎标万金油等中成药品，风行东南亚各国。

第五章　乡情

/ 一 /

晋江的下游，江水很宽很宽。宽阔的水面把这片土地隔成了南北两畔。江面上跨过一座长长的桥，称顺济桥。桥北是泉州城，传说中这座城是个鲤鱼穴，故自古多称"鲤城"，城里古街上曾经刺桐成荫，因而又称"刺桐城"。从桥北走过顺济桥，不紧不慢地，大约十几分钟的时间。过了桥，就是晋江地域了，地名因江名而起。又因顺济桥头正对着泉州城南门，所以顺济桥尾这一边，人们多称之为泉州南门外，尤其是去了南洋的晋江番客，大都这样称呼自己的故乡。

顺济桥下的这一片水域，是咸淡水，就是说是海水与江水交汇的地方。涨潮的时候，江外的海水可以一直涌到桥下来，与江水混流在一起。而在退潮的时候，流过桥下的水，自然都是江水了。这时候，江滩上会露出大片的咸草地，咸草地里生活着许许多多的跳跳鱼，这种鱼大约可以长到半根筷子长短，大拇指头粗细。这是一种水陆两栖的鱼。细心的人，可以看到它的腹部下长出4只蹼趾。一直到了20世纪80年代，这片咸草地上还随处可见这种跳跳鱼。如今已经绝迹了。

过了这片咸草地，又是走上十几分钟，便可看到一条东西走向的道路。这是平卧在稻田上的一条村间道路。在20世纪40年代，这样一条不到3米宽的小路算是宽畅的道路了。如果我们走进历史，便可以看到，700多年前的一天，有大帮文武官员，拥着南宋的最后一个皇帝，急匆匆地走过这条道路。这是7月里烈日如火的一个晌午，这一大群人马身上流下来的汗水把路面打湿了，那个南下避乱的名叫赵昺的南宋皇帝，其时还是一个乳臭未干的孩子呢。

这个皇帝沿着这条路往西走进一个村落以后，便折向南去。几个月之后，这队逃乱的皇家兵马，在南中国边陲的一处叫作天涯海角的地方，陷入了绝境，丞相陆秀夫怀抱幼帝投向大海，从而结束了一个朝代……

从此之后，这一条道路被称为"官路"。而赵昺走过的那座桥，那个村落，分别被称为"御赐桥""御桥村"。

数百年之后，这条古道在翻修加宽之时，出土了一方古石碑，碑上刻有"此路通安海至漳州"字样——这是20世纪90年代的事了。对于泉州南门外的这些旧事，去了南洋的泉州南门外老一代番客，似乎要比长居在本土的乡亲有着更多更清晰的记忆，因为他们是带着这些遥远而亲切的记忆离开故土的。

这一切，似乎都是题外话了。

现在，我们还是回到我们这部书的故事里来吧。

/ 二 /

在当年赵家最后一个皇帝走过的那个御桥村，村北有一处坡地，称塔山坡。站在塔山坡下的西南角，有偌大一片房屋，这就是曾家大院了。这处大院是20世纪初盖起来的，到了1948年，也不过才30多年吧。然而，站在塔山坡上望过去，却可以看到那红色的瓦片与瓦楞铺盖的屋顶上，长出了高高低低的蒿草。此时正当初夏，雨水多了。那屋顶上除了长着绿草之外，在屋檐连着墙角的地方，甚至还可以见到几棵长成近一人高的榕树。当地人称这种长在屋顶上的榕树为"鸟榕"——那是鸟儿吃了榕树籽儿，把屎屙在屋顶上长出来的树。那树长势特别凶猛，往往不到一两年工夫，它的气根与地根便狠命地把屋顶把墙壁顶开一条条裂缝。此后，屋顶墙壁都会很快被压塌下来。

就在几年前，曾家大院曾经住过大大小小近30口人，那时候，这处大院的人气有多旺！有着这旺盛的人气，这所几十年的大院，一点也不见老相。1942年那场瘟疫，夺去了这大宅里面老老少少20多条人命，曾家大院一时冷清了下来。每一座屋宅都是靠着人气养着的，人气衰落的屋宅，一下子便衰败了下来，才几年的工夫，这处大院破落成了这番模样！

不久后，区公所的征兵令便送进了曾家大院。想当年，曾人虎四兄弟在世的时候，区长、保长进曾家大院，还要点头哈腰给四兄弟递烟擦火，谁敢上门提壮丁的事？如今，为了帮哥哥曾文宝躲过抓丁，弟弟曾文玉心甘情愿地被抓走了。曾文玉一走，这大院里就只剩下曾文宝、柳月娇两夫妻了，后来为逃避抓壮丁，曾文宝也去了南洋，这院子便只剩下柳月娇了！

　　这样的大院，都有排水的地沟。曾文宝、曾文玉兄弟在家的时候，在秋后，野外那些黄鼠狼就常常在日落以后从地沟里爬进宅内来，满院子折腾。曾文宝两兄弟一走，它们更是在大白天里也肆无忌惮地走大门闯了进来。如果是在春夏两季，更有大小不一的蛇群聚集过来，令人毛骨悚然！而在夜深人静的时候，更可以听到屋顶上腐朽的椽条或瓦片掉落下来的声音。这种声音在深更半夜的时候出现——无论是在春夏或秋冬，都会令人感到满怀凄凉或胆战心惊。曾家大院的后门，隔着一条村间小巷，斜对着林家小院的大门。杨月珍在世的时间，两个孤独守着各家庭院的番客婶，因为丈夫都去了菲律宾，相互间便常有走动。而在近一两年来林家小院接二连三地遭受的巨大灾难中，柳月娇更是一直人前人后真诚地帮着他们。这是个善良的女人，她一直记挂着林家的好处：那一年曾家一下子死了20多口人，是朱秀娥让出了林家的一角坟地，得以使曾家的死者都能入土为安；两年前在南洋的那场海难中，要不是林仁和、林子钟父子，曾文宝早已葬身鱼腹。

　　人心都是肉做的呢！杨月珍遇难之后，她看到林仁玉一双手拖拉着两个婴孩难死了，便自告奋勇地把林云昭接了过来。邀上一个未出客的堂亲小姑仔住进了林家小院，尽力地帮扶着林家渡过难关。

　　曾文宝一去南洋两年，连自己都顾不上，哪能够再给柳月娇寄来家费。所以她只能时不时回后头娘家讨一些居家过日的应急物件。

　　这一天，林仁玉送过来小半茹自袋虾米干，那是她在溜石湾里捞捕的。在滚汤里氽过后晾干了。这东西婴孩吃了长骨架子呢——老姑婆有一口吃的，总要想起林云昭！

　　林仁玉走后，柳月娇才想起自家连熬这些小虾干的豆豉脯也掏不出来了！

　　只有回后头娘家去要了。

　　她把林云昭交托给那个堂亲小姑仔之后，便出门赶往5里路外的娘家去了。

/ 三 /

看到日显憔悴的女儿回来了,月娇娘又是一阵心酸。对于曾家的破败,月娇娘一直感到愧疚。她至今还相信是女儿的不吉利,给女婿家带去了凶险,要不怎么月娇嫁过去还不到一年,人财两旺红炎如火的曾家大院会哗啦啦地就衰败下来了呢?

女儿的命苦啊!

如今虽说曾文宝过番去了南洋,大小是个番客了,可那是怎样的一个番客啊——家里竟连一抔熬小虾干的豆豉脯都掏不出来!

在娘的房间里,母女俩并坐在床沿上,相抱着头流淌了好一会儿眼泪。

看看时辰不早了,柳月娇记挂着那边的林云昭,便要起身告辞了,娘拉住了她:

"今春里,打下豆子后,娘发(酵)了一些豆豉脯,你带点回去吧,不是要熬那些虾干吗?"

不大工夫,月娇娘提着一只小小的茄自袋走了回来,那里面装着一些晒干的黑豆豉:

"娇儿,南洋那边的文宝,你也别记挂得心慌。人各有命,初一十五,有时月亮光,有时星星光,总会有出头发迹的时日。过日子嘛,该吃吃该喝喝,是好是坏,是粗是细,总要咽下去,填个饱。"

缠着小脚的老女人把女儿送出门来时,不巧碰上了刚从村前小河里洗衣回来的儿媳,也就是柳月娇的嫂子。柳月娇的后头娘家只有一个兄长,自然也就只有这个黄姓嫂子了。提着一篮子刚洗过的衣裳,嫂子柳黄氏站在门口,用白多黑少的眼睛打量着眼前的柳月娇说:

"哟,是小姑仔呀,啊,怎这就急着要回啊?娘,怎不留小姑仔吃过饭再走啊?"

小脚婆婆站在儿媳与女儿之间,她听出柳黄氏话中的话。她是在查询婆婆为柳月娇破费了吗?煮了点心吗?自从曾家破落以后,柳黄氏对于唯一的这个小姑仔的眼色,大都是白多黑少的。尤其是曾文宝出洋都两年了,这个小姑仔时不时地回到后头娘家来的时候,婆婆还常要塞给她几个碎钱,或者让她带点油啊、酱啊、番薯米什么的回去。这会儿柳黄氏那双溜溜转的眼睛，像锥子般将柳月娇上上下下打量了一番，认出了她手上提的那个半新不旧的小茄自袋，却故意问道：

"哟，小姑仔，你给咱娘捎来了什么，吃的？喝的？"说罢，把那篮子衣裳往自己脚边一搁，走上前去，不由分说，却又故作得体地将柳月娇手中的茄自袋提了过来，探头一看，"娘，这不是我们刚发出来的黑豆豉吗——哎哟哟，都说是番客婶细肠嫩肚的，怎咽得下这粗糙糙的食来了？"

柳家前门临着村中小街，少不了过往的村邻乡亲，柳黄氏的这番话其实是说给他们听的，难怪她要扯高了嗓子喊得震天响呢，难怪有些人已驻下脚来看热闹了哩。小姑仔虽也听出娘家嫂子的这番话是在羞难她，可她只有憋红了脸，低着头站在那里的份，她能说什么——她确实是来后头娘家这边讨一些豆豉的。

那柳黄氏看着小姑仔与婆婆都一声不响地干站在那里，便将一只手伸进茄自袋内，抓出一把豆豉脯来，望着小脚婆婆说：

"娘，看你，小姑仔老远一趟路的来回，你怎么就只舀给她这么一点豆豉脯，看看，只有 4 八股碗[1]吧？"

小脚婆婆听出儿媳妇这是隔着茄自袋，把里面的豆豉脯往多里说呢，她这是给自己和女儿难看呢，其实她只往袋里装了两小碗豆豉脯啊！她真想分辩一番啊，可望望门前那几个看热闹的乡邻，小脚婆婆终究没有吱声——她能说什么呢？嫁出去的女儿背了时、犯了穷，后头娘脸上也跟着无光了哩！

"得得得，别都不作声了，就这么一点豆豉脯，拿得出手去？人家不笑话你老的，可要骂我们少的了，倒像是我们柳家又咸又涩，一个子儿打48个结呢！"柳黄氏对着小脚婆婆说过了上面那番话，停了停，又转过脸来望着柳月娇，"我把这茄自袋舀满了你再带回去，省得你三天两头地又要来回地跑。"说罢，这才提起茄自袋进屋去了。

柳月娇听到这里，心里暗暗叫了一声："文宝冤家啊，你怎么也不回家看看，我都难成啥样了……"那挤在眼窝口的泪水终于喷了出来。她双手掩着脸，也顾不得向娘道一声别，便低着头，朝着来时的村口小路奔了出去。

/ 四 /

　　一艘不大不小的火轮，此时正从南向北驶了过来。两天前，这艘客货混装的火轮曾经在中国广东的汕头港靠岸，下来一些客，卸了一批货，补给了淡水食品后，又继续北航了。

　　这艘火轮开出马尼拉港的时候，正当菲律宾一年中最炎热的季节。最初的那两三天里，船舱里的人个个汗流浃背，女客都穿着最薄的短袖装。而男人则恨不得把皮也剥去呢！而此时，才几天工夫，船舱里的男男女女，虽都已穿上了厚厚的夹层衣，却还挡不住四周阵阵袭来的寒风。

　　船早已驶进了台湾海峡，从北方的海面刮过来的风，一阵紧似一阵，也一阵冷似一阵。虽说已经到了春末夏初季节，但在台湾海峡，天气仍旧尚未热起来。

　　而此时，刮的是正北风，顶风的船走得很慢。

　　无孔不入的寒风，在船舱里来回盘旋着，这样的风可把船舱里的菲律宾姑娘罗茜冻坏了！

　　离开马尼拉之前，林子钟为罗茜买了一件长及膝盖的厚风衣，罗茜还横竖不让林子钟将它塞进行囊中呢：

　　"子钟哥哥，你这是怎啦，你以为我中了寒热症啦！"

　　子钟哥哥还是不由分说地把那件风衣塞了进去："到了唐山你才知道该带时，可就来不及了。"

　　此时，她已把这件风衣紧紧裹在身上了，但还时不时觉得上下牙齿要磕碰起来！

　　冷就冷吧——月珍嫂子能冷得，我就冷不得？

　　在船上的这些日夜里，这个善良的菲律宾曼鲁马来族渔家少女，总拿自己跟那个不曾谋面而且已经不在人世的唐山女人比。这个18岁的少女，一直在心里告诉自己：要照顾好林云昭，先要让自己变成杨月珍！

/ 五 /

轮船在晨曦中驶进了一个港湾。

啊,这就是唐山吗?

"瞧,厦门到了,前面就是厦门了!"站在罗茜身旁的曾文宝说。

两天前船靠在汕头港的时候,是在深夜里,罗茜无法看到码头后面的大地——但她知道那也叫唐山哩,菲律宾的中国人心心念念的唐山呀!

此时,船已到了厦门海域了。进了港湾的轮船,正缓缓地向着港口码头驶过去。船舱里的番客们早已归整好随身的行李,有的已经站到甲板上来了。

啊,就要到家了!

不远处的那个码头,就是厦门太古码头了。码头左侧的海滨,矗立着一幢灰色的洋灰楼,那是厦门海关,海关顶楼上的那个大时钟,时针正指向"七"点整。

船靠岸了。

踏上了这片土地,罗茜终于发现了,这里与菲律宾截然不同!

这里就是唐山!只觉得冷,比在船上更冷!

看到罗茜的脸被冷风吹得红扑扑的,那两位老番客笑着告诉她:"把两只手掌贴在一起,搓热了捂到脸上去,就会好得多了。"

她知道,这里离开她心目中那处真正意义上的"唐山"——那是泉州南门外的御桥村,那是林子钟的故乡,那才是她真正要去的地方——还有一段路,但是已经不远了!从这里乘机帆船过去,可以直达溜石湾,只要大半天的时间——在王彬街上的时候,子钟哥哥就不止一次这样告诉过她,而在这一次航途中,曾文宝也是这样告诉她的。那一天离开汕头港以后,曾文宝还对她说:他已决定直接从厦门取道去台湾了,他不再回御桥村去了。但他已经拜托了两个同船回来的溜滨村老番客把罗茜带到林仁玉家中,然后,再由林仁玉做出安排。这两个老番客是在船上认识的,他们都认识朱永明、林仁和。曾文宝能看得出这两个人是实在人,把罗茜托付给他们,他是一百个放心!

虽然罗茜一再劝说曾文宝回一趟老家,他却执意不肯。她只得在心里纳闷：怎么常见这样的中国番客呢？他们都是铁石心肠吗？曾文宝家还有个妻子呢，好不容易从南洋回来一趟，都已到了家门口，他怎能忍心不踏进家门去见见自己的妻子呢？曾文宝何尝不是揣着这样的心思？可是作为一个去了南洋都两年多的番客，他至今还是双手空空回来了！他能这样的没皮没脸地走进家门吗？随行带来的那些份子礼，都还是林子钟帮他整的，身上揣着那些去台湾的盘缠，那是堂叔父临终前掏给他的，他一个子儿也不能放在家里。

他必须从厦门直接转道去台湾，他生怕踏进了家门之后，再没有踏出来的勇气了！

他难啊！

罗茜太年轻了，她哪能理解曾文宝这些难处呢？

每一个中国番客都有一本难念的经，不管是穷是富。

登上了太古码头之后，曾文宝与那两个同船回溜石湾的老番客，带着罗茜，沿着海岸，往西走过去一小段路，便看到了一个小码头，码头下停着好几艘小船，正当退潮，海水落了下去，所以那些小船显得更小了。这处码头有开往溜石湾的机帆船。当年泉州南门外的南洋番客，往返之间，大都经过这个码头。曾文宝走下渡头，朝船老大订了三个位置，又返身走上码头，对罗茜说：

"我们先把这些行李搬到船里去，然后找点吃的。"

罗茜说："那些礼包杂物可以搬下船去，可这盒子我得随身带着，我怕它丢了。"

文宝说："别怕，丢不了的。"

"我怕，什么东西丢了可以再买，就是这丢了就没了。"

罗茜说着，把怀中的那个红木盒抱得更紧了。干爹的骨盒在唐山被歹人盗走的事，她一直没有遗忘！所以自从登上码头之后，她就一直把朱永明的骨盒抱在怀里，生怕有一丝闪失。

曾文宝见拗不过她，便把堆在她脚边的那些物件搬下船去。然后带着她去找吃的了。

码头上喧杂热闹，有许多卖小吃的排档，他们4个人挑了一处打理得干干净净的小摊，就着4只矮板凳，围住一张小桌坐了下来。每人要了一份蚵干饭，一碗鱼丸汤，看着摆到桌上的竹筷子。罗茜一时不知如何下手：

"文宝啊，怎么没有刀叉啊？"

文宝他们听着，一齐笑了起来："往后的日子长着呢，用不来筷子，你就只能干瞪着眼挨饿呢。"罗茜看看他们，便也操起筷子，生硬地往口中扒起饭来。她觉得那蚵干饭味道鲜美，甚至要胜过曼鲁海边卖的牛仔粥或王彬街上卖的肉粽子呢——也难怪，船上这么多天吃的尽是单调的份子饭，都吃腻了！

这个码头开往溜石湾的机帆船，没有定时，大都是凑足了人就开的。他们刚吃完饭搁下碗筷，便听到渡头下的船老大在招呼他们上船了。踏上跳板的时候，罗茜回过头来，望着曾文宝，又说了一遍：

"还是一起走吧，好不容易的……"

罗茜没有听到曾文宝回话，却发现他的眼圈红了，脖颈间的喉结上下滚动着，罗茜看出他心里难过，也就不再多说了。过了好一会儿，终于看到曾文宝把头摇了摇，开口了：

"……罗茜，到了御桥村后，柳月娇不问起这些分子礼的事，你就别说都是子钟掏钱置办的……"

罗茜说："在王彬街的时候，子钟哥哥就交代过了，曾家嫂子问起这件事，让我说是你买的呢。"

停了片刻，曾文宝又接着说："……还有，你告诉月娇，要帮着看好云昭，林家的事就是我们曾家的事……我们欠林家太多了……"

注释：

〔1〕泉州南门外一带一种较大的饭碗，碗口呈八角形。

第六章　土地

/ 一 /

这天上午，一只舢板儿靠在溜石湾渡口。这只舢板是从泉州南门码头过来的。那时候，往返于泉州城与溜石湾周边村落的人们，大都乘这种小船。泉州南门码头与溜石塔隔江相望，据说，刮南风的日子，站在溜石塔下喊一声，泉州南门码头上就能听到，而刮北风的日子，在南门码头上打一个喷嚏，唾星儿能飞到溜石塔上。这样近的水路，进出泉州城，何需绕一大圈子走顺济桥呢？

这只小舢板儿在渡头上靠稳之后，从船上走下一个年轻的信差，这个信差是泉州南门信兴批馆的。上了渡头之后，他走进溜滨村，终于找到林仁玉门上了。

他给林仁玉送过来一封厚厚的信笺。林仁玉一看，那是南洋来的信！

自从朱永明死了之后，朱家院里就很少有过信差光临了。林仁玉在那信封上仔细瞄了一眼，便认出那是林子钟的笔迹。

送走信差后，她抽出了信封里的信笺，那上面写着：

姑妈舅母大人尊前：

敬启者，遵照父亲大人临终交代，为免去拍卖朱记杂货店的中人钱，晚辈子钟已将该店盘下，并将于近期内开张经营。该店盘点评估定价，均敬请旅菲朱倪宗亲会及旅菲御桥同乡会前辈前往现场充分斟酌而定，作价为贰佰贰拾元大洋。晚辈得知姑妈舅母大人欲在唐山购置田园，以作谋生之本，对此，晚辈自是赞同，并理应尽力扶持。现将线丸贰佰陆拾陆丸奉上，其中之肆拾陆丸，作为晚辈给姑妈舅母购置田园时贴用（贰佰陆拾陆，取六六大顺之意），款微只略表心意。晚辈于田园农耕稻粱之计，知之甚微，还祈姑妈舅母大人在购置田园之时，多注意土质、水源、界限等等。晚辈盘下朱记商铺，之后拟改名为朱林记商号，晚辈自当勉力经营，务必使其日益兴旺发展，日后省身或有意前来南洋谋生，朱林记商号可随时作为庇身之所。另奉上朱倪宗亲会及御桥村同乡会出具证函，请查收。罗茜自菲往御桥村已俩月有余，多年来，扶西一家两代于我们恩深似海，罗茜更是毅然决然远赴唐山，照护孤苦伶仃之云昭，此情实难以报答啊！愚牵挂罗茜在唐山人生地不熟，还望姑妈舅母得方便时能多多予以关照指点。愚晚辈近期内难以分身回去，奈因林记商号虽已盘交李东泉先生夫人颜漱女士，但李家仍坚持让晚辈继续经营，并重新公证确认此商号产权归林记所有，盘回该商号尚欠部分款项，李夫人虽容我分期免息付清，但我已拟向银行告贷以一次付清。就此搁笔。

并颂

大安！

愚晚辈内侄子钟敬上
民国叁拾柒年捌月壹拾贰日

随信附来的还有旅菲朱倪宗亲会及御桥村同乡会合署的一份见证函：

见证函

兹有已故朱永明先生祖籍泉州南门外三十五都溜滨村。其在马尼拉王彬街遗有店铺一处。列沙其喱街一千零三十七号。其店面长十米，宽七米，合七十平方。现朱永明先生遗孀朱林仁玉氏欲委托其内侄林子钟先生将此处店铺盘卖他人，为使价格公平合理，今朱倪旅菲（马尼拉）宗亲会、御桥村旅菲（马尼拉）同乡会执事共四人往该店实地勘查，证实原屋契所示面积无差，并参照目前王彬街同等条件店铺价格，对该店评估作价为贰佰贰拾银元。

此证

     朱倪旅菲（马尼拉）宗亲会（盖章）
     御桥村旅菲（马尼拉）同乡会（盖章）
       民国叁拾柒年捌月壹拾日

  接到林子钟的来信和银票，林仁玉难免一阵悲怆：朱家断绝了南洋路，从此以后，她将在自己购下的田地里刨食养儿了！

/ 二 /

  为圆林子钟卖店救国之梦，李东泉先生于当年以高于实价的 200 银元将林记商号购入，实际上李东泉夫妇一直将该商号的产权登记在林家名下。李夫人颜漱回菲之后，林子钟及时登门交还店号产权及经营款项和历年明细账目，李夫人见林子钟是如此坦荡君子，愈加敬重，便如数收回林子钟移交款项，她深知，只有这样做，才算得上真正尊重这位年轻人。她把林子钟移交过来的款项，全部捐入马尼拉华侨善举公所，做菲律宾社会孤儿院之用款。并要林子钟无论如何原价赎回林记商号，对李夫人的这个提议林子钟欣然接受！一来林子钟一向敬重李东泉夫妇，不忍违拗；二来更因他对林记商号有何等深厚的感情！那毕竟是自己来南洋后流出无数汗水，付出无数心血，打拼下来的第一份家业。生意人！有了自己的店铺，才算是真正的生意人，就如同庄户人家，有了自己的土地，才算有了根基，才算是真正的庄户人家！当年为了抗日救国，他咬咬牙把林记商号卖了，几年之中，便一直有一种无根之草、任凭风飘的感觉！如今，他赎回了林记商号，又遵照父亲的遗嘱盘下了朱记杂货店，一下子有了两家店铺，他心里踏实了，却怎么也高兴不起来！他更多的是悲哀。如果不是那场战争夺去了朱永明的命，他们舅甥俩至今还能在王彬街上互相照应着！

  为了这两处店铺，林子钟更不能轻易离开菲律宾了！

  1948 年，中国的解放战争已进入第三个年头，而在东北广大的老解放区，其时正开展着暴风骤雨般的土地改革，所有的土地甚至农具耕畜等都将被收回，然后重新分配。而在南方，在还未解放的国民党统治区，那些拥地较多者，他们中有些人认为国民党政府最终将反败为胜。有些人则看到国民党气数已尽，大势已去，因而人心惶惶。还有些人，早已开始廉价出卖耕地，以免日后被分走，所以地价日益下跌。林仁玉正是在此时捡了大便宜，以250块大洋买下了溜石湾里的5亩水田、1亩旱地，要在以前，她这些银元还买不来3亩地哩！早在开春的时候，她就看上了这片地。所以，早稻收成的时候，她打了1个猪蹄肘，提了1只大公鸡，外加一个包了4枚银元的红包，托人向原地主谈妥了价格，并掏出8枚银元付了定金。原地主也够意思，让林仁玉晚季就可以在那田里插秧，剩下的钱在3个月内付清，这3个月的欠款免付利息！

这片地产，原是属于青阳那边一户李姓人家的，当年这户人家拥有泉州南门外大片土地，据说鼎盛的时候，空中的鸟儿飞不出他们的田园。这李姓人家长年兼做着台湾的生意，自今年来，李姓一家已陆续迁往台湾，而留在泉州南门外的这片土地，是搬不了的，因此，他们委托族亲中人，只要有买主找上门，只要给个价，是多是少都卖！林仁玉看中这片田园，除了因为离溜滨村近之外，更因为去年婆婆过世的时候，她买的那处坟地就在那一亩旱地上，当时是估算了这处坟地还能为朱永明造个墓，但安放婆婆棺木的时候，风水先生左转右移，硬是占去了大半坟地，竟至朱永明的骨骸虽然回来了，那坟地却再不能容下一个墓冢，现在可好了，那整整一亩旱地全是属于朱家了！朱永明的骨骸可以安放在婆婆身旁了！

在接到林子钟信笺的当天中午，她就乘船过江，上泉州南门批馆把那些银元取回家来了，并立即将尚欠原地主的银元还清了，办了契约。

朱永明的骨盒还寄存在庆莲寺的宏船法师那里，上个月罗茜把它带回唐山以后，就一直寄存在那里——自从葬下了婆婆以后，朱家再没有一处能安葬朱永明的土地了！现在，朱家有5亩水田和1亩旱地了，林仁玉要做的第一件事就是把朱永明安葬到那处旱地上去。

入土为安可是一件大事！办妥田园契约的第二天，林仁玉上庆莲寺宏船法师那里求了一个吉日吉时，时间定在第三天的上午辰时。在安葬仪式的前一天，林仁玉就整整忙了一天，一切都要按老一辈人定下的规矩办：大清早她就上泉州南菜市买回了"三牲五果"。三牲她是挑大份的买，她买下了一个十来斤的大公猪头，一只大公鸡，还有一条手臂粗的黑鳗鱼。

朱家现在有后了，也有了居家过日的土地了，那亩旱地就在5亩水田后面的山坡上,居高临下望着那5亩水田。从此以后,朱永明可以把头枕在那里看着她林仁玉在自家田地里劳作了。忤作工也雇好了,她还备下了两席酒菜,要在当天把几位本家堂亲请过来喝一盅酒——入土为安,这可是丈夫的最后一桩大事,要办得像模像样。

第二天上午,罗茜背着林云昭也早早过来了,今天可是舅公朱永明(当然也是姑祖父)下葬的大日子,林云昭能不来吗?

由于地里的活儿多,又有省身缠着身子,林仁玉已有好些日子没有回御桥村娘家走动了,今天一见罗茜来了,她把她上下一番打量,发觉这个小番婆又瘦去了一圈肉,再看看她背后的林云昭,却比上一次见到时更光鲜了许多,露在背心外裤衩外的胳膊肘儿小腿儿浑圆圆、胖乎乎的,他正自个儿揪着罗茜脑勺后的坠子傻笑着,不像个没娘的娃!林仁玉心明如镜:这都难为了罗茜了!一个18岁的黄花闺女,要照料好这么一个年幼的娃,能不难吗?难怪罗茜身上的肉会一圈一圈瘦下去,林仁玉看着都心疼:世上还真有这样善心的女子!

"来,阿昭,该下来了,跟你省身小表叔玩去,你瞧,你妈那一身汗。"林仁玉伸手将罗茜胸前的背巾结打开了,把林云昭放到地上,拍着他的小屁股蛋儿,说罢,转身拿过来一大块水灵灵的西瓜,"罗茜,茶水刚烧好,烫得很,这瓜是昨儿买的,在井水里泡了一夜,刚切开,你吃了,消消暑,解解渴,还早着哩,待会再上坟地去。"

罗茜也不推托,接过西瓜,搁在手里,望着已跑到厅堂中和朱省身玩在一起的林云昭招呼着:

"阿昭,过来,吃过了西瓜再玩儿去,过来啊,妈叫你哪!"

林云昭是在罗茜到来之后才学会说话的,像所有孩子一样,他人生中第一句会说的话是"妈妈",他是对着罗茜喊出"妈妈"的!

谁能想象,当罗茜第一次听到林云昭这样呼唤自己时,是如何的惊心动魄、悲喜交集!她惊诧片刻,才明白过来,把林云昭紧紧搂进怀里,亲着哭着,哭着亲着:

"你是在叫我吗……这是真的吗……"

/ 三 /

走出溜滨村口，往西不到两里路，便是朱家新置买的那处旱地了，林仁玉把家中的事安排过后，便背起儿子，招呼着罗茜、云昭上那里去了。

想起两年多前为朱永明引水魂的那个春天，那是什么样的一种凄惨的情景，林仁玉至今还不敢想当时自己是怎么挺过来的！

朱家几代无一垄田地，无一株果树，如今，他们娘儿俩有了5亩水田和1亩旱地！她身子硬朗，她手脚利索，她能在这片地里刨出三餐来，她还要从这片地里刨出票子来，供朱省身上学，朱省身要是读不了书，还有这6亩地作为成家立业之本，她再不要朱省身像朱永明那样去南洋了！

她要把朱永明葬在这里，让朱永明看着朱家这片土地春来绿油油的禾苗，秋后金灿灿的谷穗，还有土豆、番薯……

虽然8月即将过去，但是在泉州南门外，天气依然很热。林仁玉带着罗茜来到地里，各自把背上的娃儿解下来时，两个人后背的衣衫已是汗津津的一片了。四野里没有一丝风，虽还不到晌午，但太阳已晒得很毒了。林仁玉对罗茜说：

"你快把两个娃带到那边相思树荫下，没事你也别过来，日头光扎人哩，别看已经立秋好些天了，可这秋后热更怕人哩，干热干热的，你瞧，那相思叶丝纹儿不动，一点风都没有。"

罗茜说："我不怕，我们菲律宾的太阳比这里热多了，"她把省身、云昭牵到地垄旁那棵大相思树荫下之后，又返身回来了。她希望能帮上手，朱永明是他们家的生死之交，三个月前在曼鲁海边，还是他们一家人帮着林子钟收殓了朱永明的骨骸，那骨盒还是她爸、她哥用阿悦山的红木做的呢！

现在，那只长方形的盒子就搁在新开的墓穴旁。在炽热的太阳下，它的板面上闪着紫色的亮光。罗茜走了过去。站到盒子旁，看了又看，想到三个多月前，永明，朱先生还在他们曼鲁村，还在芭拉姐姐身旁，现在却要安葬在这里了，她心里也不知道是什么滋味！

"……你回到唐山了，希望你能永远记住我们曼鲁村，希望你能永远记住我们芭拉姐姐……"她在心里默默地对盒子里的"人"叮咛着。

太阳隐去了，却仍然没有一丝风。天空渐渐聚来了云层，云层愈积愈厚，愈压愈低，所有的热气，都被这厚厚的云层一丝不动地压在原地。当仵作工把坑挖好后，已临近晌午了，他们虽赤裸了上身，但依然个个汗流浃背。

　　时辰到了，该是入土的时间了，林仁玉把朱永明的骨盒抱了过来，让仵作工按照罗盘指点的方向放进坑里。

　　此时云层差不多压到地面上来了，是要变天了吗？骨盒已安放好了，仵作工正往坑里回填土层，忽有闪雷轰隆隆地响了起来。

　　林仁玉与罗茜同时想了起来：这惊天动地的雷声莫要吓着了省身与云昭！她们同时转过身子，朝地垄上那棵相思树望去，树荫下早已没了两个孩子的身影！

/ 四 /

　　她们提起脚来，同时朝那棵相思树奔了过去。她们越过高高的地垄，才发现坡下那边的水田里面，翻滚着两个泥人儿，那不是省身与云昭还会是谁？

　　两个小表叔侄，是什么时候走出相思荫，扑进那稻田里的？稻田里的晚稻秧苗都有小腿高了，长势很好。两个孩子，已把身旁的稻秧儿滚出了一小片天地来。现在，他们就坐在那圈小天地中间，嬉闹着、扑打着身旁的泥水，身上的衣裳早已抹满了泥水，满头满脸都裹着厚厚一层泥浆，只露出了一双小眼睛。

　　林仁玉站在田埂上，骂了一声：

　　"瞧这两条泥鳅，欠打了。"她口里这样骂着，脸却对着罗茜笑开了。

　　雷声又轰轰隆隆地响了过来，一声比一声烈，她与罗茜同时朝两个孩子扑了过去！

　　跑到两个孩子身旁的时候，她们两个人脚绊着脚，竟同时跌倒在水田里，浑身上下都滚上了泥浆。

　　又一阵雷声当头滚过，风也刮了过来，雨终于来了！

　　瓢泼的大雨落了下来，两个泥女人，怀里各自抱着一个泥孩儿，她们也认不清谁是朱省身，谁是林云昭了：

"罗茜啊，宏船法师可真会看时日呢，那边刚把墓堆垒好，这天上就来了大雨，在我们这里，红白大事随后的雨，是下的金子，是下的银子，是下的好运气呢！"林仁玉满怀高兴地说。

罗茜听着，也高声笑了起来："好啊！好啊！"

8月的雨，雨水也是热乎乎的，愈下愈猛的雨，把他们脸上的泥浆都冲去了。林仁玉低头一看，这才发现怀里抱的正是自己的儿子。她索性把儿子身上的衣衫裤衩一齐剥了个精光，又放回稻田里，任他在泥浆里扑腾翻滚，任暖洋洋的雨水在他浑身上下浇了个透！然后，她直起身子，昂起头来，望着山坡上那个刚刚垒起来的墓茔高声呼唤起来：

"永明，永明，你放心歇在那里，你放心在那里陪着咱妈吧。你看你看，我们有了儿子，我们有了田地了，我们朱家有根基了！"她这样喊过了，才低下头来，满脸泪水地看着泥浆里扑腾打闹的儿子，"儿啊儿啊，这是我们的田，这是我们的地，你爱在上面怎么闹就怎么闹吧！"

如果不是发现相思树荫下有避雨的男人，她也想把自己脱个精光，与儿子在自己的水田里滚个透呢！

第七章　月娘，番婆罗茜

/ 一 /

你可还记得，在童年的时候，我们都亲切地将月亮称为"月娘"——月娘！这是一个多么美好温馨的称呼；"娘"就是妈妈，"娘"就是母亲——"月娘"，就是月亮母亲，就是月亮妈妈。

月娘，对于我们每一个人，她永远是温柔的，温柔得如同我们亲爱的母亲。

这个时候，在泉州南门外，半轮弦月挂在寒冷的天空里，就如同我们亲爱的母亲的脸庞。这是 1948 年冬天的一个夜晚，从晋江口外，一阵冷过一阵的寒风涌了过来，在御桥村外的官路上漫卷着，那是催霜的东北风。

而我们亲爱的月亮母亲，我们的月娘，却没有因为寒冷而躲进云层里，她依然温柔地向泉州南门外我们的故乡洒下了亲切的光芒。

亲亲的月娘光照耀下的御赐桥上，走过来一个人，一个风尘仆仆的人。

他的穿着，他的神态，让人们一眼就能认出这是一位刚从南洋回来的番客。

走过石板桥，穿过一段小街，这个人沿着塔山坡上的小路，朝着半坡上的林家小院走了过去。

这不是林子钟吗？他终于能够脱开身子回来了！

南洋那边，喧嚣一时的"菲化案"终于逐渐平息了下来，菲律宾的华人不再忧心忡忡了，马尼拉王彬街上又繁荣热闹了起来，林子钟终于松了一口气。此时，却又另有一桩事情让他牵挂不已；他记挂着唐山的儿子，记挂着去了唐山的罗茜！罗茜是 5 月里去的唐山，去的御桥村的，都半年多了，这 6 个多月的时间，她是怎么过来的？她能照顾好林云昭吗？一个十七八的小番婆，能适应异国异乡的生活吗？儿子林云昭与罗茜能亲得来吗……这一切，都叫他放心不下。好了，好了，现在，王彬街那边的事，总算风平浪静下来了，他再也不能等了，他必须回一趟唐山！

林子钟是在中午到达溜石湾渡头的。马尼拉来的船靠在厦门太古码头后，他一下船，就立即转乘了前往溜石湾的机帆船——就像半年前罗茜那样……

……唐山的冬季真冷啊，尽管院子门已关紧了，但是尖厉的风，似乎能够穿墙透壁，从四面八方拥过来，令人哆嗦！

罗茜怀里抱着林云昭，她正在剥着一颗黄灿灿的芒果，把甜蜜蜜的果肉送进云昭口里，她身旁还搁着一颗大椰子，等回来再劈给云昭吃。

罗茜搂着云昭，摇晃着身子，轻声地唱起了一支催眠曲，那是他们曼鲁渔村的催眠曲。还在襁褓里的时候，罗茜就熟悉了这支催眠曲，那时候，她的母亲还健在，她常常偎在母亲怀里，听着她唱起这支歌进入睡乡：

宝贝，
我的乖乖
我的心肝
我的宝贝
乖乖睡，
乖乖睡，
宝贝，
我的心肝宝贝
你爸爸要回来了，
你爸爸摇着船儿要靠岸了，
你爸爸收起了渔网……

罗茜唱的是他们曼鲁渔村的催眠曲，云昭能听得懂吗？他能听懂的！他不是闭上了眼睛甜甜地睡去了吗？

而就在这个时候，林子钟拍响了院子门："云昭，罗茜，我回来了，开开门啊！"

"啊，子钟，你终于来了。"罗茜叫了一声，把将要朦胧睡过去的林云昭惊醒了。她站了起来，跨过去打开了院子门。

是林子钟！林子钟就迎面站在那里！

他张开双臂，把儿子、罗茜紧紧拥在怀里：

"我想你们呐……"

罗茜被搂得都快透不过气来了！而夹在他们之间的林云昭却哭开了，他挣扎着，他不认识自己的父亲，他用双脚死命地在罗茜怀里踢蹬着……

/ 二 /

……这是一场梦吗？

这是一场多么美好的梦！

一个人要是能永远生活在梦中，那有多好！

已经过了子夜了，严寒的夜幕笼罩了整个御桥村。夜很静。自从太阳落山以后，寒风就一直刮着，夜愈深，呼呼的风声也就更响了，风声一阵紧过一阵。这是催霜的正北风。

在这呼呼的风声里，有一阵阵孩儿的哭声，从林家小院里传了出来，在这个冬季的子夜里，那哭声传得很远很远。

那是林云昭的哭声。

这个夜晚真是冷啊！来到了遥远的唐山，18岁的番婆罗茜平生第一次懂得了什么叫寒冷！啊，菲律宾的阳光，曼鲁渔村海滩上的阳光是多么温暖！

夜里睡觉的时候，她怕云昭睡不暖和，她是把他搂着，紧紧地揞在怀里的，几个时辰里，这菲律宾少女旺盛的青春热力，竟在寒夜里把林云昭揞出了一身汗，热得他透不过气来，他被热醒了，哭开了。

睡醒过来的云昭，哭着要找东西吃，罗茜想了想，刚才的那些芒果、椰子，都是梦里的。然而，在临睡前，罗茜已煮好了一个红糖松花蛋，装在热水瓶里，这是给云昭备下的夜点：

"别哭，别哭，我给你端来松花蛋汤。"

她说着，把松花蛋汤倒进碗里，傍晚装进热水瓶里的鸡蛋汤，这个时候还热乎乎的。罗茜将云昭抱在自己怀里，用小茶匙把甜甜的蛋汤一匙一匙地送进他的小嘴中，云昭不再哭了。他又紧紧地偎贴在罗茜怀里，他一手搂着罗茜的腰身,一手在她胸前寻找着什么?他这是依恋着自己的母亲,他以为这就是他的妈妈……

/ 三 /

……溜石湾里的漩涡,张开血盆大口,吞噬了杨月珍,她在生命消逝前的那一瞬间,用最后的生命将儿子推出了漩涡口,使林云昭活了下来。

那个没完没了的雨季已经过去了,没有落雨的日子,江水是恬静的。不管是涨潮或退潮,我们的晋江母亲河,都温柔得如同我们的母亲。

然而,在距溜石湾三里路外的御桥村,在很长的时间里,在每一个夜晚,当夜深人静的时候,都会突然响起一阵阵婴孩惊恐万状的哭声,那哭声凄厉得让人毛骨悚然,那哭声来自塔山坡的林家小院,那是林云昭噩梦里的哭声。从滔滔的晋江水中死里逃生的林云昭,在最初的日子里,有整整一个星期发着高烧,有好几次甚至昏死过去,是他的姑祖母林仁玉一次次深情的呼唤,让他又活转了过来。最初那些日子,林云昭住在姑祖母家,他一夜几次噩梦中的哭声把同床的朱省身也惊醒了,林仁玉常常是刚哄静了这个,那个又哭开了,她几乎是夜夜都不能睡上一个囫囵觉!多亏了她的身板硬朗,才能支撑下来。后来,幸亏有朱家那个堂亲小姑仔住了进来,帮她照看着朱省身,让她得以带着云昭回到御桥村的林家小院去。但那总不是长远之计,朱省身这边她也放心不下啊。随后,难得曾文宝媳妇柳月娇找上门来,愿意住进林家小院,帮着照看林云昭,这才让林仁玉能腾出手来,溜滨村和御桥村的两头跑,再后来,是从南洋来了小番婆罗茜。

一个18岁的未婚异国少女,要抚养一个刚刚失去亲生母亲的婴孩,那是多么犯难的事!

那时候,林云昭已是一周岁又三四个月了,他坚决不让这个陌生的热带少女靠近自己。他已经能够分辨出来:罗茜身上的气味不同于他的母亲杨月珍身上的气味。尤其是在夜间,每一次罗茜抱着他睡到床上(那是他与母亲杨月珍睡的床)时,他都会高声哭闹着,奋力蹬起双腿,想把她踹下床去。他甚至还张开手指,狠命地抓扯着罗茜的脸颊,抓破了皮,抓出了血,这个18岁的菲律宾少女,多少次为此呜呜咽咽地哭开了,常常是云昭都哭停了，而她还在哭着——一个热心肠的女孩，遇上这种事，那是什么样的一种感觉啊！

终于，林云昭不再拒绝她了，他把她的气味当成母亲杨月珍的气味，他把她当成了杨月珍母亲，把一个孩儿对于母亲的眷恋之情都倾注在罗茜身上！杨月珍遇难的时候，林云昭还没有断奶，当林云昭接受了罗茜之后，当他第一次摸索着她的乳房要吃奶时，她激灵了一下，那地方，痒痒得浑身起了一层鸡皮疙瘩，一个18岁的未婚少女，那意味着什么？

每个夜晚，他都要吸吮着奶头才能安然入睡，否则，一定会被噩梦惊醒——那当然是溜石湾漩涡口的那个噩梦——对于罗茜来说，那是何其尴尬的情景！她常常为此脸红心跳，她还完全是个处女呢！那时候，林云昭已长出了乳牙，他当然吸不出乳水来，他常常又吸又吮，又嘬又啃，直至渗出血水来！为此罗茜常常哭出了眼泪：

"云昭，你轻轻点，好吗，云昭……"她哀求着，把林云昭搂得更紧了。

对于在林家小院里所遇到的这一切，她后悔过吗？

没有！

她是对林子钟承诺过的——"把云昭交给我吧。"

此时，偎在怀里的林云昭渐渐安静了下来，她轻轻地摇晃着身子，轻轻地拍打着他的臂膀。

刚才那个梦多好！可惜让林云昭给踢蹬醒了。她这样想着，口中又哼起了梦中还没唱完的那支歌，那是他们曼鲁渔村的催眠曲，那是她从逝去的母亲那里学来的：

  宝贝，
  我的乖乖
  我的心肝
  我的宝贝
  乖乖睡，
  乖乖睡，
  宝贝，
  我的心肝宝贝

你爸爸要回来了，
你爸爸摇着船儿要靠岸了，
你爸爸收起了渔网……

她一遍又一遍地唱着，到后来，她把这支歌的最后几句唱成了：

你爸爸已从菲律宾回来了
你爸爸带来了椰子
你爸爸带来了许多金芒果……

小院外的风依然刮得厉害，那是催霜的寒风，是正北风。

小屋里，温馨馨的黄豆油灯摇曳着。

朦胧的灯光照着一张床，床上的两副帐帘从中撩开着，挂在两边床屏的帐钩上。在帐帘后面，一个重眼皮的少女盘腿坐在床上，她胸前拥着一个婴孩。她像摇篮一样轻轻地晃动着身子。她胸前的衣襟敞开着。林云昭的脸紧偎在她胸前，他的一只手搂在罗茜腰上，一只手贴在她胸前——他睡着了。

罗茜低下头去，看着已甜甜响着轻轻鼾声的林云昭，看着他那宽宽的前额，那挺直的鼻梁，那有棱有角的下颌，这不都跟林子钟一模一样吗！她这样想着，禁不住俯下身子去，在云昭的额头上轻轻地亲了一下，又抬起头来轻轻叹了一口气：

"子钟这几个月来过得怎么样了？店里谁能帮他？谁为他做饭？他换下来的衣裳谁帮他洗？'菲化案'真如梦中那样已经过去了……"她这样自言自语着，又想起了红奚礼示郊外的那个美丽的湖泊。那个美丽的情人湖，啊，那开在平静的水面上满湖的荷花，以及穿飞跳跃在莲茎间的情侣鸟……还有林子钟！

然而，爱情更多的并不是如开在平静的水面上的荷花，它更多的是风霜雨雪，就如同这个夜晚，这个遥远的唐山催霜的寒夜……

她想着想着，口中竟禁不住哼出一支歌来，她是用纯正的晋江腔哼着这支歌的。在菲律宾的时候，她就经常与马尼拉王彬街上的晋江人来往交谈，懂得了许多闽南话，尤其是到了林记商号以后，她与林子钟之间更是说的都是晋江话。所以到唐山中国这半年多来，她没有被晋江话难住。

她唱的这支歌，是从曾文宝媳妇柳月娇那里学来的：

父母将阮[1]嫁番客
番客未来娶
阮一年一年大
在家中受拖磨
粗活细活都是我

阮君在番邦[2]
奴要看总无人
想着目眶红
相思病成重
冬来北风寒
暝[3]来又无伴
正像孤鸟宿深林
有话无得讲
有泪独自流

阮君啥时回唐山
让奴共你[4]诉愁肠
……

第一次听到柳月娇嫂子唱这支歌的时候，罗茜就发现她的眼睛湿湿的，以后，每一次都是这样。后来，罗茜终于明白了，她为什么总唱这支歌，而且每次唱着总要流泪——她是想着曾文宝！

后来，罗茜也爱唱这支歌了，而且每次唱着，眼睛也湿湿的——她想的是谁？

面对着桌案上那盏闪动的小油灯，她似乎想得很多，又似乎什么也没有想过……后来，她把棉被往上拉了拉，盖住了林云昭贴在自己胸前的那条浑圆的胳膊……

寒风依旧呼呼地刮着，一阵紧过一阵。窗外的小院里，已铺上了厚厚一层霜……

……月娘光甜甜的，月娘光蜜蜜的。亲亲的月娘光，从窗棂上拥了过来，拥进帐帘内，弥漫开来……

哦，亲爱的月亮母亲，亲爱的月娘啊……

注释：

〔1〕阮：闽南话，我，咱。

〔2〕番邦：南洋，海外。

〔3〕暝：夜晚，睡。

〔4〕共你：与你，向你。

第四卷 ——

往事如烟

一切过去的，都是亲切的。
一切失去的，都是珍贵的。
　　——题记

第一章　洗衣裳的女人们

/ 一 /

从溜石塔朝西走过去约莫100步，有一棵大榕树。从这棵大榕树往东走回来大约10步远，便是溜滨村的洗衣渡头了。

这处洗衣渡头是由一条条巨大的长方形的花岗岩靠着河堤往上砌的，从河底到河岸上，有7级台阶，每一级台阶都有十来米长。如果是夏秋两季，那么，只要是晴天的日子，在清晨或黄昏，便是渡头上最热闹的时节了。那时候，或朝阳刚刚升起，或落日将要西沉，晋江水带来徐徐凉气，流过这处渡头。在漫水的台阶上，一字儿排过去十几个洗衣妇，她们洗衣槌的噼啪声，喧哗的嬉闹声，往往把在那棵榕树上落巢的老鸦都惊飞了。

而如果是在初春或是冬季，洗衣渡头上的热闹时刻则是在中午，在吃过午饭的那段时光了。这时候，阳光把江水晒暖了，而偏西的那棵大榕树又把太阳遮阴了，此时能到渡头上洗衣裳，真是一种享受呢！这个时候，这渡头往往一字儿摆开了十几个几十个女人，好不热闹啊！

早年间，朱永明还活着的时候，每当他的女人林仁玉来到这处渡头上的时候，便会有许多洗衣婆围着她转。这个南洋出生的"半番仔"婆娘，心胸坦荡磊落，没一点小肚鸡肠，嫁到溜滨村10多年了，不见跟人红过脸更没做过半点见不得人的事，所以渡头上这些洗衣婆，都乐意围着她打闹，完全不用提防说出哪些话来会让她青[1]下脸来。那时候，朱永明回唐山勤了些，其实，也就是一年或两年回来一趟，不像大多数番客那样三五年甚至更长的时间都难得回家一趟，于是渡头上那些洗衣婆们就这样问她：

"朱永明又回来了啊？"

"是啊，又回来了！"林仁玉这样回答大家。

"哟，哟，又回来了，啊，是离不开你那身肉，还是离不开你那张脸？"

——多年来，林仁玉一直是溜滨村公认的第一美人儿。这么些年来出落成人的女儿家和娶进来的新媳妇儿，没一个能美得上林仁玉的。她那张脸比那画上的人儿都俏；她洗衣时露出来的小腿儿胳膊肘儿，那皮肉都是玉脂脂、粉嫩嫩的。

"都离不开啊，信不信，要不你问问咱家永明去！"

问话的人和答话的人都没有半点别有用心，更不存一丝恶意，嘻嘻哈哈一阵笑，家里家外有什么烦心事儿都笑掉了。

如果是在清晨，那些早到渡头上的婆娘们见到晚来了的林仁玉，便会这样说她：

"哟哟哟，这晚才来啊，搂着番客暖和啊，舍不得起床啦，你不见日头都晒屁股了？"

"是啊，我搂着永明，永明搂着我，热腾腾的呢！不信啦？今儿晚，你亲自来瞧瞧！"这个心底无邪的女人，开起玩笑来，不输人不输阵。

自从朱永明死了之后，渡头上那些洗衣婆们见到林仁玉来了，说话便不敢再没遮没拦的了。她们生怕无意间说出来的哪一句话会伤了林仁玉的心。

/ 二 /

1949年秋后的一个早晨，渡头上洗衣裳的女人们突然想起来了：都有好长时间不见林仁玉上渡头来了：

"这番仔玉，是七月初七七娘生那天大清早在渡口上见的她，这会儿都啥时候了？"

"可不是，都过了七月十五好些天啦。"

"……"

这时候，一个媳妇儿直起腰来，发现从溜石塔后面走过来一个人，已经走近渡头了，那媳妇望着走过来的人说：

"真是夜间不能说鬼，白天不能说人，说曹操曹操当真到了！"

从溜石塔后面走过来的那个女人就是林仁玉，她几步跨到渡头上，望着台阶下那些洗衣婆们说：

"唠叨着什么人啊鬼啊曹操啊，说谁来着了？"

"说的就是你这个鬼！"听到林仁玉的声音，台阶下一字儿排开的洗衣婆们齐刷刷抬起头来，齐刷刷地答道。

"说我怎么啦，我踩到你们谁的尾巴啦？"林仁玉边说着边把手上提的那篮子衣裳搁到地上，先把两边的袖管卷高了，再弯下腰去，把裤管卷过了膝盖。

"仁玉啊，给众姐妹们说说看，这些天都疯哪儿去了，看你那张脸、那胳膊、那腿脖儿都晒成胡萝卜了。"

"我能疯哪儿去，我都差点累死趴死在田里地里了！"

是啊，从小暑以来，林仁玉就没一天离过田里地里！"小暑割来煮"说的是到了小暑，家家的旧粮都已吃光了。等着米下锅，这时早稻熟了，可以开镰了！锅里又有煮的了！这边水田里刚割着稻子，那边旱地里的土豆[2]，也眼见熟了，要及时收回来。迟了，根烂了，拔不上来了，就得动锄头，那就费事了。土豆刚收着，早稻田要犁、要耙了，要往里踩豆藤了，要挑粪泼底肥了，那边晒场上早谷还没入缸，这边旱地里又要插晚番薯了，晒场上怕云怕雨，旱地里又盼云盼雨……接下来又是晚稻插秧、除草、剔稗……还有不到三岁的儿子朱省身，更随时要一个人侍候着……这个时候，活儿真比猫身上的毛多，忙不完，做不尽！泉州南门外六七八月间的"双抢"季节，其实是"三抢"呢，那是抢收抢种，抢的是命啊，一个环节都误不得！

1949年的这个"双抢"季节，是林仁玉置下田产后的第一个"双抢"。她原先羡慕着有田有地有根基的人家，待自己有了5亩水田和1亩旱地，有了一份根基，她才发现，有了根基是这样难！有丈夫，有婆婆的农家媳妇，下地里，重活有男人扛着，忙了一天回到家里，渴了饿了，有婆婆烧的汤，熬的粥喝着吃着。而林仁玉一个守寡的番客姊，她一个肩膀要挑着两副担，清晨踩着五更天下田，忙了一天，晚上踏着初更月回到家中，还要张罗着先让儿子吃过饭，再把他搁进大脚盆里洗个透，哄他上床睡下了，自己胡乱喝上几碗粥，这才能提上娘俩换下的衣裳到渡头上来了。那时候，渡头上早就没人了，这更好，她可以自己一个人洗一江水！洗过了衣裳，她脱光了，从头到脚美美地泡在江水里，浸个透，洗个透。她水性好，更是自问一生未做亏心事，心中无邪不怕鬼，她敢独自一个人黑夜间沉在晋江里。

现在，早谷装进缸里了，晚季的农活也都忙过了，庄户人家的女人，终于盼来了这个挂锄的时节，可以洗脚上岸走出田埂了！林仁玉又可以及时到渡头上与洗衣婆们凑到一块了。

她们就那样洗着衣裳，说着闹着。

突然间，林仁玉叫了一声："别，别嚷嚷，有货色呢！"她叫着，抽搐着嘴角，慢慢把泡在水里的一条腿提了上来。随着她的脚板浮出水面的，是一只咬在脚趾上的螃蟹！那是巴掌大的一只红膏母蟹！她眼明手快，张开手中那条正洗着的裤衩，套下了螃蟹，裹紧了，在手中掂了掂：

"够沉的，怕有一斤重呢，我们家朱省身有口福了！"

一旁的媳妇闺女们看着，说开了：

"好个番仔玉，好事都冲着你找上门来呢！"

"可不是，我们都洗了大半晌了，也不咬我们！"

"敢情是仁玉的肉比我们香啊！"

女人们叽叽喳喳地说着，三句两句又绕出荤腥味来了：

"仁玉啊，你就不怕朱省身吃着吃着吃出尿骚味来了？"

"啥尿骚味来着？"林仁玉偏过头去问。

"你这不是用裤衩子裹着它吗？"身旁的那位半老不少的女人这一说，渡头上的洗衣妇"轰"一声全笑开了。林仁玉听着，也不恼也不怒，她把那只用裤衩子裹得严严实实的大螃蟹往竹篮里一丢，也不搭话，弯下腰去，掬起满满一捧水，朝着身旁那个还没来得及闭下嘴来的半老不少的媳妇，蒙头盖脸地泼了过去！

她心里乐！

自打置下了那几亩地，又把朱永明安葬了，她再没什么可牵挂了！去年晚季5亩地她收回来13担[3]谷子，这在当年算是中等偏上的收成，旱地里又挖出来6担番薯，满打满算，扣去买番仔肥[4]，付了使牛钱和帮短工的钱，那些稻谷番薯折成时价，她还净赚了两个半的银元。13担谷子，她算过了，每担晚谷能绞（碾）出72斤米，配上番薯，够她们娘俩一个月吃不完。她为自家留下了8担谷子，还有5担的余粮，她在今年开春后青黄不接的三四月间，都借给厝边街邻了，有的50有的80，前些日子早稻登场后，借出晚谷的主儿都还过来了。按泉州南门外的老例，借晚稻还早稻，是借10还11，一担晚稻能比早稻多绞出两三斤米，早稻那多还进来的"1"，就是为弥补这少绞出来的两三斤米和些许心照不宣的"利息"。但是在林仁玉这里，她把借粮户多还过来的那个"1"，都舀出来退了回去，这明摆着是吃了亏，更别说生息了，可她心里踏实！她林仁玉如今有往外借的粮，她心里高兴哪，她还能去占穷街邻们的便宜？

日子有了奔头，她再累再拖磨也不觉得苦，她乐着呢！那个半老不少的媳妇还真说对了，好事尽找着她！就如这只自己找到脚板下的大红膏母蟹。

她乐着呢！

/ 三 /

这时候，渡头上的洗衣婆们猛听到一阵铜锣声！

那铜锣声从远处，从溜石塔后，从溜滨村外的西山坡上传了过来……

注释：

〔1〕晋江方言，脸色发青意指沉下脸。

〔2〕泉州一带称花生为土豆。

〔3〕每担为100市斤。

〔4〕化肥。

第二章　抢水

/ 一 /

1949年,是旧历六月里立的秋。

这一年,泉州南门外一带,遇上了多年不见的苦旱。自从立秋那一天,下了一场"秋西北"透雨后,再没来过一场雨,眼看着就要到7月底了,仍然见天是白花花的日头影儿。偶尔见着空中飘过几片云皮儿,总是清蓝清蓝的,也不带一丝水气。

晋东北那一片田地上,早年间曾经有过一条官渠,蜿蜿蜒蜒,细细瘦瘦有好几里长,遇上苦旱年头,庄户人家便会合起伙来,把水车架到晋江支流(当地人称这样的支流为普沟)上,从那里面车出水来,一层一层盘到这条官渠里,再引进田地里。这一两年来,北边风声紧,大庄户人家田也卖得差不多了,人也走得差不多了,这条官渠便没个大主儿领个头掌着事来修了,竟任凭一群群田鼠把那渠岸里掏空了安下一个个窝窝,再也过不了水了。直到不久前,溜滨村有几个庄户人家和乡里老大,眼看着村外那一片断了水的晚稻秧被旱蔫了,这才出面挨家挨户按田亩的多寡收上来近百担早谷卖了,当作整渠的费用。渠道修复后,又在村外的普沟旁架上三层水车,每一层30张,一共排开了90张水车,日夜不停地从沟里把水盘进官渠。连日来,凭着这90张水车昼夜不停地"咿呀",溜滨村上千亩晚稻,终于跑了一趟水,蔫了的稻秧又"还魂"了!

那"跑水"的活说多苦有多苦。水车上"踏水"的人就不用说了,那是停不得的,这一茬人饿了渴了挺不住了,便换下去吃一口喝一口,另一茬人接着踏上去,停人不停车,庄稼人叫"赶水"。田头得有人守,水到了,开个口让水"跑"进去,"跑"透了,那口一堵,水就往下一丘田流去,晚稻"跑水"不能贪,旱不得也浸不得,更何况这水是要花钱的。还有那几里长的官渠更得有人守,渠是溜滨村人掏谷子整修的,水是溜滨村人90张水车从普沟里盘上来的，渠道要经过几个村的田地，要防外村人吃现成饭偷水。苦旱年头，水就是庄稼人的命，偷水就是偷命，守水就是守命！那时候，每到了苦旱年头，在泉州南门外广大乡间，为了"水"的事，户与户之间，村与村之间，常常要引发械斗，流血伤人甚至丧命的事并不罕见。抗战胜利前一年，溜滨村与御桥村为了"抢"水，在这条官渠上就闹出过人命，那场"抢水斗"，最后引发为"东佛""西佛"[1]之斗，双方先后共有十几个村子卷入械斗，断断续续、没完没了地打了大半年才平息下来。多少年来，这条细瘦的、长长的水渠里，曾经淌进去多少人的血汗，曾经躺进去多少人命，没有人细数过，谁又能数得过来呀！

/ 二 /

这一天早晨，林仁玉在溜石塔下洗衣渡头上听到的除了敲锣声，还有吆喊声：

"偷水啰，溜滨人，出家伙[2]啰！"

听到那锣声、那吆喝声，林仁玉便立即明白发生什么事了！

她一步从台阶下跃上渡头，一提竹篮，便飞脚往家跑。

这时候，日头刚升上来不久。她急匆匆跑进家门，把那篮子洗了一半的衣裳，往门后一丢，也顾不得回房看一眼儿子睡醒了没有，便抓过倚在院墙上的锄头——刚才敲大锣的人喊了"出家伙啰"——刀斧、棍棒、锄头……这都是乡下人出阵打架的"家伙"。

她跨出门来，朝着自家田头的方向飞跑过去！

她也是庄户人家，水是庄稼的命！

——水是她的命！

/ 三 /

林仁玉那片地，出了村口往西去，还有两里多路。她提着锄头，一口气跑到田边。气喘吁吁地跨上那处葬着婆婆与丈夫的坡地，放眼朝西望去，不禁大吃一惊：不远处的官渠旁，一大伙人正混打在一起，有赤手空拳的，但更多是操着"家伙"的。虽然离着百步外远，但林仁玉能看得出来，溜滨村人显然占着优势，因为出事的地方离溜滨村近，而且这几天又是溜滨村在"跑水"，去的人自然多了。

她正张望着，忽见到混打成一团的那些人里，有一个人冲出人群，跑了过来。那个人不像是溜滨村的，却朝着她这个方向跑了过来！

她把手中的锄头攥紧了认真一看，那个人像女人！这显然是个参与偷水的外村人，并且也参与了械斗，而且是一个被打急了的人，否则为什么会慌不择路，往溜滨村方向跑了过来？

那个女人脚步有些趔趄，她跑着跑着，竟跑进林仁玉的水田中来了。她的一双赤脚将田里的稻苗踩出东倒西歪一条道道来。接着，她跑上了林仁玉的番薯地，最后被畦底的番薯藤一绊，一下子趴倒到林仁玉跟前来了！

她在地上仰起头来，这才发现，这里站着一个手持一把明晃晃的锄头的威风凛凛的林仁玉！

/ 四 /

林仁玉低头一看，那女人半边脸都是血，一只耳朵耷拉在脖颈后，那显然是刚被利器劈削过，只剩下一点皮肉连挂在那里。

"仁玉啊，有人跑到你田那边去了，那是半夜来偷水的人啊，别放过了！"林仁玉听到那边混打的人群里，传来了这样的声音。

林仁玉记起来了，和泉州南门外许多村庄一样，溜滨村也流传着一个村规：凡是在这种为水的械斗中，被外村人撂倒或撂倒一个外村人，村里将免收他三年的"跑水"钱！这样的村规，看着野蛮，带着血腥味，却实用！三年，那得省下几担谷子！这难道不是好事——怎么好事都冲着她找上门来，就如同刚才在渡头上抓到螃蟹时身边那个媳妇说她的，可刚才那只是一只螃蟹，而眼下这是几担谷子——此时这个受伤的女人正有气无力地趴在她的脚下！林仁玉一生最见不得这种偷鸡摸狗占别人便宜的人；更何况她刚才横着跑过她的稻田，把稻秧都糟蹋成啥样了！

注释：

〔1〕"东佛""西佛"：泉州南门外长年的民间械斗中形成的，带有浓厚封建迷信色彩的地域性帮派组织，同一"佛"系的村落，在械斗中互相照应。

〔2〕即"家伙"，民间械斗武器，一般指棍棒锄头之类，不指枪械。

第三章　出人命了！

/ 一 /

　　林仁玉看着趴在自己脚下的那个外村女人。她的身板矮小，瘦骨嶙峋，交起手来，她自然不是人高马大的林仁玉的对手，而且她赤手空拳趴在地上，而林仁玉手里有一把明晃晃的锄头。

　　林仁玉看着她，看着乱蓬蓬的披头散发下她那张菜色的脸；她脸后那只快要掉下来的耳朵；她身上那件本已褴褛眼下又被撕裂几道口的衣裳。

　　这是一个日子过得多么艰难的女人！

　　林仁玉把手中的锄头垂放下来，无奈哀伤地叹了一口气：

　　"你干吗不把修渠的谷子交了，光明正大地把水引进自家田里，非得三更半夜跑过来偷水啊？"

　　"我交得起还愿意这样做吗？我交不起啊，我男人没啦，我三个娃两亩水田，就靠我一个守寡的……"

　　林仁玉听着，又深深地叹了一口气。心头竟酸酸地痛了起来。

　　那边，又有溜滨村的人朝她喊开了："仁玉啊，可千万别放走了那个人！"

　　听到这一声喊，林仁玉猛地惊醒了，她心里明白，只要那边溜滨村的人一围拢过来，这个外村女人就必死无疑了！

　　自古以来，在苦旱年头，庄稼人抢水甚于抢命！

/ 二 /

　　她把那个外村女人引进身后一个小草寮，这是前些日子她摘土豆时临时搭起来的。她要她侧着身子躺到地上：

　　"你别动，别吱声，我不叫你出来，你千万别出来！"她说罢，用力一推，草寮倾倒过去，几扇草墙把那个外村女人严严实实地盖住了。

这时候，从远处，从那处混打在一起的人群里，传来了一声撕心裂肺的喊叫：

"天啊，头壳碗髓迸出来了，出人命了！"

第四章　劫后之劫

/ 一 /

1948年秋天。宏船法师在将寄存于庆莲寺中的朱永明骨盒交由林仁玉入土安葬后不久，便去了菲律宾，他是应旅菲华侨信徒之邀，前往马尼拉普济寺任主持的。普济寺位于王彬街，是早年间祖籍泉州一带的华侨佛教徒集资建起的。

1949年中秋节刚过去第5天，这天夜里，旅菲朱倪宗亲会与旅菲御桥村宗亲会的两拨人，不约而同地来到普济寺。两拨人合在一起共有8个人，双方来的都是4个人，这又是不约而同的。他们是在今天上午接到唐山来信的，信中都提到了泉州南门外那场抢水械斗，这场械斗发生在溜滨村与御桥村两个村落之间。御桥村位于溜滨村的西面，在晋东北平原上，那条瘦瘦长长的官渠把两个村的水田隔开了。渠东边的水田，属于溜滨村，西边的水田，则属于御桥村了。

在修复那条官渠之前，溜滨村的几个乡里老大是到过御桥村的，是前来邀他们共同出粮出钱，修渠引水的。这种事，在早些年都是由曾文宝父亲曾人虎及他的几个兄弟人豹、人狮、人象出面料理的。他们算是大户人家，在那条渠旁，他们有上百亩水田，由他们兄弟出面在御桥村派款派粮不是难事。当然他们也不会白出这个头，他们那上百亩水田照例是白跑水的，不用出粮。曾家破败之后，这事就不太有人管了，因为御桥村剩下的傍着渠、邻着溜滨村的那些田，都是小庄户人家，也就没有人踏个头来做这桩事。那天偷水发生在溜滨村连续车水第6天之后的下半夜。没日没夜地忙了这么多天，水渠上护水的那些溜滨村人都累得骨头散架了。四更天的时候，月落了，四野一片昏黑，御桥村的那几户人家就在此时上了渠，扒开了渠岸，让水流进自家田里，一场械斗由此引发，天亮不久，便出了人命。御桥村的一个年轻人，在混战中被锄头击碎脑壳。事发第二天，泉州卫戍司令部派出两个连的兵力,双方村庄各驻扎一个连。虽然暂时制止了械斗,但事情远未罢了,那名死者还未下葬……

双方各有人将信写到了菲律宾,寄给本村的宗亲会或同乡会,双方都陈述了自己的理由。溜滨村写道这场械斗是由御桥村偷水挑起的,御桥村写道人命关天,为那点水打死了人,过于狠毒!双方信中都提及:为乡里尊严计,村里准备修造"枪楼",购置枪支,以防对方来袭,唐山乡亲出力出命,南洋番客出钱出物。

这是何等大事!

两个村的番客于是不约而同地聚到普济寺来了。

在南洋番客的心目中,宏船法师是得道高僧,德高望重。泉州南门外的庆莲寺位于御桥、溜滨两村之中,两村众多的善男信女都敬重宏船师父,所以两村旅居南洋的番客都想请宏船师父指点迷津。

/ 二 /

这时候,宏船师父刚刚诵过晚经,事佛完毕,见到走进寺中的这几位番客,便已猜中了他们的来意:

"几位施主,想是为泉州南门外两村械斗一事操心了?"宏船师父边说边招呼众人入了座,又吩咐僧童奉茶相待。宏船师父是今天得到的消息,他本想邀双方番客来寺一谈,共商化解此劫之计,没想他们倒先来了,"贫僧我已是出家之人,本不该过问尘间凡事。然救苦救难普度众生,又是我佛门不忍推却之事。今晚你们两村在外施主想为化解这场恩怨而来寒寺,贫僧顿感欣慰。贫僧想先听听诸位施主高见。"宏船师父说罢,看着各人,最后将目光落定在林子钟身上。

"我有一个建议也不知道是否妥当,说出来,大家议一议。"林子钟声音不高,但异常清晰地说。

"你说吧。"众人都看着他。

"我想呢,修枪楼,买枪支之事,万万不可,死了一个人,已够凄惨了,再不能流第二滴血了,更不能死第二个人了,两个村的庄稼人,都不容易啊。此次械斗,是为水而起,要杜绝两村日后再为水而斗,先要把水的事办好。我想，我们两村在南洋的生意人，大家都出一点钱，把那条官渠好好修一修，再建置三台抽水机，日后两村共同保管使用……"

听到林子钟讲出那番话时，宏船师父禁不住刮目相看了，林子钟会提出这个计划，是他始料不到的。他原以为，林子钟只会提出如何去信调停。他无限慈爱地看着林子钟，那种眼神，与出家人全不相称。他不禁又想起了朱永明：都说外甥如母舅，指的是形体或是秉性？这林子钟待人处世多像当年的朱永明啊——真诚厚道，而且事事想得周全，都能想到根本上去！

对于这个提议，最先附和的是朱倪宗亲会的会长朱振民先生。先前，为了寻找朱永明的下落，他与宗亲会的一帮人曾陪着林仁和、林子钟父子奔波了好些时日。林子钟是个言语不多的年轻人，他在抗战期间卖店救国之举，以及在与李东泉一家人处理林记商号这件事上，已在菲华社会传为美谈，大家信得过这个年轻人！最后大家都赞成了林子钟的提议。见到事情已有了一个头绪，众人便起身告辞了。

/ 三 /

募捐的工作在第二天开始，第三天就结束了，两天之中，共筹募了800块大洋，两个村的同乡宗亲会各捐出400大洋。他们计算过了，用于购置三台抽水机约300大洋，整修官渠工料款约200大洋，还有300大洋，朱倪宗亲会的会长朱振民提出来："这笔钱就留给死者的双亲吧，听说是个独根苗，父母都老了，白发人送黑发人，将心比心，二老遭受的是什么样的一场祸难啊！这笔钱往后或许能对他们有一点帮助，我这里还另凑了20大洋。是让他们买棺木和办丧事用的。"

林子钟听到这里接上去说："朱先生，这20块大洋，你们朱倪就掏10元吧，另10元就由我来出。就这样定了吧。"

"二战"结束后的这几年来，虽说马尼拉华人市场都复苏了，然而，随后的"菲化案"风波，一直蔓延不绝，王彬街上的华侨商人困难重重，在这种处境中，朱倪宗亲会与御桥同乡会的侨亲仍然不忘唐山故乡的劫难！

两个村的番客在第三天夜里，又来到宏船师父那里，将一些细节确定下来，并一致拜托这位德高望重的出家人回一趟唐山，把此事办了。宏船法师听了，一句话也没推托，接过双方递过来的银票。第二天买了船票，第三天已经坐到马尼拉开往厦门的轮船上了。他心急如焚啊，他清楚地记得1937年那场持续了半年的抢水械斗，卷入了十几个村，死了多少人，荒了多少田地，真是惨不忍睹啊！而眼下溜滨、御桥两村间的这场械斗，会不会再蔓延开去呢？阿弥陀佛，他恨不能插翅回去啊，可是他还得在海上耽误5天的时间！

/ 四 /

　　泉州南门外，仍然是见天白花花的日头影儿！
　　老天爷，你睁开眼睛看看吧，都死了人了，你怎么还不下雨？
　　因为死了人，那三层90张水车一时间里都哑了；因为死了人，官渠上不再有人看水了；因为死了人，官渠两旁大片的晚稻田晒裂了痕。
　　1949年秋天，在晋江入海口的北畔，在晋东北平原上，在那条瘦瘦的、长长的官渠两旁，再没有往年这个时节里那种满目翠绿了。放眼望去，在毒辣辣的日头下，初秋的风摇晃着一擦就能着火的枯黄稻秧。
　　这时候，离出了人命的那场械斗已过去近半个月了，晚稻已全部枯死了，械斗的双方也没有再打下去，而驻扎在两个村里的兵也没有要撤走的意思。驻扎溜滨村的兵，每天都往西边的村口派出一个班的人马巡逻，而驻扎御桥村的兵，则是每天往东边村口派出一个班布防，在官渠上走动的这些兵，一色都身着黄军装，远远望去，都像是田里枯干了的稻秧。驻扎溜滨村的那百十号兵，大都在朱氏祠堂里安了地铺。祠堂前的大石埕上，横来直去地系着好几条黄麻绳，那是兵们用来洗晒衣裳的。而在祠堂内的天井里，则临时安上了几口行军锅，是用来做饭的。历年以来，在泉州南门外，驻进村里来的兵，不管是剿匪的，还是平息械斗的；不管民团的，还是正规军，吃喝拉撒都由那个村子开销。当兵的管三餐，带"长"的每天加一包香烟，他们换下来的衣裳，全由村里包洗。驻在溜滨村这边的最高长官，据说是个连副，姓刘。中秋节那天上午，这个刘连副让勤杂兵把溜滨村的保长叫进祠堂里，对他说：
　　"御桥村的弟兄们传来了话，说是今天那边村里给送了半头猪，今儿是中秋节，我这边的弟兄们也嚷着要打牙祭，输人不输阵啊，再说啊，弟兄们10多天没日没夜地站岗放哨，够辛苦了……"

是啊，10多天了，这位朱姓保长已成了他们的军需了。百十号人，锅里煮的，锅下烧的，柴米油盐，香辣荤腥，长官们嘴上抽的香烟，袋里塞的红包，都管他要，1000来人口的村子，一下子要养这百十号兵，难着呢！

难归难，晌午时分，这位朱姓保长还是将刮洗得干干净净的半头猪抬进朱氏祠堂里。那位刘连副捏着肥肥厚厚的猪肉板子，眯了眼说：

"一年难得一次中秋节，我代弟兄们谢保长了。今晚儿保长一齐过来和弟兄们聚一聚吧——一生能有几个中秋节啊，弟兄们都来自五湖四海，谁不想个家哩，朱保长啊，兄弟我也不客气就直说了吧。能不能给弟兄们搞点中秋月饼啊，你们南门外的绿豆馅月饼香着呢。"

于是，上百个月饼在午后也送过来了，是朱保长着人挑过来的。并让人捎来了话：让刘连副他们今夜自己吃着，他就不过来了，他的老丈母娘病了，他得过去守着。那个下午直到晚上，他都窝在家里，不敢露面：这种事他经历多了，这个晚上他要是去了祠堂里，刘连副那些"弟兄"们还会派他的酒，派他的烟，没有个完！是嘛，人生能有几个中秋节？都说接神容易送神难——乡下人是在每年农历十二月二十三日送的神，正月初四又接回来了。"送"出去的神只在天上住了11天，就又回到凡间了，而要再次送他们上天，要等到十二月二十三日那一天。这10多天来为"弟兄"们筹备粮草已让朱保长焦头烂额了！

天哪，这些兵什么时候"开拔"啊？

/ 五 /

林仁玉就是在中秋节那天遇上刘连副的。

这天轮到她们为这些兵洗衣裳，她们七八个人是在太阳偏西时把洗好的衣裳抬到朱氏祠堂前的大石埕上来晾晒的。

正当林仁玉把一条绳索挂满的时候，无意间抬起头来，正看到刘连副站在祠堂前的屋檐下直勾勾地看着她，她并没有在意，换过另一条绳索又挂晾衣服去了。这一条绳索又挂满的时候，她抬起头来，那个刘连副依然目不转睛地盯着她！这下，她才感觉到那个刘连副的眼神真不是一回事！她退到埕角的一边去，这里离屋檐远了些，她挂上几件衣裳把自个儿遮在里面，低头往自己身上一看，便弯下腰去把高高卷起的裤脚管放了下去，又把两条卷过小臂肘的袖管抻直了，再把胸部绷得鼓鼓的衣襟使力往前拉了拉，这才把竹箩筐里剩下的那几件衣裳挂完了。

她从挂满衣裳的麻绳后走了出来，禁不住又往屋檐下望了一眼，没想到那个刘连副还站在那里望着她！

她提起空箩筐，看着几个伴们也都晾完了衣裳，便低低招呼了一声，走在头里，走出祠堂埕，往家走去了。

走在后面的那几个洗衣伴，都先后进了自家门，林仁玉是最后一个到的家。拐过街口，走近家门外的时候，她不知道怎的又回过头去往身后一望，却见到刚才还站在屋檐下的那个刘连副，不知道啥时候，也跟了过来！

天啊！

她推开院门，匆忙上了闩，喘着粗气，后背顶在门板上，终于把气舒了过来，这才迈进房间，把朱省身搂进怀里：

"儿啊，儿啊，这是怎么回事啊！"

/ 六 /

连续几天，海上刮的都是直乎乎的正南风，顺风的船，使得宏船师父早一天回到了泉州南门外。

当天夜里，这位出家人一回到庆莲寺，也顾不得旅途劳顿，歇下脚来，略一洗漱，便着小僧人把御桥、溜滨两村的主事人都邀进寺中。两村人得知宏船师父是受南洋番客之托专程回来调停此事的，便先已知道购置枪支、修造枪楼的事是无望了。及至宏船师父说出两村的南洋番客筹款修渠买抽水机之事，双方便不再摩拳擦掌了。南洋的番客，赚钱也不容易啊！他们这样记挂着唐山的乡亲们，在家的人，怎好意思再打下去？再说了，两个村拼得头破血流直至闹出人命，还不是为个"水"字，如今南洋番客捎来了钱，让乡亲们能把渠修好了，能用上抽水机了，庄户人家求的就是这个！人心都是肉做的，庄稼人善良啊，谁兴那样打打杀杀的，再说了：两个村

200来号兵，吃喝拉撒，他们都侍候了整整20天了，他们养不起啊！

最后宏船师父说了："当下之急，就是把死者葬了，入土为安，都停棺在村外20天了，大家都于心不忍啊，我这里，带来了南洋两村施主捐出来的银元，是为补贴二位孤老施主日后养老之用，明天我当亲手把银票奉上，并把丧事办了。我当带着寺中所有的出家人，前去为其超度，这场丧事，还祈两村施主到场合力操办。"

/ 七 /

历代以来，村与村之间的械斗，出了人命了，一般地说，都会暂时偃旗息鼓些许时日，随后，死者入土则是很费周折的事，而最可怕的是继之发生的"进尸"或"游尸"。这就是死者那方的乡党扛起死尸闯进对方村落游走一番，或干脆"停尸"在对方村的街巷里，由此而引发的两村之间的全面械斗将是长年不断。泉州一带乡村为此而致双方"废乡"的事，历史上并不罕见。

由于双方南洋番客的努力，以及两村众多善男信女对宏船师父的敬重，死者终于"入土为安"了，连宏船师父也没有料想事情会办得如此顺利。死者下葬，是调停这种械斗最关键的一步，接下去的事，便好商量了，这位出家人的心放了下来。

然而，随后发生的一件事情却让宏船师父万万料想不到！

安葬死者后的当天下午，两个村的驻军"长官"相约来到庆莲寺。见到二位军人到访，宏船师父忙奉茶相待：

"这场浩劫，承劳二位施主及时赶赴现场维持秩序，避免更多生灵涂炭，实是功德无量啊，此等无量功德，贫僧当在诸佛尊前禀报，且返菲后，当广告南洋施主。"

二位长官答道："此二项就免劳师父了，我等乃行伍中人，枪筒里进出，直来直往，说话也不会拐弯抹角，今有一事，想请师父高抬贵手相助，未知可说否？"

宏船师父略一思索说："凡贫僧能做到的，又不违佛门戒律者，贫僧当为之。"

二位长官之中一位说:"此事师父完全能够做到。我们已知师父此番回唐山,是受南洋番客之托,携了重金,前来料理后事。为平息这场械斗,我们200多位兄弟披星戴月,不分日夜已有20余日,夏去秋来,当下气候渐凉,而我们这200多位兄弟冬衣无着,还望师父能从所带重金中拨出区区小数,为我这帮弟兄每人添一套冬装。"

宏船师父听罢,不禁心中一震,想不到这两位军人会提出此等要求,只得以实相告:"贫僧此番回国,受二村番客之托,带了一些银两,施主分明交代,是为料理丧事及修渠购买抽水机之需,贫僧受人之托,绝不敢挪为他用,二位施主所言之事,请容贫僧近日回返菲律宾后转告。"

两个长官听到宏船师父这样说,知道他此番回来确实带来了一笔款项,而且这些钱现时还在宏船手里,他们心里这样想着,也不再多说,也不将手中的茶水喝了,只交换了一下眼色,便告辞了。

"师父说得也不无道理,既是您老做不了主,我们就找双方的保长去了。"

/ 八 /

那两位长官当天下午离开后,宏船师父便焦急不安起来,他知道那两位长官找到村中保长之后,说话绝不会像在寺中说的那般客气了!依照南洋番客的交代,安葬了死者,给了死者的双亲300元之后,他手里还有500大洋,他不知道那两位长官会向双方的保长开出几多价码?

作为一个受南洋番客之托的出家人,他为难啊!

当天夜里,两个保长果然先后来到了庆莲寺。

御桥村的保长说:"这事也不知道该怎么办才好——"他环顾了四周一眼,才接着说下去,"这些人都得罪不起啊。"

溜滨村的保长听到对方这么说,也壮着胆儿开口了:"要我说,这年头,这些兵比匪难侍候,那土匪是只在夜间里行事,是多是少,到手了就走,这兵呢,是给你明码标价呢。"

御桥村的保长说:"你那边开口多少?"

溜滨村的保长举出三个指头说:"这个数。"

御桥村的保长说:"我那边也开口300。"

溜滨村的保长说:"看来他们是统一了价码的。"

御桥村的保长说:"这还用说。"

宏船法师听到这里,叹了口气说:"那不是加起来600元吗,可我这里就只剩下500元了。"

溜滨村的保长说:"再找他们商量商量吧,看能不能压下来,这一场械斗下来,晚季稻都绝收了,今冬怎么过,明春怎么过,总不能再挨家挨户去派款吧?"

御桥村的保长说:"可这款不掏出来,他们怕是不走哩。"

溜滨村的保长说:"是啊,自古以来,摊上这样的事,送这些兵比什么都难啊!"

商量到大半夜,最后两个保长好不容易说动了宏船法师:"师父,我知道您老人家为难,我们也为难,而两村的乡党更为难啊。然而,这笔款不付出去,这些兵不走啊,想想看吧,200多号人,吃喝拉撒都得村里派,一天得花费多少,长痛不如短痛,天天痛不如一次痛……再讲讲价钱,看看能不能降下来。"

"讲价"的结果很快就在第二天夜里出来了:两个村上下各驻扎了108号兵,不分位置高低,每个兵两元大洋,216人共是432元大洋。宏船师父得知这个消息,禁不住有点后怕:幸好那300元已在丧葬前交到死者双亲手中了,要不然这卖命的钱怕也被这些兵要了去呢!

第4天,宏船把交过"兵款"后剩下的68元大洋如数交到两村保长手中,保长接过这些银元,在手里掂了掂说:

"把这些都籴了谷子存着,开春的时候,在祠堂里熬公粥,让揭不开锅的农户们,都过来舀一碗米汤挡挡饥!"

宏船师父听着,转过身去,面对大殿里的众多神佛凄然泪下。这位出家人,满怀屈辱,无可奈何地仰天长叹:

"苦海无边啊!"

第5天,这位出家人又回南洋去了。

第五章 解放了！

/ 一 /

还是那句老话：接神容易送神难！

432块大洋并没有送走那些"兵神"：他们依然每天在村里溜达转悠着，依然在祠堂里支起大锅做饭，村里的女人依然轮流为他们洗衣裳，他们有时也"荷枪实弹"上官渠走一遭，带着几副扑克，在那里打到天黑才回来。

这时候，已到了旧历九月了，又到了"九月九掠日"的季节，日头儿一下子短了下来。

和众多庄户一样，林仁玉的几亩晚稻都旱死了，绝收了，但她的早稻收了整整14担，加上街邻还过来的借粮，交出去三担"跑水"粮后，林仁玉净存下15担早谷。凭着15担早谷，吃到来年早谷登场，他们娘俩是断不了炊了。现时，她厅堂里7口大缸，都装满了谷子，大缸旁，还堆着一垛番薯。还有，院子外有一座稻草垛，隔些日子，再把田里那膝盖高的稻草收割回来，她再不用下溜石湾捞游木去了！

这一天黄昏，林仁玉正在灶屋煮晚粥。她坐在灶前把朱省身搂在怀里，一边与儿子没天没地地唠叨着什么，一边往灶腔里塞进草去，一只大黑狗趴在她脚下，偏起头来，听着母子俩的知心话。

吱呀一声，虚掩的院子门被谁推开了，她也不在意，她的院里常有街邻走动，可她脚旁那只狗突然站了起来，奔出灶屋，叫了起来——是来了生人了！

林仁玉拉着朱省身走出来一看，院门内站着那个刘连副！大黑狗正朝着他叫吠着，把他堵在那里。

林仁玉站在那里，喝住了黑狗强忍着心跳说："这位长官，你有什么事啊？"

那刘连副看了一眼跟前的大黑狗，再看着林仁玉手里提着的烧火叉与站在她身旁的朱省身，露出笑容说：

"我这衣上的纽扣掉了，想费神你给钉一钉。"

这林仁玉生性善良，总把人往好里想，中秋节那天的事，过去十来天了，事后也没再发生什么，她后来想想，也许是自己多疑了，人家不是跟在她后面，而是同路往哪里走呢。想想一个当兵人，离家千里，纽子掉了，拿惯了枪的手，提不起针线来，这个忙是得帮他的。她低下头来对儿子说：

"省身，去把长官的衣裳接过来——天也不早了，长官，你先回吧，我明早给送祠堂去。"

那刘连副忙说："别，别劳烦你，我明天查岗去，不在祠堂里，我查岗后自己过来取吧。"那刘连副把手中的衣裳交给朱省身，又睒了一眼跟前的大黑狗，返身走出门去了。

林仁玉这才走了过去，关上院子门，上了闩。

/ 二 /

九月里日头短，太阳刚刚偏西，暮色就弥漫下来了。林仁玉招呼儿子吃过夜，为他洗过手脚后，已到了掌灯时节。她坐到灯下，将刘连副送过来的衣裳摊开来，发现那件上衣中间还折着一条裤子，也分不出是外裤还是里裤，林仁玉先把那件衣裳上掉落的几个纽扣重新钉上了，再把那条裤子抖开，她发现这条裤子的一排纽扣都掉光了，突然间，她觉得自己右手上触着了一股湿乎乎、黏糊糊的东西，接着一股腥味扑鼻而来，她身上一下子冒出许多鸡皮疙瘩，胃腔里翻滚着直想呕吐，她忙把那条裤子摔出去好远：

"呸，这是哪门子的事啊！"她感到恶心，感到屈辱，"这个臭兵痞，畜牲胚子，他把我当成什么了！"她愤愤地骂过之后，心里便害怕起来，这衣裳自己送过去或让刘连副过来取，都不是个法子。刘连副既已找上门来了，这件事情就没个完了！她预感到有一场祸要降临了！她害怕起来了，她毕竟是一个守寡的女人，没有公婆，没有妯娌，就自己一个人顶着朱家的天地！她前思后想，又想到了朱永明："永明啊，要是你活着，谁还敢这样欺侮俺啊！啊，啊，一个守寡的人怎就这么难啊？"她伤心地说着，一把把身旁的朱省身搂进怀里，

"儿啊儿啊，你快快长大，你怎么总长不大啊？"

怀里的儿子，仰起头来看着母亲说："娘，娘，你怎么哭啦，娘，娘，你莫哭，身身，要长大，要长大！"

/ 三 /

这个夜晚，林仁玉没睡成一个踏实觉！她在床上翻来覆去，直到想出来一套法子之时，已听到鸡鸣了！她迷糊了一阵子，见窗棂上已透过白了，忙翻身下了床，走进灶屋，做了粥，张罗着让朱省身吃早。她想待会儿，把刘连副的衣裳送到渡口上去，让那些轮到为兵们洗衣裳的媳妇们把它送到祠堂去，她知道那些媳妇们不会这么早上渡头，而那个刘连副也说今儿要去查岗，所以她也不急着上渡头去，便提着扫把扫起院子来。

这时候，有人轻轻拍响了院门。

"谁啊，"林仁玉放下扫把，走过去拔开了门闩，她万万没想到，推门进来的又是那个刘连副！

"这位长官，我待会儿正要让人把你的衣裳送过去呢！"林仁玉声音有点颤。"不用不用，已经劳烦你的针细活了，怎好意思再劳烦送过去，我，我自己能来。"那刘连副浑身上下将林仁玉瞄了一番后，眼光落在她的胸脯上，那饥饿的眼神在她鼓鼓的胸脯上停留了好久，看得林仁玉都哆嗦起来，之后，他回过身去，掩上院门，上了闩！

"你想干什么？"林仁玉尽管心慌得直跳，还是厉声地问道。此时，她手里既没有烧火叉，刚才手上的那把扫帚也搁屋檐下了，而那条大黑狗，见到有主人接应着客人，也走出院门去了。

她就赤手空拳一个人！

刘连副突然一步跨了过来，拦腰把林仁玉抱了个紧，不容她张口喊出声，他那张长满胡茬儿的大口已凑到林仁玉嘴上来了，林仁玉慌忙偏过脸去避开了：

"你，你想干什么，我喊了！"她挣扎着，却发现自己已被抱离了地面，抱到屋檐下的台阶前了，她撑直了两只脚板，死命顶着台阶沿，不让自己被抱进屋去，她又不敢大声叫出来，怕朱省身看了这情景会吓坏的！

就在她的脚掌顶着台阶沿，两个人相持着的那一瞬间，林仁玉突然一下子镇定了下来：

"这位长官，这……这样的事……怎能这样呢……我儿……还有我小姑仔昨儿回来做客，还在屋里呢……"

"那你说怎办，只要能成了这事，你说怎办都行。"

"别……别这样……"

"要别这样，我昨儿还送衣裳过来干吗？我今儿这大早的还过来干吗，你说啊？"

林仁玉再次镇定了下来："这样吧，你今晚二更天过来吧……别拍院子门，你在屋后我房间的窗门上轻轻敲三下……"

那刘连副想了想，松开两条手臂，让林仁玉的一双脚落到地面上："一言为定了——跑得了尼姑跑不了庵！"

/ 四 /

林仁玉豁出去了！

她想过抱起朱省身，回御桥村娘家避一避，可一想，她凭什么要这样躲着避着；再一想，这伙兵眼下还没个要开拔的迹象，她得躲到什么时候？又一想，这兵荒马乱的年头，她眼下院子有这么多谷子，她放心不下！而且，御桥村也扎着兵，那里不会同样有刘连副、李连副，再遇上了，她往哪逃往哪避？

她心一横，一咬牙，不走！

她林仁玉豁出去了！

九月的日头是那样短！害怕西偏的日头落下去，它还是落下去了！

夜来了……夜深了……

很快就到了二更天。

没有月亮，天黑沉沉的。头更天里，就刮起了嗖嗖的秋风，这会儿，风更大了，一阵紧过一阵的秋风，把门窗晃得噼啪响。

林仁玉早已把儿子哄睡了，然后，她把桌上的灯火拨得只剩下火萤[1]般大小，自个儿和衣斜靠在床墙上。听着周围门窗乒乓作响，她的心也一阵阵地怦个不停！

窗棂上传来了响声——三下！

林仁玉一听，双脚从床上落到地上。

过了片刻，又是三下——林仁玉没有听错。

这会儿，她的心反不再怦得那么厉害了，她蹑着脚走到窗下，隔着窗户对外面的人说：

"谁啊？"

"是我！"窗外显然是刘连副火急火燎的声音。

"是刘连副，怎声音不像啊，你站高点，让我瞧个清楚，要不然，我不敢开门呢！"林仁玉边说着，边把窗门拉开了。

"是我，真的是我，你仔细瞧着！"刘连副站直了身子，把整张脸贴到打开了的窗前来。

就在这一瞬间，他感到一股不知名的汤水劈头盖脸地泼将下来，那汤水灌进耳轮里，灌进眼窝里，灌进脖颈里，呛进鼻孔内，渗进嘴中。他双手往脸上一抹，抹下来一把黏糊糊的东西，这才闻出一股恶臭来！

/ 五 /

林仁玉泼出去的那半尿盆子臭粪，是傍晚时分，她从茅坑里用尿瓢子舀上来的，黏稠稠的屎汤里面爬满了白肥肥的屎蛆，啪的一声，她听出那盆屎汁是迎面泼中刘连副的！

那只空尿盆，还在散发着恶臭，她也不敢打开房门把它搁到外面去。窗棂上沾着粪星儿，也在散发着恶臭，她更不敢上院里去，端过一盆水把它冲了。院子门早在黄昏时就关上了，又用一把锄头顶死了，房门更是闩得紧紧的。出过了胸中那股恶气，林仁玉坐在床沿上，她把油灯拨得很亮很亮，怔怔地看着那跳动的火苗出神！

她现在什么也不敢想，只在留心着屋外的动静。

夜不知道有多深了。屋外是满世界的风，刮得很紧很紧，风声中似乎还夹着阵阵隐隐约约的雷响，啊，是秋后雷，莫非要下一场夜雨了？朱省身翻了一下身，他被尿憋醒了，哭夜了。林仁玉把儿子抱过来，司过了尿，就让他在自己怀里睡过去了，他睡得很沉很甜，对于刚才发生的事，他全然不知！

此时早已过了子夜，天地间只剩下风在吼着，除此之外，什么也没有。林仁玉依然没有一丝睡意，她不敢合上眼皮，她知道自己已闯下了祸，但这是逼出来的，她也不愿闯这个祸啊！

她在聆听着屋外的动静。

这时候，有零落的枪声从远处传了过来——林仁玉能听出来那是枪声，而不是鞭炮声。鞭炮声是成串的，而那声音是零零落落的，况且这是大半夜里，又不是过年过节的时候。

那零零落落的枪声久久没有停下来，一声紧一声慢的。林仁玉能辨得出来，那枪声是隔着晋江水，从北边，从泉州城那边传过来的！

/ 六 /

又过了约莫半个时辰，她听到了屋外的村街上，有阵阵躁动的声音。那声音不是从哪个角落响起，而是连成一片。接着，整个村子的大狗小狗约好了似的，一起吠了起来！

她的心怦怦跳了起来，把怀里的儿子搂紧了！

更深了，风愈紧了，而枪声，也愈加响了。

狗吠得更凶了，院里那条大黑狗，也跟着恶狠狠地吠着。

这时候，小院四周的躁动声变成了骚动声。那是人的脚步声——不是一个人两个人，而是一群群，一群群；这一群群的脚步声正在朝这座朱家小院拢了过来！

啊，但愿天快一点亮吧，然而，天亮了又能怎么样？

这时候，第一声鸡啼从远处响了起来！

听到这一声鸡啼，林仁玉把儿子放到床上，拉过被子把他盖实了，然后，她提着脚跟，走到后窗前，轻轻把窗户拉开一道缝，往窗外一看，天啊，满村街上都是兵！黑夜中，看不清他们的面孔，但能看到他们身上的枪！

她的心提到了嗓子眼儿上！

她想到自己那半盆屎的祸闯大了——屋外的那些兵，不是正朝着她的院子围拢过来吗？

看到了这阵势，她倒不怕了。

是祸躲不了，是福丢不了——还是这句老话！

她从窗口走了回来，走到床前，踏上床去，把床架上那只箱子搬了下来，打开了，从里面掏出一把亮晃晃的匕首。

这是朱永明当年在南洋，在菲律宾沦陷期间时刻带在身上的那把不锈钢匕首，她把它紧紧握在手中，看着那在油灯下闪着寒光的刀刃：

"大不了是个死！"她心里说着，转过身子，看着甜甜睡着的儿子，俯下身去在他额头上亲了一口，泪水禁不住淌了出来。

又过了半个时辰，大片的鸡鸣从屋外，从四面八方响了起来，在这片此起彼伏的鸡鸣中，有雷声滚过屋顶！

啊，雨要来了吗？

那么多兵不是正朝自己的小院围拢过来吗？可过了这么久了，怎没有人过来拍响院子门——这是怎么回事？

林仁玉再次走到后窗口，朝外面望去，此时，天正在破晓，她看到了，村街上有许多兵，不只是百十人，是很多很多，不知道有多少！不像是刘连副一伙人的。他们有的已经打起地铺，睡倒在人家的屋檐下了。

又一阵风刮过，又一阵雷响过，接着，一场大雨沙沙沙地落了下来！

1949年，在泉州南门外，从立秋到现在，整整50天没下过雨了！雨水落进干涸的大地，立即升上来阵阵雨腥味，这阵阵雨腥味弥漫了整个溜滨村……

这时候，天已经破晓，伴随着那淡淡的晨光，伴随着那沙沙的雨声，一阵阵大锣的响声传到了林仁玉耳中。并且，伴随着这锣声，林仁玉分明听到了一声震天动地的呐喊——

/ 七 /

解放了!

/ 八 /

　　这个时候,距离新中国成立还有好些日子。而由菲律宾华侨将军叶飞率领的中国人民解放军第三野战军第十兵团已挺进八闽大地。是夜,部队越过泉州顺济大桥,国民党军队仓皇撤退。刘连副是带着林仁玉泼出去的那一身粪臭随军南逃的……
　　溜滨村解放了!
　　林仁玉解放了!

注释:
〔1〕萤火虫。

第六章　归来

/ 一 /

沈霏就要回唐山了!

1950年9月初,一位香港友人来到马尼拉,口头通知沈霏做好回国的准备。她将作为海外华侨代表,被邀请到北京参加中华人民共和国国庆大典。其实,如果没有接到这个通知,沈霏也已经准备要回唐山了。在菲律宾,她似乎已了无牵挂:从1947年春天到1950年春天,她已在华侨义山为双亲整整守了三年灵。这期间,"菲化案"不再甚嚣尘上,菲华社会日趋稳定。沈霏是那种过惯了轰轰烈烈生活的姑娘,一旦置身于平静的生活环境中,她反倒不知如何是好了。更重要的是抗战中那些出生入死的战友,都已陆陆续续离开菲律宾了,比如说黄杰汉、木村……这些友人的离去,使得沈霏备感孤独!

还有沈尔齐——她的沈尔齐!

沈尔齐是1942年5月间回唐山抗日的,前后8年了。8年间,在唐山故国,日本侵略者被赶出去了,解放战争胜利了,新中国成立了。当年的沈尔齐,不正是为了这一切而去了唐山故国吗?如今,这一切都实现了,可是沈尔齐啊,怎么没有你的一点音讯呢?

她向往着自己的祖国,她已不再满足于从收音机里听到的,关于那片土地正在发生的天翻地覆的变化;那里正在进行着的轰轰烈烈的建设——那是什么样的一种令人向往的新生活啊——她想回到那片土地上去!

尽管她出生在南洋,尽管她已快到30岁了却从没有回过唐山,但她已认定了那里才是自己的祖国,那里才是自己的根之所在,那里才是自己的源之所出!

1950年春天,她开始做着回到新中国的准备,这期间,她已把自己栖身的楼房变卖,从此以后,她在菲律宾一无所有。她将卖房款全部存入银行,随时可以提取——她随时准备带回唐山。

/ 二 /

几天之后，沈霏接到一份大红烫金的请柬，是通过中华人民共和国新华通讯社转送过来的。这是中华人民共和国外交部的请柬，邀请沈霏于1950年10月1日上北京参加国庆大典！沈霏是1950年9月9日接到这份请柬的。

按照北京方面的安排，沈霏将于9月15日到香港集中，然后由香港进入广州北上赴京。

前后还有一个星期的时间，该办的事情，都已经办好了，沈霏希望那个启身的日子早早到来——她的心早已飞到那处不曾谋面却早已让她魂牵梦萦的唐山去了。然而，随着9月15日的临近，沈霏的胸怀里突然弥漫起一种莫名的惆怅——她发觉自己其实是那样浓烈地爱着菲律宾！

啊，菲律宾，亲爱的奶娘菲律宾啊！

……沈家出洋的历史，应当上溯到沈霏的曾祖父那一代人，那是大清乾隆年间的事了。他的曾祖父是从泉州南门外清濛村卖猪崽到菲律宾当苦力的。清濛村距旧泉州顺济桥尾，仅有一箭之遥，那是个多姓聚居的村落。这个村落南渡菲律宾的历史已有好几百年了。到了20世纪40年代，清濛村便已有了10户人家就有8户菲律宾番客之说了。当年"清濛番客"在泉州南门外一带是很有名的。马尼拉的王彬街，就是以祖籍清濛村的华裔罗曼·王彬的名字命名的。这是一位曾经为抗击西班牙与美国殖民者，为振兴菲律宾而鞠躬尽瘁直至献出生命的英雄。从抗击西班牙与美国殖民者到抗击日本侵略者，从罗曼·王彬到沈尔齐、沈霏……一代代的"清濛番客"都曾经为菲律宾做出过巨大贡献。这一切，"清濛番客"都认为是理所当然的，因为他们是菲律宾奶娘的乳汁哺养起来的儿女，他们所做的一切，仅是一种反哺之情！

从她的曾祖父到她的祖父，从码头上的苦力，到烟叶园的工人，到了她的养父母这一代，终于在马尼拉王彬街上有了一家属于自己的布庄。从呱呱坠地直到今天，沈霏已在这片土地上生活了近30年了，如今，她即将离开这处生她养她的国度，回到唐山去了，她的心里好受吗？

她乘的是1950年9月12日夜晚的船。平日里，她就有早起的习惯，这一天她更是起了个大早。漱洗过后，她就上街去了，她一个人迎着早晨的阳光，漫无目的地走在王彬街上。她想再看一看这一条条亲切的大街小巷，再听一听这里亲切的市声，再闻一闻弥漫在这里的亲切的气息。她不知道这次去了唐山，今生今世能否再回到菲律宾？三天前，当她接到那张烫金请柬之后，立即去了一趟当年阿悦山菲华支队抗日游击基地。菲律宾沦陷期间，沈霏曾经在那里住过很长时间。那里的山山水水、草草木木都让她难以割舍。她逐一拜访了当年的山民朋友，这些善良热情的阿悦山山民，在抗日斗争最艰难、最困苦的日子里，与菲华支队的战士们结成了生死之交。她在山里一直辗转到了月上中天，在一位山民家里宿了一夜。第二天上午，才依依不舍地出了山，一大群阿悦山山民一直把她送到山下来。她了却了一桩心愿，算是向他们告别了。

此时，她漫无目的地走在王彬街上。不知道什么时候，她已走到国泰电影院前面来了！啊，当年他们曾在这里集会演讲，宣传抗日救国。那一天，他们为躲避日本宪兵追赶，不慎跑进了一条死胡同，幸得一位菲律宾老人相助，才得以脱身……那如火如荼的斗争岁月又历历在目。国泰电影院四周早又恢复了战前的繁华，各种赶早市的小吃铺、点心店都已经热热闹闹地开张了，沈霏这才记起来还没吃早餐呢。她随意走进路旁一家大排档的凉棚里，要了一份咖喱饭，一盘鲜芒果片，怀着一种莫名惆怅的心绪慢慢地吃了起来——她想到这也许是她在菲律宾的最后一次早餐了……

后来，她竟走进一处背街的巷道里了。啊，这不就是当年被称为"布袋街"的那条只有进口没有出口的小巷吗？她又看到了堵在巷底的那道墙，墙上依旧爬满了西番莲青藤。青藤下那扇活动铁门已不复存在，那将近一人高的出口显然是后来加大的。从这个洞口往外望去，当年废弃的花岗岩桥墩上已架上了新桥。马尼拉护城河的清清河水，潺潺地从桥下流过，护城河的那边，是一片芭蕉林……

那紧邻洞口的第一个桥墩！

那桥墩上曾经矗立过一位拾破烂的菲律宾老人——那个以自己的死掩护了5个华侨抗日青年渡过护城河的菲律宾老人[1]……

啊，别了，这难离难舍的一切……

啊，别了，菲律宾奶娘，沈霏将在今夜离开您了……

沈霏在王彬街上走了整整一天，直到夕阳西下的时候，她才离开王彬街，上华侨义山去了。

在宁静如水的月色下，她在双亲坟前供上一捧茉莉花，烧上了一炷香后，就直奔马尼拉港，登上了前往香港的轮船。轮船离开码头时，已过了子夜时分。

1950年，新中国政府还没有与菲律宾建交，遵照新华通讯社香港分社的交代，为防止出现节外生枝的事情，沈霏此次回唐山，几乎是在秘密的状况下行动的，甚至如林子钟这样亲密的朋友，她也没有正式向他告别。知道她的确切行期的，只有李东泉的夫人颜漱女士，作为当年菲律宾华侨抗日妇慰会的主席，颜漱女士也收到了新中国外交部的请柬，她本来已准备好了要与沈霏同行，但是临行前两天，她接到了菲律宾法院的通知，要她提供菲律宾沦陷期间，李氏公司财产遭受日军侵略的材料，她只能留了下来。然而，她特意托沈霏给毛泽东、朱德捎去了两包雪茄。当年沈尔齐回唐山的时候，李东泉也托他给延安的毛泽东、朱德带去了两包同样的雪茄。

这一个夜晚，沈霏站在甲板上，双眼里含着泪，久久地望着不夜的马尼拉城，直到那星星点点的灯火消失了，直到朝阳升了起来……

/ 三 /

1950年9月底，虽然离国庆节还有几天时间，但北京城却早已沉浸在节日的气氛里了，大街小巷，人们已忙着张灯结彩了。沈霏是在9月27日乘坐火车从广州抵达北京的。整整半个月的旅途，从海上到陆上，几经辗转她终于来到了自己祖国的首都，她终于看到了北京城！

9月28日，她见到了先期到达这里的陈嘉庚先生。菲律宾抗战初期，在李东泉先生还未前往美国发动抗战募捐之时，沈霏就多次听他讲起陈嘉庚先生倾家办学、倾家救国的事迹，多少年来，她一直对这位老华侨怀着深深的敬仰之情。如今，这位老人就站在自己眼前了。当接待人员将沈霏介绍给陈嘉庚时，这位老人久久地握着她的手说：

"沈霏啊，早就听说过你的名字了，李东泉先生在世的时候，多次提过你呢——这次邀请南洋华侨回国参加庆典大会，你的名字还是我提议的呢。还有李东泉先生的太太颜漱夫人，也是我提的名，可惜她不能来了。"

听到陈老先生提起颜漱夫人，沈霏说："此次我来北京，颜漱夫人还让我给毛泽东主席，给朱德总司令带来两包雪茄呢。陈老先生，我该怎么交给他们呢？"

陈嘉庚先生想了想说："这样吧，10月1日那天，你把那两包雪茄带上，当面交给他们——沈霏啊，还有一件事，前些日子遇见了你们当年菲华支队的黄杰汉队长，他提到了你呢，这次回来，你应当见见他呢！"

听到陈嘉庚先生提起"黄杰汉"三个字，沈霏心胸猛地一震：

"啊，陈老先生，您认识黄杰汉队长，您见过他，他现在在哪里啊？"

陈嘉庚先生说："你们那位晋江老乡啊，现在在福建省委工作呢。"

啊，黄杰汉是1947年中秋夜之后离开马尼拉回国参加解放战争的，他回到唐山整整三年了，他该有沈尔齐的消息了吧？

啊，沈尔齐啊，我等了你8年，我寻找你8年了，你不是回唐山了吗？我寻找到唐山来了！

你如今在哪里？

/ 四 /

9月29日晚，一位服务员叩开了沈霏的房间，送过来一小盒蛋糕：

"沈同志，这是周总理办公室让我们送过来的生日蛋糕，祝您生日快乐，沈同志。"

"生日蛋糕，谁的生日啊？"沈霏听着，疑惑地问道。

"沈同志，是您的生日啊——还有一套夹装，周总理办公室的人说了，现在已是秋天了，北京远比菲律宾要冷得多，明天您要上天安门观礼台，风大着呢，您要多穿衣裳！"

"周总理，是不是周恩来总理啊——他怎么知道我的生日，连我都忘记了今天是我的生日呢——啊，我明白了……"

自从离开双亲之后，整整10年了，再没有人记起沈霏的生日了。在战乱的岁月里，沈霏也从没想过哪一天是自己的生日！直到几天前，在填写上天安门观礼台的代表表格时，其中有一栏出生年月日，沈霏才又记起了自己的生日——1921年9月29日。周总理办公室当然是从那表格上得知自己的生日的！

她双手把那盒蛋糕捧在怀里，她舍不得吃……她又想起了他：沈尔齐，我终于回到"家"了，今天是我的生日，可是你在哪里，你怎么不来分尝我的生日蛋糕啊……

注释：
〔1〕见《南洋泪》第一部第十一章"青春年华"。

第七章　南洋媳妇（上）

/ 一 /

国庆节过后，沈霏婉拒了到东北参观新中国重工业基地的安排，很快地离开了北京。她日夜兼程，来到福建省省会福州市，从北京一路陪送她过来的，是国务院侨务办公室的一位姓刘的大姐。

那一天下午，长途汽车抵达福州城，来车站接她的是黄杰汉！

坐上军用吉普之后，黄杰汉说：

"沈霏啊，我们这就上省政府去，叶飞将军、张鼎丞省主席都在那里等着呢——叶飞将军算是我们的老乡了，也是从菲律宾回来的呢。"

黄杰汉提到的叶飞将军，沈霏早就知道了。当年十九路军将领蔡廷锴将军到菲律宾碧瑶岛养病时，曾接见了是时年仅十几岁的沈霏，就在蔡廷锴将军的房间里，沈霏第一次见到了身上同时有着中菲两个民族血统，后来回到唐山成为新四军名将的叶飞。一眨眼就过去了20年！

然而，沈霏心里始终记挂着另一个人！

她记挂的是沈尔齐！

登上吉普车后，坐在后排的沈霏，对着坐在驾驶座旁的黄杰汉说的第一句话是：

"杰汉啊，你回唐山都快4年了，沈尔齐呢，你见到沈尔齐了吗？"

车颠得厉害，老掉牙的吉普车马达声很响，但黄杰汉还是听清了沈霏的问话。他没有回答，他怎么开得了这个口呢？这位出入枪林弹雨也没眨过眼的当年菲华支队队长，此时竟没有勇气回答沈霏的问话——等会儿到了省政府，让叶飞将军、张鼎丞省主席开这个口吧！沈霏见黄杰汉没有回答，便心想着是车颠马达响，他没听清她的话吧。

/ 二 /

1950年的秋天，省城福州的公路路面非常不好，从长途汽车站到省政府所在地，吉普车走了好长一段时间。

10月日短，刚刚太阳才偏西，到省政府办公厅时，已近黄昏了。叶飞将军、张鼎丞省主席在办公厅门口将沈霏迎了进来。入座之后，沈霏望着坐在身旁的黄杰汉，又把刚刚在车上问的那句话重复了一遍。

黄杰汉听着，终于开口了："沈霏啊，都过了吃晚饭的时间了，先一起去吃饭吧，我们边吃边说，好不好？"他这样说着避开了沈霏的目光。

沈霏听着，不禁心中一震，一种不祥的预感升腾上来，她看定了黄杰汉，缓慢却是不容置疑地说：

"不，没有得到沈尔齐的消息，我吃不下这顿饭，杰汉，8年了啊，沈尔齐回唐山8年了啊……"

在座的其他4个人一齐望着她，他们都发现了，此刻的沈霏，完全像是一个任性的孩子。

黄杰汉为难地望着省主席张鼎丞，又转过头去，用同样为难的目光望着叶飞将军，终于，他发现叶飞将军开口了：

"沈霏同志，你是个坚强的女同志……"

看到叶飞将军把话停在那里了，沈霏心中再次猛然一震，她沉默了片刻，终于缓慢地从座位上站了起来：

"叶飞将军，您，别再说下去了，我明白了……"她这样说着，声音有些颤抖。然后，她走到窗前，那是一个朝西的大窗，此时，秋后的夕阳已经收去了最后一抹阳光。

……当沈霏回过神来的时候，她发现自己置身于一间小小的餐厅里。跟她一起围坐在餐桌旁的是叶飞将军、张鼎丞省主席，还有黄杰汉以及北京来的那位刘大姐。这间餐厅离刚才的那个办公室有一小段路，沈霏竟然记不起来自己是怎么随他们一起走过来的！

"沈霏同志，关于沈尔齐同志牺牲的确切消息，我们是在上个月才得知的，是通过广东省委的同志了解到的……"叶飞将军用低沉的声音，简略地谈起了沈尔齐的牺牲经过……

……1942年春天，沈尔齐第三次，也是最后一次率领菲华青年回国随军服务团回到唐山。当时"皖南事变"发生不久，北上抗日的路已经断了，沈尔齐便留在广东东江抗日游击总队，任政治教导员，不久后，因患重病入住游击队铁岗医院治疗。几天后，国民党以重兵包围该医院，病中的沈尔齐为掩护伤病员突围，饮弹牺牲……

沈霏木然地坐在那里，平静地听过了叶飞将军的述说。之后，她似乎依然是那样平静地久久地坐着，像沉默的山，像无言的海。然而，过了片刻，她终于还是号啕大哭起来：

"不，不不，不会的……尔齐啊，我等了8年了啊，8年了啊，尔齐！"

沈霏只在福州军区招待所住了一个晚上，第二天上午，她就驱车前往广东去了。叶飞将军、张鼎丞省主席本来是要让黄杰汉陪她过去的，但沈霏坚拒了。她想一个人去，她想自己一个人去寻找沈尔齐的葬身的地方——那是她与沈尔齐之间的爱，他们有过承诺——她一定要找到！后来，是叶飞将军给广州军区通了电话，让他们关照沈霏在广东的一切。叶飞将军、张鼎丞省主席以及黄杰汉等人，完全清楚：沈霏绝不是一般的姑娘，完全可以放心她单身出行，尤其是在解放了的新中国。

此时，正当秋后10月，在长江以北，已是秋风萧瑟、落叶纷飞的季节，而在中国南方边陲，在粤南的东江地区，却是时值二次逢春的好季节。紧邻香港的这片山山水水上，随处可见的高大挺拔的木棉，正当二度花开，10月里复季开的花甚至红于4月里正季开的花。

过去的东江游击区，如今已改为东江军分区，当年毁于战火的铁岗医院，现在已成修葺一新的军分区医院。

1950年，从福州到东江地区，沈霏辗转坐了两天的车。在沈霏到来之前，广州军区的同志已接到了叶飞将军的电话，让他们尽力帮助沈霏找到沈尔齐的殉身处。沈霏是先到广州后，由那里的同志陪她到东江军分区的。

/ 三 /

8年过去，江山依旧，人面已非。但在面目全新的东江军分区医院里，还是有人对沈霏谈起了沈尔齐……

1942年4月，沈尔齐因肺结核病，被送入铁岗医院。那时候的肺结核病，是被称为肺痨病的，差不多是不治之症。病中的沈尔齐，每天午后发着潮热，咯血不止，但即使是在患病期间，他还是受托担任了医院政治指导员之职。国民党是在那天下半夜包围医院的。他们出动了一个正规营与一个民团大队的兵力，当夜医院中有30多位抗日武装的伤病员被杀害，另一部分人在沈尔齐的指挥下，从边门冲向后面山岗，突围而去。第二天太阳升起来的时候，在离医院后面几百步远的山坡上，一棵高高的木棉树下，人们找到了沈尔齐，他坐在地上，背靠着木棉树……

当年那场战斗中一位幸存的老游击队员，把沈霏带到这棵木棉树下，他弯下腰去，指着离地面两三尺高的那截树干说：

"你看，他就是靠在这里的——这些小小的树瘤，当时可都是子弹眼啊，每一个弹眼里都渗出了血色的树汁……我们找到他的时候，太阳刚刚升起……"

沈霏蹲下身子，抚摸着树上那些微微突起的树瘤。而后，她站了起来，仰头望着树冠——秋风擦过，有一朵开透了的木棉花掉落下来……

沈霏虽被带到了沈尔齐牺牲的这处所在，但她是从战争中走过来的人，她深知战争中往往会发生许多意想不到的事情。除此之外，她还秉着"活要见人，死要见尸"的古训。她从那棵木棉下直起身子之后，久久地看着那位老人，从容不迫地问道：

"你们怎么能肯定他就是沈尔齐呢？"

"后来，我们把这一夜牺牲的战友合葬在一起了，你看，就是那里。"老游击队员指着前面的一处墓地说，"那里有墓志铭，烈士的名字都镌在上面了。"

沈霏急促地朝那处墓地走去。

8年过去，粤南多雨的气候，使得茔前那方墓志铭蒙上了斑斑苔藓。

然而，沈霏还是在那上面找到了三个字。

这三个字把她心中最后一线渺茫的希望抹去了，那三个字是一个人的名字，那是——

沈庆炬！

在菲律宾，知道沈尔齐还有另外一个名字的人非常之少，而沈霏当然知道，沈庆炬就是沈尔齐——她知道沈尔齐每次回唐山用的都是沈庆炬这个名字！

站在一旁的那位老游击队员，分明听到了沈霏用哽咽的声音这样对着坟墓里的人说：

"尔齐，我终于找到你了，我看你来了，我是沈霏，我是你的妻……"

/ 四 /

出了泉州南门，有一座长长的桥，叫顺济桥。1950年，顺济桥是架在几个石墩上的一座大木桥，桥的南端，当地人称之为桥尾的所在，有一座不大不小的尼姑庵，为朵莲寺。从朵莲寺往西走过去几十步，再拐南，一箭之遥的那处掩映在龙眼林里的村落就是清濛村了。

虽说已到了10月中旬，然而，四季常青的龙眼树，依然长得葳蕤墨绿、郁郁苍苍。

这是一处多姓聚居的村落，其中就有沈姓人家，沈姓人家中就有沈尔齐一家。

沈尔齐的家是一处低矮的小院，那院墙是用破砖断瓦合着石灰泥浆垒起来的。院墙前面，有一棵参天巨榕。这是一棵上了年纪的老树，树荫下飘拂着许多气根，就如耄耋之年的老人的胡须。气根下，一座巨大的石卵，这石卵一半埋在土里，而露出地面的那一半，足有它对面的那座小屋高，大小也如同那座小屋。这棵大榕树上，长年有老鸦做窝。尔齐是沈家长子，他下面还有弟妹，他未去南洋的时候，时常爬到自家门前这棵大榕树上去，从树冠里掏出一个个老鸦蛋来，让娘放进熬地瓜糊粥的锅里一起煮熟了，分给弟妹吃，他自己总是舍不得吃。1931年，16岁的沈尔齐去了南洋之后，常常处于饥饿中的弟妹，再没能吃上龙眼果大小的香喷喷的老鸦蛋了——

敢于爬到这棵几层楼高的大榕树上去的，只有沈尔齐，他胆大心细、手脚灵活。

沈尔齐的母亲，沈家足娘在大榕树后面的那座小院里，日夜惦记着她远在南洋的大儿子。早年间，她知道沈尔齐回过唐山参加抗战，但是后来，日本人被打跑了，再后来，解放了，可儿子至今不见回来。沈家足娘如今已是背驼了，发白了，眼花了，可是还没有盼回来沈尔齐。

然而，沈家足娘盼来了另一个人，盼来一个出乎意料的人——她盼来了沈霏。

广东东江军分区医院后面山坡上的那座坟，坟前墓志铭上的那个名字，抹去了沈霏心存的最后一线希望，或者说是最后一丝侥幸——她知道沈尔齐已经永远离她而去了，从此以后，她只能在记忆里，在梦里见到他的形影了。

在东江军分区，她也只住了一个晚上，便匆匆离开了，她又回头北上，直奔福建。

她必须回到泉州，她必须回到泉州南门外那处叫清濛村的所在——沈尔齐告诉过她的：清濛故乡，生活着他的母亲沈家足娘。当然，清濛村也是沈霏的根之所在——是放过她的曾祖父的摇篮的地方！

她必须回去，只有回到那个地方，她才能更进一步地走近沈尔齐。

沈霏终于寻到清濛村来了。

清濛村是沈霏的故乡。然而，从她的曾祖父那一辈人开始，沈家就南渡去了南洋。100多年过去，沈家几代人再没有回过清濛，如今，沈霏回来了。

那天上午，离开设在泉州城内的晋江地委前往清濛村的时候，她仍然坚拒了地委要派人陪她的安排，她想一个人去。

走过顺济桥，她果然就看到了桥尾西侧的朵莲寺，这是沈尔齐告诉过她的。

她朝着那寺庙走去。

这时候，突然下起雨来了，而且不小，这是秋天的雨，凉飕飕的。沈霏避进了路旁一座小亭，那小亭隔着马路与朵莲寺相望。雨愈下愈稠了，她站在亭内往朵莲寺西南侧的方向望去，可以看到一大片龙眼林，还可以看到龙眼林荫下隐隐约约的村庄——那不过是在一箭之遥的地方，她心里断定，那必定是清濛村了——这也是沈尔齐告诉过她的！

雨还没有要停下来的意思。她从远处那片龙眼树下把目光收了回来，环视着避雨的这个小亭。

这显然是一座老亭，它没有墙壁，只有四根花岗岩石柱支起一个亭盖，连着这四根石柱的几条花岗岩石板，是供过往行人坐着歇息的。亭子中央一方小石桌，桌后一座小碑坊，沈霏定睛一看，上面依稀可见一副残存的楹联"清风满座……佳茗沁怀……"沈霏心想：这里是出入泉州的必经之道，或赤日炎炎，或风雨交加，过往行人避入此亭，皆能得到荫护，这是哪一年哪个人发此善心，建了这个亭？沈霏正这样想着，突然间，一个似曾相识的名字，从眼前那根亭柱上映入她的眼帘：吴记虎！

那布满斑驳苔痕的花岗岩石柱上，镂进这样的字眼儿："南安诗山乡吴记虎先生……捐建·民国廿四年岁次乙亥春日"

这捐建雨亭的吴记虎，是不是当年南洋的那个吴记虎——那个在"九一八事变"以后，捐了5架战斗机，并在厦门开办航空学校，为中国抗日部队培训航空人员的吴记虎？他的儿子吴启新，当年是随沈尔齐回国抗日的啊！后来这一批人全部在广东东江战死。沈霏暗暗地责备起自己来了：为什么几天之前在东江烈士墓前，她只找到了沈尔齐的名字，便没有再往下找呢？那上面会不会有吴启新的名字？

为了中华民族的独立解放，为了造福后人，多少年来，有多少人献出了自己的一切——包括生命，我们所有的后人不该轻易忘记他们啊，沈霏默默地对自己说。

雨已经渐渐稀疏下来，最后，终于停了下来。泉州南门外的秋雨，不会没完没了的。

她走出雨亭，往一箭之遥处的那个龙眼林荫中的村庄走去。

这个时候，日头已经偏西了，夕阳下的田野上，刚刚沐过秋雨，即将开镰的稻谷，在一阵凉过一阵的秋风里摇摆。

/ 五 /

  朵莲寺西南方向，有一大片田野，这时候秋稻还没有收割，所以直到走近了，才能发现稻田之中，其实是有一条两米来宽的小路。沈霏走进了这条小路，不久之后，便看到路中间一座亭子，与刚才走出来的那个亭子一般大小。这就是草鞋亭吧？她从亭间穿行而过，走出去几十步远，便发现眼前一座微微拱起的石板桥，桥面有3米来宽，10多米长，她想这就是清濛古桥了，而在桥的南端，那当然就是清濛村了！

  沈霏是平生第一次回到故乡，但是对于这里的一切，她仿佛曾经亲临其境，仿佛曾经在梦里来过——不是的，这一切都是从沈尔齐的口中得知的！沈尔齐告诉过她，这座石板桥建于北宋年间，已存在近千年了；沈尔齐告诉过她，那个草鞋亭有着一个古老的传说……

  她想象着，她是应当与沈尔齐携手走在这条故乡小道上的——然而，她的沈尔齐已死去了！

/ 六 /

  她甚至没有打听路，便轻易地找到了村中那棵最高大的榕树，找到了榕树下那座巨大的花岗岩石卵。而正对着石卵的那座破旧的小院，当然就是沈尔齐的家了——这不是梦吧？

  她走到她的沈尔齐的家门前来了。

  啊，那虚掩的门扉里面，他的母亲在吗？

  她甚至没有想过见到她时该怎么称呼，该说些什么，就"吱呀"一声推开了门扉。

  她看到了坐在屋里小灶前烧火的一个老人——是到了该做午饭的时辰了吧？

  尽管是在大白天，但那灶屋里却是昏暗的。从灶口里映出来的火光，照出了老人脸上纵横交错、深深浅浅的皱纹，还有那满头的白发——这肯定就是沈尔齐的母亲了！

老人终于发现家里来了客人。她颤巍巍地从矮凳上站了起来。她终于看到了十分面生的沈霏——这是谁啊——她正这样想着，便感到那个年轻的女子已扑进了自己的怀里，随后，她听到了怀里的她，用一种类似受了巨大委屈的孩子的那种声音呼唤着：

"妈妈——"

她在呼唤谁呢——这屋里眼下除了她与她没有第三个人了——如此说来，她是在呼唤她了。

接着，她感觉到怀里的那个孩子，紧贴在她的胸前，抽搐着哭开了……

夕阳正在西沉，门外的那棵大榕树上突然热闹了起来——那是歇晚的群鸟归巢了。

沈霏显然是听到了门外嘈杂的鸟鸣，她止住了泪水，从沈家足娘的怀里仰起头来：

"妈妈，这么多的乌鸦——尔齐说过的，他没去南洋的时候，常爬上这棵榕树掏下来乌鸦蛋……"

第八章　南洋媳妇（下）

/ 一 /

御桥村紧傍着塔山坡，塔山坡上有条村街，沿着这条小小的村街往西走过去不到三里路，便是清濛村了。

这时候，一位年纪很轻的姑娘，正走在这条村街上。

这是一个梳着两条辫子的姑娘，身上穿着那个时代她这种年龄的少女常穿的米黄色的碎花偏襟衫。她的肤色比在泉州南门外常见到的女人要深些。这是一个重眼皮的姑娘，睫毛很长，只要认真一打量，就会看出这个姑娘不像是本地人。

她身旁跟着一个三四岁模样的孩子，她紧紧地拉着那个孩子的手，那个孩子也紧紧地拉着她的手。那孩子左边手腕上挂着一串贝壳手链，那是一串鹦鹉螺壳穿成的手链。

有过往的村邻跟他们打招呼："月珍啊，今儿你们母子上哪儿啊？"

那个被称为"月珍"的女人答道："云昭跟我上清濛去呢。"

刚刚下了一场秋雨，村街两旁的龙眼树上还挂着水珠。听到树荫里有鸟雀啁啾，那个孩子拉着"月珍"停了下来：

"妈，你瞧，树上那鸟多漂亮，那是不是叫情侣鸟？"

"月珍"驻脚抬头一看，树冠里上下跳跃着两只鸡蛋大小的小鸟，那身上长着金黄色羽毛的鸟雀还真是情侣鸟：

"乖，你怎么知道？"

"我就知道嘛——妈，在南洋那边，在阿爸南洋那里，也有这种情侣鸟，是吗？"

"有的，怎么会没有呢——啊，我知道了，你是猜的吧，你是猜到这就是我说的那种情侣鸟吧？"

"是的，我猜对了吧？妈，你把那只鸟抓给我吧，在南洋那边，你不也给阿爸抓过吗?"

"妈不是说了吗,那鸟是不能抓的,抓了其中一只,另一只就会哭到死去的,乖,你忍心吗?"

"好,不抓就不抓,不忍心呢!"

那个孩子还想缠着"妈"说什么,可"杨月珍"急了:"阿昭,乖乖,别闹了,你看,都快近晌午了,我们要上足娘阿婆家呢。"

"那好,妈,我们快走吧。"

"阿昭,要不让妈背着你吧?""杨月珍"说着,蹲了下来,让云昭趴到自己背上来了。

/ 二 /

杨月珍不是已在1948年的5月葬身在溜石湾的漩涡里了吗?

其实,带着林云昭的这个重眼皮的姑娘就是罗茜!

她来到御桥村林家小院的第二年,泉州解放了。在随后的土地改革中,需要逐家逐户登记人口。当罗茜背着林云昭来到村公所登记户口时,她是报上了"罗茜"这个姓名的,这个名字让村公所里那些工作人员听蒙了,他们第一次听到这么奇怪的名字,于是,村公所里那个北方来的工作组长在问明了事情的缘故之后,便建议罗茜还用原来女户主杨月珍的名字登记,对此,罗茜没有异议。这件事报到中共晋江县委副书记卢翠林那里,也得到了认可。这个副书记是分管这项工作的,她当然是认识林子钟的,她甚至真诚地希望:罗茜终能替代杨月珍,日后真正成为林云昭的母亲。

罗茜一身汗水,背着林云昭来到沈尔齐家的时候,碰上了沈霏!

三年多了!两个来自南洋的女人又遇到了一起!她们怔怔地相互对望着,许久许久,她们终于发现,这不是在梦中!沈霏发现,当年那个菲律宾马来族渔家女孩,如今长大了!她显然比在菲律宾白皙了许多。而罗茜看到,沈霏比当年瘦削了许多,她的眼角已出现了淡淡的鱼尾纹。在罗茜的记忆里,沈霏姐姐的脸盘是多么光洁鲜亮而又美丽动人啊,她还发现了,沈霏姐姐的双眼红红的,似乎刚刚哭过:

"沈霏姐姐，你怎么也来了？你什么时候回唐山的？你找到沈尔齐了吗？"早在菲律宾的时候，罗茜就知道了沈霏、沈尔齐之间的恋情。

听到罗茜的问话，沈霏刚刚止住的泪水又涌了出来，但她立刻就强迫自己止住了哭声：

"罗茜，我已找到沈尔齐了，他牺牲……"她的声音带着哽咽，"罗茜啊，我刚刚都听……我的……娘说了，她现在终于明白了，这许多年来，都是林子钟按时以尔齐的名义捎来家费……我……替沈尔齐，替我们一家人感谢了……"

罗茜掏出了怀里揣着的那些钱，递了过来：

"足娘阿婆，沈霏姐姐，大清早，南门批馆就把南洋捎过来的款子送到御桥村了，刚才下了那阵雨给耽误了，这才给您老人家送了过来。"善良的菲律宾姑娘，她本来还会像以往那样，把那些钱说是"沈尔齐先生捎来的"，此刻，听到沈霏姐姐已把事情说白了，便改口说是"南洋捎过来的"了。要在往日的这个时候，足娘阿婆早已掏锅揭罐给云昭找吃的去了。现在，她却把罗茜递钱过来的那双手紧紧握住了，并一把将罗茜搂进怀里，流着眼泪说：

"……月珍啊，都5年了……你们一直瞒着我……这5年来，每个月从南洋寄过来的家费，都是林子钟掏自己的钱……都不是沈……尔……齐……寄来的……再别这样做了……"

这个时候，屋外有人叫道："足娘啊，又到客人了。"

罗茜转身一看，进来的不是仁玉姑姑吗？走在姑姑身旁的那一位不正是卢老师？

"云昭啊，你看，姑婆来了，快，跟姑婆亲——卢老师，你好啊，你怎么也过来了？"罗茜轻轻把林云昭推到林仁玉跟前，回过头来望着卢老师。

"我让你仁玉姑姑带着，一路走啊，就走过来了。"卢老师说。

林仁玉看看卢老师又看看罗茜说："罗茜啊，刚才走过御桥村时，卢老师还提过你呢，你们早认识了？"

卢老师笑笑说："早认识了，是老朋友了，是不是？"前阵子登记户口时，她知道御桥村的林家小院有这么一个叫罗茜的菲律宾女孩后，特意前往看望了她，并向她打听了林子钟的消息。第一次见面，知道了她的来历后，她就疼爱着这个单纯善良的异国女孩。这个女孩让她想起自己的女儿莹莹：她跟莹莹年岁相仿，她跟莹莹长得一般高，莹莹白些她黑些……卢老师用充满母爱的眼神凝视着罗茜，又想起了女儿莹莹来。几个月前，女儿随她南下时，在福州考取了福建省军政大学。几天前，莹莹来了信，说是学校正挑选一批学生到沈阳军区边境驻军服役，她已经报了名。卢老师知道，莹莹要去的地方就是中朝边境。隔着鸭绿江，朝鲜国土上已开始了一场殊死的战争。她明白，女儿此去是为了什么，然而，作为共产党员，她义不容辞地给女儿回了信：支持她的选择！女儿报名获准了吗？她去沈阳军区之前，还能见上一面吗……

……卢老师很快又回过神来，发现自己还握着罗茜的手，便微笑着说："罗茜啊，你到中国来都三年多了吧，想家了吗？"

"想啊，能不想吗？当初离开菲律宾的时候，也没想到过，会来了这么久——现在倒好了，既想着菲律宾，又真是舍不得云昭了。"善良的菲律宾女孩说着，低下头去亲昵地望着紧紧依在自己腿旁的林云昭。

站在一旁的沈霏，听着她们说着，把话接了过去："这林子钟也真是的，都这么些年了，怎么也不回一趟唐山……"

卢老师说："是啊……如今解放了，世道变了，他怎么也得回来看看新生的祖国啊……"她清晰地记得，林子钟是1938年去了南洋的，她更清晰地记得，那一个严寒的冬夜，他是怎样把那些抗日标语贴到街上去的……她对自己的这个学生有着难以磨灭的感情！

"这也怪不得子钟，他一个人，要兼顾着两个店铺……也不知道'菲化案'真的过去了没有，也不知道这好久来，谁能帮他，他一个人难啊，谁能为他洗衣裳，谁能为他做饭……"罗茜说着，深深地叹了一口气。

沈霏是知道罗茜对林子钟的那份感情，更看到了眼前罗茜与林云昭之间那种难弃难离的亲情，如今月珍没了，还真只有罗茜这样心地善良的女人能替代她，莫非这就是缘分？如果此时只有她跟罗茜在一起，她一定还会告诉罗茜，让她对林子钟把话挑开了，当然，她还会给林子钟去信，要她接受罗茜！由此她又想到沈尔齐，想到自己与他已阴阳两隔，不能成为伴侣，所以，她更希望这个善良的女孩与林子钟终能结成眷属。不要铸成终身遗恨！然而，有这么多人在场，她只好把到了喉口的话打住了——唉，来日再说吧！听了两个年轻人的话之后，卢老师转过脸来，看着沈霏，同时把手伸了过去："沈霏同志啊，没想到会在这里遇上你——我是中共党员卢翠林。"

沈霏握住她的手说:"您好,卢翠林同志。我是沈霏,我的组织关系也已经确认下来了,所以我也是中共党员了——哦,卢翠林同志,您是怎么知道我的名字的?"

"沈霏同志,关于您的情况,晋江地委的领导同志跟我介绍过了。"卢老师说。

看到她们另有话说,沈家足娘便领着俩人走进一个房间,放下了门帘:"你们在里面谈你们的,我们在外面谈我们的。"说着,把门带上走了出来。

卢老师拉过沈霏的手坐了下来:"沈霏同志,我想,对于您来讲,最悲伤的时刻已经过去了,您挺过来了……20年前,我也经历过同样的不幸……"她把她的手紧紧地握着,谈起了20年前被残杀在上饶集中营的丈夫,"……都过去了;都让它过去吧。您和我,我们终于都挺过来了……中共溜滨区委就要成立了,我即将被派往溜滨区委工作,接下去,轰轰烈烈的土地改革马上要开始了,就像北方一样。还有许许多多的工作,我们的丈夫没有机会做的,我们有幸能做了。沈霏啊,希望你也能来溜滨区委工作。如果你愿意,我将向组织上提出建议,沈霏啊,这里是你的故乡,也是我的故乡,再没有哪一处地方,能像故乡这样让我们牵挂了。您是从遥远的南洋回来的,而我,从延安,走了大半个中国,还是回来了……"

"卢翠林同志,只要组织上决定了,我一定来。"

/ 三 /

当天傍晚沈霏就赶回晋江地委去了,如果当夜她不回去,地委那边的同志肯定会找过来的,沈霏不愿耽误他们的时间。

第二天,她又早早回到清濛村来了,她还随身带来了一床棉被,这是今天早晨她托地委的同志买的。看来,她一时半晌是不会离开清濛村的。从在广东东江找到那处墓茔,对着长眠在那里面的沈尔齐说出"尔齐……我是你的妻……"之后,她就决定了此次的清濛村之行,并认定了自己此生此世,是沈家足娘的儿媳妇了!

首次的故乡之行,她已经了解到,接下去,是必须为沈尔齐补办后事了。既然她已经宣告过自己是沈尔齐的妻子，那么沈尔齐的后事她就必须主持操办！还有，她的早已长眠在马尼拉华侨义山的养父母，他们的魂灵至今还漂泊在南洋。这一次离开马尼拉，她本是打算把双亲的骨骸带回唐山故土的，但是依照上级的指示，她此次出行，必须绝对保密，所以她只能自己一个人回来了。现在理所当然地该由她做主，把他们的魂灵招引回来。

近20年过去了，直到沈霏的到来，清濛村的乡亲们才知道，当年那个少小离家去了南洋的沈尔齐，已成了千秋鬼雄再不还乡！

可是他的魂灵是一定要回来的！这是晋江侨乡的风俗。客死他乡的亲人，不管生前是穷是富，是贵是贱，他的魂灵都要回到生过他、养过他、放过他的摇篮的所在——我们晋江人称之为"摇篮血迹"——那是你带着母亲身上的热血降生的地方。

1000来人口的清濛村，倒有王、张、郑、沈、蔡、曾、陈等七八个姓氏，沈姓是其中一姓。如果沈尔齐是寿终正寝而死，那么，按照当时的习俗，他的丧事，大多只由沈姓人操办。然而，沈尔齐是轰轰烈烈地死于27岁；他的死，以及他生命的轨迹——他的短暂的却是悲壮的27年的生活的历史，使得清濛村各姓氏的男女老少乡党们一齐公认：沈尔齐是属于他们整个清濛村的！

连续两个夜晚，大榕树后面的那座小院，都挤满了各姓乡党，他们是来与沈尔齐的母亲足娘，与沈尔齐的遗孀沈霏商讨沈尔齐的后事的。

沈尔齐当年是从溜滨渡头乘船去了南洋的。按照我们侨乡的古老风俗，还得从溜滨渡头，将他的魂灵招引回来：那需要扎一艘纸船，那纸船应该是由道士放入水中的，那是去把沈尔齐接回故土的船。当纸船推入水中之后，道士便要把死者的姓名填进木主，依照惯例，这方木主都是由长房孝男抱回宗氏祠堂安放的，这是整个"引魂"中最重要的一件事，否则，引魂将毫无意义。但是，沈尔齐死于27岁，他没有后代。在我们侨乡，没有婚娶的男人，被视为不是完整的男人。然而完整的男人，却不一定是壮烈的男人。而如沈尔齐这般壮烈的男人，却因为至死未曾婚娶而不完整。

然而他有过初恋！

他因有了沈霏这样刻骨铭心的初恋，而终于能够在作为一个壮烈的男人的同时，也作为一个完整的男人的灵魂被招引回到他的摇篮血迹来了——

该由谁把沈尔齐的木主抱进沈氏祠堂？

正当众乡党为此事感到难以张口的时候，却听到沈霏平静地说："木主由我来抱。"——整句话只有6个字。

听到这话，紧坐在沈霏身旁的足娘禁不住老泪纵横了。她抓起衣襟擦了一把，用无限怜爱的眼神看着沈霏，她发现，两三天下来，沈霏的脸瘦去了一大圈！怎么能不瘦呢？这些天来，她吃没正经吃过；睡呢，沈家再找不出一块床板来为她搭铺了，夜深了，她就摊开带来的那床被子，与足娘挤一个被窝。

许久许久，老人才用沙哑的声音说："孩子，你想好了，这可是终身大事啊……"

"就这样定了。"沈霏仍然平静地说着——这句话更短了，只有5个字。她说着，又往足娘的身上靠了靠，同时抓起她那只骨棱棱的粗糙的手，紧紧地握着。

"引魂"的一些细节，都大体上确定下来了。最后的一个重要的环节，那就是引魂队伍压阵的阵头了。有人提议出动踩高跷，有人提议出动舞狮队，但讨论再三，众乡党都觉得用这样的"阵头"去引回沈尔齐的英灵，会让外乡人指着清濛村的脊梁骂寒酸！

此事一直议论到当天下半夜，众乡党才一致定了下来：用拍胸舞队压阵，去把沈尔齐的魂灵接引回来，而且这支拍胸舞队必须是64人方阵的！

"妈妈，什么是拍胸舞啊？"南洋回来的沈霏，第一次听到了在自己的故乡有这样的舞蹈。

"这该怎么说呢，孩子，明天引魂的时候，你就能看到了。"足娘答道。

/ 四 /

第二天是个晴朗的日子。对清濛村来说，这是一个极其隆重的日子。大清早，凡是能走动的，都加入了引水魂的队伍。今天水时早，不到10点钟，溜滨滩上就会涨满潮水，他们必须在涨潮之前把纸船推出去，在潮水涨上来的时候，就得把逝者的灵魂引到木主上，由沈霏抱回清濛村。

不到8点钟，引水魂的队伍就在溜滨湾外的沙滩上会齐了。

这时候，那个穿着黄袍的领队道士，正面对着湾外的大海，他把巨大的水牛号角含在嘴里，仰起头来，望着旷远的秋空，吹出了单调的、苍凉的呜呜声。在这苍凉的号角声中，两艘纸扎的双桅船被另一个道士放入水中。那其中的一艘是要接回沈霏养父母的，而另一艘当然是属于他们的女婿沈尔齐了。纸船的底部都是涂过了桐油的。当不大不小的西北风，缓慢地把两艘纸船向晋江口推送出去时，喇叭、唢呐、大鼓、锣钹便一起轰鸣起来了。

就在这个时候，拍胸舞队起舞了！

那是由64个剽悍的男子组成的舞队，每个人都头扎稻草编成的箍套，每个人都下着宽大古朴的黑色抿裆裤，他们都赤着一双厚实的大脚，全部袒胸露背，隆起的肌腱，在太阳下闪着古铜色的光泽。

没有任何乐器伴奏，只听到领舞者一声呼啸，64个大汉便齐刷刷地抬起左掌，向着自己的右胸猛力拍击，于是，一阵阵肌肉碰撞的声音由此响起。接着，是右手拍向左胸，再后来是双手垂放下去，左掌右掌一先一后拍在大腿上。随着手掌的动作，高高提起的光脚板也依着节奏一次次重重地落向地面——噼啪！噼啪！噼啪！

……如此周而复始，连续不断……

刚刚起舞的时候，那64个健壮大汉是睁着双眼的，他们的动作迟缓而从容，那噼啪声清脆而悦耳。片刻之后，他们的双眼便微微眯了起来……那舞步逐渐加快了，那肌肉的碰撞声也随之激烈起来了，那噼啪声也更加迅猛了，就如万马奔腾，山呼海啸，他们的舞姿也变得如痴如醉。最后，他们一个个都闭上了双眼。这时候，对于他们来讲，世界仿佛已经不复存在，他们一个个如梦如幻地进入了一种癫狂的境界，那舞姿就如同台风旋转，一时间里山摇地动、石破天惊；那台风裹挟着一种一往无前、所向无敌的力量，呼啸在天地之间！这些癫狂的舞者，渐渐地散开，又渐渐地收拢，后来，他们就把两个女人——烈士的母亲与他的妻子——沈家足娘与沈霏团团围在中间了……

面对着这前所未见的故乡的舞，沈霏直感到一阵眩晕。她朦胧地感觉到那些舞者已融成了滔滔的大河；已燃成了熊熊的烈火；已化成了隆隆的雷电……

随后，她的眼前出现了遥远的阿悦山上抗日游击战的岁月；出现了王彬街上焚烧日货的熊熊大火……还有屹立在马尼拉护城河桥墩上的那位拾荒的菲律宾老人……

她的热血为之震荡,她的灵魂为之颤怵……

她感到了一种莫名的苍凉与旷远,一种莫名的庄严与悲壮;接着,她还听到了一种声音,啊,那是一种生命的呐喊——那是一种人类的肉体与灵魂执着的不可亵渎的呐喊!

……在这时候,她渐渐感到面前的舞声正在升华成一种壮伟的歌声——

那是——起来,不愿做奴隶的人们!

那是——把我们的血肉,筑成我们新的长城……

啊,那是谁的声音——那是沈尔齐的声音吗?

是他呼啸着、高唱着这样的歌声回来了吗?

大约是20世纪70年代初期,在晋北御辇村(即书中御桥村的原型)的一个葬礼现场,我看到了这一生中所看到的唯一能把拍胸舞跳到极致的一个舞者。这之前,据说拍胸舞是喜庆场上的舞。这个舞者的极致,可以称得上空前绝后。时至今天(2007年夏天),我还未见过能达到那位舞者的出神入化的高度的拍胸舞,更别说超越了。我现在所写的关于拍胸舞的这段文字,就因为我记起了那位舞者。我后来得知,那位舞者竟然是一位精神病患者,祖籍地是晋东函口村。他高大魁伟,当年30岁不到,据说家境还好,他四处流浪,并不伤人,一见丧葬便主动献上拍胸舞。就拍胸舞而言,他称得上一位杰出的艺术家。由此,我深信:优秀的疯子可能就是杰出的艺术家,而杰出的艺术家可能就是优秀的疯子。

此时正当深秋时节,咸味的海风带着阵阵凉气,从遥远的海上,涌了过来……

沈霏终于从朦胧的幻觉中回到现实中来了。她看到周围那些舞者的胸前已渗出了血水,那是拍出来的!她看到他们脚下的沙滩是湿润的,那是他们的汗水与泪水浇出来的!

她终于忍禁不住,紧紧抱住了身旁的沈家足娘,号啕大哭起来。

……

"沈同志,这是你双亲的灵位,这是沈尔齐的灵位,都已经填写好了,你看看。"刚才那个吹号角的道士走了过来，把两方杉木制成木主双手交给沈霏。

沈霏接过来一看，其中一方的上面写着：

> 生于民国三年元月十一日
> 卒于民国卅一年十二月七日
>
> 考沈尔齐灵位
>
> 未亡人沈霏立
> 一九五〇年十月十八日吉时

而另一方写的，则是沈霏双亲的生卒时日了。

辽阔的晋江口外，铺天盖地的大潮正汹涌着向溜石湾滚滚而来。早潮的水，已涨到沙滩上来了。引水魂的队伍该回去了，按照泉州南门外的习俗，沈霏必须怀抱那两方灵位——一方是她的养父母合一的木主，一方是她的夫君的木主——走在队伍的前面，走回清濛村，安放到村里沈氏祠堂的公婆龛内。从此以后，三位逝者才算真正回家了。

"娘，我们回去吧。"沈霏低低地招呼了一声，把两方木主紧紧地抱在怀里，迈开了脚步……

第九章　两个女人与二十七朵茶花

/ 一 /

茶花开了。

1950年深秋，正当茶花盛开的时节，在南京城中华门外，在通往菊花台陵墓的那条上坡小道前面，停下来一辆帆盖吉普车，一个抱着满怀茶花的女人，从这辆吉普车里走了下来。

那辆吉普车是从南京市区开出来的。现在，它停在一棵古松树下。那位怀抱茶花的女人，回过身来，对陪同她前来的两位军人说：

"解放军同志，您们就在这里休息片刻吧，我想一个人走过去，我想在那里多待一点时间，好不容易能到这里一趟啊……"

"您上去吧，就是前面那座陵墓，我们就在这里等着，您别急。"那两位也刚从吉普车里迈出来的军人说。

前面是一段小路，吉普车已经开不进去了。怀抱茶花的女人踏着庄重肃穆的脚步，朝着几十米处的一个小山峦走去。

天色很好。偏西的太阳将这个女人的身影拖得很长很长，阳光照耀着小道两旁的枯黄野草以及已经凋零的不知名的山花。

这里就是菊花台。此时，本该是菊花盛开的季节；然而，1950年的深秋，菊花台没有菊花。那时候，大规模的战事刚刚结束，而在西南边陲，包括西藏在内的大片土地上，激烈的枪炮声还没有停息下来；而在东北，在鸭绿江的彼岸，一场白热化的战争正在进行着，残酷的战火随时可能越过江水蔓延过来，大批的中国军人以及各种枪炮辎重正源源不断地向鸭绿江的彼岸集结。这种时候，人们似乎无暇顾及石头城外的这处菊花台。

1950年深秋的菊花台没有菊花。

然而有一个女人惦记着菊花台；惦记着菊花台上的那座陵墓。这种惦记缘自三年前，缘自1947年在异国的一个承诺。为了这个承诺，这个女人在1950年深秋来到了菊花台。

在小路的尽头,在一座峻伟的陵墓前,那女人停下了脚步,昂起头来,仰视着眼前这座屹立在蓝天下的碑。这里埋葬着9个人,9位中国的外交官。那是1942年4月17日,在马尼拉被日军杀害的,以总领事杨光生为首的中国驻菲总领事馆的全部外交官,共8人。还有同年被杀害于山打根的中国驻法属北婆罗洲领事卓还来。

1947年7月,8位驻菲外交官的遗骸移葬此地。同时迁葬过来的,还有原先已在北京八宝山入土的卓还来领事。随后几年里,由于战事频繁,人们似乎已经淡忘了这处陵墓。这里距南京闹市虽只有十几公里,但那几年里,却罕有人迹,尤其是在这样的深秋午后。此时,这偌大的空旷的坟地上,只有这个怀抱茶花的女人。

她对着面前那座石碑仰视良久,然后上前一步,把怀里的茶花供到花岗岩陵案上,喃喃地对着陵墓里的亡魂说:

"杨光生先生,我看您来了,我答应过的,我一定会来看您的,5年了……我给您们带来了一束茶花……"她说过这些话之后,便沉默了。而后,她虔诚地低下了头,久久地伫立在那里……

/ 二 /

其实,在此刻,在那座高大的陵墓碑后,还有另外一个女人,她紧紧地靠在这座碑的背后,她是先于那个怀抱鲜花的女人来到这里的。她登上这座小山峦刚喘过一口气来的时候,便听到了小路外传来了汽车声,她回过头去,看到了那辆军用吉普车,看到了从车上下来的那位怀抱鲜花的女人,以及紧随在她身后的两位军人!她认定了,她们显然也是上这处陵墓来的——那个怀抱茶花的女人从小径上走了过来——这是唯一的走向陵墓的小路;小路的尽头就是这座唯一的陵墓。她刚才就是踏着这条小路走过来的。

那个怀抱鲜花的女人,独自一个人走了上来,她能够看清了,这是一个穿着列宁装的女人——是天蓝色的列宁装,而抱在她怀里的是茶花!她虽然久居海外，但她知道，在这个时代，在中国大陆，身上穿着列宁装的女人，一定是在哪个政府部门工作的"革命同志"，或者是跟"政府"有着某种关系……她正这样想着，那个怀抱茶花的女人，已经愈走愈近了。她忙抬起脚来，遁入那座大碑背后——她不愿意有人发现她——她从大洋彼岸而来，辗转过多个国家、多个港口，最后从香港经广州来到南京。她此次菊花台之行，完全处于一种秘密的状态之中，她不愿意让人们知道她是谁，也不愿意有人发现她的故国之行……她的丈夫曾经为之尽忠效劳直至献身的政府，早已沦亡到海峡彼岸上去了。她在故土似乎已经举目无亲，也已经了无牵挂，她不知道共产党领导的政府是怎样看待她这种身份的人，她担心会遇上麻烦，尤其是她来自美国，这个国家眼下与中国共产党政权即将兵戎相见；而在大洋彼岸的曼哈顿，还有两个女儿等着她回去呢！由于路途遥远，由于辗转迂回，她离开两个女儿竟快半个月了。临走的时候，她是曾经想过让两个女儿同行的，但是她终于打消了那个念头。那是因为，她担心菊花台的这座陵墓已毁于内战的炮火，倘若如此，她不能让年少的女儿目睹那种惨状。自然，还因为少了一个人同行，就少了一分麻烦……

……她的心突然跳得更厉害了——她看到那个怀抱茶花的女人已走到身旁来了，她看到这个还非常年轻但又似乎不太年轻的女性——记忆中的那个女性，是个常穿热带衣裙，束着马尾发辫的华侨少女，而眼下这个怀抱茶花的女性，穿的却是天蓝色的列宁装，梳着齐耳短发……她用后脑勺顶住石碑，仰面对着空旷的蓝天，凝神静气地听着陵墓前那个女人说出的每一个字……

她万万没有想到，从1942年春天到现在，近8年的时间过去了，除了她，以及她的女儿之外，还会有人记得这些遇难的中华民国外交官，还会有人为他们送来了圣洁的茶花！

她拼命地用上牙咬住下唇，不让自己哭出声来。然而，泪水还是如汹涌的大潮奔流而出……

也不知道过了多久，她发觉到自己耳朵轰隆作响，什么也听不到了——那是泪水淌过眼角，灌满了她的两只耳朵。

后来，她把顶在碑身上的头收了回来，探出半张脸，往碑前观望着。她发现那个穿列宁装的女人，已离开了陵墓，正沿着小路朝下走去，她真想对着她的背影呼唤一声——她们毕竟离别了快4年时间了！

然而，望着那辆军用吉普车以及那两个军人，她终究没让自己呼唤出来。

她怔怔地目送着那个穿列宁装的女人踏进吉普车，又愣愣地目送着那辆吉普车消失在西照的夕阳里……

而后，她从碑后走了出来，走到陵桌前，捧起了那束茶花，深情地凝视着。那是刚刚绽开的那种百叶瓣的茶花，每一朵花都有小碗口那么大。最下面的那一层花是白色的，铺在墨绿色的厚实的茶花叶上，是9朵；第二层是浅紫色的，也是9朵；最上面的一层是红色的，还是9朵——那是鲜烫的热血洒落在圣洁的白雪上；那是鲜红的烈火燃烧在喷薄的热血上。

——那是27朵茶花。

而在花束旁边垂挂着一条素白的绸带挽幛，那上面是一行工整的墨字："祭敬'二战'中在南洋为国捐躯的九位中华民族外交官"。

献花者挽幛上不是写的"中华民国外交官"，而是写着"中华民族外交官"——仅一字之差——在中国，数千年来，在这无垠的历史长河中，无论社会如何变迁，而"中华民族"永远是中华民族。

——"中华民族外交官"——她为这一行字感到由衷的欣慰！

接着，上面那个献花者的名字映入她的眼帘！

沈霏！

几天前，沈霏在泉州南门外为父母亲，为沈尔齐"引水魂"之后，便直奔南京而来。自然，又是叶飞将军给南京方面挂了电话，要他们帮助沈霏找到菊花台。此次菊花台之行，又了却了沈霏的一桩心愿。

1947年，严幼训夫人从曼哈顿飞往马尼拉收殓丈夫遗骨的时候，沈霏对她说过，哪一天她能回到故国，一定要到烈士的陵前敬献一束鲜花。三年过去了，沈霏终于来了；她真的来了——为什么每色茶花都是9朵——那当然是因了这里埋葬着为国捐躯的9位中华民族外交官！

——献花者是一位多么细心而又重情义的人啊！

她再一次转过身子，朝向陵下那条小道遥望过去，然而，那辆吉普早已不见踪影。

过了许久许久，她才回过身来……

面对陵墓，她在回首往事……他们是在1931年深秋，是在"九一八事变"后相识相恋的，第二年，他们结婚了，那是1932年的夏天。从那一年到1942年，那是什么样的10年啊！如今，又是将近10年过去了，快20年了啊……

……光生，你长眠在这里了，而过了这个深秋的下午，我即将离去。我又要回到遥远的大洋彼岸去了，我还能再一次来看你吗——光生，我不知道……

……又过了许久许久，她才抬起头来，望着西方的天际。而后，她弯下腰去，俯身捧起那束茶花，细心地从三色茶花中，各挑出一朵含苞待放的花蕾——她要把这三朵花带回曼哈顿，她要告诉女儿：

"这花，是沈霏送到唐山南京菊花台你父亲陵前的……"

两行泪水从她双眼里涌了出来，落进她捧在胸前的茶花里……

菊花台一片沉寂，残阳如血，这是1950年的深秋……

两天之后，严幼训离开内地，来到香港。她在这里会见了多位来自台湾的朋友，这其中就有当年和她一起，从马尼拉华侨义山将她的丈夫，以及其他7位烈士的遗骸护送到菊花台安葬的中华民国外交部官员。他们带来了来自台湾的问候，并力劝她离开美国回到台湾定居。然而，严幼训婉拒了，并且很快地从香港飞越太平洋，又回到大洋彼岸的曼哈顿去了。从此以后，严幼训再没有回来过。

……多年之后的1989年，中华人民共和国政府正式追授杨光生等8位牺牲于1942年4月17日惨案的原国民党驻菲外交官为烈士……

有关严幼训的故事，在这部书以后的篇章里，或许将不会再提起了，所以，在这里，我必须向读者交代一个真正的严幼训——这就是严幼韵。

《南洋泪》不是一部传记作品，它是一部小说。关于这个话题，作者在《南洋泪》第一部的序言已经说过了。"……在写这一切的时候，我将努力做到既忠于历史又不束缚于历史……我将尽力做到'史'与'诗'的结合……"

——我做到了吗？

1942年"四一七惨案"中遇害的那位中国总领事，原名为杨光洼，前文中的"杨光生"就是根据"杨光泩"这个原型写的,而"杨光生"的夫人"严幼训",则大体上是以杨光泩的夫人严幼韵为原型写的。

多年来,我一直对这位富有传奇色彩的、坚强的中华民族女性充满了崇高的敬意,并一直关注着她的行踪。我知道,在2002年4月17日;也就是"四一七惨案"60周年的当天,严幼韵曾带着她的女儿杨孟蕾飞越太平洋,从曼哈顿来到马尼拉华侨义山杨光泩的殉难地吊唁,遗憾的是我当时不在马尼拉。

2005年6月初,为筹拍大型电视连续剧《南洋泪》(第一部),我飞往马尼拉,我的挚友,时任菲律宾中吕宋地区中国致公党理事长的年轻侨领朱海庭先生,在带我前往华侨义山祭拜8烈士纪念碑途中,交给我一份2005年5月29日菲律宾版的,刊登着有关杨光泩夫人讯息的《新民晚报》。由此,我得知严幼韵女士仍然健康地生活在美国曼哈顿,其时已是101岁高龄。

作为小说里的人物,我笔下的那位"严幼训"是"九一八"东三省沦陷后流落南下的女学生。而真实的杨夫人严幼韵却是中国上海复旦大学的第一届女毕业生。她的父亲当年在南京路上经营着"老九章绸布庄"。1927年,时年27岁的杨光泩获得美国普林斯顿大学国际法博士学位。是时,他拒绝了到华盛顿美利坚大学任教的聘书,回到母校清华大学担任政治学和国际法教授。次年,他离开北京到南京国民政府任职。

1929年,杨光泩与严幼韵成婚……

杨光泩与严幼韵生有三女:杨孟蕾、杨雪兰、杨茞恩。小女儿杨茞恩已于20世纪90年代去世,次女杨雪兰曾担任美国通用汽车公司副总裁……

2005年6月底,我再一次飞往马尼拉。在菲期间,我拜访了菲律宾中华航空公司的林伟瑶先生。我了解到林先生是严幼韵夫人的亲友。林先生在他的办公室里亲切接待了我,我通过林先生向远在大洋彼岸的严夫人转达了我的敬意,并向她报告了正在紧锣密鼓拍摄之中的《南洋泪》里有关杨光泩的情节……

……我在写着这段文字的时候,是2007年4月的一个上午。清明节刚刚过去,窗外正淅淅沥沥地下着没完没了的暮春的雨……

我抬起头来,凝望着窗外的西方天际,我知道,穿越万里长空,在遥远的大洋彼岸的曼哈顿，此时已经夜深了。

尊敬的严幼韵夫人，在4月的这个夜晚，曼哈顿下雨了吗？

……啊，再过几天，又是一个4月17日了……

第十章　溜滨区委

/ 一 /

这一年临近春节的时候，溜滨区委成立了，区委书记就是当年的卢老师，她还兼任着中共晋江县委副书记。

1938年秋天，林子钟去了南洋不久，卢老师就离开御桥村辗转去了延安。12年过去了，12个春秋，而就在这十几载之间，日本人被赶走了，国民党跑到台湾去了，青天白日旗倒了，五星红旗四处飘扬。

两个月前，卢老师随军南下，又到了泉州。在溜滨区委还未成立的一段时间里，卢老师就跑遍了这个辖区内的几十个村子，寻访了许多当年的地下群众。在遇到沈霏之后，她向地委请求，让这位归侨女共产党员来溜滨区委搭档。当年，溜滨区委机关就设在溜滨村朱氏大祠堂里。

这时候，新中国才成立不久，大规模国内战争的硝烟刚刚熄灭，而抗美援朝的战争又即将打响，区委一班人有多少事情要做啊！春节期间，他们没睡过一个囫囵觉，更别说能歇一天假了。

元宵节过后的第三天中午，溜滨湾里响起了阵阵大锣的响声，震天动地的锣声把三乡五里的人们都召唤到溜石塔下的坡地上来了。溜石塔旁，临时搭起了一个大讲台，这里正在召开一场群众大会。

林仁玉赶到会场的时候，溜石塔下已经人山人海了。在20世纪50年代初期，新生政权是一阵锣声就能召唤来万千群众的。林仁玉挤进人群，看到卢老师刚站到讲台上。见卢老师开口了，人们很快安静下来。林仁玉终于可以清晰地听到卢老师正在讲着美国侵略者如何在朝鲜发动了战争；讲到中国人民志愿军如果不跨过鸭绿江去支援朝鲜人民，美国人就将渡过鸭绿江来侵略我们，那么已逃到台湾去的蒋介石军队就会趁机反攻大陆，我们就将受两遍苦……她说，过了正月，春忙就要开始了，希望大家努力搞好生产，争取丰收，支援前线；她说，还未成立互助组的各村党支部，要想方设法，让缺少劳力农具的农户按时耕耘播种，不要误了农时；她说，各村的困难户区里都有个底了，区政府将统筹安排，帮助这些农户解决困难，各村农户有什么困难可以随时向村党支部反映，也可以直接反映到区政府来……

接下来，卢老师把身旁的一位女青年干部介绍给大家："这位是新调到我们区的区委武装委员沈霏同志，枪法可准了，欢迎沈霏同志讲话。"

沈霏向前一站，人们只见这位年轻的区委武装委员，剪着齐耳短发，身着一件灰色列宁装，束腰的皮带上，别着一把手枪：

"各位父老乡亲，新中国刚刚建立，被打倒的反动派决不会甘心于他们的失败，我们在抓好生产的同时，一定要提高警惕，严防敌人的破坏，遇到什么可疑的人，听到什么可疑的消息，希望各位乡亲能及时反映过来。"她只简单说了这么几句话。

沈霏其实是在春节前就分配来溜滨区委了，后来被临时调到泉州北郊的罗溪马甲河市一带参加剿匪。一天夜里，在围捕一名逃脱的匪首时，上级指示务必活捉，沈霏问了现场指挥战斗的一位领导："打左腿还是打右腿？"那位领导看看沈霏说："你能行？""那我打他的右膝盖窝。"沈霏也不多说，枪响人倒。当战士们扑过去时，只见百步外趴倒在地的匪首，右膝盖窝被打穿了。距他三步远的地方，是一处山洞，从这个洞跑出去，就进入仙游县的深山了，好险！沈霏的这一枪，在晋江一带，传说了好几年。

这时候，一阵阵早春的雨时下时停，卢老师的头发、外衣都被雨水打湿了。而台下的千百群众也一样在淋着蒙蒙细雨。他们都像卢老师那样，没人戴斗笠，更没人打伞——他们唯恐这样会影响大家的视线，影响大家听清台上传过来的声音。

/ 二 /

当天夜里，林仁玉急得一晚没有睡踏实：春播已迫在眉睫，装在谷箩里催芽的稻种已生根绽芽了，要及时撒进秧田里，那是耽误不得的，误了时辰可要烂种的。可她的秧田至今还没有犁过！尽管购置了这几亩地的几年来，她差不多已学会了所有农活，然而，她毕竟是一个半路出家的庄稼户，更何况她是一个女人，使牛犁田耙地的活她没学过，再说靠自己一双手,她养不起牛,整不起犁耙这样的大农具,每年到了犁田耙地的季节,她或者掏钱雇人代耕,或者以工换工,自己帮人插秧薅草,换来有牛人家为自家土地犁耙,就这样几年下来,她的5亩水田和1亩旱地没有一次误了农时。可是在今年春耕时节,几年来一直与她工换工的邻家那头黄牛突然死了,她一时间里找不到工换工的搭档了!如果说往年她拾掇这几亩地,仅是为了他们母子的生活家计,而今天听了卢老师的报告后,她明白了种好那几亩地,不仅是他们母子俩的事,更是关系到抗美援朝的大事,她无论如何也要按时耕耘播种,不能误了农时。

此时,窗棂上已透进来淡淡的晨光,她知道天就要亮了。她已经想好了:她不能躺在床上干着急,即使没有牛,她也要用自己的双手,一锄一锄先把早稻秧地翻遍耙平,按时撒上稻种,绝不拉整个溜滨村春耕春播的后腿,绝不给卢老师丢脸!想到这里,她一骨碌儿爬了起来,点上灯火,走出房间,下灶屋里去了。

她很快做好了早粥,回到房里,看到省身还在甜甜地睡着,一条小腿盘在被窝外,她把儿子的那条腿塞进被窝里,在他的脸颊上亲了几口:

"乖儿,妈下田去了,早粥熟了,你醒来后自己锅里舀着吃。"儿子仍然香甜地睡着,但她相信儿子在梦中能听到她的话,儿子懂事,他不止一次在妈妈下田的时候自己从灶上舀粥吃。

她扛着锄头,在锄柄上挂上一个陶罐子,那里面装着她的早粥。走出门来,只见一钩弯月还挂在远远的天际,虽然已经入春好些日子了,但从溜滨湾渡口吹过来的风却是刺骨的。在晋江沿海,倒春寒的风往往比冬天的风尖厉,林仁玉禁不住打了一个寒战,把夹袄的领扣扣上了,踏着残存的月色快步朝村外的秧田走去。

/ 三 /

太阳升起来的时候,林仁玉停下手中的活,坐到田埂上,吃起了早餐,陶罐里的粥早已凉了。

这时候,从晨曦中走过来一头牛。一个穿军装的人,肩上扛着犁,跟在牛后面。林仁玉看清楚了,那个扛着犁耙的人是土改工作队的赵同志,他后面还有一个人，那是卢老师。她忙放下手中的粥罐子，招呼着：

"卢老师，这早上哪儿去？"

"上你这儿来，找你呢！"卢老师回应着，已走到林仁玉面前来了。

"找我，啥事？"

"仁玉啊，今年春耕你没能工换工使上牛，为什么也不向村里、区里说一声，让大伙想法子帮你一把。"

"大家都各有各的难处，自己能下力做好的活，总不能都等着村里、区里帮忙，更何况你们有许多大事还忙不过来呢！"

"天底下还能有比老百姓的困难更大的事吗？仁玉，昨天夜里，村里、区里开会时定了下来，一定要调拨牛力，帮你把这几亩地犁好耙好。这几天永泉的老腰椎病犯了，使不了牛，这春忙季节，总不能让牛闲着，区里便调用了他的牛，今天就让赵同志先把你的这块秧田整出来。"

"没想到这点事会惊动了你们，真不敢当啊，这怎么好，这怎么行……"林仁玉没有料到会是这么一回事。

"怎么不行，你别小看了赵同志，赵同志参军前也是干农活的好把式呢。"

"卢老师，我不是说赵同志不行，我是说不能让你们干这活。"林仁玉知道卢老师说的全是实话：她从赵同志扛着犁耙还把一头大黄牛吆喝得服服帖帖的架势上看出来，这个土改队里穿军装的赵同志一定是田地里的一把好手！

说话间，那赵同志已经把裤管卷到了膝上，赤脚踏在冰寒刺骨的水田里，他利落地套好了牛后，招呼了一声：

"大嫂，你把锄头提到埂上来。"说着，挥了一下手中的柳条杆，扶正了犁耙，吆喝着牛，朝前走去了。

5分地的秧田，连犁带耙，还不到晌午，赵同志就整出来了。这些活儿，要是只靠林仁玉那把锄头，是要整整忙上两天的！见到赵同志那件军装已被汗水渍透了，林仁玉真是过意不去：她没有一口茶，没有一支烟，就让赵同志犁好，耙好了这么一大块秧田！

有了赵同志的帮忙，林仁玉的两篮稻种及时撒进了秧田里。秧苗长到筷把高的时候，又是区里安排赵同志把她的几亩稻田都犁过耙平了。她一个没有男人当家、没有一条牛腿的庄稼户，几亩水田旱地，竟然在这个春天里都不误农时地播种插秧，种瓜点豆了。

过了清明，又过了谷雨，水田里插过了秧，薅过了草，剔过了稗，旱地里的春花生早，番薯也都除草施肥了，眼看着五月节[1]不远了。离五月节还有好些日子的时候，雨竟停了下来。

见天放晴了，林仁玉搭上背巾，背着儿子上自己田头来了。这时候，省身已过了三岁生日，吃着4岁的饭了。在田埂上，林仁玉解开背巾，把儿子放到地上，指着眼前那片油绿绿的稻秧低下头来对儿子说：

"儿啊，这几亩地，都是咱家的，儿啊，你赶上了好世道，瞧卢老师和赵同志那样大的共产党的官，心里尽想的是老百姓的事儿——唉，你爸没这个福分，赶不上这个新社会，永明啊，你要是活到今天，我再不会让你去南洋了，我们有了这几亩地，互相厮守着过日子不是很好吗……"

听着娘又叨叨起爸爸来，省身昂起头来，直扯着她的裤管问："娘，南洋在哪里，儿长大了，去南洋把爸找回来。"

林仁玉低下头去望着儿子睁大的双眼，深深地叹了一口气：

"唉……儿啊，你快快长大吧……"

/ 四 /

在我们故乡晋江，有一句古老的民谚叫作：未吃五月粽，破袄不能放。这是说，未过端午节，天气乍暖还寒，破夹袄还不能脱下。而在1951年，在泉州南门外，离五月节还有好些日子，天气却一下子暖和起来了。正是杨梅熟了的季节，长年以来，这个时候应是几天几十天地下着杨梅雨，仿佛天空漏了底了，一直要到了五月节；到了家家户户煎熟了麦麸粿，把漏水的天空补上了，雨才能停住，天才能放晴。可这一年，在晋江两岸的大地上，五月节未到，雨就早早地停了，雨一停，刚露出脸的太阳便迫不及待地催着人们把破袄脱掉了。

那时候，在晋江下游，在晋东北平原上，这个季节该忙的农活都忙过了。于是，就到了农闲时节。

林仁玉是在五月节到来的前两天才忙完地里活的。那时候，在溜滨塔后面的大片旱地里，除了林仁玉还在拾掇着她那一亩春花生外，已见不到第二个人在地里忙了，几乎所有的庄稼人都在两三天前的雨后把旱地里的活忙完了——没有男人的庄稼户，实在是难啊！5亩水田和1亩旱地，就靠着她的一双手操劳着。今春要不是卢老师他们帮忙调剂了牛力，她这几亩地恐怕要有一半抛荒了。这个南洋出生的番客姉，是在1948年秋天才置下田地的。那时候，她已经走过40岁的门槛了，到了这个年龄，她才认认真真地学起了庄稼活。她心灵手巧，人高马大，靠着结实的身板，几亩地的农活，她竟然像模像样地种了下来！这是让生活逼出来的啊！她的男人已在1942年的除夕被日本人枪杀在菲律宾了，南洋路断了之后，为了朱永明这一祧的香火有个延续，她抱养了朱省身，这几年来，孤儿寡妇，两张口就靠着她的一双手；还有身上穿的，还有先人的祭祀，还有邻里间的人情世故往来……如今都靠着她的那双手从地里刨，从地里找了。

田里地里的活终于忙过来了，庄稼人家可以歇息几天了。五月节到来了，又到了这个裹粽的日子了。在五月节的前夜，林仁玉浸下3斤糯米、1斤红豆，裹粽的毛竹叶子也泡洗出来了。今年这个五月节，她要多裹几串粽子，给卢老师、赵同志送去。他们出门在外，平时里生活够清苦的，这一年一度的五月节，给他们送上几串粽子，打打牙祭，算是一点心意吧，更何况工作队的赵同志帮了她多大的忙啊！

灶屋的陶瓮里还有些虾米，那是开春后她在溜石湾里捞上来的活虾晒成的，多少日子了，他们母子俩一直舍不得吃。现在，她要把这些虾米裹进粽里，另外做出几串虾米粽，这是专门为卢老师、赵同志做的。她把陶瓮子提了过来，揭开瓮盖，一股浓郁的虾香扑鼻而来，她深深地吸了一口气，笑了笑：她深信卢老师、赵同志会喜欢这鲜美的味道的。

粽子在五月节中午就煮熟了。当她把一串串粽子从锅里提起来的时候，那诱人的香味弥漫了整个灶屋。

闻着这诱人的香味，儿子举起他的小木碗，围在母亲屁股后面团团转，淌着涎水叫着喊着要吃虾米粽。林仁玉只解开一个粽子递到省身的木碗里，而后，任凭儿子喊着哭着，她再也舍不得递给他一个粽子：

"乖儿，就这几个虾米粽，咱就别再吃了吧，都留给卢老师他们吧，啊，乖乖。"

说罢，她把这些粽子都挂到了灶屋外的檐下晾着。她知道卢老师他们白天里四处忙着不会留在家里，只有夜里送过去才能找到人。

好不容易等到了日落，等到月牙儿升了起来，林仁玉把儿子哄睡了，这才提了一只茄自袋，把晾在竹竿上的那几串虾米粽子都装了进去，然后，她回到房间里，把搁在床架上的那只箱子托了下来。

她把箱子搁到床上，从箱底掏出一个捆得十分结实的小裆裢。那裆裢里面有一方陈旧的布片，那是一片从男人的内衬衫上剪下来的胸襟布——这是从当年被日本人枪杀在菲律宾的丈夫衣襟上撕下来的，那件衣裳当年为丈夫引水魂时已烧掉。这8寸见方的布片就是从那件内衣的左胸襟取下来的。那上面有丈夫写下的三排"林仁玉"的字样，而其中那烧焦的小洞，是穿过子弹的印证——1942年除夕，日本人的子弹穿透了丈夫的心窝。

她把这方陈布摊开了，那里面是一把匕首，还有15枚银元（关于这把匕首与15枚银元的来历，我们已在《南洋泪》的第一部第一卷里详细说过了）她把那些银元拿在手里掂了掂，全部放进了茄自袋里。

把箱子托到床架上之后，她在熟睡的儿子脸上亲了一下，便走出门去了。

月牙儿已升得好高了，五月潮湿的东南风从溜滨湾外阵阵吹来，这是催雾的风。

这时候，卢老师正在自己房间里，在煤油灯下全神贯注地写着什么，见林仁玉走了进来，她忙拉过一条板凳，招呼林仁玉坐下，又给她倒了一杯水：

"仁玉啊，都这么晚了，还没歇着啊？"

"卢老师，你不是也没歇着吗？"

"我，坏习惯啦，不到下半夜，总是睡不着。"

林仁玉听着，看到卢老师清癯的脸上那双布满血丝的眼睛，心疼地想着，这是没日没夜地忙熬出来的啊！

"卢老师，你一个人在外，要自个好生照顾自个，该吃吃，该睡睡，别太劳累了，别尽熬夜，人可不是铁打的，看你比刚进村那阵都瘦下一圈了。"林仁玉看着卢老师，心疼地说，"有些事，能让别人帮忙的，就让别人帮一把吧——哦，卢老师啊，怎么都好些日子没看到沈霏了？"

卢老师说："这个沈霏啊，到省城学习去了，一时半晌不能回来，她这一走，我好像少了一只手。更忙不过来了。"沈霏在一个星期前到省委党校学习去了，她当年在菲华支队的那个外号，不知怎的，又在晋江县委一班人中叫开了。平时她虽总住在区委机关里，但她一直在沈家足娘那里安了一张床铺,下乡经过清濛村时,她都要忙里偷闲,跑过去看一下沈家足娘,她要让老人家相信:她永远是这破屋里的媳妇!

林仁玉说:"不管怎讲,记住了,要照顾好自己。"

"仁玉啊,你的话我记住了,我们的祖国这刚解放,等一切都稳定下来,我美美地吃下一头猪,然后睡它三天三夜,行吗?"她说着,自己也笑了。是的,自从离开延安以后,几年来,跨黄河,过长江,一路南下,她哪一个夜晚不都是过了12点才能上床。一个政权刚刚诞生,作为一名执政党的党员,她所要做的工作是太多太多了!

"卢老师,今天是五月节,我给你带来了几个粽子,还有……"林仁玉说着,把那几串粽子提了起来。

"还有哪?"

"还有这是15枚银元——卢老师,那天开群众大会的时候,你说了,我们国家刚解放,还有很大的困难,要我们大家团结一致,搞好生产,大力支援前线,几天来,我看着学堂里的学生娃们口袋里有个一两百元[2],也舍不得买零食,都捐到学校里了,说是支援前线买飞机买大炮,我这15枚银元,全捐了……"林仁玉说着,把那包银元递了过去,不容分说地塞进卢老师手中。

卢老师把那些银元紧紧捏在手里,沉思了好一会儿才说:

"仁玉啊,你一个女人家,撑着一个家,不容易啊,你的这份心意,我代表政府感谢你了,这银元你还是带回去吧,省身还小,往后用钱的事多着哪。"

林仁玉说:"卢老师,这钱是办完永明的丧事后留下来的,几年了,我都舍不得动,永明是怎么死的,你也知道了,共产党终于为我报了仇了,终于把日本人打败了,现在怎能让美国人又从朝鲜那边打过来?卢老师,从在御桥村娘家认识你到现在,10多年了吧?特别是解放后,你们进溜滨村的这半年多,我认准了你们这个政府是真心实意为老百姓办事的,你们这个政府就是我们老百姓的政府,这样的政府有难我们老百姓不帮谁帮……"

林仁玉的话,让卢老师记起来了,在陕北黄土高原的窑洞里,那些头缠羊肚巾的老乡最常说的不也是这样的话吗?离开延安以后,一路南下,他们无论走到哪里,那里的老百姓不也是常说着这样的话吗?

林仁玉还想说下去,但是她突然发现卢老师那双布满血丝的眼睛在煤油灯里闪亮着——那是盈眶的泪水，她忙掏出手帕递了过去，"卢老师，你怎么啦，我说错了吗……"

"噢，仁玉，我是流泪了吗？"她接过林仁玉递过来的手帕，揩去了泪水，"我们的人民，是多么好的人民啊，面对这样的人民，我们能不把工作做好吗……"后面的这句话，她似乎是在自言自语。

后来，她站了起来，走到仁玉身旁，双手搭在她肩上说：

"仁玉，我想，这15枚银元，明天我让人为你到银行去换成人民币买了建设公债吧，那也同样是支援国家、支援前线啊——公债券，你知道吗，就是我们老百姓把钱借给人民政府帮助政府渡过暂时困难，往后政府连本带息还给大家。"

"卢老师，你看着办吧，只要能帮上我们的政府，别说利息，这15块银元，就是一个子儿不还，我都不当回事。"

"那好，你坐着，我让人过来办个手续。"

林仁玉说的是实心话，三个月前春荒刚开始的时候，区委号召群众互帮自救，林仁玉一连往朱氏祠堂里挑来了好几担谷子，让区委会统筹安排借给断炊户，事后有人私下里对她说："番仔玉啊，这挑出去的谷子到时候要得回来吗？你傻不傻啊？"林仁玉说："我不傻，眼下我们的政府有了困难，我们不帮谁帮啊？"

一会儿工夫，卢老师便把区财粮委员带了过来，点收了那15枚银元，开了收条。

"这15枚银元可以兑换成15万元人民币明天买了公债给你送过去。"区财粮委员说着，走出房间去了。

看事情办妥了，林仁玉不敢再耽误卢老师的时间，便站起身来告辞。看到林仁玉要走了，卢老师忙把桌上的粽子提了起来，抓过林仁玉手里的空茄自袋：

"这些粽子，你还是要带回去。"

"为什么，你嫌弃了，做得不好？"

"不，仁玉啊，我不是嫌弃——你听到我们每天唱的那首歌了吗？你听到我常在大会上说的那句话了吗？'不拿群众一针一线'，不管是明里不管是暗里，林仁玉，我都不能开这个头。我是共产党的区委书记，整个区的工作同志都在看着我；整个区的父老乡亲都在看着我这个共产党的区委书记,是不是能真正做到不拿群众一针一线,更何况因为前年秋天发生的那场抢水械斗,沿渠多少村子的晚稻都绝收了,时至今天,还未恢复元气。现在正当青黄不接,就我们了解登记下来的,溜滨区有多少困难户都快断炊了。这几串粽子我不忍心留下来啊……仁玉啊,我的话你听懂了吗?"

林仁玉坐在那里,许久许久没有作声,过了大半晌,才轻声地说:

"卢老师,我明白了,我听懂了,我不为难你,这粽子我带回去……卢老师,我知道共产党好……"她说着,张开了茄自袋,见卢老师把那几串粽子装进袋子里,她的泪水涌了出来——现在,轮到她哭了,轮到卢老师掏出手绢来为她揩去泪水了……

/ 五 /

林仁玉真想再跟卢老师多唠叨一会儿,哪怕是一夜唠叨到天亮!自从抱养了省身,又置下了那几亩地后,林仁玉便被拴死在家里和地里了,再也难得回娘家与后头亲人唠叨些心里话了。而自从土改工作队进了村,卢老师在朱氏祠堂住下后,她便把卢老师当成了贴心的亲人,她虽比卢老师年长几岁,但她一直将卢老师视为长姐、长嫂,她喜欢听卢老师说话,卢老师的话像是插种时节一点一滴都渗透到土层深处的细雨,每一句都滋润着她的心田。后来,她明白了,这除了因为卢老师也是女人,也是一个失去丈夫的女人——一个与她有同样命运的女人之外,还因为卢老师是一个在党的人——从那个时代走过来的侨乡女人,总会记得那时候的中国共产党人与老百姓许多话都能谈到一块儿。

然而,林仁玉还是提起了那一茄自袋虾米粽子,依依不舍地走了出来。她不忍心再占用卢老师的时间,她知道这个夜晚,卢老师还有许多大事要办。

从卢老师那儿出来,这会儿,风已经止了,天气一下子热了起来,毕竟已到了五月节,季节不骗人啊!更何况今年在五月节的前些天雨就停了,连续几个明朗朗的艳阳天把地气晒热了。

她在朦胧的月光里走近溜石塔的时候,竟觉得身上沁出了一层汗,便把外衣脱了,抓在手里,只穿着那件紧身的汗衫,可她仍然觉得身上一阵阵燥热。

她看到了不远处的溜石湾,看到晋江口外已涨满了夜潮,盈上渡口的大潮把一江好水都堵在溜石湾里。看着在月光下粼粼闪亮的一江清水,林仁玉禁不住朝渡头下走了过去。她卷起了裤管,双脚漫进清凉的水里弯下腰去,掬起一捧水来,往脸上一抹,便感到一阵沁心的清爽惬意。她朝四周张望了一眼,淡淡的月光下不见一个人影。而风已住了,雾渐渐地填了过来,月色更加朦胧了,四野里见不到一个人。面对一江好水,她情不自禁地脱下外裤,只剩下一条贴身裤衩,一步一步朝水下走去。

自从天晴以后,接连几天的田里、地里农忙,她每天都是踩着鸡啼声下地,踏着月影入门。虽然每天夜里她都要在大脚盆里洗过了澡才上床,但她总是觉得没有洗透过。现在,她可以在这暖洋洋的五月夜,尽情地泡在晋江水里洗个够了。

五月的江水,乍暖还寒,可她没有感到一点寒意。她嫁到溜滨村20多年了,她能怕这江水吗?多年来,不管是酷暑,不管是严寒,她都泡在溜石湾里捞过泥虾,挖过蚬蛙,拉过浮木,更何况这已是到了五月节的水啊,水中的寒气开始退却了。

后来,她在水中褪去了紧身的汗衫,裸光了上身泡进水中,她在水中尽情地搓洗着。

这个不幸的女人,自从丈夫死在南洋以后,她像脱了水的菜叶,蔫了,老了,一下子干瘪下去。而这几年来,由于抱养了省身,置下了几亩地,生活有了希望,特别是解放后的这一两年来,她更感到赶上了好世道,日子过得顺心了,所以,生命的春天又回到她身上了。近一年多来,她泛白的头发又亮油油地转黑了,脸上的皱纹也仿佛消失了,婆婆死后留给她的一副老花镜,她也丢到一旁去了,她不用再戴着它穿针引线了,一个风姿绰约的林仁玉又回到了她身上。她毕竟只是一个刚40岁出头的女人,她人高马大,身材匀称,这个年纪的女人身上所应当有的一切美好她都拥有。她胸前的那一双富有弹性的高耸白皙的乳峰甚至要比妙龄少女更加动人。她的腰身很细,周围没有一点赘肉,两条修长结实的大腿皮肉光滑,在朦胧的月光下,她一点也不显老!

她在江水里尽情地搓洗着自己细腻的胴体,那平静的江水又将她带回她的少妇时代……

她记起了她的丈夫朱永明……

/ 六 /

……这大概是1938年吧，朱永明从南洋回来了。也是这样的五月夜，那个夜晚也没有风，也非常暖和……

吃过夜饭不久，见月亮升上来了，朱永明提上一杆钓竿儿说：

"仁玉，你看月色多好，我们上渡口钓鲈鱼去，这样的夜晚，鲈鱼硬是傻乎乎地尽吞饵呢。"

那时候，婆婆还耳聪目明，她把小两口送出门来，嗔骂着永明说：

"早去早回啊，都老大不小了，怎还像孩子家一般。"

他们像孩子般手拉着手朝溜石湾走去。渡头上风平浪静，一弯好月映在江心，他们偎依在渡头石阶上坐了下来。

朱永明挂上了饵，便将鱼钩抛了出去。只过了片刻工夫，水面上摇摇晃晃的浮标便沉了下去。朱永明轻轻一拉，只觉得手底好沉，怎么拉也拉不上来。见钓丝越绷越紧了，他知道是鱼儿吞着饵钻进礁洞去了，硬往上拉，只会断了钓丝，便把钓竿交给林仁玉：

"你看着钓竿，我下水去掏。"

仁玉说："还是我下去吧，这溜石湾有几个礁洞我都知道。"说着她已把外衣裤褪下来了。

朱永明知道妻的水性，交代了一声你小心点，便由她一个猛子扎进水中去了。

林仁玉钻进水中后，顺着钓丝摸索到了一个礁洞，她将手轻轻地伸进洞里，终于摸到了一个滑溜溜的鱼头！她露出水面来，高兴地大声叫了起来："永明，好大一条鲈鱼！"说罢，深吸了一口气，又潜入水底去了。她又摸着了那个礁洞，此时那鱼已往洞底又缩进去了一截。林仁玉将整条胳膊伸了进去，才够上抓住那条鱼的头鳃，然后往回一拉，却怎么也拔不出手来了，她的手掌被卡死在礁缝里了！她又往回拉了几下，没想到越是往回拉，手掌越是被夹得紧了！她胸口里憋的那口气已经用光了，心口呼呼跳得慌。她刚想喊一声"永明救我！"便呛进了一口水，慌乱之中，她用另一只手拉了几下钓丝……

……当永明扑进江水中，摸到她时，她已经呛进去好几口水了，眼前直冒金星。她感觉到自己已难逃厄运了，便一只手紧紧地搂住了自己的丈夫。

朱永明一条手臂搂着妻子，一条手臂摸进了礁洞，他发觉那个礁洞的底部是扁平的，而妻子的小臂手掌却是竖着伸进洞口的，硬拉只会越拉被卡得越死。他紧紧地抓住妻子的小臂，死劲将它扳平了，然后往回一拉，终于被拉出来了！

她无力地将两条手臂缠在丈夫的脖颈上，让丈夫抱着她，露出水面来。

她呕出了几口水，更紧紧地搂着永明：

"永明，我还活着吗，我好怕，我真的不想死，我离不开你……"

永明将自己的嘴贴紧了妻的唇说：

"仁玉，我的妻，我不会让你一个人留在水下的，如果我拔不出你的手臂来，我也会搂着你，直到最后一口气……"

……

唉，那个夜晚，转眼过去十几个年头了！溜石湾还是当年的溜石湾，溜石湾里的水还是当年的水吗？可是，永明再也不会从溜石湾里，从晋江水里将她抱到岸上去了。

她深深地叹了一口气，又浑身上下搓洗了一遍，这才从江水里爬了出来，走上渡头。

这时候，溜石湾里没有一丝风，夜雾已把整个江湾填满了，身后的溜石塔，高高的塔顶已经融进浓浓的雾中了。

站在渡头上，她张开手掌，将身上的水珠抹去了，然后，她提起一只脚，用一条腿在地上跳了跳，把耳窝里的水顿了出来。

夜色中，她听到塔檐上扑哧一声，那是一只夜宿的鸥鸟被惊飞了！

"谁？"她惊叫了一声，感觉到石塔后传来一阵细微的窸窣声，便赶紧把地上的衣裳搂到自己胸前来……

/ 七 /

就在这个时候，石塔后一条人影扑了过来，从背后搂住了她……

她还来不及喊出声来，嘴巴便被一只手掌捂紧了。她感到一阵窒息，胸口怦怦作响，僵持了片刻之后，她终于镇定了自己，死力地张开了牙齿，狠狠地在那只手掌上咬了一口，她听到脖子后那个人低沉地惨叫了一声，卡着她脖子的那只手终于松开了。但随后，她马上又被仰天摔倒在地上了，接着，背后那个人骑到她的身腰上了。

那当然是一个男人。

挣扎中，她发现那个男人也裸着上身，浑身上下只剩下一件短裤衩。

从江口外飘来的雾，还在不住地往溜滨湾里填着，一时间里，天与地朦胧在夜与雾之中了。

两个人还在渡口上撕打着，翻滚着。林仁玉觉得压在自己身上的那个人手劲特大，他的一只手像铁钳似的卡住了她的喉口，她感到了一阵眩晕，快要透不过气来了！

她是刚从江水里爬上来的，赤裸着上身，下身只穿着一件薄裤衩，她仰天躺在地上，像一头猛兽挣扎着、撕咬着、护卫着自己。她的后背已被地上的沙石硌扎出血来了，然而她毫无感觉。

她刚想再喊一声，那个男人又一次卡住了她的脖子，她再一次感到窒息，眼前一阵昏黑，她差不多已经筋疲力尽了，两条手臂瘫软下来了。

即将昏厥的那一刻，她突然想起了丈夫朱永明！想起了丈夫将她从溜石湾里救上来的那个五月夜！这样，她身上又涌上来一股力气！她用力吸了一口气，头脑又清醒过来了，于是，她举起了瘫在地上的两条手臂，张开手掌，死命地朝那个人的双腰肋抓了一把，并就在那一瞬间，她从那个人的胯下蹦了出来，向渡头下滚出身去……

/ 八 /

那个人再一次扑了过来，将她压在下面。

经过了刚才那一场抗争，林仁玉已没了恐惧，头脑也完全清醒了。她知道眼下最要紧的是自己的脖子不能再让对方卡住，只要能舒过来一口气，她就能继续拼命挣扎下去，她不会就那样束手受辱！她深信自己不会让这个男人得手！

撕打挣扎之中，她突然想到了水，想到了渡头下那满晋江的水。

而水就在咫尺之外，她林仁玉只要一到了水里，就会立即变成一条鱼，变成一条活力无穷的黑鳗！

现在只有江中的水能帮她了！

于是，她心中有了底，她在翻滚挣扎中，有意将紧紧缠在自己身上的那个男人往水边带。

最后，她深吸了一口气，双手搂着身上那个人，死力往渡头下滚了过去。

/ 九 /

两个人终于双双滚进溜石湾里了，滚进水中去了！

溜滨村的媳妇，到了晋江里，就如鱼入了水！林仁玉一滚落到水中，便浑身轻松自如了！便得心应手了！

而那个男人一滚入江中，便像鸡落进水里，马上呛下了几口水，脑瓜儿也失灵了，慌乱中只懂得死死抱住林仁玉不放，这反而使林仁玉放心了：她断定了这个男人水性不佳！于是，她死力地从这个男人铁箍般的双臂中抽出自己的一只手掌，狠命地朝他的鼻梁劈砍下去，这一掌劈得好重，她终于挣脱出了身子，脚板在水中一拨，便绕到他的身后去了。然后，她张开两只手掌，一手揪住他的耳朵，一手抓住他的大臂，双脚往下一踩，自己露出水面换了一口气后，便使劲地把手中的男人往深水里压。

这样上上下下的几个回合，她感到手中的这个男人已不再挣扎了，任由她在水中摆布。

后来，她觉得自己也乏力了，这才踩着水，将那个已经瘫软过去的男人拖上了渡头。

/ 十 /

这时候，上弦月已退隐了，浓重的夜雾把天地连在了一起。

林仁玉走上渡头，找到了自己的衣裳，也顾不得抹干身上的水珠，便慌忙把衣服穿上了。她记挂着省身一个人睡在家里，现在该是到了夜尿的时候了！醒来找不着人，他会哭坏的，他会吓着的！想到这里，她提起那茄自袋粽子，急匆匆地走离了渡口。

刚走出去几步，她又折了回来，朝那个躺死在渡头上的人走了过去，她想看看这个人是谁。

她走到这个人跟前来，现在，她已一点儿也不害怕了，她已在水中将他折腾够了，一时半晌里这个人不会活转过来了。她弯下腰去，定睛一看，禁不住惊叫了一声，地上躺着的这个人，不正是开春时节帮她犁田耙地的赵同志！

这是怎么回事？

她生怕看花了眼，便蹲了下去，再仔细一辨认，那确实是赵同志！

她的脑袋一下子轰然炸开了！好久好久，她觉得眼前一片茫然。接着，她心慌了，伸出手来，搁到他鼻眼前轻轻一按，没有一丝进去的气！

"救人要紧！"她禁不住喊了一声。

无论是怎么一回事，她首先认定了他是土改工作队的赵同志，是卢老师的同志！她必须先救活他！

她庆幸自己又折了回来，要不然把他一个人撂在这里，他可能就再也活转不过来了。

她把他拖到一处高高拱起的小土坎儿上，将他朝地面翻转过去，让他的腹部顶着凸出的土坎，然后提起脚来，脚板在他背上一踩一揉，终于听到那个人艰难地哼了一声，接着便哇啦啦地呕吐起来，起先呕出来的是水，接着，她闻到那吐出来的秽物冒出来一股带着酒味的恶臭。后来，她感到脚板下那个人的脊背坑坑洼洼，凹凸不平，便低头一看，天啊，那上面尽是老伤疤！简直没有一处完整的皮肉！

林仁玉这才舒了一口气：她知道这个人死不了了，便又把他脸朝天翻了过来。

夜有点凉了，她想到这个人的衣裳说不定就脱在不远处，便在塔下一转，果然找到了一堆衣裳，她抓起衣裳来，却发现衣裳下盖着一把枪！

那是一把驳壳枪。

她再一次庆幸自己又折了回来，否则，这把枪要是落入坏人手中怎么办？

她把衣裳抖开了，盖在赵同志赤裸的身上。

现在，她想到必须马上去找卢老师。

她把驳壳枪装进茄自袋里。飞快地朝着朱氏祠堂走去。

/ 十一 /

第二天上午，卢老师就将此事上报了泉州城内的晋江县委。由于赵同志是部队编制，所以这事又几乎是同时报告了晋江（地区）军分区。当天上午，完全清醒过来的赵同志就被两个全副武装的战士五花大绑着推上了一辆旧军用吉普，送进泉州城去了。

这件事从溜石湾传开去，很快就传遍了三乡五里，谁也不相信共产党的人会干出这种事，但赵同志确是确确实实地被五花大绑押走了。当这阵议论声正在逐渐平息下去时，一个星期之后，又一个更让人意想不到的消息像炸弹一样在溜石湾里炸开了：赵同志已被军事法庭判处死刑，并将被押回溜石湾公审！

这个刚到30岁的胶东乡下长工出身的战士，参军已经9年了。从一个普通的战士，扛枪打日本鬼子，打国民党反动派，枪林弹雨，出生入死，一路南下，在部队上，他现在已经是副连长了。他是去年春天临时调到溜滨区土改工作队，来配合地方同志工作。

五月节夜晚，溜滨村的农会主席邀他到家里来。因为同样是当长工的出身，赵同志平日里与这位主席就很是谈得来，当夜那个农会主席留他吃粽子，又一起喝了几碗地瓜烧酒后，在回朱氏祠堂经过溜石塔下的渡头时，竟糊里糊涂地发生了那件事。

死刑的消息传开后，整个溜滨村震动了！一群群善良的村民不约而同地涌到区委员会来，他们希望区政府能放过赵同志。

溜滨村的老人孩子都忘不了赵同志的好处。进村半年多来，他帮过溜滨村多少贫困农户：大农忙的时候，只要能放下工作，他就卷起裤管，哪家最穷最难他就往那家帮，常常是一身泥一身汗；他曾跳进齐胸深的茅厕里，从粪坑中将村里人掉下去的猪崽抱上来；他曾掏出身上仅有的一点津贴，为溜滨村生病的老人买药……想到这些，谁也不相信那天夜里发生的事。然而，他自己全都承认了！

想到赵同志将被处死，那位农会主席深感内疚，甚至感到自己罪孽深重！得到消息的当天，他带领一家老小长跪在区公所大门外，号啕着：

"你们要杀，就杀了我吧，都是我造的孽，要不是我一再劝他多喝酒，绝不会发生那种事的，酒害人啊，我害人啊……"

/ 十二 /

几天之后，卢老师上泉州城参加了晋江县委常委扩大会，开过会回到溜滨村朱氏祠堂时，已过了黄昏了。

一直以来，卢老师到上头开会，常常是不等吃过夜饭就往回赶，因而，一见到卢老师径自走进自己的房间，区委会炊事员老张便跟到门口对她说：

"卢书记，饭还热在锅里，你先吃了再歇吧。"

"不用啦，我已在县里吃过了，你去歇了吧。"她说着，看着老张走开了，便推上门扉，把自己关在房间内。

其实，她并没有吃过夜饭。常委扩大会是在下午结束的，会上通过了几项决议，其中一项就是决定4天后，在溜滨村召开公审赵光辉的群众大会，会后执行枪毙。这事已够她痛心了。会议结束时，县委梁书记又留住了她，告诉她一件更令她痛心的事：她的女儿在朝鲜战场牺牲了！

在县委宿舍里，当那位来自山西煤窑，井下矿工出身的梁书记递给她一杯茶，嗫嚅着说出这件事之后，她的双耳嗡的一声轰鸣，眼前昏黑一片，手中的茶杯一下子掉到了地上。她身子摇晃起来，双手抓住桌角，才没有让自己瘫软下去。梁书记赶紧扶她坐下了：

"老卢……县委是昨天就得到这个噩耗的，谁也没有勇气去对你说这件事。后来，组织上决定由我来说……昨晚，我整整一夜没有合眼，真是不知道怎么开口……老卢，组织上相信你能挺过去……"

她木然地坐在那里，虽然天气非常炎热，但她却浑身颤抖着，上下牙齿咯咯地打着寒战。后来，梁书记说到莹莹牺牲时的情景……她一个字也没听进去，她的脑海一片空白，那空白的脑海里只剩下一个数字——20岁——她的莹莹还只有20岁啊，就这样长眠在遥远的异国他乡了……

她终于将自己镇定下来，颤巍巍地站起身子，默默地抓起了莹莹的遗物——那是放在梁书记桌上的一只志愿军军用挎包：

"梁书记，我走了。"

"老卢同志，你就在县委住上两天吧，大后天开公审会的时候，我们一起下去。"

"不，溜滨区的工作离不开我。"

"那，你等等，我让车送你回去。"

车到溜滨村村口时，卢老师就打发司机回去了。她坚持要自己走进村内。她不愿让别人发现自己有一丝异样：一直以来，她到上面开会，是从不让车接送的；她不愿让旁人知道：她已经永远失去女儿了！

此时，已到了掌灯时节，夜色正在弥漫。对于一个悲伤到了极点的女人来说，现在正是流泪的时候。

她走到桌前，坐了下来，把头枕在自己臂弯里——哭开了。

……离开延安后，女儿随她一路南下，过黄河，过长江，去年到达福州时，女儿19岁了，她在那里考取了军政大学，在那座城市留了下来。而作为母亲的卢老师又继续随军南下了。女儿是在去年冬天参加志愿军的，她走的时候，母亲正在紧锣密鼓地筹建溜滨区委，分不出身去送女儿。现在，她再也见不到自己的女儿了……女儿留给她的，只有那个军用挎包……她又想起了自己的丈夫……18岁那年，她在厦门邂逅了她的未婚夫，那个从菲律宾来到集美侨校求学的晋江籍侨生。一年后，她19岁那年，他们结婚了，随后，她怀了莹莹，而就在这个时候，她的丈夫被捕了。不久被杀害在江西上饶监狱——还在娘胎里，女儿就失去了父亲，而她是在20岁时失去丈夫的。20年后，她又失去了女儿。如今，她是孑然一身了……丈夫的遗骸至今没有找到，而女儿呢，按照上级指示，她也将永远留在朝鲜了……梁书记今天上午做报告时说了"……为了我们今天这个政权，许多的老一辈先烈尸骨未寒；许多的战士至今还在前线流血牺牲，我们刚刚掌握了政权，而我们中间就有一些人，却已经开始堕落变质了……"

那些尸骨未寒的先烈中，有她的从南洋回国求学的丈夫；那些还在前线流血牺牲的战士中，有她的女儿；而那些堕落变质的人中，就有相处多年情同手足的将被枪毙的赵光辉……

这一切都够她哭的啊……

/ 十三 /

夜已经深了，而在这个夜晚，在溜滨村，还有一个女人没有睡，这就是林仁玉。

当赵光辉被判死刑的消息传到她耳中的时候，她像当头被打了一棒，她万万没有想到会是这么一个结果！她悔之莫及。她想到那一夜要是不找卢老师说出这件事，而是把那把枪塞在赵同志身下……可能这桩事就神不知鬼不觉地过去了，唉，现在想这些都晚了！她一巴掌朝自己脸上扇了下去：

"林仁玉啊林仁玉，你可闯下大祸了……好端端的一个人，好端端的一条人命啊……你干吗非得到溜石湾里洗澡啊？你洗什么澡啊？你洗澡洗出一条人命来了！"

几天来，她坐立不安，她魂不守舍，她甚至几次梦到赵同志已被枪毙在溜石塔下……后来她想，这事还只有找卢老师去！

在这一天之中，她已经来回找过卢老师三次了，但都没有找着。现在，夜深了，她想卢老师该回来了。她看着儿子睡熟了，便迈出门来，朝朱氏祠堂走去。

那时候，卢老师还一个人关在自己房间里流泪。当她听到叩门声，抬起头来时，发现房间里一片漆黑，她忙点上灯，走过去开了门。灯光里，站着林仁玉："卢老师，你，你哭了？"

"是吗？"她连忙抬起手来，往眼窝里一抹，她看到墙上挂钟正指向11

点,"都这么晚了,你还没歇着?"

"我是有急事,我睡不着。"

"好个仁玉啊,什么急事,等不得天亮?坐下说吧。"

她坐了下来,她把卢老师递过来的茶水端在手里,低垂着头,沉默了好久好久之后,她开口了:

"你们真的……要枪毙赵同志?"

"是的。"卢老师低声地说,可以听出她的声音有些颤抖。

"就仅仅是……为了……那桩事?"

"那就够了。"

"可是,可是他是喝醉了酒的啊!"

"这就更不能容忍了,我们已经三令五申,不拿群众一针一线,不吃群众的。可他,在这个青黄不接的季节里,竟然跑到群众家里喝得醉醺醺的!他,他还算是一个共产党员吗?"卢老师说着,激动了起来,声音已不再颤抖了。

"卢老师,我没有想到会这样,我真的没有想到你们共产党会这样处理,我真的没有想到政府会为了这事枪毙赵同志……"她说着说着,眼泪竟落了下来,"卢老师,我一个寡妇、一个番客婶,也不是头一次遇上这种事了,那一次,我们溜滨村因抗旱抢水的事闹出人命……"林仁玉一五一十地说出了前年秋天用大粪浇泼国民党军队刘连副的那桩事。她口里讲不出大道理,但心里懂得共产党的军队是宁愿深夜里露宿村街任凭雨淋也不忍打扰百姓……

卢老师全神贯注地听完了林仁玉的诉说,沉思了好久才开口了:"所以,他们垮掉了,可共产党,是代表人民,代表广大老百姓的,我们不能垮,要想不垮掉,我们就不允许发生这样的事情。我们党内,我们政府内就不能容忍赵光辉这样的人存在。"

"可是……我真的是不忍心啊……"

"你以为我就忍心吗?你以为我心里就不难受吗?你以为我们共产党人就是铁石心肠吗?是的,他为溜滨村的百姓做了许多好事……他还救过我的命啊……他参军时用的是赵狗剩的名字,赵光辉这个名字还是我帮他取的呢!我能不痛心?"卢老师说着,站了起来,双手搭在林仁玉肩上,看着她的眼睛,"在闽北土改的时候,有一天夜里,土匪包围了我们区公所,那一夜区公所只有我们两个人，而土匪人多势众，子弹从四面八方朝我们土楼里飞了过来，是他提着枪来回奔跑着从各个窗口往外射击，这样一来，土匪也不知道我们区公所内到底有几个人，不敢轻易冲进土楼里。战斗中，一颗土造手榴弹落到我身旁，是他用身子将我挡在了墙角，那手榴弹爆炸了，我躲过了一劫，而他的脊背差不多被炸烂了……血肉模糊，他背上至今满是伤痕……要不是他，我今天还能站在这里说话吗……"卢老师说着说着，声音低沉了下去，双眼暗淡了下来，"……这两个多星期来，我没有睡过一夜安稳觉，一闭上眼睛，我就看到那一片血肉模糊的脊背，我就看到他跪在溜石塔下赴刑的眼神……他在胶东乡下的家中还有老母，就他这么一个儿子啊，从1942年20岁参军到现在，快30岁了，前后将近10年了，连年征战，出生入死，他一直没有回家过。我是得找个机会去看看他母亲的，可是我怕见到她啊，我将怎么去面对她开口说清这件事呢……"卢老师说着，泪水已经溢满了眼窝……

这个时候，夜已经深了，从晋江口吹过来的初夏的海风，紧一阵慢一阵地从天井上灌进朱氏祠堂。那风不燥不凉，暖洋洋的，这风中隐隐约约夹着一阵阵鸟鸣声，那是夜宿在溜石塔上的鸥鸟看到启明星的光芒，又要飞往大海上去了。

听到窗外鸥鸟的啼鸣，卢老师放下搭在林仁玉肩上的双手，独自走到窗口，默默仰起头来望着明净的夜空，她久久地站在那里，直到双脚都僵硬了。后来，她发现月亮偏西了，早已过了子夜时分。她轻轻地叹了一口气，自言自语起来：

"过了这个夜晚，赵光辉就只剩下三天了……"

这时，她突然觉得有人紧紧地扳住了她的双肩，她回过头来，发现林仁玉正紧贴着自己站在身后。

"卢老师，我……我要救赵同志……"她嗫嚅着。

"你？"卢老师惊异地睁大了双眼。

"是的，我不能眼看着赵同志为这事而死。"

"不可能的，谁也救不了他的，这是党纪，是共产党的党纪，你懂吗？"

"如果我嫁给他呢？如果我对上头说，那个夜晚根本就不是那样的，如果我对上头说，我们本来，本来就……就有……来往呢？"

卢老师听到这里，眼睛睁得更大了，她一把拨开了林仁玉扳在自己肩上的双手，同时抓紧了她的两条手臂，使劲地摇晃起来：

"你疯了，仁玉，你知道你都说了些什么吗？"

"不，我没有疯，我不忍看着他就为了那件事去死，他母亲只有他这么一个儿子啊，她今后怎么过啊——救人要紧！我豁出去了。我明天就上泉州城去，上地区里去，把这事说清楚。"她几乎是喊叫着哭啼着说出这些话的。

接着，她挣开卢老师的手，奔出大门，消失在朦胧的夜色里了。

/ 十四 /

因为女儿的牺牲，这个夜晚卢老师已尽情地哭了几个小时了，憋在心里的眼泪流出来后，她觉得好多了。后来，她强迫自己不再想起女儿，而一直想着赵光辉的事。由于发生了这起案件，她在前天的县委扩大会议上受到了严厉的批评，县委还将要对她处分。对此，她心服口服。身为溜滨区委书记兼土改工作队长，在她主持工作的地区发生这种事情，已在社会上产生了极其恶劣的影响，组织上对她的批评处分无论多么严厉，她认为都不过分。而对赵光辉的死刑判决，却是她万万没想到的。她本来以为最严重的莫过于"双开"（开除党籍，开除军籍），没想到会是掉脑袋的判决！关于这件事，梁书记说了这样的话："同志们，我们是在一个特别的地方行使政权，是在侨乡行使政权，我们面对的不仅仅是本地数十万计的人民，还有难以计数的海外侨胞。当地的人民注视着我们的一举一动，旅居各国的海外侨胞，也正通过他们在晋江的亲属，观察着我们共产党的一举一动，在这样的地区工作，我们更要如履薄冰，处处小心，在这样的地区出现了赵光辉这样的人，尤其需要严惩……"

如此说来，赵光辉之所以被判极刑，那是因为这个案件发生在侨乡了。由此，她想到了为搭救赵光辉的生命而搅和进来的林仁玉。唉，这个善良而任性的女人，在人命关天的节骨眼儿上，为了救人，她竟然想把事情往自个儿身上揽！她能不能因此救下赵光辉，谁也说不清楚，但是有一点却使卢老师十分担心，那就是林仁玉可能会因此把自己也搭进去！

去年冬天定成分的时候,她差点被评上"富农"。溜滨村一带,地少人多,人均耕地还不到一亩半,而几辈子没有一寸耕地的朱家,竟在1948年秋天用卖了菲律宾王彬街朱记杂货铺的那些银元购置了6亩地!她自己一双手侍候不了这些地,便在农忙时雇了些季节工帮忙,就因为这事,有人说她雇工剥削,提议评她"富农"。如果仅按照她拥有的耕地面积评成分,她是够得上"富农"的。这个女人,心里不存一丝邪,竟也不知道这"富农"评上了是怎么回事,也不想跟人去争,也不想跟人去论。她心里想的是:她终于盼到共产党领导下的新社会,她亲眼看到这个党打败了日本人替她报了仇,她亲眼看到这个党打垮了各式各样的歹人。这个党领导下的社会,一定不会让好人吃亏,这个党评她为"富农",当然不会有差错。

那时候,卢老师正在地委开会,得知这个消息之后,她大吃一惊!她深知一个人一戴上了这顶"富农"帽子是怎么一回事——那是子子孙孙都要受难的事啊!唉,这个苦命的女人啊,旧社会的苦她受够了,好不容易盼到了新社会,盼到了解放,却盼来了一顶"富农帽"。那一个晚上,她亲自动笔,将林仁玉一家的情况详详细细地写了出来,如实地上报了。后来,林仁玉总算没被评上"富农",最终勉强评了个"侨小商"成分。当时县委一位南下的负责同志在谈到这事时说:"……反正帽子在我们手里,她要是想乱说乱动想翻天,随时可以给她戴上(富农的帽子)……"眼下,林仁玉把那件事往自己身上一揽,弄不好就是一项"漏网女富农勾引腐蚀我革命干部"的罪名,就是翻天!想到这里,卢老师再也躺不下去了。她必须去拦住她!

看着窗口已经发白,她忙爬下床来,揉了揉布满血丝的发涩的双眼,然后打过来一盆水,整张脸在凉水里浸了好一会儿,她不再感到头脑昏沉沉了。看看天已大亮,便起身朝林仁玉家走去了。

可是迟了,卢老师没有拦住林仁玉。她赶到林仁玉家门口时,只见院子门上挂着一把锁,那时候,林仁玉已从溜石湾渡口搭乘早趟的舢板进城去了!

/ 十五 /

又过去了两个星期,在泉州城南门外,此时已到了真正的夏天了。刚刚过了晌午,太阳就热辣辣的灼人了。这段时间,正是"半山洋"(半是旱地半是水田的农村)的溜滨村人的农忙季节。这个时候,早番薯要施夹边肥了,春花生要除草了,稻田里要车水戽水,还要施穗尾肥了。人们都上地下田去了,村街上看不到一个人,只有几条闲荡的狗在四处走动。

晌午过后,有一个人走进了溜滨村。

他显然是一个外乡人。虽然已到了夏天,但他身上,却还仍是一件厚厚的冬衣。如果仔细看上几眼,可以发现那是一件打着补丁的早已洗褪了色的旧军装。他的后背已被汗水濡湿了。他一进村,那些在村街上闲逛的狗围了过去,跟在身后吠叫起来,有一只胆大包天的小狗居然快要叼着他的脚后跟了。他不理会它们,头也不回地径直朝着村街尽头拐弯处的那处小庭院走去。

那是林仁玉的家。

今天是朱永明的生日忌,林仁玉没有下地去。此时,她正在灶屋里忙着,她正赶着要做几样丈夫生前爱吃的菜,然后早早地上祠堂去,在丈夫的木主前烧香敬祭。事后,她还要赶着下田去,农事不等人呀。

当听到小院的门吱呀一声响起的时候,她回过头去一看,大吃一惊,以至于手中的锅铲都掉到地上了!来人怔怔地站在大门旁,他满脸杂乱的络腮胡子,头发也是杂乱的,显然早已误过了剃头的时间了。但是从来人那双大大的深凹下去的双眼,林仁玉还是认出来了——那是赵光辉!怎么还不到一个月的时间,他都瘦成那样了!

她弯腰拾起锅铲,紧紧地握在手里,透过灶屋的窗棂,盯着他说:

"你,来干什么?"

"我,我要回山东去了。我是来向你道谢的。你救了我,救了我娘……"他说着,深深地低下头去,整个脑袋挂在胸前。

林仁玉站在那里,那紧握着锅铲的手渐渐放松了——她从他那双露出深深愧疚的茫然的双眼里,没有发现一丝恶意。她想了想,终于将那把锋利的锅铲放回灶台上，迈出灶屋，走进自己的房间。

过了片刻，她走了出来，手里捏着两万元人民币，这是她家仅有的两张大票，50年代初，一个农户要一下子掏出整整两万元，不是容易的。然后，她又走进灶屋，从里面端出一碗连壳煮熟了的鸡蛋，一共是8个，她把那两张纸币压在鸡蛋下，走过天井，把那只装着鸡蛋与钱的碗搁到大门旁一块板凳上，那板凳离着赵光辉几步远。然后，她又走过天井，站在厅堂上：

"之前开春农忙，你帮了我不少忙，那几个鸡蛋，你带在路上吃，那两万元，给你娘扯件衣裳，我算还了你的人情了……回去讨个媳妇好好过日子吧，不要贪酒，新社会了，不能胡来……"

赵光辉听到这里，突然扑通一声双腿跪了下去，泪水扑簌簌地滚落下来。

"你这是干什么啊你？你起来！"林仁玉看着，高声叫了起来，同时转过身去。

听到背后没有动静，她再一次尖叫起来："你起来，你起来啊，你！"接着，她跺起脚来，"你走啊，你快走啊！"

终于，她感到背后响起了轻轻的窸窣声。

接着，大门外传来了群狗的吠叫声。

她这才回过头去，只见跪在大门内的那个人已经走了，那碗鸡蛋，以及压在鸡蛋间的那两万元钱，还静静地搁在大门旁那块板凳上。

被"双开"的赵光辉走了。

他离开了溜滨村，离开了泉州城，回到了阔别9年的胶东乡下去了……

……40年后，年逾古稀的赵光辉又一次来到泉州城，来到溜滨湾，并且又见到了林仁玉。那时候，我们的国家已发生了翻天覆地的变化，这位胶东老汉是为了追回离家出走，到南方当三陪女的刚满17岁的孙女，而寻到泉州城来的，我们在以后将会写到这些故事。

/ 十六 /

6月中旬，一份党内处分通知书送到卢老师手中。晋江溜滨区委发生了赵光辉案件，作为该区区委书记，她有不可推卸的责任，所以，她受到了党内严重警告处分。而她所最担心的那件事情居然没有发生,林仁玉没有被牵累。

"这真是万幸啊!"卢老师终于轻松地舒出了一口气。

6月下旬,卢老师结束了在溜滨区委的工作,她将继续南下,前往海南工作。

在离开溜滨村的当天,收拾了行装之后,卢老师来到林仁玉的小院向她告别。

知道卢老师要离开溜滨村了,林仁玉的喉头一下子哽住了!她有许多话要对卢老师说,又不知从何说起,最后,她还是说起了赵光辉的事:

"几天前,赵同志来过了,他现时是该回到家了,该回到他娘身旁了。唉,可惜啊。他再不能在党了。卢老师,我要是不到晋江地区、到军分区把那件事揽过来,赵同志真要掉脑袋?"

"那是一定的!唉,仁玉啊,那个晚上,听到你那些话后,我就知道你是为了救他把事情揽在自己身上,可你就不怕乡里乡邻、亲堂婶姆说你的长短?"

"救人要紧啊,神仙都有时会打错鼓[3],更何况是凡人能不出点差错?赵同志有恩于溜滨村,有恩于我啊,我能见死不救?况且我是脚正不怕鞋歪,你卢老师都能知道我的本意,我都嫁到永明家20多年了,溜滨村的亲堂婶母还能不知道我的为人,不理解我的本意吗?"

卢老师听到这里,心潮起伏,竟一时说不上话来,她沉默良久。

"可我总觉得,像赵同志这样的人,还不至于要杀头啊。"林仁玉对卢老师这样说。

"仁玉啊,我们在党的人……难啊,我们常常要割舍私情,甚至不得不大义灭亲……就拿赵光辉这事来讲,我完全可以让他私下里向你赔礼道歉,而不把这事如实汇报上级……我也知道这样的事一上报,他就完了……可是我能不上报吗,那是因为……那是因为这个党不是我们私家的党,这个党是共产党,是中国共产党!"

"卢老师,我明白了,你们这个党,就像人的眼珠子,是容不得揉进去哪怕是一粒细沙,对吗……"

听到这里,卢老师把林仁玉那双手握得更紧了:

"仁玉啊,这句话你算是说到点子上去了。"

注释：

〔1〕五月节：端午节。

〔2〕旧人民币：20世纪50年代中期改用新人民币时，一万元旧币兑一元新币，时一元钱约可买二市斤猪肉。

〔3〕晋江谚语，意指谁都可能做错事。

（第二部完）